U0023939

有敵人

汪建輝——著

序 有敵人的寫作

一

一九八九年的學生運動沒有改變中國，卻改變了許多人的一生。這些被改變了命運的人或許就是這個國家的希望。因為他們成了這個國家的敵人。成為敵人有兩個方向：一是被對方認定為敵人；另一是自己找到了敵人。

那一年，對於我的意義就是：找到了敵人。從此，我的寫作不是先鋒寫作，也不是傳統寫作，更不是主流寫作。而是「有敵人的寫作」。

我的朋友王怡在一首題為《他們會毀了更年輕的一代》詩的開頭和結尾寫下了這樣的詩句：

1

「我們再不說話，再不坐牢，他們會毀了更年輕的一代」。
昨天，警察問我，很認真地：
你知不知道「他們」是誰？
……

12

「我們再不說話，再不坐牢，他們會毀了更年輕的一代」。

昨天，警察問我，很認真地：

你說的「我們」，包括哪些人？

我當然知道「他們」是誰；我當然知道「我們」是誰：

「他們」是我們的敵人；

「我們」是他們的敵人。

我還有一位朋友廖亦武，有人在總結他在中國大陸的成果時說：「廖亦武與中國政府打了個平手。」這個成績在我看來，他是贏了。由此看來，「他們」並不是不可戰勝的。

在中國大陸，特權階層以下的人民群眾有三種人「他們」「我們」「你們」。「他們」是追著專制者拋下的骨頭而狂奔逐食的人；「我們」是「他們」又恨而又愛的人，恨是因為我們給他們添了麻煩，愛是因為先有了「我們」的不服，而後才有了「他們」的飯碗；「你們」是那些自認為與「他們」及「我們」無關的人。

其實，在中國大陸，除了「他們」「我們」沒有第三種人。「你們」最終不是成為「他們」，就是成為「我們」。你們還是「你們」只是時間沒有到。總有一天「你們」的房子會被強拆、「你們」的母親會被凌辱、「你們」的孩子會被拐買、「你們」的親人會被打入冤獄，於是你們成為了「我們」；總有一天「你們」會被收買，成為打手、成為特務、成為五毛，於是你們成為了

「他們」。

如果「你們」成為了「我們」，那麼「他們」的日子就不多了。

如果「你們」都成為了「他們」，那麼結果會怎樣？

相信我，不會有這種結果。因為專制國家養不起如此眾多的「他們」。只有一種可能：「我們」越來越多，相應地就需要更多的「他們」進行維穩。總有一天，專制政權會養不起「他們」。

如果真到了有如此眾多的「他們」的時候，那麼「我們」可以歡呼：我們迎來了民主。

二

二〇一七年七月十三日，朋友劉曉波死於中共的監獄之中。十一年的有期徒刑就此質變為死刑——他成了真正的死囚。悲忿中我寫了如下的句子：

自由是關不住的
但他們可以關住捍衛自由的人
一直到死
也不還給他自由

捍衛自由的人在最沒有自由的地方死了
一個生命就這樣在連續不斷的迫害中走到盡頭
他的敵人就此消滅了這個沒有敵人的人

沒有敵人的人死了
——從此更多沒有敵人的人
有了敵人——
「怎敢沒有敵人？」
「我有敵人。」

二〇一七年七月十三日

目次

被「六四」改變的人

一條手機短信

二〇〇七年六月三日，傍晚。灰收到了一條短信。是一個朋友發來的，這個朋友是他在一次朋友的聚會上認識的，只一面之交，但相互留了手機號碼。本以為茫茫人海之中，他們就等同於大多數陌路的人一樣，路過了也就等於錯過了。

這條短信只有六個字和一個省略號：

明天　明天　明天……

灰明白這條短信的意思——今天六月三日，明天六月四日。是提醒他要記住這個日子。一九八九年六月四日。這不用說！這個日子就是死了也不會忘記。總結起來就是八個字：

「不忍想起、不敢忘記。」

太深太厚的痛壓著平凡的肉體，身體變形了、心理扭曲了。背著總不是好事，放下卻又不甘。這就是灰這些年的心態。

他沒有給這位朋友回短信，表明「我懂得」。是因為這麼多年了，灰已經失去了表達的能力？

好像是，又好像不是。好像是——是因為他這些年說得、想得太多了，一切都在重複，而最終疲憊了絕望了；好像不是——是因為埋藏得太久了，有些東西會變成岩石，而有些東西會變成石油煤炭，總有一天會被從地底下挖掘出來，燃燒，成為歷史的推動力。

灰是這樣想的：這麼多年來，我已經養成了想得多、說得少的習慣。這個時代、這種習慣，也算是對自己的一種保護吧。

將眼睛離開手機螢幕，抬起頭，看到窗外下起了雨。看到了就聽到了，嘩嘩啦啦的響聲像螢幕上的配音一樣湧進耳裡，將剛才想的事情擠走。

哦，雨只下了一陣就停了，地幾乎還沒有濕盡。似是匆匆的過客。它們要趕到哪裡去？是澆息一團火，還是清洗兩行淚？是沖洗掉罪證，還是將墓碑上的塵埃沖去，讓銘文更加清晰奪目？

雨停了。不管雨停不停，灰都要出門去上班。剛才那場雨太急太快，地上斑斑駁駁地濕著，如陽光穿透樹葉照射在地上，斑斑駁駁的。太陽出來了，過一會兒地上的雨水就會被曬乾，就像走出樹林，進入到了一片開闊地上……

互換了。穿越了。

二　一條未見報的廣告

灰在一家報社上班，為要聞版編輯。就是將記者採寫的新聞宣傳的稿件首先讀校一遍，看看有沒有政治差錯，而後再按照領導官位的大小，依順序從高到底安排到報紙的版面裡。

到了報社，工作還沒有開始。為了打發時間，他拿起隨意丟放在桌子上的一張第二天見報的廣告信息版的清樣看了起來。目光在密密麻麻的文字上才掃了一眼，就像是被裝上了定位系統的導彈一樣，被帶向了一個地方——「六四」——怎麼在明天（二〇〇七年六月四日）的報紙上會出現這兩個字？

「六四」這一個敏感的數字，讓灰的心顫抖了一下。屏住呼吸，用了好長時間他才確定了眼前的這幾個字：

向六四遇難者母親致敬

這條廣告信息怎麼會出現在共產黨的報紙上？而且是在六月四日這一天？灰不敢相信。使勁睜大眼睛，確定不是做夢。再望了望窗外還是灰色的且一直持續變黑，由此可以確定還是共產黨的天下。

他確定，一定是一個「有心人」幹的。

但是，這又怎麼可能？一層一層的政治把關。

但是，這又怎麼不可能？老虎也有打盹的時候。

該怎麼辦呢？是不是要把這個事情彙報上去？灰抬眼望了望隔著二排桌子坐著的校對白。她正在看一本時尚雜誌，有半塊磚頭那麼厚，印刷很精美。

書很重，白只有將書平放在桌面上。她的目光緊緊地盯著一隻手錶。

灰知道她的校對工作已經完成了，現在放鬆下來的神精正神遊在奢侈品組成的閃亮的空間裡。

灰對白還是有好感的。在剛進報社的時候，他還試探著追求過她——

灰說：灰與白最接近了，永遠都是挨在一起的。

白說：灰配白，沒有最淺只有更淺。太沒勁了。

灰明白，白不想過清淡的日子，而只想過熱鬧的生活。白就像是一張紙，等待著有人來塗抹。她不希望是淡漠的灰色，而希望的是濃烈的彩色。

灰知道自己是沒有希望了。因為他只有灰色這一種——而且還不夠濃烈。淡漠。像灰的本質一樣，灰讓白在灰的生活裡漸漸地遠去了。是淡漠吧。

三　灰陷入了黑與白的矛盾中

此刻灰看著白，心裡竟有一絲絲的同情。而在另一頭——「向六四遇難者母親致敬」——則是巨大的傷痛。

一邊是小而具體而且近；另一邊是大而抽象而且遠。

如何做選擇？

在灰的兩邊，一頭是白代表了忘記；另一頭是黑代表了一定要記住。

灰站在中間。望了一眼白，她還在盯著那精美期刊裡的精美手錶。再望一眼曠大的窗外，天已經黑了，路燈早已經亮起來，歷史的煙雲在聚光燈的後面，成片成塊成堆地重壓著這個喜愛做表面華章的民族。

選擇題不只是黑與白那麼簡單。

還有更為複雜的細節。

如果灰去彙報：

是直接告訴白？她最多感謝一下他，請一餐飯，應該不會以身相許吧。還是向報社的領導報告？那麼報社也一定會表揚他，給他厚厚的一疊獎金。灰明白，堵住這條信息小廣告，無疑就等於是保住了報社領導的官位。

如果不彙報：

放走這一句話的小廣告讓它見報，那麼就等於是打翻了白的飯碗。白一定會被開除。報紙印出來後，人們會拿著這張報紙奔走相告？說：變革了，看官方的報紙已經刊出了紀念六四的文字了。不要騙自己了。誰都會知道這是因為有人鑽了空子，才得以使這條小廣告從嚴苛的審查中漏了出來。

廣告刊登出來後，會使更多的人知道六四這件事？會在人們的思想裡掀起巨浪？會讓人們悲痛流淚發誓要打倒、推翻、砸爛？革命……

廣告刊登出來後，僅僅只是刊廣告的人幹成了一件刊發「六四」廣告的事情。

在經過短暫的判斷之後，這是灰唯一個可以確定的結果。

灰的目光，因灰的本質而使他無法看得更遠。

有一陣子灰幾乎就要站起來走向白。對她說：你校對的信息廣告裡有一個恐怖的陷阱。然後用手指準確地指向那一行字：

「向六四遇難者母親致敬」

白一定不知道這行文字是一個什麼樣的陷阱。她會將目光離開那只名錶，移到那一行字上，再向上抬盯著灰的臉問：什麼是六四？這有什麼問題嗎？

於是，灰就要給白講那個黑色的而隨著時間推移已經變成灰色而正在變白了的故事：

一九八九年六月四日，解放軍動用了坦克、自動步槍等重型武器在北京進行了一場屠殺。有數千名大學生在這場屠殺中喪生。有一個死難學生的母親叫丁子霖，這次事件改變了她的一生。從此她開始聯繫在那次事件中死去學生的父母，聯名上書要求政府道歉、認錯，並嚴懲兇手。由於丁子霖的堅持與做出的成績，人們都尊稱她為「六四母親」。

在心中醞釀了這個故事後，灰的心中充滿著對共產黨的恨。於是，灰決定不將這個事件給白講。由它去吧，就讓這則廣告見報吧。事情總有——大小、輕重、緩急之分。

如果將這個事向上彙報，灰的良心會不安的。

如果任其刊發出來，白的工作一定就洗白了。

在曲折的歷史長河中，總會有人被推下水，總有人會被救上岸。

漫長的歷史中總要有人犧牲？

灰再向窗外望了一眼，黑夜的黑還在加深著；又向白望一眼，在熾白色的日光燈下，她悠閒得將右腳抬起來壓在左腳上，輕輕地晃動。這個不黯世事的女人啊，一點也不知道災難已經靜悄悄地包圍了她。

猛然間灰從心裡湧起了一陣悲涼，有一種是自己害了她的感覺。他不敢再看她了。否則他真的會忍不住提醒她的。

一直到深夜兩點下班，灰都沒有再往白那裡看上一眼。

四　灰的已經由黑變灰就要成為白色的故事

一九八八年灰辭去了工作，應朋友之邀到北京去創辦一份內刊號的文學報紙。一行人在北京印染廠招待所租了五間房子，即住人又辦公。編輯部的牌子就擺放在最靠外的屋子門口。

灰就住在擺放牌子的屋裡。每每進出門，灰都要看這個牌子一眼，心中充滿了溫暖。相信自己從此就走上了文學的道路。

在自小就受理想主義教育的時代，灰有一個大理想——「救國」。只是當時從大的方面來說，「國」已經被共產黨「救」了，留給灰可以做的只是小的細節——維護社會公正，剷除一些小惡小奸。於是灰開始習武。只是習了武之後才發現，現實中根本就沒有用武之地。社會上的混混們大都帶著自製的火藥槍，無論你練得有多麼厲害，只要拔出槍來扣動扳機，就會在你的身上留下一個窟窿。

在明白這一點之後，灰覺得自己傻得就像是相信刀槍不入的義和團。於是便果斷地棄武從文。通過文章也可以使那些走上歧途的壞人改惡從善。

灰就這樣走上了文學的道路。而後又隨著文學的腳步辭去工作，辭別父母姐妹隻身來到了北京。

在這個文學報裡，灰當的是詩歌編輯。同時還負責印刷排版這一塊，每當報紙要下印刷廠排版時，他都要到印刷廠負責監校、定版。

那時的印刷排版不像現在這樣有電腦排版。那時還是鉛字排版。真正的鉛字。在一排排整齊的分著一格一格小格子的架子上，按照漢字的邊旁部首分類地排列著用鉛製成的小字釘。排版的工人端著一個木盤將一個一個鉛字釘撿出來，按照文稿的順序及版式需要排放在一起。這個工作還是挺勞累的，光是走路，一天就要走二、三十裡。看久了之後，灰也大概知道哪些字擺放在哪些位置。

灰有些愛憐一個黃姓的女工，總是要幫她從架上撿些字回來，以免她多跑路。黃去年高中畢業後，頂父親的職，進了這個印刷廠。

每次灰拿著字釘給她，她總是一笑說：謝謝。沒關係。我已經跑習慣了。

灰則相視一笑回答：沒什麼，舉手之勞。

灰自我感覺與黃戀愛上了。他想：如果能結婚，就等於是在北京留下來了。

二十世紀八十年代中後期，沒有北京戶口是很難在北京生存的。那時，還有很多東西是憑票供應。

灰與黃的關係，就像是當時流行的朦朧詩一樣，一切都還很朦朧，沒有說開。

你在橋上看風景
我在橋下看看風景的你

如詩所敘，這兩個詩中的人目光尚未交集。灰相信只要這樣看下去——只要等到橋下的人都走光了，剩下他一個，橋上看風景的她自然就看到他了。

這只是一個時間的問題。需要的是耐心和等待。

結果都是一樣的——在人群散盡之後，她看見他——前提是他們所處的這個大環境沒有改變。

一九八九年四月中旬，早晨八點左右，灰還在床上睡覺，一個回老家拉贊助回京的人，猛地推開房門，像孔乙己一樣高喊：革命了、革命了。

灰睜開朦朧的眼睛問：瞎喊什麼呀？當心把你抓起來。

那人著急地像是演話劇一樣再次重複著：革命了。真的——革命了。革命了——真的。

原來他從老家回來，經過天安門廣場看到廣場上有數萬名大學生在天安門廣場上遊行。學生們打著「反貪污、反腐敗」及「民主、自由」的標語。

自小就被理想包圍著的灰，馬上起來就向天安門廣場去了。他從來沒有看到過那麼多人集中在一起，他這才感覺到自己真的就是人世間的一粒塵埃。但是又真正地感覺到自己成了國家的主人。於是，只要有時間灰都要去天安門廣場感受一下國家主人的身分。

過了幾天灰又到印刷廠去。轉了一圈沒有看到黃。看到灰失魂落魄的樣子，一個大姐笑著說：灰，沒有找到組織吧？

灰知道這個大姐說的「組織」就指的是黃。於是就問：她怎麼沒有上班？

大姐說：黃去天安門遊行去了。

「遊行？」灰有些敬佩起黃來：「她不害怕丟掉工作？」

「是廠裡派她去的。」

「廠裡安排她去遊行？」

「你哪裡知道，這是奉旨遊行。」大姐看了一下四周，確定沒有別人，於是再接著往下說：「是政府組織的遊行，每個人，每天政府發五十元錢。是反對學生的。我們沒有人願意去，於是廠長就指派黃去參加。」

「為什麼指派她？」

「她最年輕啊！我們都老了，走不動啦。」

「她——不去不行麼？」

「上面下了死命令，不去就除名。」

灰不說話了。匆匆地就出了印刷廠，直接向廣場去。在天安門廣場的人海中，灰很容易就找到了黃。因為只有那一隊人走到哪兒都要招來一片罵聲。這一隊人舉著「堅決反對動亂」「堅決支持黨中央四・二六社論」的標語，灰看到黃低著頭走在隊伍的中間灰溜溜的樣子，想著——這真的就像是過街的老鼠啊。這將給黃的心靈帶來多大的創傷？

灰想要衝進這支遊行隊伍裡將黃拉出來。但一時竟又沒有這種勇氣與理由：「她是我的什麼人啊？她只是我假想的結婚對象。只是我在北京留下來的依託。」

在這次組織組織的遊行之後，很多同學及朋友看到黃都會責怪她。說黃不應該去參加那樣的遊行。黃變得抑鬱起來。對誰都不說話。六月四日那天上午，街巷裡解放軍的槍聲還沒有完全停息，她便從印刷廠裡最高的那幢樓的樓頂上跳下來摔死了。

六月四日之後，所有內刊號的報紙全部被停刊了。於是灰只好和一起辦報的兩個朋友離開北京，另尋出路去了。

五　那一年灰陷入了黑暗之中

灰離開北京和另兩個朋友到了安徽省宿松縣的一個小村。由於他們是從北京回來的，很多農民都來問北京的事。

於是，他們就將在北京看到的事情講給村民聽。

還沒有一個星期，當地公安局就排查到了這裡。據說那一年每一個地方都要排查從北京回來的人。一個也不能放過。

由於他們有跟當地人說「解放軍打死了人」，於是就被關進了看守所。進去容易，出來就難了。灰被以「反革命煽動罪」為由執行勞教一年。

灰對提審他的警察說：「在北京我只是一個湊熱鬧的人。你們把我抓進來是抬舉了我。你們使我進入了『大歷史』之中。」而本來他就是一個歷史的門外漢。這是灰唯一的收穫。

一年的牢獄之災。孤獨、寂寞。狹小的空間。濕霉的空氣。各式各樣的騙子、小偷、劫奪者、殺人犯、強姦者，包圍著灰。殺人犯在監獄裡是最牛的人。每一個人都害怕他，因為反正都是死刑，多殺一個人就多賺一條命。灰在那裡面明白了，要壞就要最壞的道理。共產黨一定就明白這個道理，所以他們從來都不怕殺人。殺得人越多，別人就越害怕你。

灰色的高牆，夜晚灰暗的燈光永遠也不熄滅。照亮了灰的每一個夜晚。讓夢沒有演繹的場所。那一年灰丟失了多少個美好的夢？

那一年，灰陷入了黑暗之中。灰色的陰影一生也抹不去。

六　一條已經見報的廣告

六月四日早晨八點左右，灰還在睡覺，就被一條手機短信吵醒了。懶懶地伸出手將手機拿到，翻開信息，還是昨天的那位朋友發來的：

成功啦。快點去買一份今天的報紙，留作紀念。

灰知道這指的是昨天他看到的那條廣告。看來還是沒有人看出這句話的端倪，最後讓這條廣告見報了。灰想再多睡一會，於是又閉上了眼睛。再次睜開眼睛時已經十點半了，灰趕緊起來，到樓下去買報紙回來收藏。

到了一個賣報攤，對那個二十來歲的守攤小夥說：給我買份報紙。

賣報的人說：賣完了。

今天怎麼這麼早就買完了？灰有些不解。是不是大家都發現了其中的祕密？

賣報的人說：我也奇怪，今天買這份報紙的人特多。剛才——先你一步——報社發行部的人來了，將剩下的報紙全部回收走了。

說完賣報人就將目光盯著灰——你來買報紙，一定知道其中的祕密。彷彿想從他那裡解開這個謎底。

灰說：今天報紙上有一條廣告信息「向六四遇難者母親致敬」。

賣報人睜著一雙年輕乾淨的眼睛問：這句話有什麼問題？是什麼意思？

這麼重大的事件都不知道。灰反問到：一九八九年六月四日。那個事件。你不知道麼？

灰感覺到自己這三句話是一句一頓，咬牙切齒地從牙齒縫裡擠出來的。

賣報人搖搖頭說：不知道。

灰問：經常上網吧？

在得到肯定的答覆之後，才又接著說：你上谷歌去搜一下六四這兩個數字就知道了。記住啊，要谷歌，不要百度。

七　白的工作被洗白了

與往常一樣，吃了晚飯，灰到報社去上班。到了辦公區，偷偷向白的座位掃一眼。位子上是空的。那本厚厚的時尚雜誌還在桌子上擺著，封面上的美女在日光燈照射下顯得更加性感撩人。

灰意識到最壞的情況出現了。永遠在那個座位上看不到白了。

再環顧一下四周。所有的人都在竊竊私語。彷彿有一個定時炸彈就在身邊「嘀嗒」「嘀嗒」地響著，隨時都有可能爆炸。

灰沒有去加入他們的討論。這一切昨天他就預感到了。今天就像是一場足球賽已經踢完了，自己也已經知道結果，再看重播一樣。

灰聽到那邊的議論聲裡傳來了一個很明確的消息：白被開除了。

同時被開除的還有廣告部接收此條廣告的經辦人、出版部排這個版面的組版員，當天簽片審稿的值班老總被停職、調離（這對於官員來說無異於是死了一回）。

我對不起白！

是我害了白？

這件事怎麼能與我沒有關係？我本來了可以救下她的。可是在「大事」與「小情」的選擇上，我選擇了大事。

「大」實在是離我很遠，而「小」卻緊緊地圍繞在我身邊。

灰想著：失去了工作，白以後怎麼生活？她的那個還在上幼兒園的女兒怎麼辦？

第二天，灰藉著上班，順路去白的家看望一下她。敲門，敲了很久，終於有人來開門了。出現在門口的白一夜間就白了頭髮。灰吃了一驚，望著她的頭髮說：你怎麼就？……

「讓你看笑話了。」

「是我對不起你。」灰想要將他在出報前看到了那一行字的實情告訴她。可是話到嘴邊就又咽進了肚子裡。灰知道白一定不會原諒他。

白並沒有聽出灰這句話裡的玄機，自顧自地說：這都是愁的。以後可怎麼辦啊？

「你老公呢？」

「我們早就分開了。只是還沒有辦離婚。」

灰從挎包裡掏出用信封裝好的二〇〇〇元錢。為了讓白能夠收下，他謊稱道：這是報社讓我轉交給你的。

白伸手接過錢，嘲笑著說：現在我是不是應該說——感謝黨、感謝政府？

灰紅著臉不知道應該怎樣回答。匆匆地說：「我來不及了，要上班去了。」說著就走了。

拿了二〇〇〇元錢給白，灰的內心好受一些。好像是完成了一次對自己的救贖。

八 白開始了自謀生路

一切從零開始。

一開始白對從新開始還是充滿了信心。她一直用這句話來鼓勵自己，「此處不留爺，自有留爺處」。這句話讓白感到她一個小女子竟然也能豪氣沖天。她先是到其他的媒體應聘。可是沒有一家媒體錄用她。原來白已經進入了「媒體禁入制」的黑名單，沒有媒體敢要她。

中國的人太多，找工作真是比生孩子還要難。費了好大的功夫，白經人介紹到了一家廣告公司去做清潔工。可是上班的第一天，她就被氣跑了。原因是在快下班的時候，頂頭上司讓她去打掃男廁所。白說：「那是男廁所啊！」上司和顏悅色地說：「進去前你問一下有沒有人，沒有人你就可以進去嘛。」

於是白就去了男廁所。她在門口喊了幾聲：有人沒有？有人沒有？

沒有人回答。

白推門進去，看到一個光頭男人正站著撒尿。她急忙說了聲：「對不起。」就要退出去。沒想到那個男人說：「你就這樣走啦？」

她一時不知所措：怎麼？還有什麼？

那男人說：「你看了我的，我也應該看看你的……」說著還指了指下身那根還在滴著黃色液體的東西：「否則，就太不公平了。」

看到他猥瑣的樣子。白驚叫了一聲就逃跑了。

不能靠別人，一切只有靠自己。白下決心要自己當老闆。自己掌握自己的命運。

白將她剛生孩子時親戚朋友們送給女兒的來不及穿的衣服全都翻了出來。數了一下，足足有二十多套呢。現在自己的這種情況，也顧不得面子了。她將這些衣服拿到街邊上去擺了一個攤子。在兩棵瘦小的行道樹之間拉起一根繩子，將衣服掛上去。站在一旁等待，沒等一會兒就有人走上前來問價。覺得價錢合適了，掏錢就買。

原來這就是做生意。從早晨出門，到天還沒有黑下來，童裝就全部賣掉了。因為衣服是別人送的，所以沒有成本。一下子就淨賺了八〇〇多元。

真是天無絕人之路。第二天一大早，白就去荷花池市場，將昨天賺的八〇〇多元錢全都進了嬰兒穿的衣服，又到街邊上擺攤賣。一天下來，也還不錯，除去成本，還剩了接近二〇〇元。白又充滿了對生活的信心。

第三天，白在街邊上剛將攤子擺好，就有一輛城管的汽車疾馳而來。在她的面前停下來，從車子上跳下幾個城管，將攤上的童裝幾下子就丟到了車上。說：違法出攤占道，全部沒收了。說完在一陣汽車捲起的煙塵掩護下，不見了。

速度太快了！動作太熟練了！白還沒有想清楚是怎麼一回事，就被洗白了。想哭，她都哭不出來。

自從白被開除之後，灰每天都要找藉口讓自己「路過」白的家門口。他對白有些不放心。擔心她想不開。「想不開」？什麼是「想不開」呢？想著、想著，灰覺得：不是別人想不開；而是自己想不開了。如果不看到白，不斷定她「今天還好好地活著」，他就沒有辦法讓自己安下心來。

這一天，灰看到白在擺攤賣童裝。衣服都賣完了。他放心了。

第二天，灰看到白的生意還不錯。他放心地上班去了。

第三天，本來灰懸著的心就要放下來了。但是又想：再去看一看吧。最後一次。於是不由自主地又來到白擺攤的地方。在就快要到時，一輛城管的汽車呼嘯著從他的身後開來，並向前超去。灰一下子就意識到了城管出現之後接下去會發生什麼。製造悲劇。製造一幕又一幕的悲劇。毀滅希望。毀滅一個又一個希望。灰下意識地向前小跑著。

可是，已經來不及了。

白望著兩棵小樹之間空蕩蕩的繩索，目光就像白紙一樣乾淨而無內容。

恰在這時，灰出現了。他默默地站在白的對面，語氣懇切地對她說：「我找人幫你要回來。」說著就像是背負著沉重的責任一樣走了。

白看到灰的背影融入漸漸變灰被塵埃充斥著的空氣中。

九　紅使白第一次成了新聞的主角

灰到了報社，找到在報社跑城管這一口子的記者——紅。灰將紅喊到了一個避靜的地方說：無論如何，你要幫我這個忙。

紅問：什麼事？

灰將剛才看到的白的故事講給了紅聽。最後說：無論如何，你一定要幫這個忙。

紅說：這個事，好辦。大家畢竟同事了一場嘛。

紅到了沒收白東西的城管大隊，找到大隊長——小黑。黑見到紅來了，笑著說：大記者，我可沒有得罪你呀。

「你是沒有得罪我，可是惹到我的朋友了。」

「怎麼回事？說來聽聽。」

「你是不是沒收了一個擺地攤賣童裝的女人的東西？」

「你先在這裡坐一會，我去問問看。」

說著黑就出去了。還沒有五分鐘就回來了，做出一副欲言又止狀：是有這麼一件事。怎麼……她是你的……？

「你不要瞎想，」紅打斷他的話，說：她是我們報社的校對，前些日子出了一個政治差錯，被除名了。

黑把沒收白的東西，裝在一個編織袋裡拿給了紅。望著這一堆服裝，紅心裡想：把這些衣服還給白又有什麼用呢？放在家裡又不能穿，也不能再到街上擺攤去賣。

紅想：幫人幫到底吧！於是問黑：能不能讓白在街上擺個攤，把這些衣服賣掉？

黑很堅決地說：不行。她有飯吃，我就沒有飯吃。

聽到黑這樣說，紅也就知道了黑的難處。因為小黑的上面還有大黑。沒有最黑、只有更黑。但還是得給白想個辦法。憑著多年當記者，製造了無數個無中生有的新聞、炒作了無數個經典的好人好事的經驗，紅靈機一動，對黑說：我想這個樣子——你們把白招進來當城管，你看怎麼樣？

黑說：你們報社把她開除了，再把她推到我們這裡來。門都沒有。

紅說：你別急，你先聽我說嘛。

紅是這樣設想的：

城管一直在市民的印象裡不好。就像是土匪一樣。現在，這種民與匪的關係越來越突出，已經到了水火不容的地步了。可以做一條這樣的新聞：城管大隊在執法中，遇到了一個獨自帶著一個兩歲女兒的母親，在街邊占道擺攤。不管又不行，有礙市容。管了呢，這對母女怎麼生存？經過討論，及上級有關部門批准，城管大隊決定人性化執法，將這位母親招到城管工作。即保證了市容、市貌，又使這對母女的生計得到了解決。

紅拍了拍黑的肩膀，總結說：通過這條報導，可以證明你們城管一點都不黑。而是一支有情、有義、有人性的隊伍。

黑是這樣理解的：

書記看到報紙的這條報導之後，會覺得我不止是一個隻會亂衝、亂抓、亂撣，只會製造麻煩的蠻漢，而是一個有想法的人。懂得用新聞宣傳來改變群眾對城管的印象、看法。黑知道「宣傳不僅是黨在發展中的手段，簡直就是黨的父母——沒有宣傳，就沒有黨的形象。更不能將天下的果實採摘在手裡。」或許，書記一高興，我就可以升上去了……

想到這裡，小黑嘿嘿地笑了兩聲，誇獎紅說：不愧是編新聞的高手。高，實在是高。

過了幾天，報紙上就出現了這樣一條新聞：城管大隊人性執法，將以前執法的對象招收進城管大隊，使其成為了一名光榮的城管隊員。

接著就講了一個執法者與被執法者雙贏的故事。城管大隊人性化執法，感動了一個占道擺攤的釘子戶。這個釘子戶表示就是餓死，也不出攤占道了。但是這樣一來，她的生存又出現了問題。社會主義國家絕對不容許有人餓死。怎麼辦呢？城管大隊可不能見死不救——哈哈、呵呵、呵呵，於是就出現了故事開頭的一幕。

如果這是在拍電影，那麼故事講到這裡一定會響起那一支歌：

解放區的天是明朗的天
解放區的人民好喜歡……

只是成都的天不爭氣，始終都灰著臉，表明自己確實是名副其實的「塵都」。這就是人們常說的——上天不作美。沒有出現「天人合一」的和諧場景。喜悅掛在傳說中這個地球上幸福感第一（中國人全世界幸福感排名第一、而成都又居全國幸福感第一）的人們的臉上，但蒼天並沒有將喜悅像人們想像的那樣在天空之上表現出來。

十　近朱者赤近墨者黑

自從那篇報導見報，白當上了城管隊員之後，街道上無證占道經營的攤販不僅沒有減少，反而迅速地增加了。

看到城管隊員過來抓，攤販們不僅不跑了，反而還迎上來對城管隊員說：「東西你們拿去吧。只要讓我加入城管有碗飯吃就行。」弄得城管隊員都不知道應該怎麼辦了。只好空手而回。向領導彙報說：「領導，我們開了一個不好的頭。」

「你說清楚點。什麼叫開了一個不好的頭。」

「亂擺攤占道的攤販們都想像白那樣成為城管隊員。越來越膽大了。看到我們來了不僅不跑，反而迎了上來，想讓我們搞得他們沒有飯吃，而借此當上城管隊員、吃城管的飯。」

「真是些刁民，他們都有吃了，我們吃什麼？」領導鐵青著說：「去，把白給我叫來。」

白低頭站在領導的面前。從她的這付樣子，可以看出來她知道自己給城管事業帶來了多大的麻煩。

領導沒有多說一句廢話。只對白說了一句話。

白便像軍人一樣回答說：保證完成任務。

說完，白就衝了出去⋯⋯

白開始上街抓出攤占道的小販，像是對小販們有著深仇大恨，下手特別狠。像是變了一個人一樣。因為她明白了一個簡單而粗暴的道理：「我不追得他們沒有飯吃，我自己就會沒有飯吃。」很快，白就成了占道擺攤者中人見人怕的女魔頭。都說：小白太黑了。遠遠地看見她，早就收起東西躲遠了。

領導到底對白說了一些什麼呢？

領導果然就是領導，只一句話就讓白變成了另外一個人。

領導確實厲害。人們都在想這一個謎底。如果誰猜出來了，那麼⋯⋯哈、哈哈、哈哈哈⋯⋯就具備了當領導的能力。就可以改變世界。

有一天，灰看到白在大街上攆一個賣雞蛋的老婆婆。老婆婆因為年齡大了沒能跑得掉。白衝上前去一腳把竹筐踹翻在地，讓雞蛋滿街亂滾⋯⋯爛了一地。蛋清、蛋黃、混合成稀屎一樣的顏色。

老婆婆哆嗦著從口袋裡掏出一隻皺巴巴的塑料袋。彎下腰，去兜地上那些混合在一起的蛋清、蛋白，說：「可惜、太可惜了。不能浪費了，這些掃回去，都還可以吃啊！」說著就將這些粘乎乎的液體往袋子裡裝。

在不遠處的路口，灰攔住了白：你、你、你——怎麼能這樣對一個老人家？

白反問：你一直都在跟蹤我？

灰感覺到有些不自在地說：我，我只是怕你變壞了。

白回答：不變壞？不壞在這個社會上如何生存得下去？領導給我下命令說：「你不撵得他們沒飯吃，我就會讓你沒有飯吃。」

灰：你可以溫柔一點，不要這麼凶嘛……

白叫喊著：我是身不由己呀。我的飯碗端在他們的手上。我可不能再丟了飯碗啊！

看著白兇狠的樣子，灰知道白已經不是以前的白了。

當天晚上，灰幾乎一夜也沒有睡，因為他不相信白天看到的那些是真實的。第二天一早，他又來到了白工作的地方，一條避靜的小街道，樹蔭蔽天。灰陰陰暗暗地隱在陰影中間，如果不注意很難看到他。有一個賣蘋果的小販在一棵小樹下擺著兩筐水果。因為樹小，所以那一塊地方亮了許多。在亮色中，灰看見白將小販的蘋果沒收，爾後再轉賣給菜市場裡的水果攤販。轉手間就賺了一筆錢。看著白貪婪的樣子，灰確信白已經不是以前的白了。但他還是想最後挽回她。因為他總感到白現在的這個樣子，完全是他造成的。如果他將那條小廣告指給她看，而後再講一個絕望的故事給她聽，那麼她的生活完全不會有任何的變化。而現實是那條廣告刊登出來了，對我們周圍的世界好像並沒有預想中的影響。觸發到人們的良心，讓人們回憶起那個遙遠的春天，希望像春天的種子一樣發芽、生長。

開花、結果。

灰還是想做最後的努力。否則他的良心就無法平靜下來。

他對白說：不就是為了吃飯嘛？我可以養你。

白問：你憑什麼養我？

灰一開始還以為白問的是，他以什麼身分來養她。便回答說：我可以和你結婚。

「結婚？和我結婚？」白其實一直都知道灰在暗中喜歡著她，只不過是不願意將這層紙戳穿。因為她一直很喜歡這種曖昧的感覺，享受著而自己卻不需要有一絲的付出。現在這層紙戳破了，她只有給他一個準確的答覆：「你知道，我最近變化很大。」

灰點點頭。

「你知道我現在變化最大的是什麼嗎？」

灰搖搖頭。

「我現在變化最大的是接觸到了權力。學會了用權力。這東西真的太好用了。」看著灰一臉詫異的樣子，白接著說：「我發誓，除了權力之外，我誰也不會嫁。」

灰明白了：你是要我當官？

白點點頭。

「你想想看，我當官之後會娶你嗎？」

白搖搖頭。

「在這個社會，有了權力之後，最先失去的就是良心。」灰盯著白閃爍而好鬥的眼睛說：「沒有良心的人，是不會因為內疚與自責而去娶一個離婚且帶著一個孩子的女人的。」

灰與白就這樣相交，再又分開了。

茫茫人海之中，白越過灰向黑滑去……

十一 一年後……

紅：

一天在市里的一個土地交流的會議上，紅遇到了黑。

紅向黑打招呼：你怎麼會在這裡？

黑說：你那篇炒作見報後，不僅沒有幫到我們，反而還添了麻煩。在街道上無證占道擺攤的人更多了。都說沒有出路、都說實在是沒有別的辦法了。都想來當城管隊員。

紅說：不好意思哈。我就猜到這個結果。可是又想幫幫白。

黑說：沒什麼，我已經離開那兒了。書記看到那篇報導，只說了一句話：「這個小黑，很有想法嘛。這是一個宣傳建設和諧社會的榜樣。」就因為書記這句話，我升官了。調到房管局，肥差！你懂得。城管那頭的事與我無關了。

紅說：你怎麼感謝我？

黑將紅拖到一個無人的角落，將手腕上的錶摘下來塞給紅：這個你拿著，市場上至少值十幾萬元。

紅說：我就不客氣嘍。

黑說：跟我客氣什麼。以後還要請你多多捧場，策劃新聞。

灰：

一次朋友約喝茶。灰遇到了那個在報上刊登廣告的朋友。

灰說：你的那條廣告，害得好幾個人被開除了。成都報界，很多人都恨你。

「犧牲是必需的。每一個時代都需要有人犧牲。」

灰問：你那條廣告是怎麼漏過去的？

「這得感謝共產黨自一九八九年以來成功地封鎖住了六四事件的傳播。我去辦理廣告時，接收廣告的小姑娘瞪著天真的大眼睛問：『六四死難者母親』是什麼意思呀？我回答說：就是前幾天的礦難，死了六十四個人。」

「她就相信了？」

「是相信了。」

這位朋友在與灰分手時，問：你還是在報社上班？

灰知道他的真正意思是希望他離開那個共產黨的宣傳機構，不要幫著共產黨騙人。可是在中國，除了自己能夠真正地獨立——比如像白那樣非法占道擺攤，只是那能夠幹得長久麼？——其他幹什麼不是做共產黨的幫兇呢？

於是，灰回答說：對絕大多數人來說——在專權暴虐、民權衰微，人性大幅度倒退的時代，原地踏步就意味著進步。

二〇一二年九月八日

編前會

一

工作日的每天傍晚五點四〇分，我都要參加本地版塊的編前會。本地版塊分為要聞、社會、法制等部門。

所謂的「編前會」就是採訪部門將今天到現在為止都發生了些什麼新聞，和有哪些稿件的目錄及大至內容報給編輯部聽一道，以便判斷哪條新聞重要，哪條新聞一般，哪條新聞沒有採訪到位需要補充些什麼內容。為晚上的編輯及排版工作做準備。

要聞部報到一條稿子，說是今天上午十點五〇分，有近三十年歷史的「成都飯店」爆破拆除了。一位編委點出了新聞的實質：炸不垮或沒有炸死人都不能算新聞。只能是宣傳。

報稿子的人說：「大樓被炸垮後，清除中發現煙囪裡有一具乾屍。還是一個女的。」顯然，說話的人為是自己宣布這個意外的消息而感到滿足。

他停下來等待別人發問。

果然就有人問：「死者是什麼人？」

「不知道。是一具乾屍。不知道在煙囪裡面有多久了。據說整個工地上都飄滿了一股煙燻臘肉的香味。就是因為太香了，工人們流著口水，順著味道清理過去，於是就看到了原來香味是從一具屍體上飄出來的。」

「知道是誰幹的嗎？」

「不知道，只知道是一具女屍。大約二、三十歲，長髮還是短髮無法判斷，因為頭髮已經被煙道裡的煙烤光了。在她的旁邊只有一隻中跟的皮鞋。從皮鞋的款式判斷，這個女性生前並不是很時髦。」

「……」這應該是編前會上很難聽到的爆炸性的新聞，編前會了響起了眾多的議論聲音，雜亂到沒有辦法聽清任何一個人的聲音。

於是，主持會議的副總編提高了音量：「上面打了招呼，只能發炸樓。發現死屍的事一個字也不能提。」

聽到報社領導這樣一說，就沒有人再議論了。經驗告訴人們，只要「上面」有這樣的招呼，事情就到此為止。無論是誰，也探聽不到更新的消息了。在這個國家，這就是鐵一樣的宣傳紀律。不該說的一字不說、不該問的一句不問。

二

以下就是第二天見報的新聞：

成都飯店爆破：民眾淚別「城市名片」

本報訊　昨日上午，成都飯店爆破現場，不少民眾紛紛聚集在此，揮淚告別這張「老成都名片。」民眾不斷前來拍照留念，將這座成都昔日「最牛飯店」深深地留在記憶中。

十月二十五日上午十時五二分，隨著一聲巨響，十三層樓高的成都飯店成功爆破。不少民眾紛紛趕到現場，告別這張「老成都名片」。作為中國西部地區第一家四星級飯店，成都飯店自一九八四年開業後，就成為了當地的標誌建築，更成為了老成都人心中的「城市名片」。在二十年前，到成都飯店吃上一頓飯，不僅會成為人們的談資，還被看成一種身分的象徵。上世紀九〇年代末，因經營不善，成都飯店便不復當日光彩。

上午九時，爆破工作人員全部撤離現場，周邊居民也陸續撤離；上午九時三〇分，成都交警對附近道路實行了臨時性交通管制；十時四四分，現場看不到任何車輛通行，一片安靜；三分鐘後，警笛聲響起。

十時五二分，一聲巨響，成都飯店大樓傾斜倒下，整個過程僅僅持續不到十秒。記者所在的大樓距離爆破點約六〇米，震感強烈。現場有十餘輛灑水車對爆破點進行灑水除塵。五分鐘後，彌漫了近一五〇米半徑的白色濃煙逐漸散盡。

隨著大樓倒塌，站在遠處觀看的蔣大爺情不自禁地流下眼淚。今年六十歲的蔣大爺曾是參與成都飯店建設的工人，得知爆破拆除的消息，他專程前來送別「老朋友」：「原來成都飯店好繁華，接待的盡是外賓，現在就這樣炸了，我肯定捨不得呀。」

與成都飯店相鄰而居了近三十年的孫大爺更是用相機記錄下了爆破的全過程。「我經常來這裡拍照，當時東郊這塊只有它最高，我既感到惋惜又覺得是應該的，因為我們成都會變得越來越高、越來越漂亮。」七十歲高齡的孫大爺還向記者展示了自己這些年所拍下的照片，「這些都是回憶，不僅是成都飯店的回憶，更是我自己的回憶。」

本次爆破共用炸藥約五〇〇公斤，爆破孔四二三八個，使用雷管約五二〇〇發。據介紹，在原飯店拆除完畢後，將在原址上建設一座三萬平方米的五星級酒店、一個六萬平方米的購物中心和一・五萬平方米的甲級寫字樓，層高預計達到三十層以上。一張嶄新的「成都名片」又將誕生。

附：成都飯店大事記

一九八四年　成都飯店開業，為成都市政府招待所。
一九九二年　成都飯店成為當時整個西南地區首家四星級涉外旅遊飯店。
一九九七年　因經營困難，成都飯店被估價一・四億元轉給了香港置威置業有限公司。並由四星降為三星。
二〇〇〇年　因債務糾紛，成都飯店被法院查封。笠年由上海錦江飯店發展有限公司託管。
二〇〇七年　十一月，成都工投資產經營有限公司透露，已完成對成都飯店司法債權及五十五％物權的收購。十二月，成都飯店以三・六億元的參考價格走上拍賣台，遭遇買家悔拍。笠年，成都飯店因消防問題而閉門歇業。
二〇一〇年　十二月，四川洋洋百貨股份有限公司以四・〇三億元價格買下成都飯店。
二〇一二年　十月二十五日，成都飯店被定向爆破拆除。

三

在爆炸所產生的塵土中，孫大爺沒有像其他的人那樣向後退了十幾步，而是向前進了十幾步。孫大爺是幹新聞出生。現今已經退休在家。作為新聞記者，他知道這個道理：「如果你圖片拍得不夠好，那是因為你衝得不夠近」。於是孫大爺在大樓剛趴下之時便前向衝了幾步。此時維護秩序的保安根本就不敢冒著生命危險來攔阻他。

照相機快門卡嚓、卡嚓地響著。塵埃也即時地圍住了孫大爺。包括那一陣奇異的煙燻臘肉香味。太香了，像是兒時的記憶。那個時候還沒有「飼料豬」。用現在的定義，那時的豬都是純綠色環保豬肉。那個時候，如果誰家想躲起來偷著吃上一回豬肉，是根本就不可能的。因為濃濃的香味會像一個告密者一樣告訴人們說：快聞聞，快聞聞，多香啊！可就是不給你吃，氣死你。快，快點流口水啊。

這一陣濃烈的味道喚醒了孫大爺久遠的記憶。味覺，帶著他進入了年輕力壯時的環境裡，灶臺上掛著的臘肉，如果不是等到有重要的客人來，那麼它們就將永遠這樣掛下去。直到變成一根木頭一樣的質地。他記得那年剛滿五周歲的兒子眼巴巴地盯著他請求著：「爸爸，今天我過五歲生日，割一塊臘肉吃吧。求求你了。」他望著兒子黑瘦的臉膛、乾柴一樣的身子骨說：

「孩子，那是留給客人吃的。」

「客人什麼時候來呀？」

「孩子，客人是可遇而不可求的。」

「爸爸，為什麼自己家的人不能吃，而要給別人家的人吃呢？」

「因為如果別人來我們家做客，而我們又拿不出好東西來招待別人，那是要被別人笑話的。」

「為什麼怕被別人笑話？而不怕被自己的兒子笑話？」

兒子不明白被別人笑話有什麼可怕的。自己身上又不會掉下一兩肉，相反的還會長一點肉呢。兒子盯著那塊他生下來之前就掛在灶台前的臘肉，眼淚流成了兩根線。父親一個耳光就扇了過去：「吃、吃、吃，就知道吃。吃了去死？」

兒子低著頭就衝出門去了。父親想，孩子就是不能慣，等他在外面餓了自然就會回來。沒想到當天下午兒子就跳進了隔壁院子中的井裡淹死了。這樣活著太沒有意思了。看得到卻吃不到。這是一種什麼樣的折磨啊。

父親不知道會是這樣一個結局。如果知道，他無論如何也會割一塊臘肉給兒子吃的。

「吃，吃了去死！」可兒子還沒有吃就死了。為了彌補過失。不，是為了讓自己的心頭好受一些、少一些自責。父親將掛在灶台前的那一塊老臘肉在兒子的墳前燒成了灰。像是火化屍體，乾得像木頭一樣的老臘肉木柴一般燃燒著，火苗隨著風撲啦撲啦地閃動，火苗的外邊包裹著深夜顏色煙塵。如果以這些黑煙兌上水，定能寫出暗夜一般的黑色文章。父親的天空從此就黑了。

煙火中，一陣奇異的香味彌漫開來。

香、太香了……

父親被香味迷醉了……

等清醒過來時，他發現自己流的不是淚水而是口水……

對於吃的東西（況且是葷的），在那個物質緊缺的年代，這是再正常不過的生理反應了。當然，事情還會再發展——父親明白了自己剛才流的不是淚水而是口水之後，開始嘔吐起來。從此後父親看到臘肉就想嘔吐。

兒子死後不久，毛主席也死了。毛主席死後被裝進了水晶棺材裡，供遊客瞻仰。有一次父親去北京出差，因為崇敬的原因，父親去天安門毛主席紀念堂參觀，剛走進水晶棺材，看到毛主席躺著的身體泛出了紅光，油乎乎、亮晶晶……他猛然間就嘔吐了出來。

迅速地，他就被警察架走了。他說：「我不是故意的……我想起了臘肉、想起了死去的兒子……我這是一種病啊！」他說：「我是崇敬毛主席的，否則我怎麼會不遠萬里來到天安門廣場瞻仰他老人家的遺容？」經過長達三個月零七天的連續審問與內查外調，公安部門沒有發現有什麼「敵對勢力」進行的「不可告人的陰謀」，才將他放了出來。否則他怕是要在天安門那個壓抑的房子裡亮晶晶的水晶棺下面，像二〇〇〇年前的兵馬俑一樣給毛主席他老人家陪葬了。

四

隨煙塵的彌漫，淡漠的臘肉香味飄蕩開來。有人使勁地吸著氣說：好香，什麼味道？只是在香味飄入鼻孔時也有大量的灰塵湧進來，嗆得要咳嗽，人們不得不用手捂著嘴巴，隨著塵埃的彌漫開來而向後退。

前面我說過，孫大爺沒有隨著塵土的湧來而後退。另外還有一個人沒有向後退縮，他就是蔣大爺。前面我說過，孫大爺不向後退是為了拍到更加近距離的照片。那麼蔣大爺呢？他是捨不得他親手建造起來的大樓啊。

這陣香味中，孫大爺突然發現自己居然沒有嘔吐。這可是臘肉的香味啊。孫大爺隱隱地覺得這陣臘肉香味背後一定隱藏著什麼。

莫非這像是臘肉的香味並不是臘肉的味道？那是什麼味道呢？

任何追問在現在這個浮燥的時代都停留不了多久。就像是那座剛剛倒下的成都飯店，鋼筋、水泥、玻璃門窗，很快就會被工人們清理掉。這並不是因為他們熱愛乾淨整潔，而是為了以最快的速度在這裡修建起新的大廈。房價一直在漲，似乎已經站在了一個最高點上。要抓緊時間讓高樓倒下，讓新樓站起。趕在房價下跌之前，將房子買掉，變成現金。就像是擊鼓傳花一樣，大家都在以最快的速度將手中的雷拋給別人。

看，灑水車已經在向廢墟裡噴水了，以壓住還在不斷地湧起的塵土。寬闊的公路邊也停了十數輛的運渣車，準備將這些渣土運走，使這裡成為一個真正的空地。

記憶將被抹去。

現代化之下，重型機械將一個高樓從城市中間抹掉用不了幾天的時間。孫大爺感覺到時間的緊迫性。他在倒塌的成都飯店四周迅速地按下了無數次快門之後，匆匆來到了成都飯店背後的黃金洲公寓，那裡可以俯拍到倒下的成都飯店的全景。

一個與他年紀相仿的門衛攔住了他：「找誰？」

「到上面拍幾張照片。」孫大爺指著還在向天空中冒著灰塵的成都飯店的方向：「做個紀念，我在這附近住了幾十年了。看著它矗立起來、看著它倒塌下去。唉，好好的大樓……讓人怪捨不得的。」

門衛被感動了，說：「進去吧。注意安全啊。」還專門指點著說，「只有前面那個單元才能上到樓頂。」

「謝謝。謝謝。」

五

孫大爺爬到黃金洲公寓的屋頂。天臺上面發黑發硬的泥垢告訴人們這個城市的霧霾、灰塵有多具體、現實。

孫大爺小心地走到天臺的邊沿。拿起相機「咔」「咔」「咔」「咔」拍了十幾張……而後通過液晶屏在看成像的效果。

拆遷的效率真高，已經有三輛挖掘機分三個角，正伸展著鐵手臂將還沒有完全倒下趴穩的斷梁殘壁推倒。

孫大爺想拍一張挖掘機工作的鏡頭。於是從攝影包裡拿出了一個長鏡頭換上。「咔」「咔」「咔」「咔」……一直到照相機的內存卡用完，才停止了拍照。

就在孫大爺準備走的時候，三台挖掘機同時停止了工作。其中一台挖掘機的司機跳下駕駛室，拿出手機，對著話筒在說著什麼。孫大爺站在樓頂上看了一會兒，覺得樓都炸倒了，應該不會有比這更大的事。於是看稀奇的興趣就沒有了。收起照相機下樓回家去。

回到家裡，孫大爺將照片拷到電腦的硬盤裡。成都飯店的歷史就這樣結束了。

六

晚上八點鐘，一家人坐在沙發上看電視劇。劇情老套，劇中人物美麗、幸福。幸福是因為他（她）們長得漂亮？不管劇情乍樣，一家人能夠坐在一起看長長的電視連續劇的本身就是一種幸福。

在電視劇中間插播廣告的時候，女婿將頻道調到了新聞台。電視新聞裡正在播成都飯店被炸倒的新聞。

孫大爺說：真是些敗家子，好好的大樓還能用，就這樣炸掉太可惜了。

女兒說：不這樣折騰，哪裡來的ＧＤＰ啊。

在報社工作的女婿說：今天我們開編前會，記者說在倒塌的成都飯店煙囪裡發現了一具女屍。上面明確地打招呼說不準報導。

什麼？

屍體？

還是女的？

這可是大新聞啊。孫大爺說：我今天還去拍照片了。孫大爺停了一下又說：怪不得挖挖機挖了一會兒就停住，不挖了。

「老爹，你在哪兒拍的？」

「在蜀都大道上拍了十幾張。然後又在黃金洲公寓的樓頂上拍了幾十張。」

「快，給我們看看！」

於是一家人丟下了電視機裡的狗血劇情，圍在電腦前面看孫大爺早上拍的照片。那裡面才是現實中最真實的故事，而且遠遠比坐在家裡編故事的人想出來的劇情更加精彩。

看看這些關鍵詞吧：

一座正值壯年的大樓倒下，煙道裡發現一具飽經油煙燻染的女乾屍。

隨著灰塵四處飄散的臘肉香味。

警車悄悄地潛入，驗屍官提取ＤＮＡ證據。

殯儀館的車將屍體運走。爐火中乾屍像乾柴一樣燃起了火焰。

接下來的疑問是：

兇手是誰？

為什麼丟進排煙道裡？

死者是誰？

是他殺還是自殺？

這女人死了多久？

那股奇異的臘肉香味飄了多遠？

足夠有聊或無聊的人耗廢一些時日了。反正對於普通人來說，時間就是用來消耗的。找準了選題，時間就匆匆地流逝了。如果誰的一生沒有這種匆匆流逝的感覺，那麼他的生命就是度日如年。無趣的很。

由此可以判斷出這一家人在電腦前面，瞪大了眼睛的興奮勁。孫大爺的女婿首先看到了一個四方形狀的鋼筋水泥澆築出來的結構。他指著那個條形的方框說：「這個一定就是大樓的煙囪了。」孫大爺的女兒緊接著說：「爸、爸、爸，放大、放大……快點放大……」

在放大到十倍的時候，他們看到了斜掛在煙囪口的一個屍體——腰及下半身還在煙囪裡，而整個上半身已經露了出來，懸空掛著。油乎乎、晶晶亮……

看著屍體，女兒說：「頭髮都沒了，是個光頭。」父親說：「煙是有溫度的，頭髮是被烤成灰的。」女婿說：「看她那胸部，應該正是如花的年齡。」女兒擰了一把丈夫說：「你都看些什麼啊？」丈夫回答：「你想哪兒去了？我這是用刑偵的眼光看的。不帶色情。就像醫生看病人一樣。」父親顯然理解女婿：「是個少女。看這腰身，應該沒生過孩子。這是誰家的孩子，太可惜了。」丈夫補充著：「是啊。如花似玉一般的姑娘。」妻子拉扯著丈夫說：「別看了，別看了。快去洗澡，洗澡去……身上那股味……」丈夫說：「嘿，還吃死人的醋。」

說著，丈夫洗澡去了。父親也回到了自己的屋子裡。

妻子一個人坐在電腦前，仔細地看著照片上的女屍。肉色發黑、發亮，黑色的煙灰遮不住浸出的油光。對於煙燻肉來說，絕對是絕佳的製作。如果將她煮來吃了，一定非一般的好吃。想著想著她就覺得胃裡面空了，也就一、二、三——三下，她馬上又清醒了過來——這可是一個人啊——於是瞬間又有些想嘔吐。接下去四、五、六——再三下，她就恢復成了一個正常人的樣子：登上自己的微博，將照片發上了網路。這絕對是一個可以增加粉絲的機會，不能放過這張照片。並附了一段文字說明：「有圖有真相：驚天發現——今天被炸，倒塌的成都飯店煙囪裡發現一具女乾屍。好可憐、好心疼。」

窗外好像下雨了。因為妻子聽見嘩嘩的水流聲不是從浴室裡傳出來的，而是從窗外飄進來的。她是喜歡雨的。因為雨後空氣質量會好很多。因為這些年來整個城市到處拆樓建樓，成都變為塵都；因為只要有一場雨水洗天，塵都就變回成都。明天早晨又可以去晨跑了。在這個城市，一年可以早晨出去晨跑的時間還不足一個月。

這個城市的空氣以後也許還會更差。

據說彭洲石化廠一年後就要開工了。在一個盆地城市的旁邊建一個大型的石化廠，誰知道當官的是怎樣想的？也不知道這個項目是怎樣通過審批的？風從哪裡來？沒有進口。風往哪裡去？沒有出口。環評專家說，這個石化廠用的是最先進最環保的技術，每天的排放量是在國際的際準之下。那些狗屁專家算的是一天的排放量，他們算過每天堆積下來的排放量會超過標準麼？堆積到一定的時候，成都就是一個毒氣室。這還不算是妻子最擔心的，最讓人憂心的是：這是一個權力不受監督的國家，等到工廠開工了，為節約成本、廠家為了利益的最大化，很可能連治污的設備都不會開。而只是在上級有走過場的例行檢查時，才開一下機器應付應付。據說這些治污的設備一開，錢就像河水一樣流出去。

從資本歷來就是追逐最大化利潤的本質來看，那些治污設備的命運就是兩個字：「擺設」。難道就沒有人管麼？他們不是也要呼吸這片天空的空氣？喝這裡河流的水？在中國所有決策者到每一個地方都是一介過客。幹一任五年（最多兩任十年）就走了。換一個地方重新搜刮一遍，將子孫後代的資源耗盡。

「一把手」在任期間的任務就是撈足錢，舉家遷往歐美。在天天被他們掛在嘴上批判的資本主義社會，不僅有新鮮的空氣，還有自由的制度。現在幾乎所有中國的官員都是裸官，河山滿目瘡痍、身邊沒有一個親人。孤獨、孑孓，沒有真心朋友，但有權勢與金錢還有圍在他們身邊像狗一樣想撿幾根骨頭的馬屁精做伴，還有什麼困難克服不了？用絕對的權力可以換來絕對的利益，用蠅頭小利可以換來一部分人不守底線的言聽計從。

大權在手中，家人在國外。盜國賊們完全沒有後顧之憂。在這樣的情形之下當官的還會「為人民服務」麼？不，不會，一定不會。他們是在「為人民幣服務」罷了。

從以上面的文字，可將妻子歸類為：「憤青」。如果要在前面加一個定語的話，就是：「女憤青」。

七

洗完澡後丈夫又回到了電視機前，看電視劇。所謂肥皂劇，就是劇情都是由泡沫組成，破掉一大半都還可以接得上趟。他一邊看著電視劇，一邊刷著手機上的微博。上面曬著各種比泡沫還無聊的東西。有自己在家做的菜、有在外面館子裡吃的菜、有買了一件新衣服、有自己DIY了一個什麼物品……丈夫一條一條在往下面翻……

猛地他驚叫了一聲：「老婆。老婆，快來。」聲音淒慘恐怖。

妻子在書房笑著答到：「又看到小強（蟑螂）啦？自己拍死它。」

「我沒有跟你開玩笑」。說著丈夫拿著手機就衝進了書房，指著手機上妻子剛發到微博上去的「有圖有真相」的照片說：「你怎麼把它發上網了？我不是說了，報稿會上記者說公安局不讓報導發現女屍這一件事。」

「那是你們報紙，我就一個人的小小微博。自媒體。管得著嗎？」

「你怎麼那麼傻啊，網路不也是共產黨在管著嗎？誰知道這具乾屍後面藏著什麼驚天的祕密。」

經丈夫這樣一說，妻子顯然也害怕了：「你說，會是什麼祕密？」

「誰知道呢？共產黨什麼事幹不出來？誰知道共產黨幹了什麼事情，誰知道他們會用什麼手段來掩蓋他們犯下的錯誤。快，快把這條微博刪掉。」

妻子馬上刪掉了微博。擔心地說：「還不到二十分鐘。老公，五毛會看到這條微博嗎？」

「鬼知道。我覺得他們無處不在。你呀，以後要長點腦子，不要什麼東西都往網上貼。明天出門小心點兒。」說完又坐到電視機前面看電視去了。

八

第二天妻子出門上班，剛打開汽車門，就有一個人從後面推了她一把，直接就將她推著滑坐到了副駕座位上。她感覺到大腿被汽車的手檔重重地擠了一下，痛得尖叫了一聲：「輕一點，弄疼我了。」

汽車的後坐上已經坐了一個人。他是怎麼坐進車裡來的？妻子根本就沒有時間想這個問題。那人從後面一手捂著她的嘴，一手卡住她的脖子，用渾厚的男低音在她的耳邊說：「不要叫，我們是國安局的。跟我們走一趟。」說著就用一個頭罩將她的整個頭蒙住了。

妻子的腦袋頓時就空了。不，只剩下了昨天的那一副照片——那具乾屍。

汽車開到一個賓館的地下停車場，直接就將她從電梯帶到了最高一層的一個房間。妻子的頭罩被拿掉了。現在她才有時間來打量眼前這兩個英俊的男人。一個中年、一個青年。這體現了一種「傳、幫、帶」的傳統？

這兩個人並不說話。年輕的那個國安用電影中正面人物的堅定的眼神死死盯著她。而那個中年男人則站在窗邊將窗簾拉開一個縫，向外面眺望著，是在欣賞這個城市的美景？昨夜下了一場雨，空氣應該不壞，他應該可以看到更遠的地方。這樣，他的心情會好一些？

沉默。沉默著……時間像賓館裡白色的床罩與被罩一樣空著。沒有內容。

在這種情形下誰先說話，就證明誰先輸了一步。妻子忍不住了，質問道：「我又沒有犯法，為什麼要把我抓過來？」

「你也知道你犯法啦？」年輕國安人員裝作是聽反了。

「不。我沒有犯法。」

「你怎麼知道你沒有犯法？犯沒犯法是我們說了算，而不是你說了算。」中年的國安人員打斷她：「說吧，你還知道些什麼不應該知道的。」

妻子現在已經可以確定，起因就是昨晚自己發的那張照片。

「我什麼也不知道。」

「我也不跟你繞彎子，就直接跟你說了吧。那個照片你一共拍了幾張？」

「不是我拍的。」

「不是你？是誰？說出來就沒有你的事了。」

「是……」

「說吧，你不說我們也會用其他的手段查出來。告訴你，跟我們打交道，像這種事早點說清楚，就早點沒事了。」

年輕的國安補充說：「聽清楚了麼？什麼時候說出來，就什麼時候放你回家。」

妻子顯然不相信這個年輕的國安，她知道他說不算數。她轉頭對著中年國安問：「我說了，就可以放我走麼？我上班已經遲到了。」

「不要考慮上班的事，我們來之前已經跟你的領導打過招呼了。先交代問題，交代清楚了什麼事也沒有。不交代清楚，不要說上班，也許你的自由都沒有了。」

「是我父親拍的。」她似乎有些怨恨起父親來：「他退休了沒事幹，一天到晚拿著個相機，東拍拍西照照的。昨天他去拍成都飯店，不巧就拍到了那個……」

「是你把照片發到網上去的麼？」

「是的。」

「這張照片都有誰看到？」這時，那個像是才從學校畢業出來的人，插話進來問道：「你老公看到相片了麼？我和你老公還是大學同學呢。你要照實說，我不會為難你的。」

「看了。」

「沒有第四個人看？」

「沒有。」

「沒有？」中年的國安還是一臉平靜，看不出他是滿意還是不滿意：「你知道將照片發到網上這十幾分鐘，閱讀和轉發數是多少麼？」

妻子沒有直接回答這句問話，而是又重複了一句：「我又沒有犯法。」

「洩漏國家機密罪、危害國家安全罪……可以定你罪的，多著呢。」

「我怎麼知道這是國家機密？」說出這句話時妻子想起了一個詞：不知者，不為罪。想到這她的臉色一下子就變得輕鬆了起來。妻子的面孔在這一瞬間變得好看起來。而那兩個國安人員也敏銳地感覺到了這。為了壓制住她才萌生的希望，中年男人問她：「你知道那個女屍是誰麼？」

「是誰？」妻子還真的想知道。自從看到倒塌的大樓裡那具油亮亮的屍體，她就在想著：這是一個什麼人呢？她是怎樣掉進去的？是自殺？還是他殺？看來人在任何情境下都有一顆好奇心。

「我也不想跟你繞圈子。這個人嘛……你認識。」

「我認識？……」她不知道此時自己的額頭已經冒出了汗。看到她額頭上的汗，憑經驗他知道她的精神已經到了崩潰的邊緣。

中年國安不緊不慢地告訴她：二〇〇六年的時候，彭州石化項目不是正在環境評估麼？你的一個閨蜜想學廈門人對抗並趕走廈門石化項目的樣子，發短信給她的朋友，要朋友轉發這條短信給其他的朋友，約所有收到短信的人五月一日到九眼橋散步。

「是的，我收到過這條短信。」

「你轉發了麼？」

「可我那天沒有去九眼橋。」妻子回避了有沒有轉發的問題，直接說到結果「那天沒有去九眼橋」，就足以證明她轉發了短信，只不過是沒有去九眼橋圍觀。

年輕的國安說：「我們知道你那天沒有去九眼橋散步。否則那個煙囪就不是一具屍體了，而會是兩具。」

「中國有十幾億人，每天消失一兩個人應該很正常吧？」中年國安還是一臉平靜地問妻子。像是在與她討論今天菜市場豬肉一斤賣好多錢一樣。

「那屍體是她……？」

「別裝了，你難道沒有看出來？」

「怎麼可能？……」她沒有把這句話說完。不知道她是想說不相信屍體是自己的閨蜜這一事實，還是說那個屍體根本就無法辨認。

妻子的身體顫抖得像是掉進了冰庫，極冷的樣子。

「不管你認不認得出她。為了保守國家機密，只有也對不住你了。老同學的老婆。」說著年輕的那個國安用一個塑料袋子套住了妻子的頭緊緊地將她的頭包住。他一邊用力，一邊在說：「別怪我們啊，要怪你就要怪這個項目是永康部長親自抓的。惹誰不行啊！偏偏要惹上我們的周部長！頂頭上司啊！」說到最後五個字時，他已經是咬牙切齒了。

那個塑料袋在妻子的呼吸裡一下子變大、一下子變小……總的趨勢是越來越小，最後小到緊緊地包裹住了她的頭，就像是保鮮膜包裹著一件食品，沒有一絲的間隙。五分鐘之後，妻子再也沒有什麼動靜了。

幹完這些之後，年輕的國安似乎有些不忍心，對中年國安說：「她也許真的沒有認出那具乾屍是誰。」

「這件事可不能出任何差錯，萬一她認出那乾屍是誰了，我們就都得完蛋。只有她澈底的閉嘴了，我們才能睡得安穩。」

趁著她的屍體還沒有變僵硬，這兩個男人一左一右夾著她，將她攙扶上了樓頂。空曠而沒有遮蔽高樓頂層，風慢漫地左右遙動著，像是回到了兒時的搖籃。只要深吸幾口氣，大腦就會瞬時清醒許多。在到了煙囪邊上時，妻子動了一下，睜開眼睛，望著深不見底的黑黑的深洞，她明白了他們要幹什麼。她想到了那一具乾乾的臘屍，說：「不要。」想掙扎，但是全身無力。手都抬不起來。

年輕國安看了中年國安一眼，像是請求原諒。他沒有澈底將她弄死。年輕人經驗不夠。中年人狠狠地盯了年輕人一眼：「明白了麼？下手還不夠狠。」

她再次說：「我不要。」這次聲音要清晰許多。

「你們憤青不都是喜歡美國麼？」中年人指了一下深黑的煙囪洞說：「看，黑洞的對面就是美國，我們這就送你上路。」

隨後，妻子被從煙囪口丟了下去。在聽到「碰」地一聲悶響之後，中年國安對年輕的國安傳授經驗說：「丟在這裡面最安全，只要賓館不拆，兩年之後就是一堆白骨，五年之後就被烤成骨灰了。」

「可是……那個……怎麼就成臘屍了？」

「媽的。也許是那家賓館的菜做得太鹹了吧！油也放得重？唉，唉，不說了。不說了。回去。回去。」說著，他們離開賓館，回局裡去給上級交差了。

在汽車上，年輕的國安對坐在副駕上的中年國安說：「頭，你剛才最後的那句話，說得真是太有才了。」

中年人沒有回答。年輕人又說：「頭，你兒子考上美國的大學了麼？」

「他哪裡有本事考得上。還不是花錢買的。是美國的一個野雞大學，收錢還真狠，幾年讀下來，要兩百多萬呢。」

「我老婆也有了，已經懷了半年多。」年輕人眼睛盯著前方，轉動方向盤，躲避一輛從側前方衝過來的黑色賓利轎車，感嘆道：「只有錢是萬能的，以後還是要多弄點錢。也好把孩子送出去。」

「弄錢不是問題，只要跟著共產黨好好幹，就虧不了你。我給你講啊！反對共產黨的人越多，我們就越有搞頭。」

「是的、是的。反對的人越多，黨就越需要我們給他幹事。黨隨便丟幾根骨頭，也夠我們受用了。」

「外人都以為我們是被共產黨洗腦了。」中年國安有些忿忿不平：「那是他們不懂得人性，如果沒有足夠的利益，誰會為他們幹事？我相信不管是誰坐在我這個位置上，都會盡心盡責的。經濟學上有一句話『風險越大、利益越大』，我們這行是『名聲越臭、利益越大』。為了利益，你說，什麼不可以做呢！」

「是，是。您說的是。犧牲我一個，幸福一家人嘛！」

九

第二天，四點鐘上班，剛到報社就聽說昨天晚上有一個同事家發生了煤氣爆炸。我急著問：人怎麼樣？報社去記者採訪了麼？

「不知道。警察封鎖了現場。所有的記者都被攔在了外面。」

「不就是煤氣爆炸麼？為什麼做出一副如臨大敵的樣子？」

當我打開工作的電腦，進入郵箱，看到裡面已經有了一條宣傳部的報導注意：接宣傳部李處長電話，要求市級媒體對今日一住戶家中煤氣爆炸一事一律不炒作。如須報導以警方通稿為準。

等到傍晚五點四〇分開編前會。果然不只是我一個人好奇，一個副主編問負責前方採訪的記者部主任：小向家煤氣爆炸的事到底是怎麼回事？還值得宣傳部發一個報導注意？

「我也不知道為什麼，是不符合常規。打電話問李處長，他說他也只是接了上面領導一個電話。傳一句話而已。」

第二天在報紙第五版的右下腳，用一欄的版面報導了這次煤氣爆炸：

昨晚二時，成都飯店附近一小區住戶發生了煤氣爆炸。初步懷疑為煤氣洩漏，遇明火而引發。爆炸引燃了堆在屋內的易燃物品，火勢十分迅猛。一一九官兵在一五分鐘後趕到現場，及時控制了火勢的蔓延。大火將整套房屋燒毀，沒有一件家具在這場大火中倖存下來。在現場清理出了三具屍體。其中一個是老年人，另外兩個是結婚不久的夫妻。

目前，該小區住戶情緒穩定。起火原因還在進一步調查中。

具體是什麼原因？我沒有聽到有什麼人再提到過那場爆炸，那場大火。以後也沒有再看到有媒體報導過此事的後續。是大家都健忘？還是我們這個時代新的熱點太多，層出不窮？還是我們每一個人都深知「好奇害死貓」的個中道理？

十

有些事情會在煙塵之中消失，煙塵過後便不再有什麼事了。有些事情會在煙塵消失之後再次冒出來，蒙著厚厚的塵埃，宛若一幅古代的山水畫。

大約過了三個月：

一個雨後的傍晚，空氣極度透明，很多人都站在玻璃窗前，看遠處隱約出現的山脈。猜測那是否就是詩人杜甫寫的「窗含西嶺千秋雪」詩句中的西嶺雪山。這時有人叫了一聲：時間到了。是開編前會的時間到了。於是大家就到會議室開會。編前會上，法制新聞部報了一條稿件，說是成都在拆除某大樓時，在煙囪裡發現了一具女性屍體，這個案子破了。

負責社會新聞的責任編輯問：是去年底成都飯店煙囪裡的那具屍體麼？那次不准報，這回怎麼又可以報導了？

「就是那個事件。」

「太神奇了。」還記得這件事的人議論了起來：「這個案件怎麼可能破得了？」

「公安部下令『命案必破』。在這個前提下還有什麼案子破不了？」

「就是。隨便弄個人進去，一上手段就什麼都有了。」有人低聲地說。

報稿記者開始講起了這件事情的來龍去脈：「那天炸樓時，罪犯就在現場。警方也是這樣判斷的——根據犯罪心理學分析，作案的人一定會出現在作案的現場。於是，他們找出了當時所有視頻，翻閱第二天各家媒體的報導。在圍觀的人群中尋找線索。終於他們找到了一個可疑的人：蔣大爺——蔣某。這個人是成都飯店的建設者，當天還接受了一家媒體記者的採訪，說是專門前來送別『老朋友』的。警方就是根據這句話找到突破口的。把他弄到公安局，一打一詐，他就什麼都召供了。原來是在大樓建好時，蔣某在搞室內裝修，有一天他的一個工友的老婆來找她的老公。工友的老婆應該是長得有些姿色，讓蔣某動了色心。他趁工友當時不在現場，說她的老公在樓頂。將她騙到天臺，強姦、殺害了工友的老婆。之後，將屍體拋入了大樓的煙道裡。」

原來，蔣某說的「老朋友」指的就是那個被他強姦殺害後拋入煙道中變成乾屍的女人。

「幸好，這棟大樓只使用了三十年就拆了。否則，這老頭子可就一輩子都要逍遙法外了。」在人們紛紛的議論聲中，報稿記者提高了嗓門補充說：「上面打招呼，這條新聞見報時不能出現成都飯店的名字」。

一座大樓的倒掉，一個命案的浮出。

又過了半年：

連續一週的晴天，使成都變成了名副其實的「塵都」。這個城市需要有一場雨來洗一洗空氣中的灰霾。只是老天爺並不會配合人們的每一個想法，這足以證明在這個一切都被共產黨控制的國家，只有老天爺是獨立著的。

今天的空氣質量達到了歷史之最：ＰＭ二・五已經超過了五〇〇。街道上已經有許多人戴起了口罩。看到那麼多被沙布包裹著的臉孔，我想起了兩個多月前（五月一日前後）成都還是不允許在一個特定的地方——九眼橋——戴口罩的。這是因為在將近五一勞動節時，有人在微博與短信上傳發相約戴著口罩到九眼橋散步，以抗議彭州石化的即將投產。那幾天九眼橋附近的武警多得就像是天安門上的便衣一樣。這些武警瞪大著眼睛，凡是看到有人戴著口罩，都會上前去強令他（她）將口罩摘下來。

知道微博和短信上轉著要到此散步進行抗議的人都明白這是為了什麼。為了跟這件事撇清關係，他們會主動摘下口罩。即是當初就是想來加入抗議人群的，看到眼前全幅武裝的武警，也會馬上裝作自己只不過是一個路人而將口罩解下來。只有那些什麼也不知道且脾氣倔強的人則會回頂上一句：「灰塵那麼大，不戴口罩怎麼能行？」於是，馬上就會被塞進一輛汽車帶走。大概是離開九眼橋這個是非之地就會將他們放了吧。因為那些天我並沒有聽說有誰失蹤、有誰死去。關鍵是網路上也並沒有類似的傳言。這足以證明那幾日並沒有發生什麼人間悲劇。

今天不是敏感的日子，可以隨意戴起口罩出門。我騎著自行車上班，看到街上人們戴著的五顏六色、各式各樣的口罩，也算是霧霾天氣裡成都的一道風景吧。

要聞部推薦的重點稿件是：廣漢燒秸稈，造成了成都空氣重度污染。燒秸稈？年年這個時節都是這樣，農民收割稻子後，秸稈無法處理當然是燒掉最省事。燒出的草木灰還可以肥田。傻子才不燒。

要聞部的負責人聽到大家的疑問，說：我補充一下這條稿件，背景是這樣的——彭州石化今天試生產，可能對成都的空氣質量有所影響。正巧這些天成都盆地又沒有下雨，堆積了一些灰霾在盆地裡。上面擔心知情並反對彭州石化的市民會拿彭州石化來說事，所以要求媒體提前做好引導，就說空氣中的霧霾是由農民燒秸稈造成。還有一點需要提醒，這幾日的報導不要提到彭州石化，不要說壞、也不要說好，最好是讓市民忘了他們身邊還有這樣一個巨大的工廠。以免造成不必要的聯想。

「成都本來就處在盆地之中，空氣不流通，空氣質量一直就不好，可為什麼還要在這地方建一個大型石化廠呢？」有人不明白，因為他們還要住在這個城市。

「當然，這裡面一定有巨大的利益鏈條。只不過，我們沒有權力追問這個問題。」明白的人已經將家人都轉移出國了。

第二天出現在報紙上的新聞是：

本報訊　連日來成都市區被一股焚燒秸稈的味道包圍，不少在路上行走的市民直言「眼睛都睜不開」。市農委相關負責人介紹，昨日廣漢一帶燒秸稈情況比較嚴重，加上有微弱的北風，使得煙霧朝成都襲來。

昨晚十時許，記者在紅星路二段看到，大街上一片霧濛濛的景象。一位剛從新都開車到成都的黃先生稱，他沿蜀龍路到成都，一路上都能聞到一股燒焦的味道，整個天也很朦朧，聞多了這樣的味道，讓他覺得想咳嗽。

網友「柯—北」在自己的新浪微博發佈了一張航拍的照片，並稱「狼煙四起跟打仗似的，還以為我飛的是戰鬥機。」這是一張透過機艙俯拍的照片，畫面上確實煙霧很大。拍攝者為中國民航飛行學院廣漢分院學生，照片是在教練機上拍攝的。「又開始燒秸稈了，煙薰火燎的日子又到來了。」有網友說出了心中的憂慮。

昨日下午，記者沿成綿高速一路北行，沿途看到，青白江、廣漢段零星有人燒秸稈，空氣中也有不少煙味。村民們有的直接在田裡焚燒，有的在門前焚燒。不過，當執法人員到來時，他們都能予以配合，立即撲滅。

當天下午三點過十五分鐘，我騎自行車上班，聽到騎在我前面的兩個人在議論說：「今天的空氣太差了，比昨天還要糟糕。中午回家洗鼻孔，裡面都是灰塵。」另一個人說：「我看報紙上說了，這些天空氣質量不好，主要是因為周邊的農民燒秸稈引起的。」

「這些農民太不自覺了，只圖自己方便，卻不顧別人的死活。」

媒體宣傳的目的達到了。霎時我就領會到了宣傳的作用與意義。我猛蹬幾圈腳踏板，超過他們，趕著到報社上班。否則就要遲到了。

二〇一三年十一月九日

報導注意

一

二〇一四年中秋節前一天（九月七日），我給朋友寫了一封節日祝福的郵件：

智峰兄，問好
又是一個節日，中秋節。
這是一個與月亮有關，惟對大陸的城市來說有些尷尬的節日
因為
如果是陰天，月亮被雲雨遮住了
如果是晴天，月亮則被霧霾埋葬著
舉頭望不見明月，低頭思量著如何從中國大陸逃出去
（像廖亦武那樣，呵呵）
兄也許理解不到這樣的苦楚，這是兄的幸運
信至此，似乎不是一個快樂的問候
惟願中秋當日，雨後雲開月朗，能夠與兄共睹夜空一輪皎潔月亮

如面對一個圓滿之人生
另，寄去的自印書《廣場是個筐》收到了麼？
有一個朋友看了此書之後說，從中看出了我的「壞」
她說得沒錯。在專制之下，我的寫作是「有敵人的寫作」。面對「敵人」如何能不壞？
祝兄中秋安好！

汪建輝

中秋當天，果然沒有雨、也沒有雲。最重要的是還沒有太陽。這明顯地與我們所熟知的自然現象相左。沒有雲、沒有雨，天上怎麼會沒有太陽？

太陽去哪兒了？是落入西方了麼？那是夜晚的事實。可現在是白天，明明白白的白天，我約了幾個朋友在家附近的茶園裡喝著三元錢一杯的綠茶。可以坐著吹一個下午，這也是我喜歡我所在的這個城市的原因。

準確的時間是下午兩點鐘。在這個不缺話題的時代，熱點不斷、奇事不斷、怪事連連。有許多事情可以談，但我們主要談的是黑龍江延壽縣看守所三名在壓犯人，殺死獄警越獄逃跑的事。

即時的網路消息是：第一通緝犯高玉倫潛入了一個商店，拿了幾瓶白酒、十幾封月餅，竟還留下了一二〇元錢。之後又逃進了附近的山裡。武警已經將那座山團團圍住。

「可以斷定，這是一個接受『他黨』教育多年的好同志。像當年『他黨』宣傳的紅軍一樣，餓了在老百姓的地裡挖了地瓜吃，臨走時還不忘了在地裡留下錢。如果實在沒有錢，也會留下一張欠條，上書『老鄉，等革命成功之後一定奉還』。這是被黨教育好了？還是被黨教育傻了？」這種問題從來就不會有答案。關鍵是提出問題，讓聽到的人各取所需吧。我們這些個喝茶的朋友，有一個共同的性格——沒有誰想要說服誰。

「他逃不了多久了。」從這個消息裡可以看出來，他是一個人在戰鬥。如果沒有朋友、沒有手下、沒有親人願意幫他，在這個信息如此發達、人口如此眾多的時代，他隨時都會被人看見的。只要一個電話，軍警們就會蜂擁而至。如果不幸（對高玉倫來說）被抓住了，十五萬獎金就歸這個打電話的人了。那真是「發了（此處宜用東北話讀）」。

「多麼有生活情趣的一個人啊！在逃亡的路上還不忘了要給自己過一個中秋節。」我們開始想像他一個人在山野、在田間、在水旁，一邊喝著小酒、一邊吃著月餅、一邊賞著月亮的情景。舉頭望明月、低頭思故鄉。

我望著頭頂灰朦朦地看不見太陽的天空說：不知道今天晚上他看得到月亮麼？

「不知道山裡的夜晚是否很冷？」

「冷了也不怕，他有酒的嘛。」

「玉倫，喝口酒暖暖身子吧！」

「有了這碗酒，再大的困難他也能對付。」（五十歲以上的人，想起了樣板戲《紅燈記》裡李玉河的臺詞：喝了這碗酒，再大的困難我也能對付。）

中秋節過後第一天，下午四點到報社上班，打開內部的郵箱，看到一則報導注意：

報導注意：

接通知：關於九月九日（星期二）上午六：四〇左右，在高新區單水壩某小區發生的一起學生墜樓事件，市級各媒體一律不作報導。

請相關部門照此執行。

看完這則報導注意之後，我問坐在我對面的一位同事：「為什麼中秋節剛過就有人自殺了？高玉倫，殺死獄警逃跑是因為他被判了死刑，要想活下去，只有逃跑這一條生路。」

「我也不是很清楚，聽前去採訪的記者說是一個十五歲的中學生。從十一樓上跳下來，落地時是頭先著地，整個頭都縮進了肩膀裡。」

「他為什麼要跳樓？為什麼不讓報導呢？有什麼背景麼？」

「不是很清楚。記者說上面打了招呼，不能以任何形式傳播。」

我也不好多問了。登錄互聯網，想看看網上有什麼消息。谷歌已經被封了有大半年，只有百度了。我在百度搜索裡輸入關鍵詞「中秋 高新區學生跳樓」這幾個關鍵字。回車。一點相關的迅息也沒有。算了吧，不知道也就罷了。

還是看看互聯網信箱，裡面有沒有友人的消息。於是，打開郵箱，看到有智峰兄的一封回信：

建輝兄好：

中秋節愉快

贈書已收到感謝

中秋連假還是進辦公室工作一會

瑣事極多

假期裡可能看書或看電影

生在臺灣是我的幸運

只能遙祝
平安

智峰

正是下班時間，天空也開始暗了下來，昏昏中下起了小雨。雨聲透進了窗戶。雨點不大，但是密集而緊湊。我是喜歡雨的，這個盆地中間的城市，少有風爬山越嶺進來。於是，霧霾只有兩種途徑消失：一是人體吸塵器、二是靠雨水洗天。可憐的都市人啊！

冷淨的斜雨中，報業大樓前面的紅星路上擠滿了因下班而猛然湧出的車流。我靠著窗邊看著車龍，他們長久不動一下，像是時間靜止了。或者世界末日，地球上的能源耗盡，這些鐵傢伙便趴下了。望了一陣，看得睡意悄悄地爬上頭腦。我猛地一甩頭，將倦怠拋掉，回到電腦前回信到——

智峰兄好

中秋休息了三天
窩居於家中，沒有去任何地方
因為到處都是人和車
只有人擠人、人看人
被擠得焦慮、狂躁並疲憊著的人群沒啥好看的

今天剛上班
打開報社內部郵箱，看到一則「報導注意」

汪建輝

說是今天早晨六點四〇，學生跳樓事件媒體一律不准報導
唉！又有生命離去
卻不知為何

也不知死去的人，因何死都不怕而怕活著
惟願
活著的人一切安好！

將郵件發出了之後，天就黑盡了。天上——月亮在黑暗中顯露出來。圓圓的，像是要脹破了一般。難怪民間有諺云：「十五的月亮十六圓」。

想來是雲散雨止了。天空中除了月亮邊上一朵白雲外，什麼地看不到。紅星路上停停走走的汽車全都開起了車燈。車流瞬間變得紅了，如城市瞬間被刺破流出的鮮血。反映到個人。我奇怪地覺得自己的身體裡被劃了一刀。噢，不、不，又像是身體內部亮出了一道閃電，熱辣辣地疼著。燃燒著。

二

我還是不死心（也許是好奇心吧），第二天又在網上百度了一下：「高新區學生跳樓」。搜出來了一則關於這件事的簡短消息：

四川在線消息 昨日上午六時許，位於高新區單水壩三三三號院內，一名十五歲學生從十一樓墜落後身亡。

據第一目擊者小區保安陳舉田回憶，「上午六點四五分，我在寢室洗漱，掛毛巾的時候看到一個小孩仰面躺在一單元與二單元交界的平臺上。」陳舉田以為自己看錯了，推開窗戶再仔細看了一眼，「已經看不見頭了，穿寬鬆的紅白雙色的校服，分不出男孩還是女孩，而且不可能小孩會睡在那個位置，」隨後，他推開窗戶，走近看了一眼「從露出肩膀來的頭髮，我確定是個男孩，但他已經沒動靜了，周圍也沒有血跡，我感覺情況不太好。」情急的陳舉田通知了監控室，隨後報了警並通知了一二〇。

通過陳舉田寢室的窗戶，記者看到在距離窗戶二米左右的位置，有一塊空地，上面擺放著燒過的紙錢，在空地周圍有些雜草，而這塊空地，就是男孩墜落的位置。

至於孩子的跳樓原因，有小區鄰居稱，「孩子叫小東。為什麼事不知道，但聽說是為手機。」小區物管相關工作人員表示，「不敢肯定，聽說是孩子英語作業沒有做，媽媽要他做完再去上學。男孩不做，跑上陽臺就跳樓了。」

「應該還沒有到七點，我聽到啪的一聲重響，以為是誰家丟垃圾下來，」住在二樓的鄰居何女士回憶，「我推開窗戶，但沒發現有異樣，便上班去了。」

同時，記者從小區鄰居以及物管處瞭解到，出事孩子家人為業主，疑似二婚重組家庭。隨後，記者來到出事的三棟一單元十一樓，事發家庭裡圍坐了幾個親戚朋友，但拒絕接受採訪。

「這孩子平時很乖，長得也可愛，他媽媽還說要送他到國外去讀高中」，「不容易啊，養大一個孩子，突然就沒了」，「教育孩子的方式，挺重要的，還是要多溝通」…事發後，小區樓下的居民紛紛討論。

本網記者將持續跟蹤報導。

網上的消息不知道可不可信。從黨對我們的教育來判斷，網路上所有的負面消息多為虛假新聞。從我自身對黨產生的免疫力來看，網路上所有的負面消息都是有一定根據的，最後往往都能被證實是真實的。

三

十多年前，小東四歲時隨父親進了城。在到這個被鄉下人稱為「省城」的城市之前，小東在家鄉給他的小夥伴們告別時說：「你們來省城不要來找我。爸爸說——人生中每一個階斷都會有不同的朋友，如果不甩掉舊朋友，人生就不會進步。」

小東的父親剛進城時是在一個區裡的宣傳部伙食團做臨時工。有領導親自來吃飯，他總是給領導的菜打得滿滿的並且是只挑好的。什麼菜才是好的呢？小東父親有一個很純樸的判斷標準——就是賣得貴的菜就是好的。伙食團有什麼好東西他也總是細心地給領導留著。當然，那個時候他是沒有機會遇到真正的大領導的。大領是不會來食堂吃飯的，他們總是有吃不完的宴席。

對於小東的父親來說，小領導也是領導。他先見之明地明白著一個道理：沒有人生下來就是大領導，大領導都是由小領導一步一步爬上去的。

經過了很長時間的鋪墊，一個小領導向上爬了一步，可以決定一些事情了。這個剛上任的不大不小的領導想著一個詞「新官上任三把火」，這三把火怎樣燒呢？一般地新官都要提拔一批自己的人，形成一個小圈子。環顧四周，他覺得小東的父親還是信得過的，於是給了他一個機會，讓他由食堂的洗碗工變為了食堂的採購員。食堂的洗碗工與採購員，表面上看都是打工者，但深層次裡卻有著重大的區別。買菜的採購員可是要拿著現金到市場上去買菜的，在這個靠山吃山、靠水吃水，雁過拔毛的時代，其中的好處就不用多講了。

不僅如此，當上了採購員，巴結領導的機會就更多了。可以這樣來看：自從小東的父親當上了食堂的採購員，宣傳部裡大小領導們的家裡就不用買菜了。這樣小東的父親就有了接觸大領導的機會。

「吃水不忘挖井人」「滴水之恩當以湧泉相報」，這是一個讓人感動的時代。大領導並不是往常人們認為的那樣，是知恩不報，寧可我負天下人、不可天下人負我的人。有一天小東的父親給宣傳部裡一位姓毛的副部長送野味藏羚羊。這位副部長在他轉身要走時喊住了他，並與他親切地拉了幾句家常。

……

小東父親說：「有一個兒子，今年正要讀小學。」

毛副部長說：「兒子好，兒子好……男孩機靈。要好好陪養，做黨的好孩子、社會主義合格的接班人。」

小東父親說：「我也沒有什麼文化，不知道怎麼教他。」

毛副部長爽朗地笑著說：「這樣吧，你讓你兒子認我做乾爺爺，以後教育他的事就包在我身上了。」

說著他就從床鋪底下拖出了一個箱子，從裡面翻出了一堆革命小人書：《紅岩》《列寧的故事》《地道戰》《地雷戰》《平原槍聲》《閃閃的紅星》《青春之歌》《金光大道》《桐柏英雄》

《烈火金剛》《劉胡蘭》等等……

毛副部長指著這些小人書說：「來，拿回去給孩子看……現在亂七八糟的東西太多了，哪裡像我們小時候，只有這些革命書籍看。只有多看這些書，才不會走偏了路。」

小東的父親抱著這些小人書千恩萬謝地走了。在臨走時，毛副部長還不忘記提醒說：「一定要讓我的乾孫子好好讀啊。過些時間我可要檢查他學習情況啊！」

四

小東的父親抱著這些小人書回到家裡。小東的母親吃了一驚問：「你拿這些舊書回來幹啥子？」

「是毛部長送給小東看的。」

「考試又不會考，看多了不浪費時間？」

「我也沒有辦法。部長還說要不定期抽查他學習的情況。」

「憑什麼要他管？」

「哦，毛部長認了小東做乾孫子。說教育的事，包在他身上了。」

「有他這句話我也放心些了。」

「有了這個靠山。再怎麼樣，以後讓小東當個公務員應該沒有問題。」

但願如此吧！有一個當官的親戚，心裡都會踏實許多。

說著話時，天已近傍晚了。從老家上來給他們帶孩子的小東的外婆將他從幼兒園接了回來。一進家門小東就看到了茶几上放著的小人書，於是就坐在桌子邊翻看了起來。過了一會就將書拿到了父親的面前，指著小人書封面一個女性的頭像說：「爸爸，這個阿姨好凶哦。」

父親看了一眼，這本書的名字是《劉胡蘭》。由於想到毛副部長要檢查小東的學習情況，於是便解釋說：「這個阿姨，生活在舊社會。舊社會裡有很多壞人，所以不凶一些就不能過上好日子。」

這也許是小東第一次聽到的革命道理。他回答說：「我知道了，就像在幼兒園裡一樣，如果我不凶，別人就不會怕我。別人不怕我，我就不能命令他們為我做事。」

父親一時不知該怎麼回答。好像兒子剛才說的一切都是符合邏輯的。

五

幾年後，毛副部長坐正了。成了毛部長。小東的父親也在毛部長的關照下，從食堂調進了科室，不久後當上了副科長。

小東的父親明白，天下沒有白吃的午餐。他當上副科長的代價就是，讓毛部長教育小東：讀革命的書，看革命的電影，走先烈們未走完的路。

毛部長常對小東的父親說：「我搞了半輩子宣傳工作，就是想挑戰一下自己到底有沒有能力真正地教育出一個愛黨勝過愛家的人。」

這似乎是不可能完成的任務。但是，只要把黨和國等同起來——教育出一個愛國勝過愛家的人，那麼事情就簡單的多了。「愛國就等於愛黨」，一想到這，毛部長的信心就足了，並及時地給小東送來了《毛澤東選集》。

小東的母親有些擔心兒子被毛爺爺教育得傻了，對丈夫說：「兒子長大以後會不會變成孔斜眼那模樣？」

「不會吧。我們小的時候受教育的環境比現在封閉多了，現在不也是懂得一些道理。」

「我只是有些擔心。」妻子小聲地說。

「別擔心，我都想好了。我們只是在老毛的手下謀碗飯吃。現在的目標是多搞點錢，等兒子初中畢業了就把他送出國去讀高中。澈底離開這個國家。惹不起，還躲不起麼？」

「就是，現在當官的孩子全都出國去了。有錢的人也將孩子送出去了。留下的只有平民百姓。」

六

毛爺爺對小東的教育確實一直沒有放鬆過。毛主席說過：「青少年這個陣地，不由我們來佔領，由誰來佔領？」教育工作一定要從孩子抓起。他帶小東去看各種各樣的展覽。還讓區教育局的局長給小東所在的學校校長打招呼：區裡舉行的給英雄勞模戴紅領巾的活動，小東必定是那個上臺去給英雄勞模戴紅領巾的人。每到清明節，給烈士墓獻花，小東又必定是那個獻花的人。這些都讓小東覺得自己是處於這個社會中心的。

毛爺爺還自己出錢給小東報了一個孔子國學班——傳薪書院。讓他每個週末都去那裡學習儒學的文化思想。小東去國學班上課的第一天，回來後對父親說：「爸爸，我們的那個老師身著一件長長的衣服，像個女生一樣，真難看。」爸爸回答說：「小東啊，記住去上國學班，主要的任務是多認些漢字。其他的學了也沒有用。」小東回答說：「爸爸，我知道了。」

可是過了一段時間，小東週末上課回來，還沒有放下書包就問爸爸要錢：「爸，給我八百元錢，老師要我們買漢服。」

「什麼衣服那麼貴？要八百元錢？」

「爸爸，我就要買漢服。同學們穿著可神氣啦，走起路來呼啦呼啦呼啦……地響。空氣從寬大的袖口灌進來，那感覺簡直就像是要飄起來一樣。」

「你以前不是說，那衣服長長的、寬寬的，既不好看也不方便麼？」

「不難看。老師說啦，長衫是漢族人祖先穿的衣服。祖先們就是穿著那樣的衣服，開創了舉世公認的成就——成為四大文明古國。後來中國人不穿那樣的衣服了，所以就落後了、挨打了……」

「這是什麼歪理？太扯蛋了！」小東父親有些生氣。

小東卻比父親更生氣，叫喊到：「你不給我錢買漢服，我就找毛爺爺要去。」

沒有辦法，小東父親只好拿出八百元給他。讓他下次去上課時將錢交給老師。

七

從此之後，小東父親意識到不能再等下去了。他要將小東從毛爺爺的手中奪回來。父親給他報了一個英語班。也是在週末，為了避開國學班，選擇的時間在晚上。

小東不去學英語。他的理由很簡單：報紙上說，北京高考要將英語從一五〇分減為一〇〇分。父親說：「報上說的是計畫，你沒有聽說過計畫沒有變化快麼？」母親是站在父親這一邊的，她補充說：「我們打算讓你以後出國留學，不學好英語出國去了連廁所也找不到。」

「反正我不出去，這裡是我的地盤。」

「這個國家有什麼好，既不民主也沒有自由。」

「我不需要民主。自由嘛，國學老師說了，只要不跟政府作對，就不會失去自由。那些失去自由的人，都是因為跟政府要這要那。那怎麼可以呢？好的人民應該是為國家付出的，而不是索取。」

父親聽到這之後，覺得眼前的這個孩子已經被他的乾爺爺給奪去了。

但他還在作著最後的努力。他對小東說了一個他自己的經歷：

八

每個月老爸我都要到銀行去取工資。進銀行時要先拿一個排號單，按照先後順序排隊。我發現有些人比我晚來，卻能夠比我先到窗口辦理業務。這是為什麼呢？我一打聽才知道，這些可以插隊的人是ＶＩＰ金卡會員。也就是有錢有權的人。

「爸爸你也是個當官的呀？」

「我這是個什麼官？只有你毛爺爺這麼個『後臺』。這個後臺還是打引號的。你知道為什麼是打引號的嗎？」

「為什麼？」

「那是因為你毛爺爺，想在你身上做試驗，看看能不能將你教育成專制體制下的口服心服的奴才。他不願意在自己的孩子身上做試驗，卻要拿一個外人做試驗，你說他有多壞？他的三個孩子全部都出國了，卻要教育我的孩子在國內當奴才。」

「爸爸，你錯了。我覺得沒有毛爺爺就沒有現在的你。沒有毛爺爺你現在還在食堂洗碗呢。語文書上有一篇課文〈吃水不忘挖井人〉，講的就是喝水時不要忘記了挖井的人。你這就叫著忘恩負義。」

小東的父親還是想要說服兒子：

「我們不說這個了，我還是接著銀行的事跟你說。從銀行那些ＶＩＰ會員就可以由小見大，專制政府的功能就是製造一個特權階層，這個特權階層不能太大，大了他們支付不起，也就是說頂層的人就要犧牲自己的利益；也不能太小，小了怕管理不了，社會就會出亂子。剛好夠維持管理下層的人，同時站在金字塔尖的人也有能力付給他們適當的特權，讓他們盡心地為這個專制制度服務。這是專制制度最理想的結構。一般來說，一萬個人裡最多只能有幾個人進入特權階層。這幾個人裡，官二代、富二代，再加上那些能拍馬屁的人，留下給普通人的機會還不足百萬分之一。小東，你想想看，如果進那個銀行辦業務的人，人人都是ＶＩＰ了，那與人人都不是ＶＩＰ有什麼區別？那麼這個社會就平等了麼？所有的人都要回到先來後到的秩序裡。所以，沒有足夠的外部壓力，那些擁有特權的人決不會讓所有的人都成為ＶＩＰ成員的。因為，在長長的隊伍中想要插隊是人的本性。」

小東反駁父親：

「我們國學班裡很多同學的父親都是大官、大老闆。國學老師說：讀書就是混圈子，在老闆孩子的圈子裡混，不會差的。你沒有聽說『近朱者赤』麼？我現在是『近官二代、富二代者』，你說我會成為什麼？」

父親說：「這個唯物的時代，一切講究『對等交流』『門當戶對』，如果你不能給別人帶去什麼，那麼別人也決不會給你什麼。唉，不跟你說了，等你長大了，就明白了。」

「我最討厭你們說這句話了。我現在就明白，不用等到長大那麼久。」

父親沒有再說什麼，他覺得暫時沒有辦法說服兒子。也許再等兩年，他自己就會明白。

父子這次爭論之後不久，毛部長叫人來喊小東的父親去他的辦公室一趟。一進毛部長的辦公室，部長就說：「聽說，你總是給孩子灌輸反動的思想？」

「部長，您指的是什麼？」

「教唆小東不要在中國待，要出國去讀書、工作。」

「部長，這是動物的本性，很自然的呀！您想想，看連鳥獸都知道擇良樹而棲、逐水草而居，何況人呢？」

「你呀！你這句話如果是在前三十年說出來，可是要殺頭的。這可是叛國罪。」

「現在是現在，過去是過去。過去也沒有出國的條件啊！你家裡的人……不是也……」

「你不要不服氣……」看到小東父親一臉不服的樣子，毛部長拍著桌子說：「我的子女在美國任務是宣傳中國的好，發現美國的壞。社會主義只有分工不同，沒有高低貴賤。」

最後，毛部長警告小東父親：你是我一手提拔上去的，我也能將你拉下來。如果將你拉下來，沒有了搞錢的位置，你用什麼給你的兒子出國留學？

這次與部長談話之後，小東的父親只有忍著，加緊存錢，並盡可能地撈錢。像換了一個人似的，比以前更壞了。只有擁有足夠的錢，才有能力與眼前的這個世界對抗。

經濟基礎，決定上層建築。只有經濟上獨立了，人格上才能獨立。現在，他終於明白了，為什麼中國人那麼物質——一切向錢看。那是因為這個政府是靠不住的，不是人民選舉出來的政府是不會為人民服務的。一切只能靠自己，而自己可以靠的只有錢。

在中國，金錢才是最堅硬、最可靠、最實在的。

九

中秋節過後三天，下午四點到報社上班，打開內部的郵箱，又看到一則報導注意：

報導注意：

接通知：關於九月十二日，雙流縣中心敬老院一老人失蹤後被發現非正常死亡一事，市級各媒體一律不作報導。

請相關部門照此執行。

故事又回到二〇一四年九月九日，凌晨六點十分，母親做好早飯，叫醒小東起床來吃飯。窗外天還是黑的，但似乎有一點曙光了。因為天空中，那些懸吊吊的星星不是那麼明亮、扎眼了，它們是溶化在了空氣之中，還是飛到了更遠的地方？

務實的人是不會關心這些的。它們離現實太遠了。

小東起來，穿好衣服，稀哩呼嚕地將兩碗稀飯倒進了肚子裡。接著背起旅行包，推上自行車就準備出門。母親一把抓住了他：「你爸爸昨天不是跟你說好了，不准去嘛！」

「我就是要去山東曲阜祭拜孔先生。我們國學班幾個同學約好了，今天騎車出發，騎行二十天剛好在孔子誕辰日到達山東曲阜。」

「你瘋了麼？不上學了麼？」說著母親一手拉著自行車，一邊衝著還在睡覺的父親喊：「還不快點起來，小東要去山東。」

「我就是要去。」小東顯得很堅決：「行萬里路、讀萬卷書，國學老師說，這一趟旅行收穫一定比在課堂裡更多。」

這時父親已經起來了，他衝著小東咆哮著：「放狗屁。孔老二是個什麼東西，就是一個自己想當奴才，還要拉著大家都當奴才的奴才祖師爺。」

「我不許你這樣說先生。」

「我說不許去，就不許去。在家裡好好上學。」父親一點也不讓步，一把搶過自行車鎖將車鎖了起來。

「把車鑰匙給我。」

父親不說話，臉色蒼白地回身在客廳的沙發上坐下。

「你不給我鑰匙，我就從樓上跳下去。」

「你跳嘛。不用騎二十天自行車，跳下去，馬上、立刻，就能見到你的孔先生了。」

話音剛落地，就聽到樓底下傳來了「嘭」地一聲悶響。這聲音像是被捂住了嘴巴，低而沉地貼著地面尋找著縫隙往地底下鑽。

母親感覺到不對勁，衝到陽臺向下面望去，什麼也看不到。天上的星星在這一刻也全都不見了。天上不見星星、地下不見人影。這一刻，天不知道是黑著、還是亮著。

模糊中，嘹亮的哭號聲傳開來。

十

時間不會因為一個生命的停止而停止。一個生命的停止也不會對空間有任何影響。

時間以自己的節奏行進著。不緊，也不慢。

天亮了。太陽沒有出來——被充斥在空氣裡細小顆粒給擋住了。這種天氣不叫陰天也不叫晴天，懂科學會思考的高級動物給它取了一個準確的名字：霧霾天。

留不下影子的大地上，警察來了，問了幾個問題，記錄了一些什麼。給出結論：自殺。沒他們的事，他們走了。

看不見陽光的空間中，傳來了馬達的轟鳴聲，殯儀館的汽車來了。將屍體裝進車裡，開走了。樓下的草地上空了出來，有兩個工人在清理著地上的血跡。結果就像是什麼也沒有發生一樣。

天是亮著的。天上不見太陽、地下不見影子。

小東父親在屋子裡坐了一會，站起身穿好衣服就出門了。

「你要去哪兒？」小東母親在後面哭喊著。

「我去處理點事情。」

「孩子的事你不管啦？」

父親已經聽不到母親這句子話了。他下了樓，攔了一輛出租，對司機說：「去雙流中心敬老院。」

「那裡太偏了，出了主城區。不打表，給一五〇元。」

「走吧。」小東父親也不還價。

司機將空車的牌子放下，眼睛死死地盯著前方問，沒話找話說：「聽電臺上說，你們小區有一個孩子跳樓死了？」

父親沒有回答。他臉色蒼白著，就像車窗外的霧霾天氣一樣。通過想像可以看到：如果此時小東父親下了出租車走進霧霾中，那麼你看到的將是一套會自己行走的衣服。

「唉，現在的孩子，有什麼想不通的？有吃有喝。想想我們當年，沒吃沒喝，還不是堅持著像畜牲一樣活下去的。俗話說的好，『好死不如賴活著』，有什麼比死了還可怕呢。」說著出租車司機不說話了，像是陷入了比死還恐怖的想像裡。車子裡的氣氛僵住了。

「停車。我就這裡下。」

師傅從想像中回過神來，一個急剎，將車停下來：「你不是要去敬老院麼？」

父親丟下十元錢，拉開車門就下車了。

「神經病。現在的人怎麼都不正常了？操……」司機罵了一句將車開走了。

父親站在街邊招了好幾輛車，才重新打到出租車：「師傅，去雙流敬老院。」

毛部長，已經於前兩年退休。由於他的子女全都出國了，留下他一個人在國內。本來他是想出國與子女一起想清福。可是不知為什麼，申請拿回被組織上統一收繳的護照時，有關部門告訴他：「上面規定，鑒於成都市前市委書記李春城的問題，全市科級以上幹部一律不准出國。」於是，孤身一人的他只有住進了這個表面上叫敬老院，實則是干休院的環境幽森的大院裡。

小東父親到了敬老院的大門口，被警衛擋了下來。說外人不許入內。他拿出一本記者證說：「我是成都×報記者，要採訪一下毛部長。我們打算將毛部長樹為中國夢正能量的典型好好宣傳一下。」門衛將門開了一個小縫，讓他側著身子進去了。

毛部長看見小東的父親，高興地說：「看看、看看，還是老部下好呀！現在呀，連自己的孩子都靠不住了。」

「毛部長，您身體還好麼？」

「好。好。就是成天待在這個院子裡憋屈得緊。」

「那麼，老部長，我帶您出去透透氣？」

於是，他們就出了敬老院。

在一個比敬老院更潮濕凌亂幽靜的地方。毛部長問：「小東最近學習成績還好麼？明年就要上高中了吧！」

「還好。他今天還參加了一個國學院組織的騎行隊，打算從成都騎自行車到山東曲阜拜祭孔子。」

「好，好嘛。這個活動搞得有意義、搞得好。我還在區裡當部長的時候就有過這個想法，只是當時擔心耽誤了孩子的學習，所以一直沒有下決心搞。」

「是的，學生學習畢竟是第一位的。」

「怎麼？你沒有讓小東去？」毛部長似乎聽出了點什麼。

「開始是不想讓他去。怕拖了學習的後腿。可是，孩子堅持要去……」

「看看、看看，還是我教育的好呀！真是我的好孫兒。你應該知道，這些年來我們黨正在尋找能夠為黨所用的中國文化，除了儒家，別無它選啊。去與不去，這可是大是大非的問題。你可不能拖了孩子的後腿呀。」

「是的，部長。我不會拖他的後腿。小東臨走時，還讓我把他的乾爺爺也喊上，一起去……」說著小東父親用雙手緊緊地掐住毛部長的喉嚨，咬著牙齒說：「你個老不死的，害死了我的兒子。你也一起去見你的孔家祖宗吧。」

毛部長手在空中亂抓著、腳在地下亂踢著，兩分鐘之後就沒有了動靜。

死了。

對於一個共產黨員來說，死後沒有去見馬克思，而是去見了孔老二。不知這是否是對黨的一種背叛。

死後的毛部長，眼睛一直睜著。像極了成都這片陰霾的天空——眼睛裡模模糊糊、身體裡渾渾濁濁。死亡的雙眼就是記憶中忘卻了一切之後的顏色。

十一

將毛部長掐死之後，小東父親喘著粗氣向樹蔭的外面走了五百米左右。向哪裡去？頭腦像雜亂的樹木一樣凌亂著。每一根樹枝所指的方向都象徵著自己的去處？他在一棵被鋸斷的樹樁上坐下來，掏出一支煙點上，深深地吸上一口——走，上殯儀館看看兒子去。順便告訴兒子，自己已經將毛爺爺送上路了。在下面，他們可以一起圍坐在孔老二的身邊，聽他說：有朋自遠方來，不亦樂乎。

在掏香煙時，記者證被從口袋裡帶出來，掉在腐敗潮濕的落葉上。發出了一聲輕微的響聲。在宏大的歷史敘事之中，這是微不足道的連枝幹也構不成的細枝末節。因此父親當然沒有聽到這個微弱聲音。他將煙頭丟到地上，站起身來，走出了這片被大的霧霾籠罩再被小的樹蔭遮蔽而顯得濕氣瘟蘊的陰影裡。

其實樹蔭裡與樹蔭外並沒有什麼區別。反正地上都是看不到影子的。

在殯儀館，小東的父親對他說：孩子，我將毛爺爺給你送下去了；在底下，在精神上你不會孤獨了。不久之後，我也會在一聲槍響中下去找你的，那樣在親情上你也不會孤獨了。孩子，在這次事件中你是唯一的受益者；孩子，你也該瞑目了！

報導注意：

新聞出版局今日（九月十五日）上午緊急會議通知，關於省內換發記者證出現的問題（官員拿證），省內媒體都不報導。

請相關部門照此執行。

毛部長死後第三天，成都×報社熱線接到一個電話：喂，喂……成都×報嗎？報料有報料費麼？最低一〇〇元？重大新聞八〇〇元？好，我這肯定是大新聞。是這樣——我撿到一本你們報社的記者證。離前兩天敬老院老人被殺現場不遠。我知道那個殺人事件。我猜測那個老人也許就是你們報社記者殺的。

「記者證上的名字叫什麼？」

「×××」

「對不起，我們報社沒有這個記者。」

「不可能，記者證明明寫的是你們報社。」

「我再給你說一遍，我們報社沒有這個人。」

「你不信？那好，我只好給成都其他的媒體報料了。」

於是，成都的另一家媒體接到了報料電話：

「喂……是報社麼？報料有報料費？最高只有五〇〇元啊？能不能再多點？我這可是大新聞……獨家給你們。哦，是這樣，我在我家附近的小樹林裡撿到一本記者證……對，記者證，是成都×報的……前兩天在那個樹林裡有一個人被殺死了……」

成都×報的接線員及時地將這個電話內容向報社領導反映了。報社領導顯然知道記者證不只是在報社裡工作的記者才有，一些有關係的領導幹部也可以搞到記者證。於是，報社領導親自給市宣傳部打電話，請求宣傳部統一協調，不許任何報社報導關於官員拿記者證的新聞。這或許就是國家機密吧……

故事到這裡，以上講的一切，似乎什麼也沒有發生。歷史裡也有與現實中相似的霧霾？什麼也看不見？什麼也留不下去？

我不相信。

十二

如果你不告訴我真相，那麼我就自己去尋找真相；我尋找到的真相，也許是你更不願意看見的。

如果你們不告訴我們真相，那麼我們就自己去尋找真相；我們尋找到的真相，也許是你們更不願意看見的。

結論：每一個「報導注意」背後都有一個被扭曲的靈魂。

二〇一四年十月十四日

宣傳任務

一

早晨九點，小紅就被部門主任的電話從睡夢中吵醒了。電話那頭，主任告訴她一個新的宣傳任務：塑造一個人，將他（她）宣傳成一個英雄。

凡事都有根源，於是凡事都要問為什麼。

「為什麼呢？」

主任說，他得到的信息是，主管宣傳的領導認為近期社會輿論對公務員有很多微詞。認為自從八項規定之後，公務員的灰色收入被堵住了。本著社會主義的「多得多勞、少得少勞」的原則，公務員們普遍都惰政了，以此來做消極的抵抗。於是，要樹一個英雄榜樣，改變群眾對公務員拖、拉、懶、散、推的負面看法。

任務如山倒。

主任下命令說：半小時內在我面前出現。我們討論一下如何策劃宣傳。

小紅說：主任，我還在床上呢！半小時，還不夠化妝呢。

主任說：化什麼妝。把臭嘴漱一下，就立即、馬上、速度出門。你的那副樣了，我比誰都清楚。

小紅在報社是深度調查的記者，平時沒什麼事，上午都是在家裡睡覺，下午出去喝茶。只有上面派下了任務，才打足十分精神，去完成黨交給的光榮任務。所謂是養兵千日、用兵一時。小紅跳起來，套上衣服，衝進衛生間用牙刷在嘴裡掏了幾掏、捅了幾捅，以確保面對著領導說話不會有口臭噴出去，讓領導噁心。就甩門出去了。

剛出門，才發現氣緊。又是重度污染。便又轉回身去，撕開一個口罩戴上。寧願遲到幾分鐘，也不能讓自己的身體受到一點危害。

再次下樓，走進緊挨著自己家的公園。穿過這個公園就是二環路，在那裡才能打上出租車。公園裡幾乎空著——除了落滿灰塵的植物和彌漫的霧霾顆粒，只有她一個人戴著口罩，露出精幹的短髮和濕亮的眼睛在晃動：

「塵霾中這張面孔幽靈般浮動；濕漉漉的眼睛像枝幹上雨後的花朵」，錯位在空氣優良的時空。兩個時空交疊？

走了大約二〇〇米，霧霾中看到一個人形向她走來。在這種天氣，敢於出來散步的人讓人敬佩。這才是真正的英雄，不用去找了。連重度霧霾都不怕的人，不是英雄誰是英雄？小紅讓自己感動了一下。她不是為自己感動，而是為對面漸漸靠近她的人形感動。自己出現在這裡是為了工作，工作是為了換取維持生命的薪酬。這是為了活命。而對面的那個人形一定是為了生活。兩者相差天遠地遠。

在相隔近十米時，她基本看清了對面的人。他是同一個小區裡的住戶老汪。老汪牽著一條狗。狗張著大嘴呼哧、呼哧地在往前跑。狗繩繃地直直的，拖著老汪在後面。看樣子是這只狗領著自己的孩子。儘管老汪也戴著一幅大大的口罩，但這並不妨礙小紅認出他來。他臉上厚厚的眼鏡出賣了他。但她並沒有打算跟他打招呼。

他們在相互就要錯過的一剎，她看清了狗濕濕的閃著光的鼻子。他沒有給它戴口罩，讓它整個鼻子暴露在這充滿著細小的不足PM二・五顆粒的空氣裡。小紅在一剎那感到心裡一痛，真是無知者無畏，不知道有PM二・五這東西有多好。狗興奮地向前竄著跳著，呼啊、呼啊地喘氣，拖著老汪與她錯肩而過。

小紅想：這一幕對這只狗唯一的好處就是，它可以消耗掉憋在身上的精力。也許，這之後，它的思想就不會那麼複雜了。會簡單一些。就像是一個出賣體力的體力勞動者，累極了之後沒有精力再思考其他的什麼。於是，它是一個藍領。

想完這些，小紅已經到了二環路上。伸手擋了輛出租車，向報社趕去。這時主任又來電話了，問：到哪兒啦？回答：已經上出租車了。

出租車用它的速度將老汪和他臉上的口罩、和那只精力過剩的小狗、和剛才她一路上的胡思亂想都甩掉。它們再也追不上來了。更不要說再擠進小紅的頭腦裡。

好了。現在小紅可以騰出腦袋裡的空間盡情地想想，如何完成好上面布置下來的宣傳任務。

二

「宣傳任務是從天上掉下來的嗎？」

不是。宣傳任務是人創造的。

不。準確來說宣傳任務是由上一級傳達下來的。

上級下達的宣傳任務形式有兩種：一種是以文字形式下發的；一種是口頭傳達的。以文字下發的，是可以上得了檯面的；口頭傳達的則是上不了檯面的。一般口頭傳達的宣傳任務，傳達者都會要求，不記錄、不錄音、不錄影、不外傳。他們是害怕在歷史上留下了不良的記錄。由此可以證明下達宣傳任務的人是知道好歹的。為什麼知道是壞事，卻偏要做呢？

只有一個解釋：所做的壞事背後隱藏著巨大的利益。

理論上，記者一定要有一個可以採訪的對象。然後將他說的話記錄下來。

採訪中，記者一定要先問這個問題：「你幸福嗎？」

通過回答，記者可以判斷眼前的這個人是不是自己要採訪的對象。

肯定，則證明他對實現滿意、認為自己是這個時代的受益者，就停下來掏出錄音筆問幾個問題，他們的回答大致都是自己想要的答案；否定，則證明他對現實不滿，就果斷地拋下他繼續尋找下一個目標。成熟的記者不會在對現實不滿的人身上浪費時間。因為他們的回答往往都不會順著宣傳的方向走，給記者一個想要的答案。這樣的回答，採訪了也發不出來。

三

「宣傳任務是從天上掉下來的嗎？」

抬頭望天，天是透明的。可以看得到任何顏色——赤橙黃綠青藍紫。正因為這個透明，人們看到了不透明的東西。

「一個黑點，在光亮之中，丟下一丫人形的陰影。」

由人形的陰影可以判定那個黑點是一個人。黑點是因為遠，所以才將人看成黑點。形成人影，是因為光明從遠處照耀下來形成了剪影。黑點很遠、很遠……遠到如果是正常的一個人，在這個距離，根本就無法看到。而人們確實看到了，這足以證明那黑點所指代的人形之雄偉高大。黑點是一個單一的存在，沒有生命。如果不注入什麼，黑點就僅只是一個黑點：黑、點。由這兩個字組合起來的東西形成了一個形狀：小黑點。黑點通過自己掌握的知識，在字典裡自我表揚似地為自己找出了兩個字：偉大。並將這兩個字偽裝在自己的影子上。

這樣一來，這個黑點無限地膨脹了起來，投下陰影，呈幾何基數倍增——彌漫。虛無。籠罩。無處不在。

因為偉大，那個影子可以隨意地下達宣傳任務了：「創造一個社會主義新人，這個人不為自己活著，而為『他人』活著。」黑點要像上帝一樣造人——樹榜樣。

如果我們順著「他人」往下梳理，會發現「他人」就是那個遙遠的小黑點。

四

「榜樣的力量是無窮的！」榜樣的出現是因為人民不知道怎麼活了，於是愛心滿滿的政府就跳出來手把手教導人民怎樣做人。

榜樣就是製作一個模型——純潔、善良、沒有自我、沒有血性——讓人們比著樣子往裡面裝，簡單、粗暴、整齊。榜樣絕對不能脫離創造它時給他設定的那個模板——由單純變為複雜。如果脫離了，負面效應會成倍於先前的榜樣而產生的「正能量」。鑒於此，為了安全起見，榜樣最好是死人。死人不會站出來說話，不會從一個英雄變為一個壞人。

蓋棺定論。說的就是這個意思。

五

小紅趕到報社的時候，看到人力資源部的小羅拿著一個灰皮小本本守在深度報導組的門口。看到她，小羅對她笑了一下，說：紅姐，你遲到了六分鐘。

「路上堵車。整個紅星路都在挖，不堵才怪呢。」她對小羅笑了一下，表示理解：「按報社規定，該扣就扣哈。」

不一會，報社的局域網就出現了一條扣罰消息：深度報導組小紅上班遲到，按報社相關規定扣罰責任風險金二分。

這二分就是二〇〇元人民幣。這就是重新上樓戴口罩的代價。小紅想：值了。得了肺癌二〇〇萬元都治不好。相比起來，這二〇〇元不值一提。

小紅一坐下來就加入進了如何塑造一個英雄的討論。並且一下子就抓住了重點：「必須要有一個死人。以前有很多例子，將活著的人樹為了英雄板樣，沒多久他就進了監獄，成了一個反面的典型。」

「小紅說的對。活人是會變的，而死人則是永恆的。」部門主任同意小紅的意見，總結到：「二〇〇八年汶川地震，當時因為宣傳需要，為了鼓勁，我們推出的幾個英雄，現在都成了騙子。」官員靠著他們手上的權力獲利，英雄則靠著自己頭頂上的光環行騙。這正應上中國的老話——靠山吃山、靠水吃水。

方向定了之後，就要行動。接下來的工作就是：找到一個死人。

主任向總編輯彙報：「總編，您好！報導的方向我們大至討論了一下。首先是要找到一個死人……」總編是何等聰明的人，一聽就明白為什麼要找一個死人。而不是一個活人。

死人：不會思考、不會說話、不能行動。冰冷而無生命。如果不作特殊處理，久了則會腐敗，這就意味著在這個星球上他（她）澈底地消失了，尋找不到任何痕跡。但是，將其如果進行特殊處理——將肉體上升到精神層面，賦予其永恆之意義——那麼它就能不朽。

總編輯在聽完主任的彙報之後，總結到：「我提醒你注意一點，不是每個死人都可以塑造成英雄的。要保證死者的社會關係。哦……對，是乾淨。對，要有一個相對乾淨的社會關係，不能太複雜了，七大姑八大姨多了，也容易出現問題。嗯……比如說英雄的親屬是民主鬥士或者是罪犯。要保證英雄的周圍純潔、樸素，絕無節外生枝的可能。」

一個英雄，如果他的直系親屬犯了錯誤，人們就會說：看吧，英雄的家人也犯了錯誤。太具諷刺意味了。

一個乾淨得不能再乾淨下去的死人。

再乾淨下去就沒有人相信他是人了。

一個個誕生英雄的必要條件齊全後。

接下來，就是如何打造這個英雄了。

從形而下的肉體；上升到形而上的精神。

六

占地球人口之最的中國最不缺的就是人口。因之，從概率上來說死人也是最多的。因之，從概率上來說英雄也是最多的。

不用擔心沒有死人。

不用擔心沒有英雄。

死人就是製造英雄的原料。只要需要，死人就能變成為英雄。

七

小明出生於一九八九年，出生那年的中間中國發生了一件大事。當時他還在母親的肚子裡，後來又沒有人告訴他。自然不知道那一年發生了一件什麼樣的大事。

當然，這並不能怪他。因為後來並沒有人對他說起那件「大事」。

小明像很多孩子一樣正常地長大。看不出有什麼特別之處。他的父母也對他沒有特別的期望，只是希望他像正常的孩子一樣正常的長大——學習、工作、娶妻、生子。如果在一個正常的國家要做到這一點當然很正常，如果在一個不正常的國家要完成這一指標則很艱難。判斷小明的命運「好」還是「不好」，完全取決於你於這個國家是否是正常的判斷。

小明一路升學，考上了一個二流的大學。這之前都符合父母對他的願望。他應該算是「正常地長大成人」了。如果在這時我對他下一個判斷：他的命好。那麼就證明了這個國家不正常；如果我判斷：他的命不好。則證明了這個國家是正常的。

我當然不敢得罪國家。於是在這裡下結論說：小明的命不好。如果小明的命好，在正常的國家，他應該活得比正常的人更好才是。

小明的故事就由他長大成人之後開始說起吧：

大學畢業之後，小明到了彭州市一個偏僻的農村教書。學校很小，像汶川大地震所有震中的學校一樣，這座學校在大地震中被搖出了幾個大裂口，而周圍其他的建築都完好無損。也幸好周圍的民居都是完好無損，否則這個學校肯定會垮塌。

據傳聞上面撥了專項資金，打算重新修建一個小學。但是領導們在拿到了這筆錢之後，產生了新的想法：這個學校太小了，只有二、三十個人，將錢用在這上面太浪費了。幾個領導一合計，乾脆將這個學校的學生併入其他學校。這樣即省下了錢，又可以讓學生們進入更大的學校，受到更好的教育。於是沒有修這所學校。而這錢呢？自然就可以被領導們挪做他用了。

只是，領們沒有想到山裡的學生要到外面的學校去上課，光是步行就要花去兩個多小時。況且天不亮就要上路，也許比在危房裡上課更危險呢。於是絕大多數學生都不願意轉學，寧願待在這傷痕累累的學校裡繼續學習。領導們也沒有辦法，讓家長們簽了一個保證書。保證如果學校垮了，家長們不會找領導鬧事。

家長們在簽字了之後卻另有打算，他們找來了幾個地震棚，在學校的空地上搭了幾間簡易的防震棚。這樣孩子們的教室就有了。

已經是老師的小明對家長們說：「這樣不是長久之計，這個地震棚使用不了多久……」

家長們的算盤更精，他們說：「孩子讀完小學就夠了。只要進城能夠分得清男女廁所，賣菜懂得加減乘除、算得來賬就足夠了。」等自己的孩子讀完小學，之後，學校的事就與他們無關了。

聽到這裡，小明心中僅有的一點理想沒有了。家長、學生們都不想好好讀書，我在這裡還有什麼意義呢？

「教不出好學生的老師，不是好老師。」

這加劇了小明要離開這裡的決心。

八

由於學校沒有正式的房屋，村裡安排小明借住在村裡一戶農民的家裡。這戶農民是在山裡種藥材的，前些年中藥材市場火熱的時候，是這個村子裡最富裕的人家。賺了一些錢，並傾其所有修起了一座磚瓦房。但是近些年信中醫的人越來越少了，中藥市場不景氣，收入也就一落千丈。

山深雲出。雲，蓄水的開放性的容器，更是造雨的工廠。因此整個村子非常潮濕，房間裡的衣物被子永遠都是冰冷潮濕著，彷彿可以擰出水來。

被子就像是山裡人從天空中扯來的雲，將它們裝進被套裡。那裡面總有揮之不盡的水份。像是善感的女人憂傷著心情暗自吮淚一樣。眉眼低垂、目光黯然。

小明的心情像這山裡的氣候一樣，總也好不起來。好在房東的女兒小華，在暗中關心著這個從山外來的大學生。

她悄悄地買來了一個電熱毯，鋪在小明的床下。每到太陽下山，天就要黑盡時，便將電熱毯打開。將潮濕的被子烤乾。

小明知道小華對他的好。小華的目的也是讓小明知道自己對他的好。那一層傳說中的紙，不用捅就破了。自然的，他們就談上了。

小華：「你，怎麼會跑到山裡來教書？」

小明：「大學畢業後，找不到工作，只能先來這裡過度一下。」

小明：「怎麼……？」

聽了之後，小華明顯地舒了一口氣。

小華：「我還以為你就是新聞聯播裡說的那種，決心到最邊遠的山區扎根的模範。」

小明：「我家就是農村的，好不容易考出來了，怎麼會再回去呢？」

小華：「這我就放心了。」

小明：「你怎麼不出去打工呢？」

小華：「我知道山裡的妹子出去打工，不是在流水線上成了一台機器，就是在娛樂場所陪人喝酒作樂。我不想走她們的路。」

小明：「你打算在這山裡待一輩子？」

小華：「山裡的女人要想走出去，只有一條路——嫁給城裡人。」

又一天，他們坐在學校的危牆下：

「小明，你帶我出去吧！」

「小華，我報考了公務員。考上了，就算捧上鐵飯碗了。」

再一天，他們站立在從更高更深的雪山深處蜿蜒而下河水清清的山溪邊。小明的手圍著小華的腰，小華全身酥軟著：

「你的腰就像河水一樣婀娜逶旖。」

「你的肩膀像大山一樣，承受著綠色的樹木、白色的積雪。」

說著小明已經將小華扶臥在小河邊青青的草地上：

「不……」

「我想……」

「不。」

「我要……」

「不。等你考上公務員了，再給你。」

「給我……」

「不。這是我唯一可以給你的東西，除此之外我再也拿不出別的什麼了。我怕等你當上公務員之後，我卻沒有可以與你交換的東西了……」

又是一天，小明拉著小華往避靜的地方去，她掙脫著甩開他的手：

「小明——」

「乍啦？」

「回去複習功課吧！別在這浪費時間了。」

「好啦。你說了算。」

小華像山裡的小花一樣，如果在花叢中你不會覺得怎樣。但是，如果將她放在綠草與樹木之間，她的美、她的好，就立即跳出來。像一粒子彈擊中他，瞬間奪去了他的意識。

小華就這樣鑽進了小明的生活裡。在他的眼前掛出了一個透明的胡蘿蔔，看得到卻摸不到。希望就此而萌生。

一個點攻陷了一個面。對於草地來說一朵花才是一個世界。人們踏過整個草地去觀賞一朵花瓣怎樣打開、展開、飄落——從花開到花謝。絡繹不絕。

九

「在小華的督促、鼓勵，以及考上公務員之後……諸多好處……誘惑下，小明認真學習，終於考上了公務員。」故事這樣發展是符合大眾讀者的期盼的。

小明成了彭州市的一名交警。

過去有一句話：車輪滾滾、黃金萬兩。

現在有一句話：路中一站、鈔票飄飄。

前者說的是司機；後者說的是交警。時代不同了，機遇也就不同了。小明深感自己生逢其時。為什麼如此好命？除了祖墳埋得好，他再也找不出其他的理由。為此他專門帶上小華，去他家的祖墳前祭拜了一番。

臨行前，去買祭祀的用品。一開始小明只買了香燭紙錢。小華在一邊說：「你太小氣了，才買這一點東西。你知道交警這個職業意味著什麼嗎？意味著你將會有房、有車、有老婆，有所有的家用電器，冰箱、彩電、空調、洗衣機、蘋果手機，甚至——只要你想——還可以有小三。」

於是，小明便按照自己將獲得的東西照樣買了一套給祖先。

「有恩報恩」「來而不往非禮也」。中華民族的美德，被紙燭燃起的火光照耀的金光燦燦。這應該就是人們常說的「雙贏」吧。

和諧——地上與地下。一榮俱榮，只有在這時才為人們看到。

十

小明十分珍惜自己的工作。在入職陪訓中，小明站在臺上念著手中的稿紙：「我家在農村，能夠當上交警是我的福氣，因此我一定會好好珍惜自己的這份工作……」小明念到這裡竟哽住了，他的真誠打動了台下的聽眾，有人鼓起了掌。最後，交警大隊的領導總結說：小明同志說的好，黨給了你這麼好的條件，不好好工作，怎麼對得起黨。所以你們要珍惜自己的工作，如果不珍惜自己的工作，那麼就把位置讓出來，讓給更珍惜這份職業的人。想來幹這個工作的人多著呢……

「十分珍惜這份工作」從這句話可以看出，這個工作是他（她）最好的選擇。只要聽到這句話，上級就放心了。因為在說這句話時，他（她）已經將自己劃到「獲益者」的行列裡去了。

小明的工作很簡單，就是站在公路的交叉路口上指揮交通。像是一個會跑動的人肉樁樁。另外，他還有一個很具體的任務：每天抄四〇〇〇元的罰單。

至此，小明被明確地擺在公眾的視線裡了。到這裡，有必要描寫一下小明的長相：小明個頭不高。但是，這個身高放在四川就不顯得矮了。所以他覺得自己是生對了地方。這也是小明站在道路上挺著胸膛筆直地走來走去的信心。小明的臉就像是他的名字「小明」一樣，長著一張大眾面孔，總讓人有似曾相識的感覺。

但是，坐下來仔細想想，搜腸刮肚，思前想後，卻又想不出來這人是誰。

這就是小明。

十一

故事講到這裡還沒有出現死人，讀者一定急了。死人是敘事河流之中的鵝卵石，是可以留下來不被時間及歷史帶走的頑固不化。在敘事河流之中，死人是河床上的鵝卵石，英雄是河床上的岩石。如果英雄是被膨化出來的，那麼這個鵝卵石將量變為岩石、質變為泡沫。隨後在時間的河流中四散而去，最後什麼也不是。

是的，連一塊石頭也不是。

「說好的死人呢？」讀者急，其實領導比讀者更急。總不死人，英雄榜樣什麼時候才能塑造出來。什麼時候才能完成上一級領導布置下來的宣傳任務。

小紅被部主任叫到了辦公室：「沒有死人，能不能找一個活人，創造一個英雄出來？」

小紅：「領導，我們也不是沒有想辦法。找了機關很多部門，就是沒有人願意站出來做先進典型。」

「這樣的好事，都沒有人搶？」領導怎麼也想不到普通人都不願意做英雄。

「領導，你不知道，在基層當模範，太不容易了。做什麼都被別人看到，一點私人的空間也沒有。」

「你要想辦法讓人知道，當了英雄以後，有廣闊的前景——升官、獎金……全國各地的英模報告會。」

「這個，我們都暗示過。但是，誰都明白，不是所有的英雄都能當官的。至於英模報告會，絕對不會是旅行觀光。」

「好吧、好吧！」小紅的領導嘆了一口氣：「抓緊時間，搞一個死人出來。沒有條件就創造條件，這不用我教你吧。說實話，對活人，我也是不放心的。萬一、我是說萬一……將他包裝成英雄後，他驕傲了、自滿了、犯錯誤了。那不是自己打自己臉嗎？」在說到「沒有條件就創造條件」時，領導的眼睛裡忽閃出了一個小白點，像是砍缺了口的刀刃正對著看它的眼睛。

最後，小紅還是那樣寬慰領導：中國的人口世界第一，死人也肯定是世界第一。

是的，他能。中國的死人世界第一，英雄必然也是世界第一。

有了這樣的底氣，任務就完成了大半。

十二

於是，小明在彭州的街頭上崗了。在車流之中，呼吸著汽車尾氣，指揮著汽車、前進、停止，向左走、向右走。或者開出一張罰單讓司機去交警大隊接受處理。

如果說汽車像航船一樣在小明的身邊駛過，那麼小明就像是大海上的一盞航標燈。

小明最喜歡的是開罰單——揮著戴有雪白手套的手讓司機停車、靠邊，然後從腰裡掏出小本本寫上扣多少分、罰多少錢——這種權力感讓他感受到自己就是人生的大贏家。很多時候，司機都會悄悄地對他說：「交警同志，我不是故意的。能不能私了？」說著就從口袋裡掏出一疊錢。小明都會在心底像背電影臺詞一樣念一句：「誰要你的臭錢。」當然在這個時代他是不會這樣說的，如果再倒回去四十年，他肯定會大聲地說出來。現在他只有在心裡面說上一遍，體會了一種自豪感之後，面無表情地說：「收起來、收起來。把我當成什麼人了？」於是對方就死心了。

每一次看到被罰者一臉倒楣相，他的心裡就有一種歡愉的喜悅：別人腰包裡的錢少了、而我腰包裡的錢多了。交警隊潛規則：完成了規定的罰款任務，之後罰的錢，自己就可以有百分之二十的提成。這樣的錢拿了心裡安心。在上崗之前的陪訓中，領導就說過，有些司機恨交警入骨，專門行賄交警，然後偷偷錄下音像再去上級舉報。那樣才是得不償失。

對於怎樣罰款，小明很快就總結了一些經驗：

一、超速罰款。每個城市都會有這樣幾條路況好、路面寬、車流少，卻限速四〇公里／小時的道路。目的顯然是為了設製罰款的陷阱。彭州市也有幾條這樣的道路，小明的腦子靈活，不用老交警教，他就懂得自己拿上一台測速設備，在路邊埋伏下來，右邊超車的、壓線行駛的、牌號不清的一律進了小明的「網兜」。尤其是超速，幾乎一逮一個準。

二、違章停車。彭州城市不大，人口不多，但是只要週末就非常擁擠，到處都是成都市裡出來玩耍的市民，在商業區繁華地帶、大小餐館的門前，都是亂停亂放的汽車，只用帶上一本罰單去轉一圈，很快就可以將之用完。

三、丁字路口右轉。在丁字路口有很多司機都會認為，在紅燈時右轉並不會影響交通，於是在沒有交警的情況下，都不會等紅燈，直接右轉前行，這就恰好落入了小明的埋伏裡。他從陰暗處跳出來，伸出戴有雪白手套的手讓司機停車、靠邊——接受處罰。

四、酒駕。查酒駕有三個時間段，中午飯之後一點至兩點半、晚飯之後七點半到九點，守在進出各大飯店的路口；還有就是深夜十二點以後，守在各進出酒吧、歌廳的路口，抓酒駕的成功率非常之高。絕對不會空手而歸。將汽車擋下，叫司機將車窗搖下，只要伸頭進車窗裡吸一口氣，小明就可以判斷出這個司機有沒有喝酒，喝了有多少酒，是酒駕還是醉駕。

真是三百六十行，行行出狀元。

……

這一天，是一個難得的好天氣，再加上昨夜的一場大雨，將空氣中的霧霾洗得乾乾淨淨。整個城市透明得像一個水晶球。小明知道這是一個抓汽車亂停亂放的好時機。於是騎著摩托就到了公園邊。此時公園旁的路邊上已經停滿了出來踏青曬太陽的人開來的私家車。

上前去拍照，貼罰單。一路貼下來，大概有近百輛。心情就像是這天氣一樣晴朗。貼完這一路之後，小明正準備離開，這時看到一輛汽車有些陌生。可是就在這輛陌生汽車的車窗上貼著一個罰單。

張罰單。

「不能啊！我沒有看到過這輛汽車，如何能在上面貼了罰單呢？」小明上去仔細一看，原來是這輛汽車司機把旁邊汽車的罰單扯下來，貼在自己的擋風玻璃上，企圖借此瞞天過海，讓交警以為這是已經被處罰過了的車輛，將其放過。小明果斷地將罰單物歸了原主之後，又在這輛車上貼了一張罰單。

還有的司機，將自己前一天已經處理的罰單保留下來，第二天亂停時繼續貼上。「星期一罰單，星期二、星期三……還繼續貼著。」

這些都騙不過小明。小明沒有別的能耐，就是記性好。過手不忘。這從他可以考上大學、考上公務員就可以得到證明。

有付出就有回報。在一同進入交警隊的同事中，小明的工資是最高的。

十三

同樣，有得到也會有付出。小明開始咳嗽了起來。

開始他並不在意，以為自己是工作得太累，感冒了。他想：自己年輕，可以扛得住。

小明為什麼要這麼辛苦地工作呢？那是因為他需要錢。父母是農村的，拿不出一分錢給自己。而小華也已經懷孕，再過兩個月，小寶寶就要降生了。

十四

二〇一三年底彭州石化開始試生產了。有些成都人開著汽車像是有意路過彭州石化廠，並在工廠的附近停下來，拍上幾張照片，之後就駕車離開。不久，網路上就出現了冒著黑煙的彭州石化廠的照片。

看了照片的人肯定知道發照片的人是什麼意思。

於是成都城區裡的人相互在說：彭州石化廠開工了。看照片上，黑煙彌漫。難怪這些日子空氣質量這麼差。連續十來天，空氣質量都是重度污染。

於是手機上大家都在相互轉發這句話：「這週末，我們一起戴上口罩，到九眼橋散步！」

不過，在此後任何一個週末，九眼橋並沒有出現大流量的人流。不知道成都市政府用了什麼辦法來阻止人們聚集到九眼橋。

彭州市交警則針對經常有人有意無意地開車路過石化廠，停下來拍上幾張照片的現象，採取了一些相應的整改措施。

比如在道路上設立了禁停標誌；不准停車。

比如在道路中劃了行駛時速度不得低於一〇〇碼的標誌；不准慢行。

比如在道路上增派了交警值崗，專門抓違章停車或減速的司機；現場糾正。

小明因為往常的工作業績突出，被上級領導點名，專門指派到經過彭州石化廠的公路上值勤。

「好好幹，不要辜負黨對你的陪養。」領導拍著小明的肩膀說。小明覺得自己肩頭的擔子沉甸甸的。

整改的效果立竿見影，網路上關於彭州石化的照片迅速地少了下來。少下來。最後就沒有了。

十五

彭州交警為成都市政府做了如此大的貢獻，當然要受到表彰。就在彭州交警接受表彰的時候，小明咳嗽的越來越厲害了。他偷偷地溜出會場，去醫院做檢查。醫生看了一眼他身上的交警制服，就猜到了一半。他說：「這是職業病。天天站在馬路上吸汽車尾氣能不咳嗽麼？」小明聽了之後心裡一緊：「醫生，這、這、這病……嚴重麼？」

「先去拍個肺片再說。」

拍完肺片之後，醫生指著那個由黑灰白三色調合成的顏色對他說：「你看，這裡有一個陰影。」

「什麼？陰影？什麼陰影？」

醫生沒有回答他。而是轉了一個話題：「你們交警值勤，怎麼不戴個口罩？」

「可能是……戴口罩不夠嚴肅吧？別人看不到我們的表情？」

「又不是在演戲，要那麼豐富的表情幹啥？」

「可能，上面就是那樣規定的！」

「唉，表情難道比命更重要？如果連命都沒有了，拿什麼做表情？」

小明從醫院出來之後，不僅肺部有了一個陰影，就連心裡也多了一個陰影。在這兩個陰影的投射下，小明的臉上也出現了陰影。

小華看出了小明臉上的陰影。問：「你怎麼啦？不舒服麼？」

「沒有。」

「是身體不舒服？還是工作上有什麼不順心的事？」

「沒有。」

小華沒有追問下去。她的心裡也出現了一片陰影——他當上了交警，看不上我了？

於是，一個家庭就出現了陰影。如果不進行一次光明、公開、真誠的交流，這個家庭就有可能陷入黑暗之中……

「你到底有什麼事情瞞著我？」

「我肺部有一個陰影。」

「陰影？什麼陰影？良性的？還是惡性的？」

「昨天。醫生告訴我說，是惡性的。」

小華哭了起來：「叫你不要那麼拼命工作，你偏不聽。以後，我怎麼辦？肚子裡的孩子怎麼辦？我連個正式工作都沒有。」

小明安慰著小華：「你別擔心，我都想好了。會有辦法的……」

「……什麼辦法？你快說呀。」

「如果，我成為英雄……你們娘倆的生活就沒有問題了。」小明自顧自地往下說：「英雄，表面上是拯救別人的靈魂。其實我心裡明白，它救不了別人，只能救得了自己的家人。如果我去了之後，組織上問你有什麼要求，你就說要繼承我的遺志，代替我完成我未完成的事業。沿著我的道路走下去。」說到後面，小明有些語無倫次。

「英雄？英雄哪裡那什麼好當？」

「小華，你要相信我！」

十六

小明的這張大眾臉不知道是害了他還是幫了他。

大眾臉造成的結果就是：別人因記不住他而對他視而不見。這種結果給他帶來了兩種截然不同的後果：一是，別人不會注意他，這使他有了一種不用埋伏，便可以隨時出現在違章司機的面前進判了死刑，執行的日子還沒有確定下來。

行罰款的能力；二是，這對一個成天站在公路中間的交警，車來車往，危險係數大增，就如同被宣判了死刑，執行的日子還沒有確定下來。

十七

一輛寶馬汽車每天都會定時、定點經過小明執勤的路上。自從小明檢查出得了肺癌之後，他每天都要擋下這輛車，為司機找一點毛病：繫安全帶、打手機、速度太快、速度太慢、等紅綠燈時前輪壓線、左轉彎沒有提前併入轉彎車道。等等。

這一天寶馬車又如期進入了小明的視野。小明走上前「啪」地就敬了一個禮，說：「司機同志你壓線了。」於是司機將車向後倒了三公分。待綠燈亮時，汽車剛起步沒有開出兩米，小明又擋住了這輛車，示意司機：左轉要先併入左轉車道。否則只能直行。

寶馬車司機將車窗搖下來對著小明吼叫到：「你他媽的，天天找我麻煩是什麼意思？」

「沒有什麼意思。」

「我得罪你了麼？欠你錢沒還麼？上了你老婆麼？」

「都沒有。」小明回答的很平靜。

「那你還擋什麼擋！」說著寶馬司機一踩油門，方向盤向左一打，加速駛去。

小明眼疾手快，伸手就抓住了寶馬車的方向盤。發動機轟鳴聲中，他被汽車帶出了數十米，而後腦部著地倒在公路上。

十八

報社熱線接到線索：「報社麼？報料有錢麼？好的，我們這有一個死人。剛剛死的。哦我確定死了。是一個交警，被一輛寶馬車拖了好遠好遠，然後摔下來就死了。好、好、好，我不給別的報社打電話，你們按最高的報料費給我。」

領導給小紅打電話：快。現在。立刻。馬上。對，抓緊時間。趕到彭州交警大隊去，那裡剛剛死了一個交警。對。對。對。你馬上趕到現場去，把他整成英雄。

小紅一坐上報社的採訪車就打開了筆記本電腦，開始趕寫稿子——生前與同事的關係、與家人的關係、與朋友的關係、與同學的關係，都是非常的和諧。對別人寬厚、對自己嚴格。還有領導對他的評價——工作積極、任勞任怨。認識他的人都為他感到惋惜。先將這些寫好，到彭州後，找到「有關部門」提供的「相關資料」，再一一對應，將真實的同事、家人、朋友、同學的名字填進已經寫好的稿件裡就行了。

因為英雄都是從一個模子裡倒出來的。都是一樣的。不同的是，英雄是通過不同行業不同的人證明出來的。作為深度報導的記者，小紅明白採寫這條新聞的關鍵點是：找到不同的人來證明一個相同的模式。

最後見報的效果就是：看，這不是記者視角，而是人民的視角。

這便解決了新聞的真實性的問題。

十九

就在小紅寫完稿子，報紙編輯們開始編輯稿子，第二天就要見報時。傳來了一個不好的消息：同城另一家報社也在彭州採訪這個新聞。他們從法醫手上拿到的死亡材料是——小明死於肺癌。並不是因為被司機駕車拖拽摔倒，後腦著地而亡。

小紅著急地將這個消息報告給了部門主任；部門主任又上報給了總編；總編又及時地打電話給上級領導。說：「我們正在完成您下達的宣傳任務，樹立一個英雄板樣，可是另一家報紙卻要從另一個角度進行報導。如果那篇報導出來，那麼我們的英雄就不是那麼有說服力了……」

上級領導簡單地問了一下事情概要。聽完彙報之後說：這個典型抓得好。一是，死在工作崗位上，因公犧牲是最好的死法；二是，他出生在一個農民家庭，普通的農民能犯什麼大錯誤呀？想犯也沒有條件呀！嗯，不是有句話這樣說嘛「英雄不問出處」；三是，被一個違章的司機拖拽後摔倒死亡，正好可以借此機會重判肇事司機，給其他的司機以警示。

「好，就這樣。」宣傳部門的領導答應到：「我給某某（那家報社總編輯）打個招呼，讓他們將那篇稿子給下了。就算我們不樹這個英雄，也不能報導說彭州的一個交警死於肺癌啊！一說到彭州、肺癌這兩個關鍵詞，讀者還不會往那個石化廠聯想啊！太沒有大局觀念了。」

這樣，小明的檔案裡，死亡原因一欄裡便填寫著：腦部受撞擊，造成腦溢血。

於是，小明成了一個讓人學習模仿的英雄板樣——

昨日，本是小明二十六歲生日，卻成為了他與親友告別的日子。哀樂陣陣、淚眼漣漣……成都東郊殯儀館內，二〇〇餘名公安代表、社會各界群眾以及小明同志的親屬們，大家肅立在靈堂前，沉痛悼唁這位優秀的人民好警察。靜靜躺在靈柩中的小明，著嶄新警服，這也是他生前的願望。

二〇一四年七月，小明作為一名新民警來到彭州市公安局交警大隊勤務五中隊。「身高一・六七米，很陽光。話不多，總是面帶笑容。」這是時任中隊長對他的第一印象。他的同事告訴記者，小明很熱愛警察這份工作，能在值勤的崗位站上一天。對於違章的司機他也是從來不放過。他總是這樣拒絕前來找他「開後門」的同學和朋友：我現在嚴格一點，是為了消滅那些躲藏在時間後面的災禍。小明的一位同學哽咽著說：「由於失去了『保護傘』，所以我開車就特別守規矩。有一次在一個路口，我停下來等紅燈，與我平行的另一條車道的車卻衝了出去……只聽一陣巨響，那輛車與一輛運渣車撞到了一起，當時整個車子就被撞成了一堆廢鐵。現在想起來還有後怕，如果小明答應當我們的『保護傘』，那天被撞的也許就是我。是小明救了我……」

無論是天晴還是雨天，執勤點來來回回的車流中，總有小明的身影。十月一日小長假，他主動請纓上班，讓同事們回去好好休息幾天。他笑著對同事說：「十一節後見。」但這次，他失約了。他永遠地離開了愛他和他愛的親人們。

生命的最後一刻，小明緊緊握住警服上的警號「07**10」，一直這樣對即將臨盆的妻子重複著說：「小華，到時就簡單一點兒，但是記得我必須穿著警服走，下輩子我還要當交警。」

相關領導給予小明極高的評價。悼詞中說，小明同志用堅韌的毅力，堅守在一線執勤崗位，把生命中的最後時光獻給了他所摯愛的公安事業，把最美好的青春獻給了他所熱愛的人民群眾。

於是，英雄就如此成了。在從報紙上得知英雄犧牲了之後，群眾自發地站立在街道的兩邊為小明送行。

天上——下起了細細的小雨……

二十

有一句名言說：「一個需要英雄的時代，是一個悲劇的時代。」

「一對寡婦（孤兒）需要一個英雄丈夫（父親），否則他們將上演這個時代的悲劇。」一個丈夫成了英雄的妻子，以後的路就好走了——只要她時常面對著記者的鏡頭，悲愴地回憶起她曾經感動著整個城市的英雄丈夫……

這個妻子生活得有顏面，就是國家有顏面；生活得沒有顏面，這個國家也就沒有顏面。

「英雄救不了別人，卻能救一對失去了生活來源的母子。」

就像能量守衡定律一樣：一個英雄樹起來，另一個倒楣蛋就倒下去。我們所在的世界絕對地均衡。寶馬司機被以「危害公共安全罪」判處死刑。

臨行刑前，他與就要臨產的妻子見了最後一面。他說：「把孩子生下來，好好帶大，不要給他說有我這個父親，不要讓他仇恨社會。能夠活著，自然地老去、自然地死去，就是人生最大的勝利。」

二十一

「宣傳任務是從天上掉下來的嗎？」

不。宣傳任務是從上一級傳達下來的。像是一個金字塔，頂端只有一個點、可以無限地小，下端是一個面、可以無窮大。上端只是一個想法、下端則驚惶瑣碎、面面俱到。越處於頂端越輕鬆愉悅、陽光燦爛，越向下越呆板保守、死氣沉沉。

宣傳任務至上而下，由點及面，一層一層，彷彿是編織著一張巨大的網，將所有處於他下端的人都牢牢地捆住。

由此。

宣傳任務不是天災，而是人禍。

小紅將小明塑造成英雄之後，報社領導受到了宣傳部的表揚。說是這個報導提振了人心。這也是這個制度好的最佳證明。

報社領導也順著趨勢將小紅塑造成了報社內部的典型，要求報社全體記者都向小紅學習，以她為榜樣。大家都知道這個時代精神刺激已經刺激不了人了，只有物質刺激才能夠讓人興奮起來。於是報社給小紅發了五〇〇〇元的獎金。

拿到獎金後，同事們都羡慕地圍上來說：「小紅，一定要請客哦！」

小紅開心地回答說：「一定。一定。等下班了，大家一起去好好搓一頓。」

「節約可恥、浪費光榮。」

對。

「浪費光榮、節約可恥！」

出色的完成了上級下達的宣傳任務，小紅也可以好好休息一下了。這一天，成都的空氣質量在一連十餘天的陰雨後破天荒地達到了良好，小紅心情舒暢地出了門，到公園裡四處逛逛。花朵與綠葉在透明的空氣中更漂亮了。目光也可以看得更遠、更多。就在這個「遠」和「多」中，她看到老汪獨自一個人坐在公園邊的椅子上。

第一眼，憑直覺小紅覺得有什麼不對。是什麼呢？小紅站住，讓目光放空，想了很久。終於想出來了：是老汪的手上少了一根牽狗繩，牽狗繩前端少了一隻喘著粗氣呼哧、呼哧奔跑的小狗。

「五毛呢？」

「死啦！」

「怎麼就……去了……我說，怎麼好久沒有看到它了……」小紅自責自己多嘴，立即讓臉上的表情變得凝重起來。

「是狗，總是要死的。」老汪反過來安慰著小紅。這個社會愛狗的人士太多，不能讓他們覺得自己不愛動物，沒有愛心。否則，自己可就攤了大事了。

「怎麼死的？」

「不知道。哦，不……死前它一直在哮喘、咳嗽。」

「怎麼處理的？」

「丟河裡沖走了。」說著老汪指了一下被下游不遠處橡膠壩擋起來而緩慢地流動著的渾濁的錦江河水。

「沖走了？」

「沖走了！」說到這，老汪鬆下了一口氣，彷彿從肩上卸下一副擔子：「天要下雨、狗要死掉，隨它去吧。」

老汪的狗死了。小區裡有人議論說五毛死於霧霾：「即使是空氣重度污染，它也要跑出來散步……好像是風清氣爽一樣……這不是找死麼？」有無關人士跳出來反駁說：「沒有證據證明霧霾會造成肺癌。」

二〇一五年四月六日

樹知道疼

一

每天中午吃完飯，我都要與妻子到附近的公園去散步。下樓，穿過小區裡隨房屋佈局而或縱或橫或斜或彎曲的道路出了後門就算是進入了公園。

視線一下子就開闊了起來。「而人在自然中，也顯得無足輕重起來。」

當然，這是站在自然那一面來看而得出的結果。如果以人為中心來看待這個世界，曠空的自然更能襯托出人在存在中的中心地位。

我對妻子說：從我剛才的第一反應，可以看出對於「自然」與「人」我更看重自然。

妻子說：現在的自然，在人的面前已經不成自然樣了。與過去相比，藍天沒有了，綠水沒有了，青山也快要沒有了。

是的，我所居住的這個城市已經有十餘天看不見太陽了。「太陽並不是被雲遮攔住了，而是被灰霾給藏了起來。」如果我能夠穿越到古代，將這句話講給我們的祖先聽，他們一定不會相信渺小總被大自然欺負的人類會有這麼大的能量？那時候的人喜歡這樣的哲學：順其自然。

如何會有那麼多的灰霾？人如何能夠製造出這麼多的灰霾？當然我回不去。即便回去了也無法帶他們來我們這個時代看看灰霾是如何產生的。

好在現在這個時代我可以到歐洲或美國去。我將這句話講給他們聽，他們也一定會瞪著一雙天真的藍眼睛手做捏跳蚤狀緊接著又做環抱狀說：No、No……這怎麼可能？那些灰霾——那麼小——哪來的？那麼多？

我則可以很自豪地對他們說：你們不信？我可以帶你們去看看。

我的這一行為，會被眾多愛國賊視為漢奸。中國有很多很重要的古訓，其中就有一句：家醜不可外揚。中國政府也常常喜歡說這一句話：不干涉別國內政。我深刻地明白這句話應該反過來理解：別國不要干涉中國的內政。

我將我的這點剛剛冒出來的神思講給妻子聽。她說：那些外國人來了，就明白了中國為什麼創造了GDP全世界第二的神話了。

「因為整個中國就是一個大工地。」

「因為中國總是在幹建了拆、拆了建的工作。」用破壞自然、反復折騰來創造鈔票在人們手裡流動速度。彷彿灰霾就是一個水塘，人就是水塘裡浮動的魚，而鈔票就是水裡的浮游生物。細菌、病毒。

水至清則無魚。而在一池死臭的水塘裡，魚也是無法生存的。世界就是如此的矛盾，在非此即彼的夾縫中尋找著生路。

向前走，向右捌是一座剛建成時是白色而幾年後即成為灰色再幾年後將變為黑色的拱橋。如果不上拱橋一直往前走五〇米，再向左拐，就是二環路。到了二環路上就會看到整條二環路都被挖爛了，在修高架橋。我相信這個世界上沒有哪個政府會同時將一個城市的二環路挖爛，同時開工修建高架橋。這就使這個城市如一個巨大的工地，灰塵彌漫、鋼筋遍佈，道路上大坑接著小坑，綿綿不絕。汽車如船舶一樣在窄小的路面上晃晃悠悠地前行——時光倒流，坐在車裡彷彿回到了童年的搖籃之內。更有擁擠的道路上魚貫著騎自行車的人流，隨時都可能被顛下車來捲入汽車的巨輪之下。這個城市的交通就此癱瘓了一半。自然，在這個城市上空密布著的灰霾，這個巨大的環形工地也一定為之貢獻了不小。

政府說：這叫長痛不如短痛。

我想問：有沒有不痛的選擇？

我沒有喊出這句話。因為我如果喊出這句話，政府就會讓我很疼。

為什麼會有如此粗暴，不計後果的工程？明白人都知道二〇一三年「財經論壇」在我們這個城市召開，這個國家的老大要來出席。這是面子工程。做給老大看的。為討好老大，可以不惜一切代價。

哦。原來是這樣。

我理解了！

不，不理解。應該是：我知道了。

我就是這樣一個「知道」分子。心裡明白就行了，只要自己不被騙、被洗腦就是勝者。

我與妻子沒有直走，而是右拐，上了拱橋。過了灰色的拱橋，有密集的綠色植物連綿並起伏，將公園營造得有厚度與深度。於是，我們可以向公園的深處走進去。

二

這個城市雖然人口眾多。

這個城市雖然公園很少。

這兩者比例雖然很不協調。

但這個城市的人都愛打麻將，所以多半都躲在屋子裡打麻將。於是公園的空間就騰出來了。

空空蕩蕩。沒有聲音回蕩。

空洞的空間，正好容竊竊私語。

我對妻子說：我們單位的人都叫洪書記「紅挖挖」。有人編了個順口溜：紅挖挖的紅，紅挖挖的挖，紅挖挖最擅長挖泥巴！南延線的堵，西延線的阻，紅挖挖的心頭在打鼓！二環路的灰，一環路切堆，邊邊上的居民好悲催！全市人在嘔，紅挖挖在吼，結果悄悄咪咪在滅口啊在滅口！！！

妻子說：太形象了。

我說：二環路本來還是滿暢通的，至少有三分之二的路段可以敞開跑。

妻子說：其他的地段只有幾個堵點，只要再建幾個立交橋就可以完全解決二環路的問題。根本就沒有必要全部挖了重新建。這就是一個敗家子。

我說：你聽我說。前兩天電視臺有一個編導在自己的微博上發了一個紅色的挖掘機的圖片。被書記看到了，就下令電視臺將那個發微博的人給辭退了。

「也不知道書記是怎樣想的。」

「是書記的想像力太豐富了。」

「應該將那句話改一下：不怕書記會武術、就怕書記有文化」。

「我最想不通的是：在中國，一把手到底有好大的權力？近三十公里長的二環路一個人說拆就拆了。完全不需要論證。普通人想都不敢想的事，官員們不僅想到了而且還做到了，果然是聰慧無比。現在當官的學歷越來越高了，所以我們的環境也就越來越壞了。」

「你在單位上要小心一點。」

「沒事，你別擔心。我不玩微博。」

在公園的一角——沙河與錦江的交匯處——幾顆高大的樹下的茶鋪已經停業了。過去我與朋友經常到這裡來喝茶，五元錢一杯茶，一坐就是一個下午。後來，茶鋪的老闆將茶水漲價了。由五元漲到十元。我就很少來喝茶了。不只是我在乎這五元錢，別的人也是一樣。這個茶鋪的生意越來越不好，多數時間我與妻子走過這裡，根本就看不到有客人。現在茶鋪乾脆就不開了，直接關門。

我想，商人總想著利益最大化。可是沒想到顧客也有個承受能力。

轉過這個茶鋪，過了一個人造水潭上面架設的仿古石橋，再向前二〇米有幾個老人在溜鳥。掛在樹枝上的鳥籠裡的鳥與外面的鳥一樣地啾啾啾啾地叫著。籠中鳥的鳴叫聲明顯比外面的鳥的叫聲要大許多。籠中鳥或許在向同類炫耀自己被人包養這一事實。多幸福啊，不用飛翔、不用覓食就可以吃飽肚子。

籠中鳥說的是事實。我們得承認它們確實「脫產」了。「脫產」，這個詞對於人類來說是一個值得一生追求的目標。

「不勞而獲」，沒有誰會再為此感到羞愧、臉紅？此時此刻，它代表的是一種「能力」。

籠中鳥飛出去了還會回來嗎？

以當代人的價值觀去推測：飛出籠子的小鳥還會飛回來。如果它們沒有回來，那並不是它們不想回來，而是因為它們不像人這麼聰明。因為它們太笨，找不到回家的路。

「鳥中最聰明的就是鴿子，將它們放飛出去，不論多遠，也還會飛回來。」因為它們聰明，所以選擇了「被包養」。

人類用自己的答案解決了自然界一切的問題。人真的是太偉大了。

三

繼續向前走。

在一個小緩坡上，有幾棵大樹在坡頂站著。它們本來就是這個公園裡最高的樹，加上又站得最高，所以格外引人注目。

它們的這種風格完全不符合莊子的處世原則。這樣不好。非常不好。

莊子講過一個故事：樹因為高大，而會招來狂風。風可以將樹折斷，卻不能將地上的小草折斷。這個故事告訴我們——不要比高、而應該比矮。

樹大招風。果然，這幾棵大樹身上的印記證明了它們正在遭受著的磨難，也驗證了莊子確實偉大——

緩坡頂上一字排開的三棵樹全都有著傷痕。我就根據它們的位置，將它們稱為：左、中、右吧。

左邊的這棵樹的兩側——大概在我腰部的位置，樹皮全部沒有了。露著發白的樹幹。而且明顯地被磨得光亮；

中間的這棵樹，在我頭部的這個位置，樹皮被外力衝擊，磨損得現出了新皮，並微微地呈現出一個凹形；

右邊的這棵樹在我心窩的位置，也同樣地被外力衝擊，出現了一個坑。

這三棵樹的樹葉全都是綠色。而不像旁邊的樹，樹上有些枯黃的葉子還頑強地，厚著臉皮地扒在樹上，不肯落地。

我自幼練過功夫，一看就知道這三棵樹是被練武的人當靶子打的。

左邊的那棵是被練太極的人打的。這個人練的是太極靠手式。就是用兩隻手交替地打著假想敵人的腰肋部位；

打中間這棵樹的人肯定練得是長拳。身高馬大，一招一式都是招呼著腦袋。極其兇狠。

右邊的一定是初練南拳的人打的。練拳者蹲著四平大馬步，雙拳與地面平行，一拳一拳地砸在樹幹上，形成了這樣一個拳印（從擊打的高度正好在我的心口上，可以判斷出這個練南拳者的身高與我差不多）。

妻子也捏著拳頭一邊輕輕地打著樹幹，一邊扭頭問我：你說這三個人誰最厲害？

我說：現在看起來應該是左邊的這個功夫最高，因為他練的時間最久。但是可以肯定，幾年之後右邊的這位練南拳的一定可以打敗其他兩個人。

「為什麼呢？」

「因為左邊的這個是練太極的，太極發展到現在已經純粹演變成一種老年健身操了。練習的人只是在慢字上下功夫，而忽略了——快。不管什麼拳，最終打到人身上的那一下，一定靠的是速度。練武的人都知道這一句話：『無招不破，惟快不破』。這就是說，沒有招數是破解不了的，但只有速度快才破不了。」

「慢只是防禦？」

「差不多是這樣吧，慢只是為了消耗對手體力。中間的這位練長拳，長拳現在越來越趨向於表演。將武術練成了舞術。」我指著中間那棵樹上足有腦袋高的拳印說：「你看看，招招都衝著頭部，對手只要一蹲下身子，他下半身的門戶就全亮出來了。怎麼打，怎麼有。」

「你說右邊最厲害？」

「右邊這個人練的是南拳。從樹皮上的拳印可以看出來他是紮著馬步在練拳的。紮馬步在練武中是最累的，而表面上看起來好像又沒有什麼用，於是一般的練武者都不願意練紮馬步這一基本功。你看左邊和中間這兩個練習者都是站著打樁的，他們只想著打別人，而沒有想到別人也會打到他。如果被打中一拳，馬步不穩、重心就會偏。身體找不到著力點，即使打別人也用不上勁，而如果對手借此機會打他，那他就必倒無疑。」

「你怎麼知道這個練南拳的人是初學不久的？」

「南拳最講究力道，出拳剛勁有力。講的是『一力打十會』。搶入中門一招制敵。」我用手比劃了一下，作了一個進步直拳的架式：「南拳打樁，練的就是勁力。這個人看起來學了不出半年，如果超出了半年，那麼這棵樹的這一塊樹皮就會被打禿了。」

妻子指著左邊的那棵樹說：這棵樹的樹皮也被打禿了呀！

我知道她是指我剛才說左邊這個人是練太極的，而太極拳打樁不用全力，怎麼會將樹皮給打脫了呢？我回答說：這個人靠的是時間。他至少在這棵樹上下了幾十年的功夫，才出現了現在這個樣子。

四

這三棵樹是因為不斷地遭受拳打、掌劈。產生抖動、震顫，而使樹上的枯葉全都飄落到了地上。留在樹上的全部都是盈盈綠葉。滿樹綠妝，格外清目。所以相比起來，它們比周圍其他的樹要健康養眼許多。

是——因禍得福？

還是——生命在於折騰？

一條小溝在樹的龐大根系下面流淌。水流幾近乾涸。渾濁泥濘。目光掃過，瞬間就髒了。趕緊將目光收回，抬頭再望向碧綠的樹葉，將目光洗淨。

待目光乾淨。片刻，才與妻子轉身往回走……

五

左：是一個老幹部

說他老，其實也不老。五十八歲，還有一兩年他就要退休了。這個年齡對普通的百姓來說，也許算是老了。而對於幹部來說，正是搶錢的最後時機。總結起來就是：心毒、手狠、壞點子多。表現出來就是：「精神振奮」。

當然，所有的這些都需要有一個好身體。「身體是革命的本錢」。對他們來說，革命的目的就是為了搶錢。有好的身體才能將搶到的鉅款搬回家；才能將搬回家的錢盡情地揮灑。

老幹部姓洪。為了有一個好的身體，他每天早晨都要堅持到公園裡來練太極拳。站在左邊這棵大樹的前面，雙腳分開與肩同寬，雙手自然垂放於雙腿兩側。吸氣、呼氣……呼氣、吸氣，讓氣息平穩下來。放鬆、眼睛微閉，在覺得自己就要睡著時，微微地將眼睛睜開，左腳向前邁開半步，雙手緩緩抱於胸前，做往身體內部斂財狀……當然不能只進不出，世間萬物的道理都是這樣——「舊的不去、新的不來」……於是身體微微前傾，左手劃半個圈、右手再劃半個圈——「一個金圓寶、中間砍一刀、左邊花一點、右邊用一點」……

大約十分鐘，一套拳打完。雙腳併攏，雙手從身體的兩側畫一個圓圈回到雙腿兩側，吸氣、呼氣……呼氣、吸氣……感覺人與自然合為一體。此時他就像是一棵樹。

天——人，合一。

不能永遠這樣下去。如果那樣，就是死了。嗚呼，一命歸天。像是倔強地反抗，老幹部猛地將眼睛睜開，目光炯炯，透露出一股殺機。他向大樹逼近一步，用兩臂的外側、內側交替地擊打著樹幹的左右兩側……

一下、兩下、三下、四下、五下、六下，似乎使足了勁、又像是收斂著力……啪、啪、啪、啪、啪……大樹像是被搔著了癢處，枝丫上的葉子輕微地晃動著。

一直擊打到三百六十五下，他才再又雙腳併攏，雙手從身體的兩側畫一個大大的圓圈回到雙腿兩側，自然下垂，呼氣、吸氣……吸氣、呼氣……感覺人與自然融為一體。

天人合一。

練完功之後，老幹部匆匆走出了公園。在公園的大門口，他的專用司機恭恭敬敬地迎接著他：洪書記，辛苦了。請上車。

說著就為他拉開了車門。

上了車之後，司機說：書記，您的氣色是越來越好了啊！

洪書記說：為人民服務，沒有一個好身體不行啊！

「那是。那是！……」

洪書記到了辦公室，才坐下來，服務員就給他端來了一杯茶。含著笑意說：洪書記，請喝茶。書記將食指和中指兩根手指在桌子上輕輕地點了一點，而後再向外一揚，示意她出去。今天，這個服務員並沒要想要走的意思。她站在屋子中間，低著頭像一個犯了錯誤的小孩子一樣說：「洪書記，我想向您反映個事情。」

「什麼事。你說吧。看看我能不能幫上忙。」

看到洪書記和藹的樣子。端茶的服務員一顆懸著的心就放了下來。她說：「您不知道，我家住在文殊院那邊。現在那裡要拆遷了，賠的錢還不夠買一套房子……而像我這樣，拿死工資的人，一輩子也剩不下幾個錢，哪裡有錢買房子呢？」

「講講看，你有什麼要求？」

「洪書記，我只想要有一個住的地方。」

「好的，你的事我會考慮的。你出去吧。」

「謝謝你書記！謝謝你書記！……」

等服務員一走，書記就叫來了辦公室主任，對他下命令說：把剛才出去的那個服務員給我換了。

「是。我這就去辦……可是，以什麼藉口呢？」

「這個還要我教你？」

「是。是。我這就去辦。」

看到辦公室主任出去，洪書記想：當官的第一個技巧就是，不能得罪身邊的服務人員。這表面上是體現出的是官員平易近人，實則是為了消除身邊的隱患。因為他們只要心有不滿，就可以報復領導。比如說：往領導的茶水裡吐一口唾沫。這還算是輕的。更深一步，他們還可以在領導的茶水裡放進毒藥；甚至還可以捅刀子、倒汽油、扔炸藥包……

想到這裡，他自己就被自己給驚出了一身冷汗。如果這個倒茶的服務員不說出自己就住在文殊院那一帶，屬於被拆遷的對象。

他清醒地知道拆遷就是政府繼土改之後，新一輪對老百姓土地的盤剝。道理很簡單：老百姓得利了，政府的官員就得喝西北風去了。

「雙贏」？那都是領導的御用文人編出的騙人鬼話。蛋糕總共就那麼大，你吃大半，我就得吃小半。堅決不能給拆遷戶讓步。「不進則退。」聰明的人都算得出，每讓出一步，自己丟掉的就是雙倍的利益。因此這個服務員在這次拆遷中一定不會滿意。因此這個身邊的服務員要想幹些對自己不利的事情還真的是易如反掌。

當天下午，剛上班的時間，辦公室主任就敲門進來彙報說：書記，您交代的事情已經辦好了。書記說：文殊院那邊的拆遷工作要抓緊。趁著現在房價上漲，把這塊地賣了。不要等到房價跌了，賣不出好價錢。

「是。是。我抓緊去辦。」他剛想轉身出去，書記又叫住了他，說：「你等一等。」

「是。書記。還有什麼吩咐？」

「你下去調查一下辦公區的工作人員，還有誰的家住在政府要拆遷的地方。如果有，一個都不要留，把他們全部都下了。要保證我們的身邊沒有一顆定時炸彈。」

「是。書記。我明白，要把危險消息在萌芽狀態。」

中：是一個城管隊員

他叫陳中，每天中午十二點半都會到這個公園裡練拳。看的出來，他打的是長拳，身體很舒展，每打出一拳、踢出一腳都向著盡可能遠的地方，手伸得很直，腳也繃得很緊。打拳者的這種努力讓旁觀者猜想到：他想要打到別人，而別人卻打不到他。要做到這一點，其實並不難，只要自己的手腳比對手長就可以了。

當然，還有另外一種拳腳之外的功夫：威脅恐嚇，從精神上打跨對方，使之不敢還手。

陳中正在練習著的武術，行家一看就知道是從武術學校裡學來的。因為表演得很連貫好看，如一個不知道與觀眾互動的敘事者，不容旁人打斷而自顧自地講述下去。

真正的技擊，只講究實用，一下就是一下，直來直去，最短的距離、最快的速度、最強的力量。而絕對不會講求好看。被人打倒了，比什麼都要難看。

練完這一趟拳後，陳中站在了中間那棵樹的下面，將眼睛瞪得圓圓的，做出一副很兇狠的樣子，對著樹幹劈哩叭啦就是一陣亂拳。

樹亂晃了一陣子。在他停下拳頭的同時也停止了晃動。

樹梢上沒有風吹過。

天上有厚厚的灰霾。沒有陽光穿透樹葉照射在地下。一切都很平靜。因為懸浮在天空上的是灰霾而不是烏雲，所以可以肯定不會下雨。沒有雨水清洗天空，天空將更加的骯髒，灰霾堆積的更厚。照此惡性循環。接下來，射到地面的光線將更少。直接後果——我們生活的這個城市就沒有白天了。

陳中不會看到那麼遠。他的視線僅在他拳頭可以擊打到的地方。一臂之長。幸好他的個子很高，一米八的樣子。身體比例還是手長腳長。身高手長的優點，多少彌補了一些短視的缺陷。

空氣很沉悶。身上出的汗水使這種沉悶更加的沉悶。身體被粘乎乎的汗水包裹起來了，感覺皮膚厚了許多。整個人，笨了、重了。笨重了。他意識到有什麼事要發生。其實對於他來說，每天都有事情發生。不同的是——不同的事情。

什麼樣不同的事情？

陳中猜不到。發生的事五花八門，稀奇古怪。以前他還想著要去猜一猜。但是總沒有猜准。太豐富了。什麼樣的事情都在發生，什麼樣的事情都可能發生。他根本就想像不到。

久而久之，他對自己的智力產生了懷疑。於是，就什麼也不想了。他是這樣理解的自己的這種變化——真正想通了。上面要他幹什麼，他就幹什麼。

自從「想通了，於是什麼也不想」之後。陳中就變得簡單、快樂起來了。

練完拳之後，陳中帶著一身的汗水回到了城管隊裡。隊長看到他，就說：天天練那些東西有什麼雞巴用。代表黨去動手，誰還敢還手？不把他的皮剝了都算是客氣的。

「隊長，我是怕萬一他們反抗。嘿嘿，可以應個急。」

「你他媽的，這就是不相信黨。告訴你，我總結的一個人生經驗：真正的功夫在功夫之外——我們打他，他不敢還手。挨打就是他們存在的理由。如果我們不打他，他還就不習慣了，擔心我們是不是不需要他了。擔心我們要把他咔嚓掉。」配合著「咔嚓」的聲音，隊長還用手抹了一下脖子。

「是。是。我明白了。隊長英明。我練功夫只是為了鍛鍊身體，身體好了，才能為黨多工作幾年。」

「你他媽的，別自作多情了。你算根什麼蔥？黨還缺你一個人麼？想跪下來當黨的走狗的人多了。」

「是，是。我就是黨的一條狗。讓我咬誰就咬誰，讓咬幾口就幾口。」

隊長跟陳中說了這麼多，並不是沒話找話說，而是他的工作方式。在與陳中的這一番對話中，隊長的動員工作已經完成了。接下來就該布置任務了：

「陳中，你帶幾個人去文殊院，那邊有幾個釘子戶。你要想辦法將他們弄走。」

「是。隊長放心。」

「你剛才最後一句話說的是什麼？」

「我是黨的一條狗。讓我咬誰就咬誰。讓咬幾口就幾口。」

「對頭……給你透個底，文殊院那邊的拆遷工程是書記親自抓的。辦好了，書記一句話我們就都有好處；辦不好，書記還是一句話，你我的飯碗就保不住了。」

右：是一個進城的打工者

這是一個壯實的人，身高剛過一米六五，因為胸脯很厚實，顯得背有些微駝。一眼就可以看出他是在勞動的環境之中長大的。每天晚上九點他都要到公園裡來練功夫。

為什麼選擇這個時間？這是因為他白天要打工賺錢，供哥哥上學。

他叫洪二，皮膚黝黑，像是經歷了一場大火之後的陶器。藉著公園亮著的路燈，洪二的臉黑得閃亮。站在洪二身邊的是他的師父，五十歲左右，微胖，臉上戴著一副深度近視眼鏡。洪二在跟著師父學南拳中的入門套路：三進三門。

這個拳法很簡單。外行的人看起來就是：進三步，退三步。三進與三退都是相同的動作。並在最後一步打出三個沖拳。

師父說：三進三門是南拳的基本功。要憋著一口氣將這六步打完。所謂內練一口氣指的就是這口氣。氣憋得越長功力就越深。說白了，在對打中無論是進攻還是防守都要憋著一口氣。在憋氣的狀態下，身體內的承受擊打能力最強。因此這套拳的要點是憋足氣，打得越慢氣憋得也就越久，因此功力就越深。

洪二照著師父的樣子走了一趟拳。打完後，喘著粗氣問：師父，你看這樣行麼？

「表面上看是學像了。但是內裡你要記住在練拳的時候一定要咬牙、瞪眼。」

「咬牙、瞪眼？」

「對。牙要咬得緊、眼要瞪得圓。你明白這是為什麼嗎？」

洪二盯著師父臉上那兩片在燈影中閃亮的鏡片回答：是為了嚇唬對手？

「答對了一半。咬牙一方面可以增加臉部兇惡的表情，更重要的是，如果在對打中臉部被對手打中了，而如果當時你的牙齒是緊緊地咬著的話，那麼抗擊打能力至少可以提高五倍以上。」

洪二下意識地咬緊了牙齒，用拳頭輕輕地擊打著臉夾。果真，咬緊牙齒的和沒有咬緊牙齒的感覺完全不一樣。

等洪二體會完咬牙的感受之後，師父又說：「瞪眼表面上是為了從氣勢上壓倒對方，是虛張聲勢。但實際上是為了鍛鍊集中注意力。在兩個人對峙中，只要集中注意力，盯著對方的雙肩就可以判斷對手要用什麼招式。」

「從對手的肩膀就可以看出來？」洪二覺得有些難以理解。

「對。這是我多年實戰得出來的經驗。」說著師父就一邊示範一邊說：「你看清楚了，如果對方右肩向前一靠，那什必定出的是右拳，肩向上聳則擊打頭、肩平行向前移動則打胸部、肩向下沉則打腹部。左肩亦然。」

洪二跟著出了幾拳，果真如此。肩膀提前暴露了自己的下一個招式。

師父的目光在樹的影子裡閃了一下，就看到他肩膀一斜，一腳就踢了過來：「如果對方肩膀傾斜，右高左低，那就是要起右腳側踢了，從傾斜的角度可以判斷腳踢的高或低。肩膀越斜踢得越高。」說著話，腳已經踢到了洪二的手臂上。

「通過這樣的預判，可以提前攔截對方的來拳，從而為給對方致命的一擊創造出必需的時間。有了時間就有了空間，有了空間就有了出拳的線路，有了出拳的線路，對方就已經被你打中了。」

經過師父這樣一教導示範，洪二的心一下子就被點亮了，他興奮地說：「師父，我明白了。如果不是你教我，這……這些……我一輩子也悟不出來。」

聽到洪二這樣誇獎自己，師父又說：「我給你講一個最實用的打人道理——要想辦法在對方出拳之後，也打出一拳；當然前提是不被對手給打倒。你領悟一下，技擊的全部祕密就在這裡面。如果能做到這一點，就贏定了。」

說完後，師父抬看望了一眼夜空，星空被昏暗的燈光隔擋著，使黑暗的天空瞬間縮小為燈光的墓帳。世界因人為的原因，而變得更小了。但也是更實用了。

「好了，今天就教到這裡，我回家去了。太晚了，你師母又到胡思亂想了。」

師父走了之後，洪二還一個人站在大樹下發呆。這是第一次聽到有人這樣樸實地講武功的道理：其一、「要想辦法在對方出拳之後，也打出一拳」，我能夠做到麼？要做到對方出拳之後也打出一拳，這一拳還要打到對手身上，只能有一個先決條件——速度比對方快。其二、「前提是不被對手給打倒」，這指的是如果速度沒有對方快，但是力量比對方大的話，一拳換一拳，還是合算的。

洪二明白了，功夫的內含就是四個字：「速度」「力量」。

於是，他紮穩馬步對著樹幹一拳、一拳、又一拳、再一拳……用盡全力地打了起來。大樹晃動著，樹葉一小半在燈光之中，更多的則在燈光之外、黑暗之中，摩擦著——沙、沙沙、沙沙沙……地響著。

為什麼只有這一棵樹的葉子在黑暗中晃動？

不遠處，聽到聲音的人，以為這個世界上真的有鬼。每一片樹葉都是含冤的靈魂？走來的人，嚇得停了下來，判斷著，不再往前走。聽了一陣子，確定聲音只是從那一棵樹上發出來的。為什麼別的樹沒有動靜？這裡面一定有鬼。於是來人轉頭就回去了。

待洪二練完拳之後，在自然生死循環之外，樹下又多了十數片落葉……

六

十一點半，洪二準時抱拳收功。騎著自行車往回趕。他住在北門大橋附近，靠近二環路。騎車大約要一個小時。明天還要上班，如果睡得太晚，工作時就沒有精力了。

在經過文殊院時，洪二看到陳中帶著幾個人，敲碎了一家住戶的窗子，在往裡面倒糞便。洪二遠遠地就聞到了糞便的臭味。屋子裡傳來了一個女人的聲音：

「你們這些流氓，我已經報警了。」

「你報警麻。我們就在這裡等著。看看警察會不會管你的事？」

「我要到市上告你們。我認識洪書記，他是我的老領導，他不會不管的。」

「哈哈，你認識洪書記？明白告訴你吧，我們就是洪書記派來的。」

屋子裡沒有聲音了。

沉寂中，這些人又在往窗子裡丟石頭。屋子裡面「劈劈啪啪」的一陣亂響。還夾雜著一個人被砸中了的尖叫聲。他們一邊砸一邊說：「釘子戶好當麼？我要你嘗嘗當釘子戶的味道。嗯。好受不？好受不好受？我要你們住不安穩。只要你們不搬家，我每天都會來招呼你們。」

看到這裡，洪二除了不知道「釘子戶」是什麼意思，基本上明白在眼前發生了什麼。這一群人想霸佔她的房子！

他將自行車支好。就對著陳中說：你們幹什麼？

「幹什麼？」陳中對著洪二的臉上就是一拳：「拔釘子。哈哈，還來了 個多管閒事的人。」說著拳頭就像下雨一樣向他的臉上落下來。

洪二被打得往後退了幾步，與來拳保持了一個相對安全的距離。兩眼緊緊地盯著對手的雙肩。想著師父剛才對他說過的話：「要想辦法在對方出拳之後，也打出一拳」。

洪二看到陳中的右肩向前一晃，他條件反射般地抬起左手向上一擋，幾乎是同時，右腳向前劃動半步，右手一個直拳打出，結結實實地打在陳中的心窩上。陳中「哎喲」慘叫了一聲，雙手捂住心口就蹲在了地上。

左心房破裂。陳中被這一拳打死了。

七

打中這一拳之後，洪二迎著路燈看了看自己的拳頭。在暗白的燈光了，看清了棱角分明的拳頭。這時，他才感受到了疼痛。好像疼痛不是感覺到而是被看見的一樣。

具體地是小拇指痛。是擊打的力量過猛而扭了一下。好在看起來傷得並不嚴重，洪二活動了一下手指，都能自如地伸曲。於是騎上自行車往回走：在均等間隔著的路光下，灰一陣、白一陣；暗一會、明一會……地回到了住處。

陳中死了。可不能白死。洪書記指示：一定要破案，抓到兇手，不能讓英雄白白地犧牲。還要求要借這個事件狠狠地打擊釘子戶。

那家釘子戶看到出了人命。事情鬧大了。第二天，不聲不息地就搬出來了。文殊院的拆遷就這樣順利地解決了。

刑偵警察調出安裝在街道上監控攝像的錄像，一節一節地比對，一直追到了公園裡那三棵樹的樹下。刑偵隊長望了一眼右邊那棵樹上的拳印，再又府下身子對著脫皮的樹皮深深地吸了一口氣，說：「還有一股新鮮樹皮的味道，一定是昨天才被拳頭打過的。我斷定今天晚上他還會再來練拳，我們就在這兒等他。」

另外一個警察一下子就什麼都明白了，說：「原來是一個練家子，怪不得一拳就將陳中打死了。」

「守株待兔」——動物在進化，同樣歷史故事也會進化，二〇〇〇多年前我們的祖先在樹下等待的是兔子，而今的警察等待的是人——「守株待人」。當天晚上警察就抓住了前來練拳的洪二。不到二十四個小時破獲了這起殺人案。二〇〇〇多年前我們的祖先在樹下一無所獲，而現在樹下等待的警察就等到了一個殺人犯。先後對比，天差地別。正驗證了：「長江後浪推前浪，世上今人勝古人。」

洪二被抓獲時說的第一句話是：為什麼抓我？

第二句是：什麼？他死了？

那一晚，洪二沒有再說第三句話。他知道自己死定了。雖然小學還沒有畢業，但是「殺人償命、欠債還錢」的道理他還是懂的。況且他殺的還是一個即將被樹立為「英雄」的人。

在警察的綁架下，洪二消失在了夜色中，甚至沒能回頭看一眼沉默地挨他拳打的那一棵老樹。

洪二清楚地知道，從現在起自己的生命進入倒數計時了。他沒有給政府添更多的麻煩。只是給政府提了兩個要求：

一、要求政府將自己存的六〇〇〇多元錢給還在讀研究生的哥哥。在讀小學時，哥哥洪一的成績就比弟弟好。哥哥在全班排第一。弟弟則排在最後一名。於是在小學畢業時，父母就決定放棄洪二。讓弟弟去打工供哥哥讀書。母親對洪二說：「咱家窮，供不起兩個人讀書，你就讓你哥哥去讀吧。你哥哥讀出來了，我們一家就都出頭了。」從母親的這一句話，洪二看到了未來的希望。小學畢業後洪二就跟同村老鄉出門打工去了，南下廣東，因為那裡有工廠會用童工。每個月的工錢，他都會寄回家，給哥哥上學用。後來又輾轉到福建、江蘇……最後來到成都打工。算起來，弟弟洪二已經供哥哥洪一讀了十餘年的書。現在哥哥就要畢業了，眼看著希望就要降臨了，可是他卻成了一個「成就了一個烈士」的殺人犯，不久也將死去。同樣都是死，意義則大為不同。政府通過媒體宣傳說：一個重於泰山、一個輕於鴻毛。

二、要求臨刑前能夠見哥哥一面。警察照著洪二給的地址找到了洪一。跟正常的中國老百姓一樣，洪一看到警察後嚇了一跳。什麼事把警察招來了？在聽到警察的來意後，洪一說：「我沒有弟弟。國家政策是只能生一個。你是知道的。我父母是守法農民，絕對不會超生。」洪一怕警察不相信還補充說：「這個洪二，我們是一個村的。從小他就妒忌我學習成績好，經常設計陷害我。」

結果一：一天早晨，洪書記叫來辦公室主任，一連提了三個問：文殊院釘子戶拔掉了麼？陳中成為烈士了麼？那個兇手被判處死刑了麼？

辦公室主任回答：都按照書記的指示辦妥了。現在還有一個事，想請書記指示。

「什麼事？」

「洪二還留下了六〇〇〇多元錢。」

「這點錢，算個什麼事？」書記有一些惱怒。

「兇手想將這筆錢轉給他正在讀書的哥哥。」

「我看還是給烈士家屬好。烈士需要國家撫恤，國家的錢也是錢啊！」書記嘆了一口氣說：「給國家減輕一點負擔嘛！」

政府沒有將洪二的錢轉交給哥哥洪一，而是賠給了陳中的父母。奪去壞人的一切給好人，這符合中國人的道德判斷。陳中的母親接到錢之後感動流涕地說：感謝黨、感謝政府！

結果二：一天下午，監獄裡的門打開了。陽光透進了牢房。洪二微閉著眼睛，看到獄警手中提著一大串鑰匙站在鐵門邊喊道：「洪二，出來。」

洪二想：一定是哥哥洪一來了，兄弟倆能夠最後見上一面。於是答應著拖著腳撩就出去了。他在前，獄警在後。「嘩啷啷」「嘩啷啷」「嘩啷啷」……響了一路。一拐彎到了一輛警車前，幾個捂著口罩戴著墨鏡的武警，幾下子就將他逮著，套上一個黑色的頭罩，塞進了警車。「哥哥呢？哥哥來了麼？」眼前黑暗成一個密閉的鐵廂，什麼也看不見、聽不到。

四十分鐘之後，洪二聽到自己的身後響起了一聲槍響。之後，他就什麼也聽不見了。

哥哥也沒有來看弟弟最後一眼。這個世界幸福感第一的國家、而在這個國家中又是幸福感第一的城市，沒有上演出兄弟生死離別抱頭痛哭的悲劇性一幕。

八

有一天，我在微博上看到一張圖片，正在修建的二環路牛市口方位的高架橋倒了一柱橋墩。哈哈，還沒有修好就垮了，以後如果橋上面再加上汽車……後果會怎樣呢？

多危險啊？想到近期全國有哪麼多橋塌了：被超重車輛壓垮、被鞭炮炸垮、被洪水衝垮、被人群踩塌、被船撞垮，還有沒有使用就塌了……成都人的心懸起了！

為什麼這根橋墩剛立起就歪了、倒了？建設者們挖深地基再建。可是等橋墩再建好之後，才過了一個晚上，第二天早晨起來，微博上又傳出了二環路牛市口橋墩垮塌的照片，和第一次一模一樣。這太奇怪了，用正常的學校裡學來的知識根本就沒有辦法解釋。

於是，各種傳說四起。

最有說服力的傳說來自成都最老的一個老人之口。她說：這牛市口曾經是販牛的地方，而正巧建橋墩的位置就是過去立殺牛樁的地方。牛不懂科學更不懂政治，以為人們又要在這裡立樁殺牛，那麼大、那麼結實的一個樁，要殺多少牛啊？為了保護後代，牛們一齊起來反抗，推翻橋墩。成千上萬只牛的冤魂啊，有多大的能量？大家都知道，牛的勁力最大。牛的屍體在下面拱，橋墩能不被頂歪嗎？

非常的現實就要用非常的常識來解決。一個中年道人給二環路建設指揮部出了一個主意：用三棵千年古樹，呈等腰三角形在橋墩的周圍打下去，這樣才能鎮住地底下牛們的冤魂。

以唯物立國並接受該國唯物教育的總指揮一開始並沒有採信這一建議。對此他只說了兩個字：

荒唐。

還是洪書記開導了他：我們黨最講究實事求是，要破除迷信。什麼是迷信呢？迷信就是相信過去了的經驗。唯心主義是過去了的、唯物主義也正在成為過去。既然都是過去的經驗，那麼它們就都是迷信。信迷信是迷信，不信迷信也是一種迷信。究竟選擇哪一款呢？

一句話：「死牛當做活牛醫」。

又一天，我與妻子到公園散步，在經過那個小小的斜坡時，看到那三棵古樹不見了。坡上只留著三個樹樁樁，和還沒有來得及收拾的殘枝碎葉。

妻子說：是誰砍掉了這幾棵樹？

我說：數數看這幾棵樹活了多少年了。

我們蹲下身子細細地數著。一、二、三、四、五、六、七、八、九、十……唉，年輪太密集了。越向內越密，甚至都擠到了一起。根本就數不清楚。於是這三棵樹的年齡對於我們也只是一個迷。

從此以後，我再也沒有在微博上看到二環路高架橋垮塌的照片了。

二〇一三年二月十四日

公園裡操正步的老人

一

為了盡可能地活得更長，能夠親眼看到共產黨垮臺。我這個不愛運動的人，也開始了鍛鍊身體。每隔一天，早晨起床，我都要到東湖公園跑步。繞一圈剛好兩公里，跑完之後，汗從身體裡流出來，那種爽快，像是從身體裡面向身體外面洗了一個澡。跑完後身體一陣輕鬆。

每一次跑步，進公園大門二〇〇米左右，都會遇到一個身著舊軍裝走著正步的老人。

一二一、一二一、一二一……

由於每一次都會看到他，我猜測這個老人應該每天都會來公園裡操正步。腰板筆直、脖子僵硬、肩膀平行、目不斜視。

每回與老人錯肩而過時，我都會想：他不累麼？天天這樣端著架子。不用說他。我看著都累。每當這時我都會覺得自己開始累了。喘氣。好在只三四秒鐘就錯過了老人。只要離開了老人，喘氣就恢復了常態。就像是運動到了一個度，便適應了節奏一樣。

我並不是一個特別守時的人。一般起床的時間在九點二〇到十點四五分之間。因此我的跑步也在這個時間段。

以時間為序。經過拼貼，我看到的正步老人是——

九：四五分：他正在擦一把錚亮的大刀。大刀像是電影中解放軍還在八路軍時期用的軍刀。很容易讓四十歲以上的人想起那一支軍歌：大刀向鬼子們的頭上砍去。從年齡上來猜測，老人曾經是用過這把刀向鬼子們頭上砍去的。那時他還是一個未成年人吧！

九：五二分：他右反手將刀背在臂後，走著正步。一二一、一二一、一二一……右手緊貼著褲側線不動，左手有節奏地一下一下地甩著。從熟練度來看，這幾下子應該是有幾十年功力的。我有些擔心之後他會將刀從刀鞘中抽出來，在空氣中揮舞。畢竟公園中來來往往跑步、散步的人還不少。所幸的是我從來沒有看到老人將刀從刀鞘中抽出來。

九：五八分：他彎下腰將軍刀像一根木片一樣斜靠在路邊的一張椅子上。軍刀因為椅子的支撐，沒有倒在地下。

十：〇七分：他還是在走正步。只是手中沒有了刀。左右手一下一下勻速且同幅度地擺動。那幾下子，讓人們相信他是軍人出生。

十：一七分：他坐在靠著軍刀的椅子上。腰板筆直。目光遠眺。波光微涵的東湖水在他的眼中是個什麼樣子？湖水上飛翔的都是些什麼鳥？他在欣賞麼？還是他眼中看見的不是時間中的現在，而是時間中遙遠的過去？在那個時空中，他合法地殺人。而因為殺人，他當上了軍官，因此有了不一樣的人生？

十：二六分：他將軍刀扛在肩上，有節奏地喊叫著：「聽黨指揮、能打勝仗」。準備往回走，在路上遇到了一個帶著小孩子的太婆。他彎下腰對著孩子說著什麼。小孩看著他哇哇哇地大哭起來。太婆對他說：「孩子膽小。別理他。」老人沒有再說什麼，直起腰接著走。

十：三九分：在公園西大門的門口，他對站在大門邊的保安說：「小韓同志，今天又是你上崗呀！」「是的，葉首長，鍛鍊完了哇！」「是啊！是啊！人老了，不活動活動，關節就鏽掉了。」「首長的身體真是沒得說。」「哪裡、哪裡。」老人說著哈哈大笑起來。

「操正步的老人只有跟公園門口保安才能說上幾話句。」這是我經過長達半年東拼西湊的觀察，總結出來的一個結論：人們似乎有些害怕他。

是老軍人的身上有一股子殺氣麼？

「敬而遠之」？或者是「惹不起躲得起」？

二

在一連三個雨天，待在家裡沒有出去跑步。第四天，雨小了一些，身體裡憋著的汗像是要將皮膚漲滿。我忍不住，出了家門進入了細雨中。

進入公園的大門，我放眼向前望去，沒有看到那個操正的老人。由此我猜測，這幾個雨天，他沒有出門。一個年輕的女性從連接翡翠城一期與東湖公園架在東風渠上的拱橋上走過去——消失在雨絲裡——背影楚楚見憐。

這些天，他是怎麼過的？站在窗邊望著窗外的雨絲麼？他恨雨麼？還是暗喜，找到了一個不出門的藉口？在經過老人每天操正步的地方，我的心裡稍稍有一些空虛。養成的習慣一但被打破，就像是河流被一塊岩石阻擋一下。只一下，流水就過去了。

之後，便恢復了過去的樣子——

汗水從皮膚下面滲透出來，濕透了背心……之後，身體輕鬆了許多。同時，心中的各種無意義（不能轉成利益）的想法，也隨著汗水流出。整個人就像是由注水肉，回到了正常的狀態。

三

對於這個在公園裡操正步的老人，目前我所知道的就是這些了。

我看見的。

我聽到的。

都是膚淺的表面的。

為什麼要寫他？僅只是因為覺得他與眾人不一樣。他的身上一定有與眾不同的故事。一個星期過去了。半個月過去了。一個月過去了。兩個月過去了。除了他固定不變的節奏，再沒有其他的發現。

四

有幾次，我試圖與他搭訕。但是我發現，他除了主動與別人講話，凡是有人主動與他講話，他都躲閃開了。我明白，如果他不主動與我接觸，我就無法觸及他。

比如——

我說：「您好……」他一個向後轉便離開了。

我說：「老人家……」他將頭側向一邊，臉上掛著一分不自然的蒼白。

我說：「首長……」他的臉竟然紅了。低下頭，像是有什麼東西掉到了地下。找呀找。地上空空蕩蕩。

如果沒有新的發現，故事就到此為止了。

……

五

在一個無雨的時節，有好幾次跑步，都沒有看到那個操正步的老人了。算一算也有一週了吧。一定有什麼事情讓老人沒有辦法出來操正步了。

二〇一六年三月二十八日十點三三分，我又看到了那個老人。他正站在拱橋邊昂著頭喝水。這是我第一次看到他喝水。我很詫異地看到他的脖子下面有兩片淤青的痕跡。是被人用手卡住的那種。

我放慢步伐……公園道路上很明亮，灑足了陽光。等到路面上看不見陽光的時候，就是夏天，那時樹枝上長滿著葉子。

老人剛喝進一點水，就開始劇烈地咳嗽起來。將頭低了下來，剛喝進去的水噴出來。我及時地停住，噴出的水珠才沒有飛濺到我的身上。他沒有跟我道歉，因為被水嗆到了，使他暫時還沒有辦法說話。我看到他的左眼角也有些紅腫，顯然是不久前被擊打過。

一個年輕的女性懷抱著一個嬰兒，小心地從連接翡翠城一期與東湖公園架在東風渠上的拱橋上走過來……插在我們的中間。這就阻斷了我與老人的目光交流。我接著開始跑起來。身後的咳嗽聲音越來越弱……

六

在剛過去的一週裡，走正步的老人經歷了些什麼？

二〇一六年三月二十二日，十一點五〇分，走正步的老人從東湖住回走，肩上扛著那把大刀。很威風的樣子。

這把大刀，表面來說會給人帶來安全感。可是，事情往往並不如人所料。我相信這一次惹禍的恰恰是這一把大刀。

在就要到住家的康郡小區大門口時，一群人混亂地聚集著。是出了什麼事？正步老人當然也有看熱鬧的習慣。繼續向前走，直到他看清了，是一堆城管圍著一個什麼東西。

看清了是城管之後，老人轉身就要走開，這時圍著的人群中衝出了一個中年婦女。她是每天都在老人小區大門口擺水果攤的女人。

他知道她獨自帶著一個十歲的女孩。據說十年前女孩的爸爸在一次阻抗政府徵地中，被警察抓捕，從此音信全無。有人說親眼看到女孩的父親被武警打死了。女孩的母親找公安要人，公安回答說：「誰說你老公死了？告訴我。這是造謠嘛！看我不整死他。」看著把這個膽小的女人給唬住了之後，公安又和顏悅色地說：「我們也正在找你老公。如果你有他的消息，立刻報告我們。否則就是窩藏罪，也要把你抓起來。」聽到這之後，女孩的母親竟害怕看到自己的丈夫了。因為從公安的話來分析，這兩夫妻見了面之後對誰都不利。

於是，在九年前，她帶著女兒來成都市郊龍泉驛區，用政府的土地賠償款，買房付了首付。自己靠在街邊擺攤賣水果維持生計。並還房屋貸款。

這位婦女衝出人群來，撲到正步老人面前叫喊到：首長！救救我吧。首長。救我。

正步老人向後面閃了一下。沒有閃開。

女人手中抱著一個電子秤，躲到了正步老人的身後。看來這是她唯一值錢的家當。城管中一個頭頭模樣的人指揮著：「把她的秤收了。」

「首長。幫幫我！如果不是為了生存，誰願意幹這個？首長！解放軍是人民的大救星呀。」女人這樣一說，操正步的老人竟不知如何是好了。他傻傻地站著，肩上扛著的大刀像是束熟透的沾滿麥粒的麥穗。只要輕輕一甩，就……就……什麼都失去了。

所以，操正步的老人小心地站著。一動也不敢動。只是這在旁人看起來，就像是他準備管一管眼前的這一樁閒事。

賣水果的女人此時已經不那麼緊張了。她提出了條件：「我自己走。保證以後不來你們這裡了。」

「去。把秤沒收了。」頭頭模樣的人指揮著。如何判斷他是頭頭呢？因為他的肚子最大、最圓。因為他在動嘴，而別人在動手。

動手的人前進了半步，看到肩上扛著大刀身上穿著舊軍裝的老人，就停住了。

女人再一次說：「解放軍的司令在此。看你們誰敢亂來！」

「不要聽她瞎說。誰不知道，這一帶的離退休軍官都住在河對面的白雲戎苑裡。」

於是，城管隊員們一擁而上。搶奪女人抱在手中的電子秤。在他們看來只有拿走了她的生產工具，才能澈底阻止她以後的占道擺攤行為。

於是，操正步的老人就成了和平時期，這場沒有硝煙的戰爭的犧牲品。混亂之中，他的臉上、脖子上、手臂上留下了多處的傷痕。

這就叫著「斬草除根」；這就叫著「殃及池魚」。這就是古文今解。

七

操正步的老人帶著傷痕回到家裡。被家裡人好好地數落了一頓。

「裝什麼軍人呀？」

「我還不是被人給欺負怕了麼！」操正步的老人反駁道：「穿上軍裝後，再也沒有人敢小瞧我了。」

「是再沒有人小瞧你！可是，從此你的朋友也沒有了。」

「我寧願孤獨一人，也不願被人欺負。」由此可見老人是被人欺負怕了。

八

在過去的歲月裡，走正步的老人經歷了些什麼？讓他變成了現在的這個樣子——用裝扮軍人來躲避別人的欺負。

操正步的老人在來成都定居之前，在一個小城市裡賣燒烤。燒烤攤搭在一個三輪車上。之所以用三輪車做燒烤攤，主要的目的是為了便於轉移。遠遠地看到城管一來，馬上騎起就跑。其實城管開著麵包車要追他們是很容易的。之所以不將他們趕盡殺絕是因為城管也需要有存在感。如果街道上乾乾淨淨、整整齊齊，什麼意外也不會發生，那麼城管就沒有存在的必要了——他們失去了工作，沒有經濟來源，最後的去處也將是到街上占道擺攤。發展到最後就是街頭革命。冰雪聰明的當官的當然明白這個道理。他們也只是為了應付一下更上級的領導。比如說什麼、什麼「衛生檢查」，什麼、什麼「招商大會」。上級領導一走，一切又恢復了原樣。

後來正步老人年齡大了，再也不能蹬著三輪車飛跑了。也就是，和城管連像樣的貓追老鼠的遊戲也玩不成了。只有將工作時間由白天轉為夜晚，在十二點之後上街在娛樂場所的門口擺鬼飲食，賺那些醉鬼與色鬼的錢。

長期的工作經驗使正步老人得出的結論是：

醉鬼的錢最不好賺。他們往往點幾個串串，就半瓶白酒，慢慢地啄著。即占時間又占板凳。時間是酒鬼自己的，由他去吧；而板凳則是正步老人的，這就是佔用了老人的產生工具。這哪裡是吃燒烤呀？整個就是在喝酒，而且酒還是自帶的，這就是「自殺」和「殺他」。對人對己都沒有好處。「像這種連自己的酒量都控制不住的酒鬼，肯定是管不住自己的。管不住自己的人，在這種人對人是狼的時代，如何能賺得到錢？」

色鬼的錢則相對要好賺一些。他們往往帶著一個或兩個女人，一坐下來就對女人說：你們自己去選，想吃什麼就選什麼。於是，女人餓狼一樣撲向燒烤攤——這、這、這……都要。這種時候，可別小看女人胃小，她們的胃此時就像是蛇一樣，可以裝下比自己大十倍的食物。同時，在這種時候，身邊的男人因為起了打貓心腸，抱著一種捨不得孩子套不了狼的決心，不管女人點多少東西，他都會大大方方地掏出錢包。這個時候，色鬼在操正步老人的眼裡就像是英雄一樣高大偉岸。

半夜擺攤相對要安全一些，被城管抓得頻率沒有那麼高了。一般都是頭一天來打招呼：「明後天上面會有人來檢查。明後天不要再把攤子擺出來了。不要讓我們難做啊！要知道，你讓我們難受一下，我們就會讓你難受一輩子。」

當然，有時候城管為了完成一個「抓一個典型事例」的指標，會要求正步老人把攤子擺出來，讓城管領著扛著攝像機的電視臺記者來抓無證擺攤者。正步老人的負面形象就會出現在小城的電視臺上。讓老人無臉見人，只想要找一個縫鑽進地裡面。

由此看來，操正步老人的一生就是由人變為老鼠的一生。

九

要改變「老鼠」的命運——再由「老鼠」變回人——唯一的出路就是賺足錢之後離開自己的故鄉。到一個沒有人認識的地方。

於是在賺了錢之後，老人來成都買了房子。舉家來到成都之後，面臨的就是如何改變自己。

他在網上，買了一套軍官制服。對著鏡子穿起來，剛合身，就像是定制的一樣。老人很高興。一切看起來都很順利。接下來就是練走正步了。

他把自己關在屋子裡練正步，從臥室走到客廳、從客廳走到餐廳、再從餐廳走回臥室。一二一、一二一、一二一……一二三四。其間，樓下的住戶多次上門來交涉：「樓上的吵死了。整天走來走去的，能不能輕一點？」家人覺得確實影響到了鄰里的關係，說：「你輕一點嘛！一家人還好。別人可受不了。」老人說：「動作輕了，哪裡會有氣勢！要的就是這股子勁。」繼續天天操練。樓下的沒有辦法，只好在網上買了一個震動機，安裝在天花板上，插上電源，開機——「嘭、嘭、嘭、嘭」——來了個反干擾，誰也別想清靜。家人受不了，各自找著不回家的藉口。在最艱難的時候，他就看看牆上貼著的毛主席語錄：「最後的勝利，往往在最後的堅持之中」。

操練了足足三個月，老人才鼓足勇氣走出了家門。

一二一、一二一、一二一……老人走出了家門。腰板筆直、脖子僵硬、手腳有力、目光如釘。剛出家門就看到樓下的鄰居氣勢洶洶地出了電梯，像是要打上門來。可是一看到穿著軍服走著正步的老人，馬上就像是走錯了樓層一樣退了回去。

「確實、確實——他確實是一個退伍軍官。」如何確定他是一個革命軍人呢？判斷的標準很簡單。就是觀察看到他的人的反應。老人走著正步過來了，看到他的人都會不自覺地想起一句古老的話：「惹不起、躲得起」。更不用說與他進行交流了。

一路上，老人的步伐，乾脆而清晰。太陽在天空輕撫著他的禿頂，影子在大地上緊咬著他的鞋子。這是一個大晴天。這是成都一個難得的晴天，目光能看出好遠、好遠……

「窗含西嶺千秋雪」，說的是古代時成都人站在窗前能看到西嶺雪山上的積雪。現在呢，能看到對面的樓群就很難得了。

因此，在操正步的老人獲得新生的這一天，成都人的照相機鏡頭都對著遠方。

十

真相大白後，操正步的老人每天還是在公園裡操著正步。同樣的，還是沒有人與他交流。不同的是，看他的人目光由害怕變為了不屑。

最讓人不解的是，二〇一六年四月一日，十點二六分，操正步的老人將軍刀扛在肩上。正往回走。在路上遇到了那個帶著小孩子的太婆，他彎下腰對著孩子說著什麼。小孩沒有「哇哇、哇哇」地大哭，而是癟著小嘴，使勁地將頭擰向別處，一臉的瞧不起。帶孩子的太婆對他說：「這孩子越大越不懂事！」老人沒有再說什麼，轉身離去。只是，他的腰再也直不起來了——

一二、一二、一二，一二三四……消失在人們的視線裡。

從此，我再也沒有看到這個在公園裡操著正步的老人了。

二〇一六年四月八日

請問，到白藥場怎麼走

一

東湖公園。錦江。河對面的景觀分成兩種截然不同的對比：一種是已經建成和正在修建的高樓；另一種是一點一點在縮小的老舊廠房。高樓像死水中的水藻一樣迅速蔓延。而老舊的廠房也像是一具在沙漠中剛死去不久的動物的屍體，在乾燥的風沙中漸漸地縮小。

之所以要將屍體放在乾燥的沙漠背景之中，是因為屍體在時間之後的空間裡會迅速地腐去，儘量少占空間；這就是自然界生物的一種正確地退出歷史舞臺的態度！否則地球再大也裝不下這些一代又一代層出不窮的生命。而如果這個屍體是在乾燥的沙漠之中，那麼這具屍體則有可能在沙漠中被保留下來，成為一具乾屍。僵硬、死板。

這就是歷史了。

如果在未來的某一天這具屍體會被人看到。而且這還是一個懂歷史的人。而且這還是一個願意探求歷史真相的人。那麼他一定會在這具屍體上摸摸捏捏、敲敲打打，發現什麼的。最後他會圍繞著這一具屍體講出一個故事。

回到前面所述，那個老舊的工廠迅速地被周圍的高樓蠶食，最後吞沒？就如同屍體在溫暖潮濕的地方腐爛、消失。之後。沒有任何人可以對任何人講一個故事。

隱隱地我有些擔心。我便時常站在河邊，望著錦江對面那個老舊的廠房。那些個高樓竹筍一樣在一陣一陣夜雨之後拔起，成長的速度如拔苗助長的故事；在這個故事的另一面，在拔起的幾十層高的高樓忖托下，老舊的廠房越來越渺小古舊。

這個拖了歷史前進腳步的老舊廠房啊，是什麼讓你在風雨中一層一層地老去，卻始終不倒不塌？你的底氣在哪裡？

在這個被拆了一遍又一遍的國家裡。在這個被刮了一層又一層的土地上。

二

成都百年老廠房：

位於成都武侯區高攀路二十六號內。白藥場是成都最早製造火藥的工廠，當時是專門為四川機械局提供火藥而建的。為了保密，取名白藥場。場內有辦公樓、工場和倉庫等建築數十幢。建築由德國人設計，一九〇二年建成，融合了中西方建築元素，其代表性建築就是現在還矗立的這幢辦公樓。

該樓屬磚木結構，由兩個主樓和一間鋪樓組成。考慮到火藥特殊性而設計的這幢老建築，特點是教堂式的尖頂，青灰色磚牆，牆體厚達八十公分，砌牆用糯米漿做粘劑，十分結實牢固。二十世紀九〇年代拆卸辦公樓附近的老倉庫時，不得不用炸藥摧毀。

一九四九年後，經過近半個世紀火藥的薰染，白藥場被解放軍接管，成為中共的軍工企業。一九五二年因考慮到蔣介石反攻大陸，製造武器的軍工企業全部都轉移到大山之中。於是白藥場不再製造火藥。空著的廠房留著它用。真是名副其實的「大材小用」。

白藥場周圍還有數個碉堡。文革期間幾乎全部被造反派以排除萬難的決心與不怕犧牲的手段拆除掉了。僅餘一個在三官堂路口被保留下來。能夠保留下來實為僥倖，當時一個大領導猛然想到：「不能讓國民黨反動派壓迫人民的罪證全部都消失了。沒有了罪證，如何教育改造群眾？」於是，拋下令箭，快馬傳訊──「炸藥下留碉堡」。

這個碉堡便至今還保存著。二十世紀八〇年代中期，這個碉堡靠街道一面被開了一個小窗口──寬度占碉堡周長的八分之一，高度占碉堡總高的十五分之一。用來賣火車票。真是驢唇不對馬嘴。再後來有了高鐵、有了動車。動車的火車頭被稱為是「子彈頭」，人們才澈底的信服：世界上的萬事萬物都有著微妙的聯繫。

購票者拿著從碉堡裡售出的火車票，乘上子彈頭列車，像子彈一樣被發射出去……

歷史就是這樣被巧妙、無縫地連接、穿越著。

三

二〇一四年五月中旬，那個老舊的廠房下游約一百多米處架起了一座鐵橋。這座橋縮短了過河的距離。在橋剛可以通行的當天，我與妻子走到橋頭。建橋時設的圍欄還沒有完全拆除。不遠處立著一塊牌子，上面寫著：「水深危險、禁止垂釣」。可就在這一塊牌子下面，一個半老的男人正倚在欄杆下面，將一彎長長的釣杆伸在骯髒的河面上，讓潔白的絲線垂進黑黑的河水裡。

常在河邊走，每次都要看到垂釣的人。只是奇怪，我從來都沒有看到有人釣到什麼。垂釣人固執、麻木、呆板、無知無覺地站著，就像是畫一樣。只是偶爾從黑臭的河水里拉出魚勾，換換魚餌。從時間的投入與產出來計算，我得出一個結論：他們在浪費時間。有時間可以浪費，這證明他們有的是時間。有一首歌這樣唱：「有時間的時候沒有錢；有了錢之後卻沒有了時間。」由此可以推證，這些有時間垂釣的人沒有錢。

垂釣人在公園自然的風景裡，站成一幅人文的畫面。

城市裡許久都沒有風吹進來，樹與更低的花與更低的草靜止著彷彿不存在一樣。樹不動，是自然忘記了它還是它想讓人們忘記它？因為在這個世界裡被人掂記著是最危險的？

四

我們走上這座新建好的橋。橋面還沒有完全清理乾淨，殘留著一些還沒有清理掉的建渣。我們小心地繞過它們。

橋的一邊是一條長長的斜坡另一邊是較短的階梯；在橋的另一面的對角線，一邊是斜坡一邊是階梯。我知道斜坡是為了讓自行車通行，這也是建造者的用心吧。

在橋上，在看不到垂釣者的身影時，我指著那座老舊的工廠對妻子說：我在報上看到說那個工廠是國民黨時修建的，那時叫「白藥場」。圖片中的建築很漂亮，融合著中式與歐式的建築風格。

「我們過去看看。」

我們是順著斜坡道上橋、下橋的。走上坡路要收著肚子低著頭、走下坡路要挺著肚子昂著頭。這與人生的道路表現的恰好相反。

下了橋，一個工人正在路邊綠化帶裡給一棵棵才栽下不久的樹掛像是病人輸液用的輸液袋，並將兩根長長的針管插進了樹皮裡。用對付人的辦法對付樹，這就是人與自然的和諧統一吧。據說這是在給樹輸營養，好讓它們存活的機率更高。

妻子打斷了這個工人的工作，問：「請問，到白藥場怎麼走？」

「就這條路一直走，到前面的那個釘子樓你們再問一下。」

五

這是一個春天。路邊零星地開著小花。花不是很豔麗，也不令視覺乏味，就像是城市上空越來越少的星星，看見總比看不見好。至少它讓我們想起：天上是有星星的。

大約三、四十步我與妻子便走到了這個釘子樓下。

是一座舊式紅磚樓。背著太陽的那一面已經有一些發黑，飽經著的風雨一下子就能讓人感受到。窗戶上的玻璃沒有一塊是完整的。全用一些硬紙皮和木板來代替。

為什麼這個樓沒有拆掉呢？這個樓原來一定是長條形的，現在成了一個正方形。即使在河對岸也很清楚地可以看到被斬斷的痕跡——被切斷的磚頭新鮮地暴露著——雖然沒有血流出來，但斷裂與粗礫讓人想得到它們被斬斷時的痛苦。說實話，我都覺得這個釘子樓沒有存在下去的必要。太痛了。只是樓喊不出來。

斷層那邊在歷史中消失的部分都是同意拆的；這邊保留下來的一定有些人不同意拆。「個性即命運」。房屋是人最外面的一件衣服，於是有什麼樣的住戶、便有著同樣的樓——

釘子樓：

釘子樓，用來指代某些由於種種原因沒有拆遷，而又身處鬧市或開發區域的房屋。

二十一世紀以來，大拆遷是中國城市的普遍現象。各地政府通過賣地來解決政府、機構的財政問題。政府賣地給開發商建房，開發商建房賣給居民，居民買房並將購置稅交給政府。從中很容易可以看出政府是這根鏈條上的大贏家——從開始到結束它都是在收錢。所以賣地是政府最樂意做的事。

（地雖然是賣一塊少一塊，但對於一屆一屆政府的官員來說只要我手上還有地可賣，那管後面的官員一寸土地也沒有。現官們搞到錢之後迅速地將家人和財產轉移到國外，過著「生活在別處」的生活。由此可以看出越是後面的官員處境越艱難，如果要繼續前輩開創的事業，只有比前任更壞、更貪。我們知道：壓榨對象的油水越少，就應該使出更大的力氣才能擠出油水）

一棟樓如果有一定比例的住戶不肯搬遷，那麼從原則上講這個樓就不能拆——如果當地的官員講原則的話。於是，釘子樓就會客觀地存在於那裡。釘子樓證明了那個地方的父母官還是講規矩的。

憲法：

中國《憲法》規定，「國家為了公共利益需要，可以依照法律規定對公民的私有財產實行徵收或者徵用並給予補償。」《立法法》第八條規定，對非公有財產徵收事項只能通過法律。據此，徵收是政府公權力行為，必須是為了公共利益，必須由全國人大或其常委會制定的法律進行規範。但是，全國人大在現實中只是橡皮圖章。什麼是公共利益需要？解釋權在政府。政府又是從中獲益最多的部門，因此從政府口中說出的公共利益其客觀公正性是倍受質疑的。

城市房屋拆遷管理條例：

《城市房屋拆遷管理條例》把為了公共利益的徵收和通過談判定價的商業開發混為一體，而且作為國務院的行政法規，其無權規範財產徵收行為。因之，此條例違反了《憲法》、《立法法》和《物權法》等上位法，當屬非法之法。

土地管理法：

其實比拆遷條例更為糟糕的是《土地管理法》，它規定農村土地徵為國有的補償按照該土地

「年產值」不超過三十倍，而且補償不能直接歸農民，而是給村集體。於是，中國最小的官員——村長——得以有機會成為貪污犯。於是，這個國家從上到下全都爛透了。

總結：

這是一個典型的計畫經濟思維下制定的法律，與現實嚴重脫節。現實中各地徵用土地大都違背此法——給農民的補償都略高於法律的規定。如果農民對補償不滿意，而當他們訴諸法律時並不能得到公正，因為法律本身對他們不利。

為什麼不及時改正呢？因為在沒有足夠壓力的前提下，沒有人想讓法律對自己不利。政府官員們目的是更快、更多地聚斂財物。在任何時代，每一個人首先是一個利己主義者。理解到這一點我們就能夠理解當權者了；理解到這一點，我們就知道如果不給當權者壓力我們永遠也不可能獲得公平。

「現實中各地徵用土地大都違背土地管理法——給農民的補償全都高於『土地年產值三十倍』的法律規定」。這證明政府知道政策的不合理。但由於沒有外部壓力，他們並不打算修改它。因為「違法」給農民多一些補償，會使他們在潛意識裡覺得自己還是有人性的、是個好官——官員們由此而挺直了腰杆。而此時如果農民們還不滿意，他們就可以在內心裡咒罵一聲：「刁民」。並由此心生恨意，用最惡毒的手段來對付有不同意見的農民。

六

釘子戶：

釘子戶，在城市建設徵用土地時，討價還價，不肯遷走的房屋所有人。釘子戶們都有著「一不怕苦、二不怕死」的釘子精神。否則早就被拔掉了。

政府官員認為釘子戶胃口太大、貪得無厭。釘子戶則認定這是一生中僅有的一次擺脫貧困的機會，不搏一下，這一生就不會再有機會了。況且官員們貪得更多。釘子戶只是在官員身上拔一根毫毛。

釘子戶是官員相生相剋的天敵，他們阻擋著官員們撈錢的步伐。

對於釘子戶提出的條件是否滿足。官員們擔心由於板樣的作用，釘子戶們會越來越多，在補償要求上也會得寸進尺。一邊想貪污得更多、一邊想補償得更多。僵持之中，強勢的一方必定勝出。權力不是人民賦予的官員給出的答案就是：用非常手段，給釘子戶製造麻煩，讓他們知難而退。

河面上有幾隻白鷺盤旋著。一圈、二圈、三圈、四圈、五圈……它們一直沒有將頭紮進水裡去捕食。直到累了才飛到岸邊的樹枝上歇息一下。看著它們很勞苦的樣子，妻子說：「河水太渾濁了，根本就看不到河水裡的魚。」

「幸好下面的橡膠壩常常放水，水淺了魚就露了出來。」

「不然就活不下去了。」

「用進化論來推測，在這種環境下，捕魚為生的鳥兒應該會進化出一種雷達裝置，不用眼睛看，就能探測出哪兒有魚在游。」

說話間我們已經繞著圍著釘子樓的紅磚牆走了半圈，一個僅容下兩個人側身通過的小門出現在眼前。小門邊留著很久以前種下的花草，由於很久沒有人照顧，這些花草在陽光照不進來的角落灰灰暗暗地生存著，讓人看不到一絲生機。

「生不如死」，我心裡一下子就冒出了這個詞。緊接著我就看到了在圍牆與釘子樓夾成的一個狹小的過道上一個老婆婆正在生火做飯。火剛點燃，柴裡的濕氣正濃，所以在鍋下面冒出來的飲煙又濃又黑……

火光與煙灰之中，老婆婆一臉煞氣。臉色紅黑相間，眼睛卻黑如暗夜。如果不是在白天，也許就無法看見這雙老舊的閱盡了歷史並被歷史之顏色一層一層塗沫先是色彩斑斕最後是漆黑一團的眼睛。

妻子嚇了一跳，拉扯了一下我要走。這時那個老婆婆先說話了：

「很少有人會走進來。」

出於禮節，妻子說：「婆婆，這棟樓就你一個人麼？」

「差不多吧。還有些人隔三差五還是要回來住下。以宣示房屋的產權。如果最終達成了賠償條件……那就發達了……」

我岔開了話題：「婆婆你怎麼還在用柴做飯？」我在想，現在的人都用氣或者電做飯。

「氣？電？」老婆婆說：「早就被那些龜兒子斷了。」

「政府不是規定，不允許給釘子戶斷水斷電麼？必需要保證每一戶人的正常生活。」

「別提了。龜兒子們連水都給老娘斷了。」

「那你的生活不是很不方便麼？」

「人老了吃不了什麼。一天，生這麼一次火就夠了。」說著她指了指正在燃燒著的火焰。鐵鍋下，火已經燃起來了，濃黑的煙漸漸地變得淡漠了起來……

妻子還在關心老人的用水問題。老人用手指了一下前方：「到廠子裡去提。」

「老人家身子很硬朗呀。」我誇獎了一下老人，問著：「是白藥場麼？」

「對頭。」

「請問，到白藥場怎麼走？」

「直走，前面右捌穿過高翔路，就到了。」

我們正要離開，老婆婆說：「現在過不去了。我剛才提水回來，看到工人把路攔起來了，正在往路中間的檯子裡種花草。」

看來婆婆一個人獨居得久了，看到有人來，話多的就像是雨中開跑車，剎不住。越說婆婆越興奮。此時鐵鍋下的木柴濕氣被大火烤乾，火焰的上方也看不見黑煙了，取而代之的是鐵鍋裡冒出的水蒸氣……

火光純粹，將婆婆得老臉映照得通紅。

婆婆說：

「我當釘子戶與他們不同，他們是為了錢……而我，是在……等一個人。」說著還對空蕩蕩的釘子樓外牆上破爛的窗子看了一眼。

「房子都拆了，他就找不到我了。沒有老房子，他憑什麼找到這裡？」她的眼睛裡像火苗一樣跳躍著希望。

「就算他找過來了。如果沒有熟悉的景物，我們拿什麼來回憶過去的故事？」老婆婆低著頭像是在回憶著舊的時光。

「我是死也不會搬的。我已經在這裡等了一輩子，沒有幾年的時間再可以等待了。」她的目光緊緊地盯著我們。眼窩深陷，目光淺短。蒼黃地，像是將乾涸的池塘。

我們明白：

眼前的這位婆婆是「以一個人的力量對抗著一個城市的拆遷」。她要為尋找她的人留下那些熟悉的地標。回憶往事。

七

那時候……一九四九年前——天不像是現在這樣陰霾，錦江河裡的水也不像是現在這樣骯髒渾濁。河邊沒有整齊的石堤，青草嫩綠自然地長進河水裡，與河水融成了一體。

模糊並彌散。像收拾不起來的記憶——解放前的天是明朗的天；天映於水、水溶與天。

模糊、朦朧，沒有限界之美從清澤的河水中一直向岸上漫開來，淌滿整個城市。像是一張巨大的涼席。有姑娘、媳婦在河水裡浣洗衣服，啪、啪、啪、啪棒槌敲擊衣物的聲音傳出了很遠……在這聲音之中，一群少年在河水裡游泳，一個老人在稍遠一些的河水上游垂釣——解放前的人民好安逸。

就在這靜逸的聲音與青綠的澤色中，中共南方局地下黨悄悄地潛伏、工作著：

抗日戰爭時期白藥場周圍，活躍著一批以鐘清、劉林為首的共產黨人，他們利用隱蔽在國民黨兵工系統的特殊身分，在開展地下鬥爭的同時，積蓄著兵工技術和人才。

一九三八年七月，鐘清到成都後，以兵工委員的身分陸續召集原漢陽兵工廠、辰溪兵工廠的一些老部下到成都白藥場共事，很快在白藥場站住腳跟。

當時，中共南方局直接領導這一兵工小組，其成員都是大革命時期入黨、入團的黨團員，抗戰時間陸續接上黨的關係。一天，南方局組織部錢瑛冒著大雨找到兵工小組負責人劉林商量：「我們拿著蘇聯老大哥轉來的錢，不做點事可過意不去。」劉林回答說：「拿人錢財、為人做事，天經地義。」「況且，如果我們一直不做事，別人憑什麼繼續給我們錢用？」

可是，應該做些什麼呢？兩人商量了一陣子，決定還是要發揮在兵工工作的專業特長。兩人細細地商量了具體的步驟，由誰來實施、怎樣實施，以及達不到目標的懲罰措施。他們商議好之後，當錢瑛從劉林的屋子裡出來，雨奇跡般地停了。太陽也從雲層中鑽了出來，將被雨水洗得乾乾淨的光線照射在成都的大地上。

看到眼前明亮的太陽，錢瑛回頭看了一眼送出門來的劉林說：「看，天轉晴了，太陽出來了。」劉林意味深長地回答說：「是的。你說的沒錯。天晴了、太陽出來了。」

明媚的陽光中，錢瑛伸出手來握住劉林的手：「成都。都成。」

劉林會意地重複道：「成都！都成！」

英雄所見略同。

據可以公開的中共黨史記載：

一九四〇年一月十九日白藥場研製成六〇毫米迫擊炮彈樣品。但是還存在許多技術問題。鐘清、劉林等以他們扎實的專業基礎和多年兵工經驗，提煉出高純度酒精，製造出符合國際標準的白藥和雷管火帽。次年六月，他們進行了四項改善工作：一、調整彈體重心；二、糾正彈體中心線；三、鑄胚改由尾部注入鐵水；四、增加焊接點。同時，改進炮彈翼尾發射藥包裝置，解決了長期存在的「近彈」等難題。此後，六〇毫米迫擊炮彈投入大批量生產。鐘清、劉林因此得到偽兵工署的嘉獎。（一九六六年紅衛兵抄家時在鐘清的屋內抄出了這份嘉獎令，當即將其打為國民黨特務，揪鬥、遊街、綁吊，要其交代罪行。鐘清不堪凌辱，於一九六七年上吊自殺。文革開始前，鐘清本想找出這份嘉獎令將之毀掉，竟奇怪地沒找到。不想被抄家的紅衛兵給翻了出來，成為其是國民黨特務的直接證據。於是共產黨的特務一八〇度轉彎，成了國民黨的特務。作者注）

根據南方局「廣交朋友、聯絡感情」的指示精神，鐘清、劉林等人一方面積極工作，在工人群眾中取得好的影響和威信；一方面在廠內結交各方面的朋友。他們利用聚餐的方法，經常在高攀橋與廠稽查組（特務組織）人員聚餐以聯絡感情，利用他們為地下黨通信息，取得重要的情報。因此，當劉林把王大強作為他在南京讀書時期的朋友向他們介紹時，這些稽查組（特務）也深信不疑。

劉林借聚餐的機會，從稽查組長口中探聽到有人懷疑王大強是共產黨。當即做出設法轉移的決定。鐘清先藉口王大強工作不力，打報告給當時的分廠主任鄭致中，經鄭致中同意將王大強開除出廠。王大強借機離開白藥場。南方局撥給王大強四〇〇〇元錢為活動經費，在成都建立經濟據點和交通據點。王大強邀集一些親戚、朋友加資五〇〇〇元在東大街開辦了一個酒精廠，並以酒精廠為地下黨交通據點。由於當時的汽油緊張，多用酒精作為汽車燃料，因而開辦酒精廠很賺錢。但是，樹大招風，酒精廠開工後不久，一個姓尹的同志被捕。這有可能影響王大強的安全。王大強在得知消息後立即離開成都，酒精廠隨之關閉。（王大強東躲西藏，一路討飯，終於到了延安。正值共產黨內大清查，因其說不清四〇〇〇元經費的去向，被以貪污瀆職為名，與另外數十名同期清查出來的同志坑埋於延河水邊。當時，為了節省子彈，處決人一般都用極為原始的辦法處置，或刀砍、或活埋。作者注）

八

在鐵鍋下的火苗即將熄滅時，婆婆將一碗昨天的剩菜倒進鍋裡。用鏟子鏟了幾下之後，再加上一點水，將鍋蓋蓋上，借餘下的灰火熱菜。

現在她可以給我們講一個完整的故事了：

我還在做姑娘的時候，天天都在白藥場附近玩耍。那個廠當時相當神祕，有著高高厚厚的圍牆，還有士兵站崗。陌生人不能隨意進出。

只是聽說圍牆裡面的工廠是生產給人治病的藥粉。藥粉是白色，所以當時成都人都叫它白藥場。

我父親就是工廠裡面的工人。父親的一個徒弟對我很好，父母也默許我們倆的關係。休息時他經常帶我去錦江河裡撈魚，那時河裡有很多魚，只要用筲箕往水草裡插下去，就准能撈到魚兒。每次工友們聚餐他也會帶上我，總要點我最喜歡吃的粉蒸肉。聚完餐後我們就會在月光下沿著河邊漫步，一直走到望江公園。聽他講共產主義：所有的東西都會集中到一起，然後平均分配。當時我就問他：「分東西的人會不會給自己多分一點呀？」他回答說：「不會，到那時人的覺悟都很高，不會占小便宜的。」當時我就在心裡暗中責罵了自己，怪自己覺悟低。

「婆婆你說的有理呀！」

婆婆沒有搭理我們這句話，照舊往下說：

有一天，我們又去河裡撈魚，鏟了好多下都沒有撈著一條魚。我知道他有心事，下水時動作太大了，早就驚嚇走了魚兒。我就問他有什麼心事？不要窩在肚子裡。他對我說，組織上交給了他一個任務，讓他往火藥裡摻細沙子。目的是：即要讓子彈打得響、又要讓子彈飛不遠。

有幾個地下黨的骨幹試驗出了在火藥中摻沙的比例。

他不想幹。當時正在與日本人打仗，國共也開始合作了。這些子彈怎麼樣也不會用來打共產黨，肯定是用來打日本人的。這不是在幫日本人嘛？不是漢奸的行為麼？

地下組織動員他說：我們的敵人是國民黨，不是日本人。要讓日本人幫共產黨消滅國民黨。這是歷史給共產黨的機會。組織還說：就算日本人佔領了中國，他們那一個彈丸小國，有多少人？這麼大的國家他們跟本就管不過來，到時候還不要交給共產黨來管理呀。

「日本人哦！」聽得我驚嘆了一口氣：「狗日的太壞了。這種陰險的招數也想得出來。」

你們不知道，地下黨中也有像戰場上一樣的督戰隊（除奸隊），如果黨組織讓你去完成某項任務，你不執行命令，就會像戰場上的逃兵一樣被督戰隊槍決。

於是他決定逃跑。逃跑的前一夜，他不動聲色地約工友在高攀橋小酒館聚餐，並特意要了我最愛吃的粉蒸肉。吃完之後我們照舊逆著錦江河水走到望江樓。那天沒有月亮，天上的星星又多又近。傍晚時下了一陣驟雨，草的葉子還是濕的。站在望江樓的臺階上，他對我說他不能再在白藥場待下去了。我問：為什麼？他說：再待下去我就會成為漢奸。我說：不就是摻沙子麼？你不摻又怎樣？真的會滅口？他不回答，眼睛裡流露著恐懼。只是說總有一天他會回來接我走的。就是在那一夜，我將身子給了他。

他是臨天亮時離開我的。臨走時，他指著不遠處隱在黎明前的白藥場碉堡說：妹，你一定要像那個碉樓一樣牢牢地站在那裡等我啊。

「婆婆，白藥場還有碉堡啊？我們原以為只有三官堂那一個呢。」

有好幾個呢。東南西北，一邊一個。文革武鬥中拆除的。當時武鬥正激烈，處於弱勢的一方總是想要佔領白藥場，將碉堡廢物利用。這樣可是易守難攻。但歷史的事實是，強勢方總是更有遠見，在他們剛看到自己占優的形勢時就派人來將碉堡拆了。

沒想到碉堡修建得太牢固了，用釬錘不知道要拆到猴年馬月。只有用炸藥炸。用炸藥炸也有問題，放少了炸不掉。只是炸缺了一個角。於是占上風的造反派在碉堡內部加足了火藥，一聲巨響之後，整個碉堡都飛上了天，磚石像天女散花一樣的落下來。砸死了五個安放炸藥的造反派和七個在地裡種地的農民，傷者更有十餘人。當時這邊算是郊區農村了，如果是現在，死傷至少要上百人。在一邊倒的輿論譴責聲中，占上風的那一派幾乎一夜之間就成了弱勢的一方。他們被逼到白藥場一帶，但是已經沒有碉堡供他們躲藏與抵抗了。只有交出頭領，放下武器投降了。如果有那幾個碉堡踞守，也許可以再複製一個『持久戰』。

「這麼多年來，婆婆你一直都沒有他的音訊麼？」

我收到他幾封信。第一封是一九五〇年春天，他在信中說：共產黨勝利了，我回去的路也許就此斷了。他也後悔當年沒有服從地下組織的命令往子彈裡兌沙子。否則也可以分享勝利的果實，混個官當當。我給他回信說：共產黨在搞大團結運動，海外的人都在回國呢，參加新中國的建設。回來吧。他回信說：再等等看。

他還是不放心共產黨，現在看來他的判斷是對的。

一九六四年我收到了他最後的一封信，說他接觸過很多從大陸偷渡到香港的人。他打聽到了一條偷渡的路徑，會找個時機偷渡回來接我出去。

「以後就再也沒有他的消息了？」

再也沒有了。

九

過了幾天，我和妻子再次散步要去看看在錦江對面代表著成都工業歷史的老工廠——白藥場。過了新建成的鐵橋，就踏上了長祥路，在經過那棟釘子樓時，妻子說：去看看那個老婆婆在不在？我說：沒有那麼多時間了，等會還要去上班。

於是，我們就上了長華路，大約走四十米向右捌就進了高翔路。路的右邊是青黑色的火磚牆，看樣子牆很古老、堅實。有許多風雨與時間留下的痕跡。風雨是一眼就可以看到的斑駁，而時間則是我們在望著黑牆時的那種淡漠的回憶。

「沿著這個牆角行走有一種穿越歷史的感覺。」

「那個凹陷下去的痕跡好像是一個彈痕。」

走了不足一百米就到了工廠的大門。只有一根長長的欄杆，橫在大門中間，它是用來欄進出汽車的。側邊一個小門開著，沒有人把守。我們輕易就進去了。繞過一幢八、九十年代修的千篇一律的盒子樓房，我們就看到了一座被爬山虎草包裹得嚴嚴實實的房子。雖然被草包圍著，但在綠草勾畫出的輪廓裡還是很容易看出這是一座中西合璧的建築。窗子上端的半圓拱形、屋頂上尖尖的直指著天空的鋼針。表現著西方文化對天空的探索。

再向前就是一幢很大的庫房。正門和側門都開著，看進去，有很多人在打羽毛球。足足有十餘個羽毛球場地吧。好像沒有空閒著的場地。這讓我吃驚，改變了我對成都人都躲在屋子裡打麻將，不愛運動的看法。

再向前有兩座較小一些的青磚房。房子的周圍長著雜草。這證明這兩棟房子是閒著的。再前面兩扇深綠色的大鐵門擋住了我們的去路。但是大門左邊上還有一個小鐵門虛掩著，我輕輕一推，門開了，裡面有一個四十歲左右的女人站在門衛房的門口。看到我們她並不吃驚。這足以說明，這裡常有人來參觀。

她很友善，並沒有要趕我們走的意思。我問：「可以進去看看麼？」

「這裡裝了攝像頭，如果我放你們進去，領導會罵我的。」說著她指了一下藏在不遠處屋簷下的一個攝像頭。它正在望著我們。

於是我們便在小鐵門的門口與她交談了起來——

「那座被爬山虎包裹著的房子是清朝末年建的。還有羽毛球館對面的那兩棟房子是國民黨時建的。其他的老房子都在六十年代拆掉了。」

「怪可惜的！」

「這些房子都是七十年代建的。」

「聽說，這裡以前還有碉堡？」

「是的，有好幾個呢。文革時被炸掉了。傳說是上級領導害怕造反派利用它們來搞武鬥的軍事踞點。」

「那幢清末建的房子還能用麼？」

「那房子原來是廠裡當官的辦公樓。現在租給了社會上的人，很少看到樓裡有人。偶爾看到也是神神祕祕的。不知道他們是做什麼的。」

「我小的時候就在廠區長大，到你們這看看，就像是回到了小時候。」

「就是。很多人喜歡來這裡走走看看。這個廠是高攀路一帶僅剩的工廠了。原來周圍還有好幾個工廠，後來房地產時興了，就拆了建樓房了。我們這個廠因為歷史久遠，才被保留了下來。」

「我來之前專門在網上查了白藥場的資料，抗戰的時候你們廠裡還活躍著一批中共的地下黨？」

「是的，我爸爸就是個老地下黨呢。」說著她對著門衛室裡面喊了一聲：「爸，有人來打聽當年地下黨的事呢。」看到我們有些詫異，她解釋說：「我父親早就退休了，別的老人都打麻將，他不一樣，沒事總要來廠裡面走走。走累了就在門衛室裡休息。」

說完，她的父親已經走出來了。眼睛裡放著光彩。老人說起了他們如何與國民黨特務鬥智鬥勇。還說，一九四九年，國民黨計畫要炸毀白藥場，就是他在一個雨夜從城外帶進了解放軍的一個小分隊，將工廠佔領了，才阻止了國民黨的破壞。

「大爺，當時的地下黨員是不是像電影裡演的那樣，都很勇敢？不怕死？心理素質特好。」我問。

「那當然，如果心理不強大，晚上連覺都睡不好。」

「聽說，也有人當了逃兵的？」妻子想起了釘子樓老婆婆在等待著的情人。

「嗯……我記得，是有一個叛徒。還是在抗戰時，組織上交給了他一個任務，也不知他咋個想的，沒兩天就消失了。生不見人、死不見屍。一九六四年，他偷偷跑了回來，剛下汽車就被逮捕。當天就祕密處決了。在外面生活得好好的。回來，真是找死。」

聽到這裡，我與妻子都吃了一驚。看到我們吃驚的樣子，大爺補充說：「這可是絕秘，我從來沒有對別人說過。他的每一封通信，一直都在我們的監控之下。」大爺嘆了一口氣：「唉，再不說出來就帶進棺材裡去了。」

「我們回去了，謝謝你們！」

「沒得事！」

十

回家的路上，在釘子樓前，我和妻子停下來，猶豫著是否將一九六四年祕密處決了一個叛徒的故事告訴那位老婆婆。這時一個二十歲左右，將牛仔背包背在胸前的人停下來問我們：「請問，到白藥場怎麼走？」

「直走、再右捌、穿過一個古牆夾著的小巷就到了。」

「謝謝。」

「不存在。」

二〇一四年八月二十六日

起立鼓掌

一　劉大爺

啪啪啪。
啪啪啪。
啪啪啪。
……
我家樓下的劉大爺開始「啪」「啪」「啪」了。
我家樓下樓下的苟大爺也開始「啪」「啪」「啪」了。
我家樓上靠右邊門的康大媽也開始「啪」「啪」「啪」了。
我家鄰居的魏老太婆，坐在輪椅上也開始「啪」「啪」「啪」了。
「啪啪啪」
「啪啪啪」
「啪啪啪」
……
前後左右都是「啪啪啪」的聲音。

寫到這裡，我猛然想起，如果我再這樣「啪啪啪」下去，讀者的閱讀方向將大踏步地進入一個黃色地帶。

急剎車！

這個「啪啪啪」指的不是別的。而是真正的「啪啪啪」。不知道什麼是真正的「啪啪啪」？唉！如今的時代，扭曲變異的環境把常識擠到一個什麼角落裡去了？是應該把它拿出來重新曬一曬了。

「啪啪啪」——是人類運用雙手（互擊）鼓掌時發出的聲音。「鼓掌」古稱「拊掌」，今稱為「拍手」，是表示高興的肢體語言，是內心激動、興奮的外在表現。也是表示認可、贊成一種肢體反應。鼓掌的標準姿勢為：雙手置於胸前，用右手掌輕擊左手掌，通常不少於一〇次。鼓掌少於五次的，多少有一些面子上過不去、不好意思反對的敷衍在裡面。相反，鼓掌時間越長，就越表示贊成與擁護的激烈之呈度。

據我的觀察，劉大爺是我們小區裡第一個帶頭鼓掌的人。鼓掌的時間很長很長很長……一拍就是一個小時。他是在強烈地贊同著什麼嗎？比如對某人、比如對某黨、比如對某事、比如對某項政策。或者他是一個凡事就投贊成票的人？

不是。

如果：是。我就不會寫這篇文章了。因為不值得寫。從前面對鼓掌的定義，可以得出劉大爺是一個「過分熱情」的人的結論。

事情確實不像我們想的那樣。劉大爺鼓掌不是為了別人，而是為了自己。

「為了自己鼓掌？這得有多自戀啊？」

提出問題的人接著向下看，就可以理解這是為什麼了。

劉大爺養成了一個好習慣，就是每天晚上七點鐘都要看CCTV的新聞聯播。為了不錯過新聞聯播，他總是提前半小時就坐在電視機前。在提前的這半個小時裡，總要看點東西吧！經過篩選，劉大爺做了一個艱難的決定：鎖定BTV六點半播出的健康節目《養生堂》。

這一天，他看到了一個著名的老中醫，他在節目上說，鼓掌是最好的健身運動。因為鼓掌是一種運動，可以促進血液循環，可以按摩手掌中的多個穴位，可以發出悅耳的聲音。最為關鍵的是：鼓掌是一種順從，人只要一順從了，便什麼煩惱也沒有了。沒有煩惱，就沒有病。最後老中醫還拿出了一個數據：每鼓一次掌，可以多活〇・五秒。「嘀嗒」是一秒，〇・五秒就是「嘀」的一下。

鼓一次掌就可以多活〇・五秒——那麼無數的「嘀」加起來……這真是不堪設想——如果鼓一〇〇〇〇次掌（一〇〇〇〇乘〇・五=五〇〇〇，五〇〇〇除六〇=八三・三三三三三三），可以多活八三分鐘……一個多小時呀……以此類推，活過一〇〇十歲不是問題。

當時劉大爺就開始了鼓掌。從新聞聯播開始之前一直到新聞聯播結束。本來他還想再拍下去，因為一下就等於〇・五秒。還是他的兒子提醒了他：「如果照這樣拍下去，還不要練成鐵沙掌呀！我怎麼敢把我兒子給你帶？」兒子還在讀中學的時候，就聽同學說，學校附近住著一個武林高手。他的功夫有多高呢？聽人說有一年他的兒子生了一個兒子，有一天武林高手抱起了滿月不久的孫子，想哄他睡覺。只輕輕拍了幾下，孫子就不出聲了。被拍死了。

這一掌下去……後果……他不敢再往下想……

為了孫子，劉大爺在新聞聯播結束之後停止了鼓掌。這是什麼樣的精神？這是什麼樣的犧牲？因此可以說，劉大爺是用犧牲生命來帶自己的小孫子。

在家裡劉大爺因為兒子的限制，他只能在看新聞聯播時鼓掌。但是人都是有私心的。他時常要找一些藉口，溜出家門，在附近的公園裡繼續拍掌──

「啪啪啪」

「啪啪啪」

「啪啪啪……」

沒有人知道劉大爺為什麼要「啪」「啪」「啪」。只有我知道，他鼓掌不是為了贊同別的什麼。而完全是為了自己。為了自己身體健康。一次等於〇．五秒，一〇〇〇〇次等於八三分鐘──一個小時二三分鐘──多麼誘人的數字啊！

二　寇中醫

寇老中醫也有看新聞聯播的好習慣。七點鐘，不論有什麼緊急的事，包括有就要死掉的病人前來求醫，他都要準時打開電視機收看新聞聯播。有病人家屬對寇老醫生這一點很不滿，有些性子急的人，抄起傢伙就要砸他。他總是一句話就頂了回去：「沒有正確的世界觀，就算是沒有病也很可能會犯錯誤。與其被槍斃，還不如病死。」

「思想病了，比肉體病了更可怕。如果不與黨保持一致，不是被抓去坐牢，就是送進精神病院。那樣活著有什麼意思？」生不如死。一語驚醒夢中人，每當這個時候，病人無論病情多麼嚴重，都會安靜下來，坐在寇醫生的身邊與他一起飽含著深情地看新聞聯播。不錯，新聞聯播上正在播著一條新聞：「唱紅歌幫助他治好了精神病」。講的是一個精神病人在精神病院裡唱「紅歌」，唱著唱著，精神病竟然好了。

二〇一六年三月初，一個晴朗的傍晚，天黑得比往常要晚四十分鐘。寇老中醫準時在七點鐘將頻道調到了新聞聯播。北京正在開全國兩會，他在電視中看到了自己大學時的同學老江，坐在四川團中，鼓著掌。雖然鏡頭只是在老江的臉上一劃而過，還不足〇・五秒，寇老中醫還是能確定那個熱烈地拍著手掌的人就是老江。

燒成灰他都可以認出他。長著一張無信、無義、無情、無欲、無趣的僵屍麻木死人臉。

新聞聯播大多數的內容都是領導幹部在開會，中央的會、省上的會、市里的會、鄉上的會、村裡的會、組上的會。不管什麼會，都是一個形式：臺上坐著的人負責說，台下坐著的人負責鼓掌。講話的人紅光滿面，鼓掌的人也是情緒飽滿，臉色激動的通紅。

總是看領導開會、總是看領導開會……，總是看到參會人員鼓掌、總是看到參會人員鼓掌……今天居然看到自己的同學坐在了電視機的新聞聯播裡面，而自己卻成了一個看客。這個同學在讀書時不僅成績沒有自己好，而且體質也沒有自己棒。今天竟然全面地超越了自己。老江比自己混得好，這還可以接受。可是為什麼老江的氣色也比自己好呢？

為什麼呢？

這一天，第一次感受到人生失敗的寇醫生，一恍惚就穿越了——將當官的人長壽與鼓掌聯繫在了一起——

人的手上有數十個穴位。比如大拇指上的少商穴，食指上的大腸經，中指的心包經，無名指的三焦經，小指的小腸經及陽池、陽谷、合穀、少沖、關沖、中沖、商陽等等、等等……鼓掌不就等於是自己在給自己按摩嘛！

難怪市井上有一種傳說，中國最長壽的人都在中南海裡。此時寇老中醫終於為這一說法找到了理論依據。這是因為官員一生大部分時間都在開會，於是大部分時間都是在鼓掌。於是大部分時間在自我按摩著手掌中的穴位。於是他們長壽是正常的。

有了這一發現，寇老中醫興奮的立即給ＢＴＶ電視臺的養生節目打了一個電話。請求上節目，將自己這個重大的發現告訴眾人。

於是劉大爺就在電視上看到了寇老中醫的鼓一次掌增壽〇・五秒的理論。

於是劉大爺就開始「啪」「啪」「啪」地鼓起掌來。

那次電視節目播出之後，中國大地上很多人都啪啪啪地鼓起掌來。「他們這是在表示著贊同、同意」——北京市精神文明辦公室用豐富的想像力將鼓掌與社會主義精神文明聯繫在了一起——這是老百姓用實際行動來表達自己對這個時代的贊成。為此，寇老中醫獲得了宣傳部門評選並頒發的「精神文明積極份子」稱號。

三　江局長與寇中醫

江局長是寇中醫大學時的同學。

一九七八年恢復高考前一年，小江才隨著返城知青的大流回到城裡。在家裡待業了半年之後，進了一家街道工廠當臨時工。做蜂窩煤，雖然是在地面上，但是還是跟挖煤的工人差不多——上班時是個小白臉，下班後就像是個黑灰團了。

小江原本就絕望了。好在不久後恢復了高考，憑著以前打下的底子，考上了醫科大學。

那是一個真正的知識改變命運的時代。

考上大學的同時小江就成了「國家幹部」。當上幹部也就等於「脫離了人民群眾」。

與小江一同「脫離了人民群眾」的還有小寇。同學與同志不同。同學受空間限制；同志則不受空間限制。於是，在同一空間中出現了不同的人的類別。

醫科大學裡，同學中至少有這樣兩類人：一批人在用動物做了試驗之後，還要想辦法將動物救活；另一批人則是做完試驗之後，立即拍拍手走人，玩去了。

有幾次，試驗做完之後救動物的人轉過身來想要救動物，卻發現受傷的動物不見了。原來是被不救動物的同學偷去吃了。

寇中醫屬於前者。

江局長屬於後者。

許多年後，小寇變成為老寇。老寇是「治病救人」的老中醫。

許多年後，小江變成了老江。老江是「為人民服務」的官員。

從故事中僅有的這兩個人「成就」來看——關心生命的人做了醫生；不關心生命的人當了官。從這個結果可以得出結論：當官必需要從眾多的屍體上踏過去，才能坐上那個位置。所處的位置越高，需要的屍體越多。

四　劉大爺與江局長

自從劉大爺在家中拍手受到子女的限制之後，他只有找機會到家附近的公園去拍手。一次〇・

五秒。這個數字太有誘惑力了。

這一天劉大爺在公園裡看到了一個人迎面拍著掌而來。因為是同類，他們彼此對望了一眼。這樣一對望，才發現他們原來認識。是高中同學。他們站住了，邊拍手邊聊著。

原來，他們拍手是因為看了同一個健康節目。

「拍一次〇．五秒」太划算了。不用花錢，不用流汗，不用動腦。也沒有危險。這兩位老同學邊拍著手，邊交談著。由於掌聲的干擾，他們必須提高音量：

「你知道麼？老江住院了。」

「老江？」

「就是那個我們班上同學插隊最後回城的小江。」

「他呀！我聽說恢復高考那年，他考上了大學。」

「是的。大學畢業後，他當上了官。現在是處級幹部。」

「他在哪裡住院？」

「華西醫院高幹住院部。我前幾天才去看過他。」

「我明天抽個時間也去醫院看看他。」

說完這兩個老同學就拍著掌分開了。「啪」「啪」「啪」——「啪」「啪」「啪」兩種的聲音越去越遠……到彼此都聽不到對方的掌聲時，他們已經走出了各自的視線。

第二天，劉大爺去華西醫院看自己少年時的朋友老江。在離醫院還有兩站地時他就買了一籃水果，因為離醫院越近水果就越貴。進了醫院，他底氣十足地問前臺的小護士：「小同志，請問到高幹病房怎麼走？」。

小護士用冷冷的眼神掃了一眼他手中提著的水果，說：「前面右拐。遇到岔路，往人少的路走……」

果然，越向前越冷清。相應地，劉大爺也覺得身上有些涼了起來。

華西醫院的幹部住院大樓與其他病區的擁擠相比，冷清的就像是一個墳場。在過去尚有「唯心」瘤毒的時候，在墳場裡有人還可以看到幾個鬼影；現在唯心被清除乾淨了，只能「唯物」了，於是連鬼影也看不到一個。

在空曠中，劉大爺找到了江局長的病房。進去。病房很大，有電視，有浴室，還有一個小形的會客區，擺了幾張看上去就很舒服的真皮沙發。

江局長一眼就認出了老劉，這讓老劉心中很溫暖。他將手中的水果放到床頭的櫃子上。江局長說：「看看、看看，現在水果多得吃不了。」

「別人的是別人的。我的是我的心意。」

「好、好，老劉。領情，我領情。」

江局長像是在自己家裡一樣，指了一下真皮沙發，老劉坐下去。兩個人聊著。劉大爺像是想起了什麼，猛地停住了說話，「啪」「啪」「啪」地鼓起掌來。聲音不大，但是一下一下節奏清晰而明快。江局長有些不解問：「老劉，你這是……？」老劉回答：「為了身體呀。電視裡，養生專家說拍一次掌可以多活〇•五秒呢。」

「這是什麼鬼道理？簡直是歪理邪說。」

「專家說，為什麼領導幹部都長壽呢？就是因為領導們經常開會，而開會的一個重要項目就是鼓掌。熱烈地鼓掌。所以當官的壽命都長。」

江局長大笑起來：「我們當官的長壽。與鼓掌哪裡有半毛錢的關係？我們活得久，完全是因為醫療條件比你們好了幾百倍呀！」

劉大爺將正在鼓著的手掌停了下來，聽江局長接著說：「你看，現在我只有一點小毛病就住到醫院裡來了。你們普通百姓哪裡有這樣的條件呀！即使生了大病想住進來也不容易呀！」說完就哈哈哈哈地大笑起來……

「是的。有錢，醫院裡也不見得有床位呀。」

劉大爺的手就那樣停著，在空間裡，凝固成一個結局：什麼也沒有抓住。

這一輩子就這樣完了。想多活〇．五秒的願望——「啪」的一下就破滅了。

二〇一六年五月二十五日

小說為友

一

九月十日，我的手機響了。是一個陌生的電話號碼。是誰呢？按下接聽鍵，是一個陌生的聲音，卻準確地叫出了我的姓名：是汪哥麼？我回答：是。同時警惕地問：你是哪位？……

這個世道各種陷阱太多了，包括電話方面的詐騙陷阱。我就有一次親身經歷：

兩個月前，我剛給福建的一位朋友打完電話，說完話，剛掛斷沒有多久。電話鈴就又響了，接聽。裡面傳來的聲音直接叫著我的名字：老徽子！

是一個陌生的聲音。我問：你是誰？

電話那頭爽快地笑了一下說：你猜。

我想了一下，好像記憶裡沒有儲存有這種聲音。於是就回答：猜不出來。

電話那頭又歡快地笑了一聲，固執地說：你猜一下麻！

聽聲音，感覺就像是老朋友一樣自然而流暢。我想：也許是我離開家鄉太久了，而對鄉音的辨別能力降低了。我又搜索了一下記憶。在這期間，電話那頭顯得很有耐心，沒有說話打斷我的思維。這種合作，讓我感到親切。心裡自然冒出了一個喜歡讓人猜謎的同學的名字：你是阿顧麼？

我還是不敢確定，聲音有些遲疑。

電話那頭爽朗地笑了一聲，說：你總算沒有忘掉我。

聽到那邊答應了，我猛然覺得惶恐起來，覺得有些對不住老同學：不好意思，也許太久沒有見面了，都聽不出你的聲音來了。

那邊顯得也很豁達：沒關係。沒關係。

我是一個比較沉悶的人，很久沒有與同學交流，一時也不知道說些什麼，只有找一個話題：你現在哪呢？

其實，我是想問他在哪兒謀生、居住。

電話那頭，很快地回答：我現在南充。

我問：你在南充工作？

他急急地說：不是。我在南充出差。現在剛把事情辦完，後天就要回去。我看這樣，我們好久沒有見過面了，我乾脆到成都來看你吧。我們好好聊聊。

我不好推辭。回答：好吧。你什麼時候過來？到了就給我打電話。

那邊說：這樣，我馬上就開車過來。

說著就掛斷了電話。我知道從這一刻起，阿顧就在來成都的路上了。如果不堵車，不出什麼意外。兩個小時左右，我們就可以在一個茶館裡坐著喝茶聊天了。心裡面掛著一個事情，正在手上做著的事情就只有放一下了。這是因為我沒有一心二用的能力。

與任何時間都一樣，時間在以它自己的節奏走著。

我感覺過了很久。看了一下時間，過去還不到十分鐘。又等了很久，再看一下時間，才剛剛過了十分鐘……

這樣的等待是難耐的。終於，電話又響了。一看時間剛過去半個多小時，看電話號碼正是他。難到阿顧已經到了？那麼快？是飛過來的麼？

接聽。電話裡傳來了匆忙而急切的聲音：老徽子，我從南充開車過來，在經過空前鎮時出了車禍。

不要因為我，給他帶來了傷害。我擔心他出了事：你有什麼事麼？

阿顧說：我沒事。我把別人給撞了。唉！開車太急。想著早一點與老同學見面。

在我的心裡升起了一股負罪感之後。他嘆一口氣，說：老徽子，你能不能借我一點錢？

他也不等我回答，直接就往下說：對方要我賠一萬元錢，私了。可我身上只帶著二千元。你能不能借我八千元。我一回去就還給你？

想起來這件事情好像與我有關係，不借也說不過去。於是我問：好的。我怎麼給你呢？

他說：我身邊就有一個自動提款機。你把錢打在我卡上吧，我馬上就將我的銀行卡號發到你的手機上。我處理好這件事，馬上就趕過來見你。

阿顧掛斷了電話，還不到十秒，我的手機上就收到了他發來的銀行卡號碼。

我到銀行去將錢存在了他的銀行卡上之後，給他發了一個短信：八〇〇〇元錢已經打過去了，請查收。

還不到二十秒，他就回了短信：雖然知道——每一個被我騙的人都是相信我的人；但是我還知道——不相信我的人我是永遠也騙不到的。我不騙相信我的人又能騙誰呢？謝謝！

為了紀念這被騙的八〇〇〇元錢，我直接將這個電話號碼保存在了手機上。保存的名字叫：還我八千。

那一次，我就這樣被騙了。事後我想，「阿顧」是怎麼一下子就叫出了我的名字「老徽子」呢？也許是我前面與福建的老鄉通電話時，電話就被他給竊聽了。

有了前面的經驗，這次我就小心了許多。我甚至壞壞地想著：耍她一下，至少可以使她浪費一點電話費。如果她要我猜她的名字的話。

她的第一句回答就打消了我的報復念頭。她說：我是峽姐。

「是你？」我覺得有些吃驚，因為她是我最要好的朋友豐子木的妻子。她從來沒有給我打過電話。反常！太反常了。我心裡突然有一種不詳的預感。

我說：不好意思，我沒有聽出來你的聲音。

她說：豐子木九月八號被空前鎮公安局經偵大隊的人給帶走了。

我一聽，就已經明白了大半。我知道豐子木在幫它牌酒廠賣他們在海口的房子。前些日子他去海口經過成都，我們約在一起喝茶，他給我說：「它牌酒廠不知為什麼突然換了一個經理負責在海口的房子，現在的那個經理想要收回他代理它牌酒廠賣在海口房廠的合同。」可是豐子木已經將那些房子都賣掉了，剩下的只是收尾款的問題。那時候我就告訴豐子木，叫他千萬要小心。

因為經濟上的事情最說不清楚，為了錢，人什麼事情都做得出來。

因為我知道，公安局如果幫誰追回了錢，他們至少可以提走其中的百分之二十。為了錢，警察什麼事情都做得出來。

那一天，豐子木回答我說：我會注意的。該我的就是我的。我不會多拿別人一分錢。

我相信豐子木。於是我對峽姐說：他應該不會有什麼事的。帳目上，我知道豐子木不會亂來的。猶豫了一下，我又說：我就擔心它牌黑整他。在空前，它牌就是當地的地頭蛇。呼風喚雨。應該是無所不能。

峽姐說：他自己應該也有一些問題。它牌在海口的房子是舊的，電梯、水管、外牆都老化得厲害。他為了房子更好賣，把收來的首付款，挪用了一兩百萬把房子重新維修了一道。

這樣一說，我知道事情有一點麻煩了。

峽姐說：它牌說是約他過去談這件事情。那天，豐子木專程從海口趕到空前。據說，他們雙方在一個茶樓裡都談好了——多少時間還多少、多少時間還多少。雙方都達成了諒解。可是就在從茶樓出來分手時，空前的經警卻將他給銬走了。

峽姐還專門重複了一遍：是帶著手銬抓走的。

這是明顯的誘捕（我諮詢了一個警察，他說這樣抓人是違反程序的）。為達目的，不擇手段。

我還在想寬一下峽姐的心。說：他們把豐子木抓起來。關起來。誰來還錢？也許只是想嚇他一下，詐他一下。

峽姐說：它牌才不在乎錢還不還得了呢。都是國有資產，討回去了，也是國家的。

是的，又不是自己的錢。當官的是不會在乎國有資產的。他們的心黑著呢。他們的心壞著呢。他們除了愛自己之外，什麼也不會愛。

二

一開始，雙方在茶樓裡和談的時候，氣氛是很好的。好像都是抱著解決問題去的。不知道哪個時候是轉折點。它牌酒廠方決定抓捕豐子木。決定是在電光火石般的情形下產生的？還是在一開始之前就設計好的？

沒有人會站出來給人們一個真實的答案。一切只有靠我的生活經驗來進行判斷、假設。雖說嚴肅認真的人都說「歷史不能假設」。但是在我們這個幾乎沒有透明度的社會，幾乎所有的問題又只有靠假設來完成。這造就了兩種極端的人品：一種人想像力極為豐富，因為他們不嚴肅認真，遇到疑難的問題自己一個人一摳腦袋就得出了答案，他們從來不管答案正不正確；另一種人是極其嚴肅認真的，他們一生都在渾濁的社會主義泥潭裡，用中國特色的泥水洗著眼睛，他們就用這種骯髒的目光看見了世界的真象——不管你們信不信，反正他們是相信了——視界因模糊而使世界變得和諧。

是的，這是一個歷史上最好的時代。

是的，中國是世界上人權最好的。

得出這個結論，我認為很正常。「因為他們的視界決定了他們的世界；所以他們的世界決定了他們的視界。」以上這句絞在一起如亂麻的話就是辯證唯物主義辯證法的活學活用。

我是一個絕對不嚴肅不認真的人。我假設那一天空前的天氣很好。那一天，空前的天氣很好，我還是找到了一點根據。因為：解放區的天是明朗的天。空前在「解放前」並不叫空前，因為「解放」，當時的首領認為「空前」的時代到來了，所以乾脆將這個地方改名為空前。空前中最大的企業是一個酒廠——它牌。有它牌酒廠在空前「紮起」，空前不成為解放區「嚴肅」「認真」的人都不會答應。於是：空前的人民好喜歡。於是：空前每一個人的臉上都紅通通的。注意：紅彤彤的臉蛋並不是因為喝了它牌酒，醉了——傷身。而是被萬丈光芒的太陽給曬的，紅了——健康。

萬丈光芒下豐子木和幾個它牌酒廠的人走進了茶樓。進而進了一間包間。

泡茶、遞煙。遷讓。一開始，「禮儀之邦」，從遠古一直貫穿到了現在的這個地處中國西部的小城的一間茶樓的包間裡。形成了一隻謙謙君子般的「時間之蟲」。感謝歷史，感謝這個千年的文明古國。誕生出了這樣的一隻「時間之蟲」。

在這樣良性的環境中，豐子木說：

我手上做的事情很多……

也有很多人拖著欠我的錢不給……

也有人承諾說要把錢結給我，可到了時間又拿不出來了……

他們知道現在做生意的都是這樣，我欠你的、你欠他的、他欠我的——從我到你到他再回到我——形成了一個圓圈，就這個邏輯鏈看起來，最後好像是都扯平了——誰都不欠誰的了。當然，這也只是字面上的邏輯。結果是不會公平的，因為欠得多少不同，決定著誰占了便宜誰吃了虧……

事實是，我要把挪用你們的錢給補上。你們再給我一點時間，我把欠我的賬追回來，就可以把你們的錢還上……

它牌酒廠的人打斷他問：

先不談別人欠你的。不要扯遠了。你現在手上能拿出多少錢來填這個缺口？

豐子木說：

十來萬吧！我最近才在一個新的項目上投了些錢。手上周轉也緊。不過，貴州我前年做的一個項目，那邊說這個月的中旬可以把欠款給我結了。我一拿到錢就還給你們。可以麼？今天八號，也就是再等一週的時間。

聽起來，一週的時間並不算太遙遠。如果這都不答應，好像有點兒不近情理。酒廠的人站起身，伸出手與豐子木握了一下手說：

好的。說定了。一言為定。

就這樣，好像事情就談成了。誤會就像是剛才說的洗眼睛的泥水因為時間久了而沉澱乾淨了，於是用清亮的水剎那間就洗乾淨了眼睛。

誤會消除了。看，這就印證我前面論證：空前的天是明朗的天。

萬丈光芒下，幾個人站起身離開包間，走出茶樓，豐子木剛剛將身體浸泡在陽光裡，五六、七八個早就埋伏在茶樓外面的空前經偵大隊警察一湧而上將豐子木按在了地上——

身體呈大字形；

雙手和雙腳分別有一個人按著；

臉向右邊側著，左臉貼在被陽光曬得冒油的柏油路面上。自然，這需要有一個人按頭；

這就用掉了五個人；

還有一個人老練地從腰間甩出了手銬；

六個人了；

另外還有兩個人雙腳叉開成穩定的三角，雙手合著（呈穩定的三角）握槍指著爬在地上的豐子木，晴天炸雷般地高呼：不許動；

八個人了。

這八個人有條不紊地將豐子木押上了汽車。沒有一個人顯得多餘。投進了監獄。

監獄是一個巨大的陰影。

監獄裡面不允許唱：「解放區的天是明朗的天」這支歌。令人不解的是，監獄裡卻可以唱：「我們是共產主義接班人」的歌。

三

這些天我一直在思考：為什麼它牌酒廠的人連一週的時間也不願意等？是他們活不過一週了麼？
也一樣急著等錢用？
還是他們喜歡看著將一個人投入到監獄巨大的陰影裡去？
廠裡發不起工人的工資了？工人們因拿不到工資要到北京去上訪？
因為工人上訪，當官的要因此丟掉烏紗帽？

以上的這些原因都不會是。
後來我想：最根本的原因是：他們根本就不相信那個承諾要在這個月的中旬還豐子木錢的人會真正的將工程款拿給他：因為他們在明朗的陽光下看透了這個社會主義國家的做人準則：你的是我的、我的還是我的。
如果你不夠有權、不夠黑、不夠狠、不夠強大、不夠無賴，想讓別人還錢，就好比是——蜀道難，難於上青天。
嗚呼！

四

這些天我還在思考：為什麼警察抓一個人動作、陣仗要搞得那麼誇張？
那是因為他們的內心極度的恐慌；

那是因為他們的身體極度的虛弱。

哀哉！

五

九月十二日，我給我和豐子木共同的朋友廖亦武去了一封郵件。將豐子木的事告訴他。

老廖：

豐子木最近出了一點事，和它牌酒廠有經濟糾紛。告他合同詐騙。

今天我給他老婆打了電話，她擔心你在外面會把豐子以前寫的東西發出來，引發出新的問題，對他不利，所以最好不要刊發有關他的東西。

等事情解決了再說。

祝中秋節好！

很不幸，豐子木的這個中秋節只有在裡面過了。

汪建輝

老汪：

曉得了。

但願他順利過關。

我在美國非常好。只是太忙了。

過了這一陣，我想辦法給你電話。

掛念。

廖亦武

在監獄外面的時間過得真快。我體驗過在監獄裡的時間真是慢得很。慢得就像是滴水穿石。豐子木在監獄裡終於熬到了第四十四天。這是一個特殊的日子，因為到了四十五天的時候，公安局對被羈壓在監獄的人必須有個交代：要麼正式逮捕、要麼無罪釋放。

這一天，他們對豐子木的決定是逮捕。我想到了豐子木在加拿大讀書的兒子。以後怎麼辦？每年的二〇萬元的學費怎麼辦？

於是我又給還在美國售書的廖亦武去了個郵件，想看看他能不能想到什麼辦法，爭取讓豐子木的兒子留在國外。

老廖，問好：

豐子木已經於十四日被逮捕。

它牌酒廠要他還一百多萬元，如果判，時間應該會相當長。

這個錢太多了，我們也幫不上忙。他的兒子還在外面上學，峽姐說如果豐子木出不來的話，明年就只有喊他兒子回來了。

我想你在外面可以幫到他麼？比如教會？就像賢斌的女兒那樣，豐子木也是教會中的人呵。或者找楊偉帶他打工，只要能自食其力就行。千萬不要再回這個國家了。

祝你一切順利

汪建輝

老汪：

在加拿大應該找盛雪。我聯繫一下。你設法把豐子木的簡歷給我。還有他兒子的地址和電話。

廖亦武

收到廖亦武郵件的當天，我就給峽姐打了個電話。我的意思是：如果豐子木被判刑了。那就應該想辦法讓豐元謙在加拿大留下來，在外面打工，只要自己能夠養活自己就行了。

峽姐說：不行。元謙必須把書讀完。如果豐子木出不來，她就只有讓元謙回來繼續把學業完成。

我說：你還是仔細想一想吧。回來了再出去就難了。現在他在外面，找老廖幫忙申請政治避難應該不會很難。只是，讀書的事就不好說了。畢竟每年二〇萬元的學費也不是一個小數目。

峽姐的態度很堅決：無論在哪裡，一定要讓兒子把書讀完。

接下來我就問豐子木的案子現在有沒有什麼進展？峽姐說：它牌那邊只要錢，還了錢就可以放人。

我說：一、兩百萬元怎麼湊得出來？峽姐說：我打算把房子賣了。

我沉默了好久。以至電話那頭以為是電話斷線了。她輕輕「喂」了一聲，像是不能確定的試探。

我說：你想好了？賣房子？以後你住在哪裡？

她說：先把人從裡面撈出來再說。

我問：你的那套房子可以賣多少錢？

她說：大概能賣四、五十萬。

我說：這些錢還是遠遠不夠嘛！

她說：它牌那邊好像是答應了，可以先給一部分錢保釋出來。豐子木在外面有很多工程款還沒有收回來，只有他出來了，才能去收欠他的工程款。那些債只要收回來一半，就足夠還它牌的錢了。

六

事情發展到這一步，就講到了豐子木家的房子。那是在豐穀鎮上的一個山中的傍山小屋。是他爺爺留給他父親，而他的父親又留給他的。

因為地處比較偏避，所以在共產黨公有制最盛的時代，它都一直安全地伏在那個小山坳裡，屬於豐家所有，沒有變成公有財產。

我去過那裡一次，下了汽車之後，大約還要走近一個小時的山路。彎彎，曲曲。曲子一般婉約、悠揚。山路彎曲得水一樣流暢。所以這一個小時的山路就並不讓人感覺累。而就像是身體裡的靈魂在河流裡游泳、洗了一個澡一樣，清爽。

神清氣爽。

山坳裡的小屋是一座青磚房。因為時間久了，就像是生了鏽一樣。更青、更黑。就像是氣極了的人，氣得發青的臉色。這就是我對這幢房子的第一印象。總之，沒有歡樂的感受。在來的路上靈魂洗了一個澡，而到了地方卻沒有快樂的感受。這多少讓我的心裡有一種怪怪的感覺。衝突。不和諧。不對稱。

人、天，沒有合一。

有一種不安悄悄在心底裡潛伏著……

那是十多年前，我剛認識豐子木時去他家裡的模糊感受。以後，就再也沒有去過了。據說現在那兒成了景區，很多人在節假日去休閒度假。

曾經被冷落的地方，忽然就熱鬧起來。

七

人們三五成群地相約來到這裡。為的是躲避塵世的喧囂。讓一顆燥動的心安靜一下。彎曲如流水的幽徑好像真的如冰水般能夠清洗心靈。山風點綴般地斷斷續續，時不時給人帶來一點兒歡喜。

「真爽。」這是走在路上的一個人下的判斷。他已經將衣服的扣子解開了，敞著胸。

「有點兒冷。」這是另一個人的結論。她身邊的一個男子，脫下了外套輕輕地披在了她的肩頭。對自然的不同感受，世界就會對他有不同的回饋。當然，世界並非對所有的人與所有的事都完全一致。這些人中，有一個偏瘦的女性在風中顫抖了一下。隨之將領口悄悄地向脖子上拉了一下。沒有人注意到這個細節。於是這個細小的動作就被風給遮蓋了，如果單獨將這個事件孤立起來——風＝紗。

紗有時是透明的；有時是迷茫的。

紗對有些人是透明；對另一些人是迷茫。

這些三五成群的其中一個群體中，一個人一眼望過去就是當官的。他具備有那樣的特徵：自信、傲慢、果決。臉上洋溢著閃亮的油光，微紅、健康。只有天天作決定的人才能像這樣由內而外地散發出一種侵略性。

「做決定」？這是一個相當牛的詞。說簡單點就是：批示。

「由內而外散發」？這是一個相當飛揚的個性。腰裡面沒有纏著千萬的家產是裝不出這個樣子的。

「侵略性」？這是一個相當棒的氣場。他可以欺負你而你則不可以惹到他，簡單點理解就是：惹不起。

這個惹不起的人就是它牌酒廠老總。他的身邊跟著兩個人，其中一個人像是一個出土文物般古舊，他指著豐子木的老屋說：「胡總，你看那個地，可是一個絕佳之地。」說著他將左右兩手合起來，做出一副捧水狀：「胡總，您看，那左右兩座山就像是這兩隻手，當中恰好捧著這屋子。也就是說如果葬在這裡，可以保佑後代，風從水順、步步高升。」說完，他重又將手捧在一起，搖籃般晃動著：「你看看，這不就是一種呵護嗎？」

胡總看著古舊之人搖晃的雙手說：古先生，看形狀，像是你說著的那個樣子。嗯，像是你說的那種樣子。可是，你說說看，為什麼這麼好的風水卻不能保佑這家的人升官發財呢？

古先生說道：風水有分生與死兩種。一種是適合埋人、另一種適合養人；說白了就是，這個地方適合葬人，是適合死人的處所。而不是適合活人居住。

胡總說：你老實告訴我，這個穴到底有多好？

古先生說：我這樣對你說吧，我看了一輩子的風水，從來就沒有看到過這麼好的地方。

胡總說：你實話告訴我，你要收好多錢？

古先生沒有直接回答胡總的這個問題，而是間接地給他講了一個故事：上個月我跟劉書記在一起吃飯，飯桌上有人念了一個時下當官的口訣：村一級靠打殺；鄉鎮一級靠吃喝；縣一級靠錢買；市一級靠站隊；省部一級靠祖墳。再往上面常委、總書記，那就不是人能左右的了，靠的是天命。說完故事之後，古先生大笑了三聲，說：真理呀！真理呀！你信不信，這才是真理？

接著，古先生對胡總說：來你跟緊我。說著他們就往山上爬，一直到了豐家屋後八〇〇米的地方，古先生從腰間拔出隨身帶的鏟子，撥開草叢就往地下挖，大約挖了半米深，出現了一個圓形的石頭。胡總看著古先生手中的鏟子，一臉疑惑，不知道他要幹什麼。古先生指著坑裡的圓形石頭說：不出意外，從這裡往右一〇米，還會有一塊同樣的石頭。說完就數著步子往右走了十三步，站定。開始挖，果然在地下半米處又出現了一塊圓形的石頭。

古先生擦了一把臉上的汗，鬆了一口氣說：果然沒有看錯，這是一處龍穴。這兩塊圓圓的石頭就是龍的兩隻眼睛。他指著八〇〇米處豐家青得發黑的屋子：守護著那個地方。

看到這兩塊石頭，胡總徹底地被古先生征服了——「這個地，」他指著豐家的房屋問：「能靠到幾級？」

「頂。」古先生將右手食指向天上一指，就吐出了這一個字。

聽到這一個字之後，胡總也伸出一根手指向天上一指，說：好我先給你一百萬，如果真的上去了，再給你加三倍。

古先生雙手合十，說了聲：「謝謝了！先人保佑，胡總一定會平步青雲、步步登天的。以後不要說這個小小的酒廠；天下——才是胡總您最後的目的（墓地）。」

「好，好，好。就這麼定了。」胡總說完之後，轉頭對跟在他身邊的另一個一直不說話像啞巴一樣的人說：「就要這個地方。這件事情就交給你來辦了。要快、要快、要快，我父親看來是熬不過今年了。」

這個一直沉默地跟在胡總身後的人，終於有了一個開口說話的機會，他雙腳後跟猛地一扣，「叭」，做了一個標準的立正：「放心吧，胡總。保證完成您交給我的光榮任務。」現在，沒有人再會將他當作是啞巴了。

插一句話，胡總是行武出生。從部隊裡轉業後來到了這個酒廠，領導工人們釀酒。身上一直保留著軍人的習慣。跟在他身邊久了，自然也就染上了軍人的這個習慣。

八

第二天就有人找到豐子木。願意出高價買下他家的房子。豐子木說：這是我爺爺的爸爸在當袍哥時修的屋子。他當時是這一帶袍哥的領袖。你不要看那房子地處偏避，可是在一〇〇年前各地的袍哥都要趕到我們家拜見我爺爺的爸爸呢。也是很熱鬧的。你想想看，這一條幽靜的山道上，走過的都是有頭有臉的袍哥，腰間挎著槍、別著刀，那有多牛B呀！

豐子木說：聽我父親說，有一次我爺爺的爸爸還在我家的堂屋裡處死了一個姓古的通共袍哥。據說那個袍哥私底下與張國燾勾結，與他們做鴉片生意。你不知道……你一定不會知道，袍哥也有袍哥的規矩。絕對不能與鴉片沾邊。吃了鴉片，袍哥不就變成萎哥了麼？哪裡還會有戰鬥力？

說到這裡，豐子木只是往肚子裡吸了一口氣，緊接著說：聽我父親說，那時他還不到六歲，只聽得殺豬一樣的叫喊聲，持續了半天。央求著讓他最後再吸一口。我關心的是，最後讓他吸了沒有？父親說：「我那麼小，哪裡知道這些？」我又去問爺爺。爺爺回答得很乾脆：「沒有。肯定沒有。我爸爸心硬得很，心不硬就做不了大哥，絕不會讓他再吸一口鴉片。」後來那個通共的人是自己懸在梁上吊死的。

要買房子的人顯然是不在意豐家的輝煌歷史。他徑直地問：

「不賣？」

「不賣。」

「再多錢也不賣？」

「再多錢也不賣。」

談話到這裡，就可以確定談判失敗了。「在這個錢可以解決一切事情的時代，如果連錢都解決不了了，那麼就也許是真的解決不了了。」有人這樣下結論。

「別忘了，這個世界上除了錢之外，還有一個更厲害的東西——權。」有人這樣反駁。

九

也許是因為在酒廠的原故，胡總最喜歡說的一句話就是：「敬酒不吃，吃罰酒。」這句話的含義只有在他身邊的人或被他罰過酒的人才明白。絕不是喝酒那麼簡單。

當與豐子木談判的人回來告訴胡總：「他回答說，不賣，再多錢也不賣」時，胡總只是輕描淡寫地說出了這句話：「敬酒不吃，吃罰酒。」

聽到這句話，前來彙報的人渾身打了一個寒顫。他知道這個叫豐子木的人不久後要傾家蕩產了。

就在這句話從胡總嘴裡吐出來之後第二天，豐子木的一個朋友就找到了他，說：我有一個好消息和一個壞消息你想要先聽哪一個？

豐子木說：不要裝怪，隨便先說哪個都行。

朋友說：壞消息是冉雲飛被抓了。

「這個我知道。好消息呢？」

「好消息就是，我接了一個事——它牌酒廠在海口市中心有一層樓的房子要處理，委託我幫他們賣。價格低得離譜。」

「多少錢一個平米？」

「三八〇〇元。」

「海口市中心？三八〇〇元一個平方米？」

「就是。」

「我不信。」

「一開始我也不相信。不過你看合同都簽了。」

說著他拿出合同給豐子木看。確實，白紙黑字，是三八〇〇元一平米。錯不了。豐子木說：有錢就賺嘛。

朋友說：我騰不出手。但是推了又可惜了，有錢不賺，是要遭天罰的。乾脆我把這個事讓給你做算了。

豐子木有一些動心了：我手上也還有幾個土地測繪項目在做，不過做完了也收不到錢。他媽的，政府耍起賴來比誰都要無恥。

朋友說：我看，你還是把那邊的事先放一放，做這個項目總不至於會收不到錢。

豐子木還是有點兒不相信眼前這事是真的：三八〇〇元？價格怎麼會這麼便宜，聽說海南那邊的房價早就上萬了？

朋友的一句話就打消了他的疑慮：都是國有資產，對於它牌酒產來說，賺再多錢也是國家的。何必呢？

是的。從理論上來說，是這樣的。國家的錢也就等於是黨的錢，沒有人熱愛這個黨，所以也沒有人會為黨著想。

最後，豐子木問了一個關鍵的問題：賣了房子後，怎麼跟它牌酒產結帳呢？

朋友豪放地說：你先賣把！等房子賣完了，你給它牌酒廠二〇〇〇萬就是了。多出來的錢就是你自己的了。

十

海口那邊的房子，已經很舊了。再因為無人管理，無人居住，第一眼望過去，一定會以為這是一個鬼屋或是回到了舊社會。在這個鬼片及穿越劇盛行的時代，產生這種聯想並不脫離現實。

豐子木站在大樓的前面，馬上就覺得事情並不像想像的那樣。他做出的第一個決定就是：退出。

他站在海口擠滿了遊客的街頭給那位朋友打了一個長途電話：喂，聽得清麼？是我。嗳，那個房子太舊了，破得……哎，住鬼還差不多，哪裡可以住人啊？

「你笨啊！你有沒有看到你周圍有很多、很多、很多的遊客？」朋友就像是在電話這頭長了眼睛一般。

「人多關我鳥事？」

「人多就是商機呀，那麼多人肯定要住、要買房啊！」

「這個我也知道，可是誰會買破爛的房子呀？」

「你呀。我都不知道該怎麼說你了。外表粉刷一下，舊房子不就變成新房子了麼？」

「這個我也知道。可是，錢呢？哪裡來裝修的錢？我算了一下，最少要兩百萬。」

「哦，也是……嗯……這樣，我可以幫你想辦法，先借給你，你賣了房子後再還給我。」

這一刻，豐子木覺得自己是幸福的。天上不僅掉下了一塊餡餅在他頭上，還掉下了一個貴人在他的身邊。

「上天啊！我是不是轉運了？」

十一

有了錢之後，豐子木馬上就開始找工人粉刷房子的外牆。在快滿一個月的時候，眼睛裡的舊房子就已經變成新的了。在眼睛裡裝滿了這個嶄新的樓房，再也盛不下任何喜悅之後，豐子木第一次給自己放了假，他離開了這棟樓房，打的來到了海邊。

沙灘上的沙子很細，也很白。不像是沱江的河灘，河岸沙子都是黑色的。他隨便找了一個人少安靜的地方坐下來，沙子很軟，很乾淨。坐了一陣子之後，他躺在了沙子上。陽光、海風、細沙將他包圍著。

一個穿得很少的女人突兀地出現在他身邊，給他的身體中投下了一片陰影，帶來了一丁點的涼爽。她等了一會，他的眼睛還是沒有要睜開的樣子，於是便主動彎下腰在他的耳朵邊上說：先生，玩一玩吧？

豐子木睜開眼睛看了她一眼，就知道她與他一樣也是賣的。不同的是他賣房、她賣肉。他想笑一下，但是發現自己太累了，一旦放鬆下來身體就徹底的散架了，不聽指揮。於是只有說：走開，我累了。要休息。

女人說：男人累了，都是到我這裡來休息——放鬆的啊！

豐子木又閉上眼睛說：你走遠點。我與他們不一樣，我是真的累了。你看不出來麼？

女人又站了一會兒，確定他是真累了，才又踩著細軟的沙子，獨自向遠處去了。身後，留下了兩行很好看的足印。

在從海邊回去的路上，豐子木順道拐進了海口的一家報社，掏出身上僅剩的三〇〇〇元，在報紙的一個角落刊登了一則小廣告：

「現有企業積壓房產轉賣，處市中心，五〇〇〇元／平方米。

聯繫電話：一五八八：一七八八

連絡人：豐先生」

第二天大約七點半左右，電話就響了。豐子木習慣晚睡晚起，朋友也都是這個生活習性，有誰會這麼早就打來電話？接聽。原來是看了廣告來詢問買房子的：

「是五〇〇〇元每平方米嗎？」對方好像還是有些不相信。

「是的，五〇〇〇元每平方米。」聽到是要買房子的，豐子木馬上就來了精神。對方約定馬上就過來看房子，生怕是夜長夢多，賣方反悔。豐子木同樣也擔心買方反悔，一邊穿衣服一邊說：好的，先生，你現在就過來吧。

買方過來看了剛粉飾一新的房子之後，很滿意。主要是覺得價格便宜。他馬上就想簽購房合同，辦手續。因為一些手續還沒有辦完，豐子木說：我們的售房手續還沒有辦完，再等幾天吧。最後，買方還是交了二萬元定金，才放心地離開了。看著手中的這二萬元錢，豐子木心中默念到，真是天無絕人之路啊！今天的飯錢不愁了。

還不到二十天，豐子木就收到了兩百萬元的定金。如果按這個價位賣掉這層樓，除去裝修房子用去的兩百萬元，他粗略地算了一下，還可以淨賺到三四百萬元。

在剛收到了兩百萬元定訂的第二天，借豐子木兩百萬元的朋友就打來了電話：豐子啊！不好意思，我最近遇到了點麻煩，借給你的那兩百萬能不能現在就還我？

豐子木：我剛修好了橋，你就來拆橋。你這不是在害我麼？

朋友說：我也是沒有辦法，這回你就算是幫我了。要不然，他們就要送我去坐牢了。你是知道的，那裡面不是人待的地方……

「可是，我一下子去哪裡找那麼多錢呢？」

「你收的定金呢？應該足夠了。」

「定金是剛收了兩百萬，可是那也是它牌的錢啊！我也不敢隨便動用。」

「它牌的錢當時不是說好了，房子賣完之後一起結帳嗎？照你現在這個速度，要不了半年，錢就全部收回來了。做朋友的，可不能不講義氣呀！當初我借錢給你多爽快？」

聽到朋友說出了「義氣」兩個字，也許是豐子木的身上還在流著袍哥的血：「好的。」豐子木還是有點猶豫：「我就擔心它牌提前向我要。」

「放心吧。它牌是國有資產，把它拿回去又揣不進自己的腰包。不會的，不會的。絕對不會的。」

確實，從理論上來分析，是這個道理。這個電話通完之後的第二天，豐子木就去銀行將他收來的兩百萬元定金存回了那位朋友的賬戶。

清了。兩相不欠。

僅僅只是過了兩天，它牌酒廠分管房產的經理就給豐子木打來了電話，說他的工作崗位有變化，不再分管廠裡的房產了，所以需要與他把現有的賬結算一下，以便與他的下一任交接。聽到這裡，豐子木就急了，他說：我們不是說好了，賣完了房子再一次性結清嗎？

對方說：很多事情都不是人能控制的。我也不知道我的工作會被調動。既然情況變了，我們就應該按照變化的來調整。你說是吧？事情是死的，人是活的。

豐子木說：我現在沒有辦法跟你結這個賬。實話告訴你吧，我拿了一些錢出來將房子重新裝修了一道。你也應該知道，這房子太破了，如果不裝修，根本就不可能賣出去。

對方說：電話裡也說不清楚。要不這樣，你先到酒廠來一趟，我們坐下來一起商量怎麼樣將這個事了了。你可以先打一個欠條，或者制訂一個雙方都能接受的結算時間表。

豐子木說：好的，明天我在這邊還要安排一下，後天就飛回去。

大家都已經知道了，豐子木在回去談完了之後，剛出茶樓就被八個警察按在地下，拷上手拷給抓走了。

當我看到警察們以五體投地、四馬分屍的姿式將豐子木壓在地下，並將他的臉緊緊地按在地面上時，我看出了警察是想利用被控制者的低矮來襯托自己的高大。這樣做的背景就是——警察本身就不夠高大。

在監獄裡，警察對豐子木說了六個字：不拿錢、就坐牢。

在監獄外面，警察對峽姐說：豐子木與它牌酒廠簽的那個合同總金額是二〇〇〇萬元，這個數目足夠判他無期徒刑了。

峽姐問：兩百萬，我們就是把房子賣了也拿不出來。能不能先放豐子木出來，他在外面還有近千萬的款沒有收回來。只有他在外面，這些錢才可以收回來。只要收回來了，你們廠的錢就可以還上了。

「我們可沒有那麼傻放他出來，他像廖亦武那樣跑掉了怎麼辦？」

「不會的。怎麼可能跑得出去？況且他也沒有必要跑啊。他把別人欠他的錢收回來，不就什麼問題都解決了！」

「這樣吧，我也不想跟你多說。你們先拿出五〇萬來擔保。」

「五〇萬？我怎麼拿得出這麼多錢呢？」

「你剛才不是說了賣房子麼？」

對話就這樣進入了對方想要的結果。看到峽姐還在猶豫，對方在後面給她加了一把勁：「豐子木不是有款子在外面麼？等收回來了，再將房子贖回來。除非他在外面根本就沒有錢。」

於是，峽姐就將豐家的房子給賣了。因為她相信：只要豐子木能出來，一切問題都可以解決。

峽姐將賣房子的錢交給了酒廠。酒廠在收下錢之後，對她說：這點錢我們先收下。什麼時候錢還清了，我們就什麼時候放他出來。

峽姐哭道：你們不是承諾說，先交一部分錢擔保，就可以先放他出來麼？

答：我們不這樣說，你會交出這些錢來麼？哈、哈、哈、哈……不要在這裡浪費時間了，快回去酬錢吧！

峽姐：可是，我真的再也拿不出錢來了啊！

答：那就是你自己的事了。我們也沒有辦法。上面給我們的指令是：還錢——放人。

峽姐：難道你們是想讓我去搶銀行？

答：這可是你自己說的哦！

峽姐：告訴你們，搶銀行我不會，殺人我可是會的。你們不要把我給逼急了。如果我活不了了，那麼你們也別想活。

……

對方沒有回答。不知是被嚇著了，還是根本就沒有將這個柔弱的女人說得這句狠話放在心裡。

後來，豐子木被判了無期。

十二

我在得知豐子木被判了無期徒刑之後，給峽姐打了一個電話，我說：你有沒有那個警察的電話號碼？告訴我，我要操他祖宗十八代。

峽姐說：算了吧，那個小警察也是聽上面的安排。再說罵了他，也無濟於事。

我說：我就是要罵他，過過嘴癮。我們小老百姓如果不罵這些人，那麼他們將會什麼懲罰也不會受。

峽姐在電話那頭給我念出了動員她賣房子的警察的電話號碼。我直接就將那個號碼撥了出去，在按下綠色的撥出鍵時，我吃驚地看到了手機上顯出了「還我八千」的名字。

怎麼……怎麼會呢？

我說：我知道你是誰。

他說：我也知道你是誰。

我說：我要告你。也要讓你嘗一嘗坐牢的滋味。

聽到我的這句話，他在電話那頭哈哈哈地大笑了起來，說：告？你拿什麼告？

我說：就憑你的這部電話。

電話那頭再一次大笑起來：你太天真了。你以為這個世界上真的是——有「告」就有「訴」嗎？等笑聲停止之後，他又說：我告訴你吧，要「告」就必須先掌握著「訴」。你有麼？老百姓？

打完電話之後，我決定不告他了。

但是，為了對自己有一個交代，我在心中默默地梳理了一下整個事件的前因後果——我想：也許他們為了整豐子木，早就監聽了他和他的朋友們的電話。我的電話早就已經被他們監聽了。

於是他們知道了我的一切。於是，有人給我打了那個詐騙電話。騙了我八〇〇〇元錢。這群無恥的、貪婪的人，什麼錢都要吃、什麼錢都敢吃……什麼錢都能吃得下？

是的。至少是，現在還沒有看到他們有要吐出來的跡象！

為了證實我的猜想。後來，我還是撥打了那個「還我八千」的號碼以求證。

「你們一直在監聽我的電話？」

「是的。」

「你為什麼連這個小錢都要騙？按理應該是看不上眼的。」

「這就要怪你倒楣了。那天我們一邊在工作（也就是監聽電話），一邊在打牌，我正好輸了八千。他媽的，我從來在牌桌上是不會輸的。我不服氣，要接著打，可是其中的兩個人剛接到任務，要去抓人。剛巧我又正在監聽你的電話，按得是免提。其中的一個哥們指著電話說：我們最近不是才抓了一個電話詐騙的人麼？你用他的方法試一下看看，也許很靈驗。於是，我就撥通了你的電話，按照騙子的套路走了一遍，果然，輸了的八千又回來了。」

「噢……」我說：「這不是你的原創？」我感到有些失落，被一個業餘的騙子騙了。

「他媽的，我去想那些東西幹啥？窮人的身上能榨出些什麼？我要動腦筋的話，也只會放在老闆們的身上。嗯……就像你的朋友豐子木，弄一夥下來，至少是幾十、上百萬。」

十三

在豐子木被判無期徒刑的當天，古先生來到了關壓豐子木的監獄門口，燒了一炷香，順著漫漫向上升騰的香煙，對著天說：爺爺，孫兒終於為您報仇了。

爾後突然間栽倒在地，捲縮著，越來越小、越來越小。就死在監獄的門口。邊上路過的人，沒有一個人停下來幫助他。這是很正常的，因為他正處在中國歷史上最好的時代——見死不救的時期。

十四

胡總的父親在峽姐賣掉豐家在山坳裡的房子之後及時地死掉了。

擇日不如撞日，古先生只說了兩個字：「此時」。當棺財從地面墜入地下時，我看到了民族的一次整體的墮落。而這次墮落的目的竟是為了某一個官員的「提升」。

之後，胡總躺在歷史的河流之上，順水漂流，開始等待著父親的在天（或在地）之靈保佑。先人保佑——升官。升了官就能發財、發了財美女就主動上門來了、有了美女也就有了後代、後代長大了先人就要死了、死了之後再尋一個好墓穴保佑後人。先人保佑——先人個板板……

「升官！」胡總伸出了一個指頭向天上指了一指，自言自語到：當官——「省部一級靠的是祖墳」——對，是頂級的那種。

不管我們信不信，反正他是相信了……相則有、不相則無，他信他的、我不信我的。命運會遂了誰的意？

十五

豐元謙還在加拿大讀書。峽姐肯定是拿不出每年二十萬元人民幣的學費。我給她在電話中說：元謙還是應該想辦法留在國外。回國讀書，據我的瞭解，他是不適應中國的這種教育體制的，肯定讀不過那些只會考試的人。

就讓他在國外打工吧，首先是養活自己。在養活自己有情況下，能夠讀書最好。一切都靠他自己了。

我說：最關鍵是要讓他有一個合法的身分留在加拿大。老廖說可以找找那邊的朋友幫忙。或許可以辦成。

峽姐說：我前些天給元謙打了電話，他已經從網上看到他父親的消息了。他還是願意留在外面。

事情就是這樣：豐子木的兒子在國外開始申請政治避難。不知道究竟如何。我只能通過這篇小說來講述這個故事，讓能夠幫得了他的人伸出手來幫他一把。

……

結局？

現在還沒有到最後時刻。可以告訴大家的是：

元謙在朋友們幫助下在加拿大留了下來。邊學習、邊打工。

但願一切能夠如願——雖然底層的人民從來沒有先人的祖墳保佑。但是幸好這個世界上已經有了法制。人類歷史的河流已經流到了不需要祖先保佑，只需要法律保護——以民主、自由、人權為普世價值的階段。處在這個時代的人應該是幸運的。讓我們拭目以待吧！

二〇一一年十一月十日

房子是活人的墳墓

「房子是活人的墳墓。」

這句話是在我在同學阿彬死之後，才說出來的。

一　同學阿彬

富屯溪水多與水少與下雨不下雨或下大雨與下小雨有關。小的時候我不喜歡下雨。嘩啦啦的雨水讓河水漲起來，將河岸兩邊乾淨的細沙淹沒，如果雨再大一些，再高處一些岸邊的雜亂生長的草木也會被淹沒了。

河道上的空間被奪去，如頭腦被填滿，再也無法記住什麼了。河流渾濁、人生混沌。

雜草以上就是沿河修建的房子。在我的記憶裡，富屯溪的河水只有一次淹上了岸邊的民居。那是因為那一年上游的一個水庫決堤了，奔流而下的河水將整條河道塞得滿滿的，瘋狂地扭動，如一支長長的穿著黃顏色制服的隊伍灰頭土臉地總也走不完。

那一天，我站在自己家裡的窗前，望著大雨，在心中叨念著：雨怎麼還不停啊，再不停阿彬家就沒有啦。

阿彬個子不高，據他說這是因為練南拳時紮馬步，要將全身的勁都要住地下沉，所以自己將自己壓矮了。我相信他說的是事實。因為每次看到他練功，將身體向下一沉，要想推動他半步也是不可能的。感覺他就像是一塊擺放在地下的大鐵塊。或者地心引力對他特別的有效一般。

放暑假的時候我最喜歡去阿彬家玩。一是可以跟他學幾手，二是與他在一起玩心中有底氣，走路手腳都可以甩得開些。

阿彬家後門有一個小山崗，山上隨著季節的變化，生長出各種野果子——像是一個果園。前門呢則是奔流不息的富屯溪——像是一個游泳池。只要不下雨，溪水乾淨得就像是鏡子。在水淺的地方可以看見河床上的鵝卵石搖晃著，像是活了一樣；在水深的地方，清亮的河水變得深沉起來，像是要將什麼掩藏起來一樣。我知道河水要藏起的是眾多的魚兒。

「水至清則無魚」。

我不知道是先有這句話，才有了這個事實；還是先有了這個事實，才有了這句話？這個問題很重要，因為這關聯著「誰是這個世界的主宰」的答案。是萬物順從著世界，還是世界順從著萬物。

二　竹子下的祕密

沙灘乾淨得就像是白紗。岩石黑得就像是一個厄運將臨的人的臉色。竹子碧綠著，讓人一眼就能愛上生命。地球正是有了這些生命而顯得生機盎然。

有一天我和阿彬到山上摘野桃子，將所有的口袋都裝滿了之後下山。走出雜亂的樹叢，視野一下子開闊起來。阿彬拉了我一下，讓我停住。同時示意我不要出聲音。

我不解地看著他。他指了一下河邊上的竹叢：「老徽子，看到沒有？」

「什麼？沒有。」

「看那叢竹子啊。」

「竹子怎麼了?」

「看到它們一直在抖動麼?」

「看到了,很正常呀。」說著我望著他,還是不解。

「你沒看到別的竹子都不動,就只有那一叢在抖動麼?唉!不跟你說了,我們等會兒再回家。」顯然,阿彬覺得我太遲鈍了。

於是,我們坐在田埂上,看著螞蟻列著隊從東邊向南邊搬家。「要下雨了?」「應該不會,書上說螞蟻要往高處搬家才會下雨。」「我覺得它們是在向高處搬。」「不,那個地方還不夠高,積一點水就淹沒了……」太無聊了。時間比這些螞蟻爬行的可要慢多了。

我有些不耐煩了:「走吧!有什麼好看的?我不想看了。」

阿彬說:「要走你走。不看你會後悔一輩子。」

有什麼後果會這麼嚴重?好吧等就等吧。以我對阿彬的瞭解,我相信他不會僅是看螞蟻這麼無聊。

大約過了兩個小時,阿彬向河邊沙灘望去,驚叫了一聲:「唉!他們什麼時候跑了?」說著起身就向河邊跑去。我跟在他的後面,只見他一路小跑到了剛才晃動著的竹叢邊,一低頭就鑽了進去。我沒有跟著他往裡鑽,站在外面對他喊:「阿彬,幹什麼呀?」

「快進來,有好看的。」

「什麼好看的?」

「你不進來怎麼看得到!」

於是,我從阿彬鑽進竹叢時留下的一個小缺口中鑽進了竹叢。呵呵,裡面竟是空心的。就像是一把傘柄很短的雨傘。阿彬正躺在厚厚的竹葉上，閉著雙眼在嗅著手中的一團衛生紙。一臉陶醉的樣子。

「那是什麼？」

「你也聞聞。」

說著阿彬就將那團紙拿到我的鼻子前面。

「聞到了麼？」

「嗯，有一股生黃豆的味道。」

「操。這是剛才他們在這裡幹B時留下的。操，真會找地方。」

聽到這裡，我猛地就明白了這股子黃豆味道是怎麼來的了。我的下身一下子就硬了起來，為了不讓阿彬看到被頂起來的褲襠，我也蹲下身子，跟阿彬一樣坐到地上。臉熱得就像是要燒起來般。

「操，那女人……那個女人……」阿彬咬著牙齒說：「不是第一次了。」

「你怎麼知道？」

「第一次，第一次這紙上要有血的。」阿彬揚了一下還抓在手中的白白的衛生紙。

說完像是很累、很惋惜地閉上雙眼，躺在竹葉上。我看到他的褲襠處也撐起了一個尖尖的帳篷。

過了一陣，他站了起來，用手在褲襠上按了一下：「操，受不了了。到河裡游泳去。」

「走。」

他拉了我一把。我們兩人，就在沙灘上頂著各自尖尖的帳篷，一路小跑著撲進了冰冷的河水裡。

我明顯地感覺到，身體一進入河水裡，下身的帳篷立刻就消失了。我下結論說：「在冷水裡硬不起來的。」阿彬不服氣，他認為只要借助道具就可以讓它變硬。我不相信。「你等著瞧吧。」阿彬說著就跑到岸上那個竹叢邊上，將剛才丟掉的衛生紙撿回來，復又跳進河水裡，將衛生紙放到鼻子下面，一邊用力吸著氣，一邊將手伸進短褲裡面揉搓著小雞雞說：「你看看它會不會變大？」

「好吧。硬了你就把短褲脫掉，讓我看看。」

等了一陣子，他終於放棄了。將那張衛生紙丟進河水裡，讓它順著河流向下流去：

「我操。真的，在冷水裡小雞雞縮得像個烏龜頭一樣。」

風似乎是乘坐著河水順流而下的，一點也不費力氣，悠悠閒閒的樣子。所以風的身體根本就不可能發熱，與水一樣涼涼的。像是這河有著上下兩層，下面的一層看不見但摸得著；上面的一層看不見也摸不著。

它們都是涼冷涼冷的。我們的身上都起了一層雞皮疙瘩。不能再在這河水裡待下去了。

從河水裡上來，我問：「他們在這裡『幹B』不怕被別人看到？」我有意加重了「幹」這個字的語音，以表達事情的後果很嚴重。

「他們肯定沒有自己一個人住的宿舍，只有來這裡幹。」

接著他問我：「老徽子，你是自己一個人住一間麼？」

「我和我爸爸住。我媽媽和我姐姐住。」

「我就有自己的房間。門一鎖，想幹什麼就幹什麼。」

「你們家是你們自己的房子。我們家是工廠裡分的，總共就兩間。」

三　造紙廠

在我初中快畢業那一年，鎮上一位領導從外省引進了一個造紙廠。我對阿彬說：「聽說上面有規定，不論是誰引進來的企業，都可以獲得百分之五的提成。」

「百分之五？」阿彬驚叫了一聲：「百分之五，如果是一百萬的投資。就要提走五萬？」

說到五萬，我們都想像不出，那麼多錢，怎麼用？

阿彬說：「聽說有錢的人抽煙都是用鈔票點的。」聽他那麼一說，我懸著的心就放了下來。用得出去就好，如果用不出去，要那麼多錢幹啥？

沒過多久，阿彬帶著哭腔對我說：「鎮上劃了一塊地給造紙廠，我家就在那個範圍裡。」

「你們家打算怎麼辦？」

「不知道。」

「聽說有些人打算借此狠狠敲政府一棒子，把下半輩子的錢都要夠。你現在就不用讀書了！可以回家享福了。」

聽到我說到這裡，阿彬竟哭了出來：「我父親是入黨積極份子。看他的樣子，好像有用房子換黨票的打算。」

「是麼？打死我也不相信，有人會傻成這樣。」

「想入黨的人，能正常麼？那些人不是傻子、就是人精。」

「也許你父親是人精呢？」

「不可能。絕對不可能！」

很快，造紙廠就開始動工了。奠基那天，從市里來了一個副市長，在隨從舉著的陽傘下，親自將第一鍬土鏟進了一個剛挖開的土坑裡。之後，鑽進一輛黑色的小轎車絕塵而去。

與此同時，鞭炮聲響了起來。掌聲響起來了。

鞭炮聲蓋住了掌聲。

紙屑與硝煙齊舞。

煙塵散去之後——

一個企業就這樣誕生了。

四　榜樣與入黨

「入黨」與「入肉」有相同的地方，也有不同的地方。相同的地方是都要進入；不同的地方是一個進入了虛無——乾燥而空洞渺茫，另一個進入了現實——潮濕而擁擠局促。

一九八七年秋天剛剛開始的時候，阿彬背著書包上學堂了。一天他的父親盯著剛走出門漸行漸遠、也越見越小的兒子——那樣的因渺小而質變為渺茫——心中突然生起了一種偉大的父愛。他想一定要在兒子成長的道路上給他做一個好的榜樣。怎麼樣才能成為一個榜樣呢？父親尋找了好久，終於發現了一條捷徑：加入中國共產黨。

原因很簡單：共產黨是工人階級的先鋒隊伍。

為什麼呢？對比一下周圍的人就明白了，凡是當官的人都是共產黨員。從這一點上就可以證明，有能力、有追求、有智慧的人都入了黨。否則、否則……為什麼當官的都是共產黨員？樸實的父親於是下定決心要加入共產黨。

加入了共產黨，自己就可以變得聰明起來。從此後，阿彬的父親入黨申請書不知遞交了多少份。而且每一份入黨申請書，他都要複寫一份，放進一個精緻的鐵盒子裡面保留下來。作為對自己追求進步的見證。

在阿彬讀三年級的那一年，父親的入黨申請書是這樣寫的：

敬愛的黨組織：

在這金色的秋天、收穫的季節，偉大、光榮、正確的黨的平息了在春夏之交發生在天安門廣場上的反革命暴亂。這是一次偉大的勝利，極大地鼓舞了全黨和全國各族人民。權力還掌握在共產黨的手中，革命群眾是多麼的歡欣鼓舞啊。近些天，作為農民的我反復學習了黨章，對黨的性質、指導思想、最高理想和最終目標都有了新的認識——世界上沒有哪個政黨像共產黨這樣迫切地想讓人民過上好日子、沒有哪個領導人像江總書記那樣急切地希望人民走向富裕幸福。因此，我要求入黨的心情更加迫切了。我申請加入中國共產黨，願意為共產主義事業奮鬥終身！

近年來，國內外一些敵對勢力不斷製造事端，找我們的麻煩，一系列事件考驗著我們黨的政治智慧和執政能力，而作為為農民著想的共產黨則用一次次有力的事實向世人證明了運籌帷幄、駕馭全域的大智慧和力挽狂瀾、砥柱中流的大氣魄：將坦克開上了天安門廣場，飛機也在天安門廣場的上空盤旋，有效地震懾了敵人。將一小撮別有用心的人趕出了祖國的心臟——天安門廣場……所有這些，讓作為農民的我深深感受到了中國共產黨的偉大英明、可親可敬，進一步堅定了作為農民的我入黨的決心！

在作為農民的我的身邊，接觸到的黨員幹部都是建設社會主義新農村的帶頭人，都是吃苦在前，享受在後，全心全意為群眾服務的好人，積極帶動農民致富。作為農民的我看到了共產黨員的先進性和重要性，使作為農民的我更加堅定了加入黨組織的決心。

因此，作為農民的我鄭重向黨支部提出申請，要求加入中國共產黨。作為農民的我將接受黨組織對作為農民的我的考驗，以無私、忠誠、上進要求自己。堅持黨的利益高於一切，時時以模範標準衡量自己，做新時代又快又好發展的排頭兵！即使組織上認為我尚未符合一個黨員的資格，我也將按黨章認真做人做事！請接受我的入黨申請吧！

此致

敬禮

申請人：×××

一九八九年十月一日

每一次阿彬父親像敬獻貢品一樣將入黨申請書呈送上去的時候，組織上既不斷然拒絕，也不笑臉相迎。總是說還要再考驗一下。這種若即若離的態度，給他的感覺是離邁進黨組織的大門僅有一步之遙。

就像黨不會放過每一個壞人一樣，黨也不會放棄每一個追求進步的群眾。黨支部書記在阿彬父親找到他彙報思想時，總是和顏悅色地鼓勵他說：「你的入黨申請書我看了，寫得很誠懇。但是你把坦克和飛機都開進了天安門寫進去就顯得有些不妥，有些事情黨希望的是讓人民忘記掉，而不是記住。你明白其中的道理麼？」

「因為……這是不好的事？」父親的聲音很弱。

「不，現在是好的事。但時間長了以後，也許就會變成不好的事。所以現在我們要做的就是讓人們忘記掉它。怎樣才能忘記呢？只有一個辦法，就是不要提起它。」

阿彬的父親想不明白為什麼，「現在來看是正確的事情，將來會質變為不正確的事情。是不是將來的人更聰明些？或者是將來的制度更合理些？還是……變天了？那麼我入黨還有什麼意義……」他低下頭想著，越想越心驚膽顫、越想後果越嚴重。不能再這樣想下去了，再向前幾步就會走到現在的反面去了。他斷然地說服了自己：支書是一個老黨員，被黨考驗了多年，一定不會錯的。

於是他伸手就要拿回放在桌上的入黨申請書：「書記同志，我把這份入黨申請書拿回去，重新改了再交上來？」

支部書記當即拒絕了他：「吐出來的痰，還可以再吃回去麼？」

一年又一年……黨票就像是懸在牲口前面的胡蘿蔔。

每一次失望地離開時，書記總是拍著阿彬父親的肩膀說：「不要洩氣，再努把力。好好想想自己還有什麼不足。對自己的要求再嚴格一點。」在阿彬父親剛出門時，支部書記就將桌子上的那份入黨申請書捏成一團丟進了身邊的垃圾桶裡。幸好阿彬父親每次入黨申請書都重抄了一遍保存在家裡，才使他的這種追求進步史，得以完整地保留下來。

每一次，從書記的辦公室裡走出來，阿彬的父親總是低垂著頭。心裡琢磨著自己到底還有那些不足：

一、脾氣太急，具體表現在：

①我打心眼裡不喜歡磨洋工的人，總想儘快完成任務；②遇到幹活投機取巧的人，我常常會不給人家面子；③工作要是幹不好，我就會跟自己過不去。

二、很固執，有時過於主觀，具體表現在：

①我的觀點總跟別人不太一樣，而且不喜歡被人牽著鼻子走；②強得像頭牛，別人想說服

我可不容易，除非能拿出令人信服的證據和事實。

三、比較粗線條，不拘小節，具體表現在：

①我做事大方向一般不錯，但細節上有點丟三拉四，處理不好瑣碎的事；②不熟悉我的人開始都不太願意跟我合作，以為我只會做大事不會做小事，但熟悉我之後，就會常常向我討教思路了。

四、膽小、怕羞，沒見過大世面，具體表現在：

①違法亂紀的事我想都不敢想，跟在別人後面參與也不敢；②我從沒見過大領導，人多時容易緊張；③比較怕別人說我的壞話，尤其是說我事情做得不好。

以上這些是阿彬父親早就在心裡想好背熟了的，隨時都可以脫口而出。表面上看起來像是在做自我批評，實則是暗中的抬高自己。阿彬的父親對自己的聰明勁是很自信的。但是他再聰明也比不過黨支部書記聰明。書記總是在他想要開口說話時，就淡淡地說：「你也先別給自己下結論。再想想……往深處裡想，還有哪些不足？」

於是，只有灰溜溜地回家了。

一年又一年……黨票就像是懸在牲口前面的胡蘿蔔，總是只差一步。

每一次回到家裡，阿彬父親做的第一件事是將房門關起來。在確定了隔牆無耳之後，父親都要告誡阿彬說：「本來這次入黨都通過了，就是某某某在黨小組會上不同意，給我小鞋穿。阿彬啊，咱們要有骨氣，以後不要跟他家兒子玩了。一定要有骨氣啊。」聽到這裡阿彬都要挺著胸，狠狠地點點頭。做出一種決心很大的樣子。

每一次，父親口中說出的「某某某」都不同，於是阿彬身邊的朋友越來越少，最後就只剩下我一個人了。很久以後我才知道，那是因為我的父親不是共產黨員。與他的父親根本就不會產生利害關係。

一、二、三、四、五、六……年就這麼過去了。

一直到了，這一年、這一天……

小鎮的黨委書記像是不經意間走到了阿彬家門口，向屋裡望了一眼，看到阿彬的父親正在屋裡，於是打了個招呼。阿彬父親說：「什麼風把書記吹來了？」

書記笑了笑說：「隨便走走、隨便看看。」

「是、是，書記是在體察民情呢……請、請，進屋裡坐坐吧。」

書記就不客氣的進去了。兩個人說著說著，就講到了自己身上還有什麼不足。書記說：「我這個人呀，就是原則性太強。你呢？這些年來，你想到了自己有哪些不足嗎？」

阿彬父親想，書記都主動上門來幫助自己找缺點了，自己怎麼樣也要挖一些觸及靈魂的乾貨，於是他小心地說：「我嘛……嗯……有時還會有私心雜念？」

聽到阿彬父親這句話，書記猛地一拍他的肩膀叫到：「對頭。這樣的自我批評才算深刻、才觸及到靈魂。共產主義的目的就是要消滅私有制。」緊接著，他對阿彬的父親說：「同志啊，黨考驗你的時候到了。」

「考驗？」

父親沒有想到考驗那麼快就到了。他的心中忐忑不安。書記拿出一張地圖，在父親的面前鋪開：

「看，鎮裡從外面引進了一個造紙廠，這是縣裡從農業縣轉到工業縣戰略的第一步。走得好不好，就看這一步了。你雖然不是黨員，但是你不是正在爭取進步嗎？也是可以起一個帶頭作用嘛！」

聽到自己不是黨員都可以帶頭——走到群眾的前面（這可是先鋒隊才能做的呀）——父親頭腦一陣發熱，拍著胸脯回答到：「堅決完黨交結我的光榮任務。」

書記說：「是這樣的，造紙廠就要建的這片地區，其中包括了你們家的房子。你主動搬出去，將地給騰出來……」

父親雖然頭腦熱得發燙，但還是想到了一個問題：「我們一家人住在哪裡？」

書記說：「黨不會占群眾便宜的。我們早就為你們想好了。等造紙建好了，你們就搬到工廠的宿舍裡去住。同時你也可以到工廠裡上班，以後就不再是農民了。」

「好的。共產主義不是要消滅私有制麼？只要能遮風擋雨，住什麼地方不一樣呢？」

阿彬家成了鎮裡第一個簽約的家庭，並成了宣傳的典型。與報紙的宣傳相反，小鎮的人都在背地裡罵他，說他帶了一個壞頭，給政府的拆遷工作亮出了一個可以鑽的空子。

人民的利益永遠與黨的利益相背。阿彬父親因此終於加入了中國共產黨。成了一名光榮的共產黨員。在成為共產黨員的同時，他還成了造紙廠裡的一名搬運工——從此，由一個農民變成了工人——其實他也並不能算是一個真正的工人，只能從職業上來說，阿彬父親做的是工人做的工作。因為他在工廠的工人名單裡寫的是：「臨時工」三個字。明白這三個字的人，都知道它的意義是什麼。就是：輕鬆的工作輪不上你，而吃苦賣力的工作都是臨時工幹的。最關鍵的是，如果有什麼黑鍋（壞事），首先是臨時工頂上去背起來。這跟媒體宣傳的「有困難領導幹部先上」是端端正正的一個反面。

當然，工人不像在農田裡幹活那麼多變，要看季節，要看陰、雨、晴天，還要琢磨著往地裡面種些什麼。在工廠裡工作很簡單，車間主任讓幹啥就幹啥。就是將造好的，成捆的紙從這一邊搬到那一邊，碼放整齊，等著購買紙的客戶將紙拉走。

這一條路並不長，總共還不到一〇〇米，父親就在這短短的道路上，低著頭、彎著腰來來回回地搬運著。讓搬多少、就搬多少。身體雖累，但心總是閒著的。這一輩子就這麼交給黨了。

阿彬父親由此明白了為什麼大家都喜歡當工人。下班回家後，他總是要求阿彬要好好學習，長大了一定要考上大學。大學畢業後就是國家幹部了。國家包分配工作，這一輩子再也就不用自己操心。國家都給你安排好了，多省心。

五　紙廠開工以後……

在父親工作的時候，阿彬正在鎮上的中學上課。我坐在阿彬的後面兩排。由此可以斷定我比阿彬個子高。個子高是可以看出來的。看不出來的是阿彬學習成績比我好。

有一次我向阿彬取經：為什麼你的成績突然就好了起來？

阿彬回答到：你本身就是城鎮戶口，而我是農村戶口，要改變自己的命運就只有學習這一條路了。

聽到阿彬這樣一說，我竟覺得自己比他要優越好多，可以放鬆一下自己，等著他慢慢追上來吧！先天條件好，還是可以任性一下的。

於是，他就追上來了。

然後，就超過了我。

除了學習成績的變化，還有的變化就是：

造紙廠每天下午三點三〇分到三點四五分都會準時排出一股刺鼻的臭氣，讓正在上課的同學沒有辦法呼吸。那種味道很難形容，應該是在歷史上從來都沒有過。於是老祖宗就沒有發明出形容這種味道的詞語。通過文字，我所能告訴你們的就是：在第一次排氣的時候我身邊的一個女同學，被嗆得吐了一地。她吐在地上的污物散發出來的味道，在造紙廠排出的氣味的壓制下，完全算不得什麼。教室裡的同學壓根就聞不到她嘔吐出來東西的味道。

就造紙廠排出臭氣影響到同學們學習，學校領導也找造紙廠交涉過好多次。但造紙廠負責人說，他們也沒有辦法，連人都要放臭屁，何況怎麼大的一個造紙廠。

廠長問：「你能不放屁麼？」

校長說：「不能。」

廠長說：「是嘛，工廠就像人一樣。你想，誰願意放屁呢？你看，我們也是沒有辦法呀！請理解。學校不是常講什麼理解萬歲麼？」

「理解萬歲」。於是校長灰溜溜地就回來了。

怎麼辦呢？事情總要解決。從根子上解決不了，也要在表面上做一篇文章。以示校方已拿出了解決的辦法。如果有人因此而中毒，也好有個託辭。

有一位老師提了一個合理化建議：將課間時間調到三點三〇分，再將平時一〇分鐘的課間休息延長為二〇分鐘。這次課間休息鼓勵同學們盡可能地都去上廁所。同學們給這一招取了一個名字——以毒攻毒。

於是，這個學校出來的學生都養成了下午三點半屙屎的習慣。

從造紙廠排出的東西有兩個：一是、看不到但聞得到的臭氣；二是、看得見顏色卻聞不到氣味的污水（如果不跳進河水裡）。

從造紙廠裡排出來的污水，將水染黑了。連河岸邊的沙子也不能倖免，全都變黑了。接著，再向上，長在細沙與泥土交界處的竹子也死了——由翠綠變為淺黃再變成褐黑……死亡之神像是從河水裡爬出來似的，漸漸地靠近河水的生命都死去了。乾枯、變硬，發黑。人們這才知道為什麼說「死亡是黑色的」。

對於死神，人們當然避之不及。再也沒有人敢下河游泳了。因為小鎮一直以來都沒有游泳池，於是表現在小鎮人身上的現象是：在造紙廠開工之前還沒有學會游泳的人就再也不會游泳了。於是在鎮子上有一個很容易判斷年齡的「刻度」，就是問他「會不會游泳」。通過「會」與「不會」就大至可以判斷出他有多大歲數。

這也算是那個造紙廠在人的身上留下的「年輪」吧！

六　窗口下的風景

自從阿彬家搬進紙廠宿舍之後，我就沒有再去他家玩了。一是河邊已經不好玩了，水裡不能游泳，竹子下也沒有了熱戀的男女；二是阿彬也沒有叫我去他家。每次提到他的新家，他總是懊惱地說：太小了，放個屁都沒有個躲的地方。

我和阿彬的感情就這樣淡了下來。

眼看就要高中畢業了。一個週末，剛放學，阿彬悄悄地靠近我，對我說：「天黑後到我家裡來一下，我給你看個好東西。」

還沒等到天完全黑，我就已經到了他家樓下。我叫了聲：「阿彬。」

他從一個窗口裡探出頭來說：「快，上來。五樓。」

只有他一個人在家。我問：「你父親呢？」

「加班去了。」說完，阿彬還補充了一句：「要錢不要命。」

哈、哈、哈、哈……現在這個小小的屋子裡就是我們倆個人的天下了。

「什麼好看的東西？」我有些著急。

「等天黑了。」阿彬神神祕秘地說。

我們開始等天黑。這是一種很奇怪的等待。人生中很少有這種體驗：盼望黑暗降臨——眼前的東西漸漸地模糊而後消失，但好像總還留有一點影子……長這麼大，第一次感覺到了人的局限——天黑的界線到底在哪兒？

「現在天黑了吧？」

「還沒有呢。」

「現在呢？你看那棵樹已經看不見了！」

「不，還沒有。」

「怎樣才算天黑了呢？」

「等電燈亮了。」

說著阿彬指了一下對面房子的窗口。有了明確的指標，我的心瞬間就安靜了下來。耐心地等著天黑。

等待中，突然對面房間的燈亮了起來。就像是一張電影螢幕，一對男女出現在螢幕裡。那個男人對著那個女人摸摸捏捏。一開始那女的還反抗了幾下，後來就不動了。只是那個男人要解她衣服時，才死死地抓那個男人的手，不讓他完成任務。就這樣大約摸摸捏捏了一個小時左右，他們才出了屋子。

沒戲了。我對阿彬說：「我回家了。」

「等下子，後面還有。」阿彬拉了我一下。

果然，這對男女前腳剛走，後腳就又進來了一對看起來年紀要老一些的男女。與前面那對男女一樣，開始也是摸摸捏捏。黑暗中阿彬悄聲對我說：「別急，這個更好看」。

果然，這個女的讓這個男的將她的上衣脫了。連裡面的半件小衣服也脫了下來，一對大而鬆軟的乳房掉了出來，秋千一樣甩動。這是我第一次看到女人身體的隱密部位，我脫口而出：「哇，好大。」顯然對面屋子裡的兩個人聽到了我的聲音，「啪」地一聲關掉了電燈。

但是，就像是按下照相機的快門一樣，剛才出現在眼前的形象已經牢牢地刻進了我的腦海。

「完蛋了，」阿彬埋怨著：「他們知道有人在偷看，以後肯定再也看不到了。」

我也知道自己錯了。但還是為自己找到了一句辯解的話：

「反正你已經看夠了。」

「我是怕他們告訴我父親。」

「這種事，他們應該不會到處亂說吧？」

阿彬想了一下，覺得我說的有道理。於是，他就放心了。

沒有東西看了，我們只有瞎聊了起來。原來，對面的房子是紙廠的女工宿舍。兩個女工住一間。同時這兩個人又都在談戀愛。由於沒有自己獨立的空間，只能像這樣，兩個人輪流著使用這狹小的空間。

阿彬說：「前面那對是才開始談的。後面這對原來是老公老婆，因為聽說工廠要分房子，便離了婚。是為了多要一間房子。據說還簽了協議，分到房子就復婚。但是，別以為領導那麼好騙。當官的什麼沒有看到過？精著呢！只給他們兩人分了集體宿舍。」

「他們可以再結婚啊？」

「是啊。但是房子已經分完了。只有等到廠裡再修房子……可是工廠效益並不好。」

星期一，上學時，阿彬專門在校門口等到我，他懊惱地對我說：「第二天，對面宿舍就裝了一個厚厚的窗簾。連個鬼影子也看不到。操！」

我想：他一定是後悔叫我去看他家對面的女工宿舍。但是，他一個人將這個天大有祕密藏著、掖著，總有一天會將自己憋壞。於是，我一點也沒有破壞了他好事的內疚，反而覺得自己救了他一命。

富屯溪沙岸上像雨傘一樣撐著的竹叢死了，對面女宿舍裝上了厚厚的窗簾。

從此，我再也沒有去過阿彬的家了。我們漸漸地疏遠了……

由此可以看出，除了女性，我們好像沒有什麼共同的話題。

七　阿彬父親病了

造紙廠開工大約三年以後，街上咳嗽的人猛地多了起來。從街頭到街尾到處都是「咳」、「咳」、「咳」、「咳」的聲音，彷彿小鎮一下子就進入了老年社會。街道兩側布滿了人們吐出來的濃痰。一開始狗們、貓們在舔食著咳吐出來的污物，看得人想吐。但吐不出東西來。發出的還是咳嗽聲。

後來，貓們、狗們也咳了起來。與人的咳嗽聲音不同，聽起來像是少女的低吟。

後來，貓啊、狗啊的越來越少見了。只見小鎮裡的人舉著硬紙牌，上書標語、口號，要趕走這個造紙廠。鎮領導專門從省上花高價錢請了專家來解釋說：咳嗽與造紙廠排出的廢水、廢氣無關。咳嗽只是大家的心病，只要不往壞處去想，那麼什麼病都沒有了。並例舉了一堆大家聽不懂的專業術語。解釋完，專家拿著厚厚的一疊錢就匆匆地走了。

阿彬的父親也加入了咳嗽的人群。在一個下雨天，父親給阿彬打電話，咳嗽聲透過雨點聲傳到了遙遠的另一頭。阿彬問父親是不是病了？父親回答說，是自己工作得太累了，好好休息幾天就行了。窗外的雨聲更大了，幾乎淹沒了父親的聲音……

但總是有間斷的咳嗽聲，像垂危的溺水者一樣，沉下去之後又掙扎著冒出水面。兒子隱隱覺得父親病情不會這麼簡單，他說出了自己的疑慮：「也許是造紙廠排出的廢氣造成的？」讓父親去醫院檢查一下。

雨聲中傳來了滾滾的雷聲，由遠而近……在這樣的背景聲音中父親說：「你上大學需要用錢。阿彬啊，我沒事，在家休息幾天就好了。好好讀書吧。」說完父親就掛了電話——連同雨季淅瀝的聲音、潮濕的心情都一起被切斷了。

「喂、喂……」電話那頭，阿彬連喊了兩聲，放下電話。猜想，也許是雷電將通訊線路炸壞了。

沒想到父親這一通電話之後，就再也沒有給兒子打過電話了。阿彬打電話回家，總是沒有人接。他想，反正快要放假了，等放假再說吧。

還是紙廠工會主席打電話到學校來，找到阿彬說：「你父親病得很嚴重，你還是回家來看看他吧。」

阿彬回到家時，鎮上的人已經很少了。人們已經明白了這個道理：「不是它走、就是我走。」凡是有一點辦法的人都離開了。剩下的就是沒有一點兒辦法的人。連鎮子上的幹部在搞到錢之後都舉家遷往了外地。一個月只是象徵性地回到小鎮辦一次公。而這一天造紙廠都照例要停工檢修機器。只有這一天，小鎮的天是明朗的天、小鎮的空氣沒有味道。

藉著這個空隙，空曠的街道上會冒出些許人，散散步、談談天、說說地。說到憤怒的時候就罵娘。罵當官的娘——「操——操他娘的。」發洩完之後，再平靜地躲回到自己的屋子裡。像是一池骯髒水裡的一顆無知無覺又硬又臭的石頭。

八　造紙廠倒閉了

沒有過多久，造紙廠毫無徵兆地倒閉了。誰也不知道為什麼。消息人士說是因為上一任鎮長、書記被抓起來了，他們搜刮了造紙廠太多利潤，以至連年虧損。造紙廠承受不起，便停產了。

因為紙廠的倒閉，小鎮的空氣與流經的富屯溪水停止了變得更壞的腳步。如果沒有新的污染源，再過十年，就能恢復原狀。

因為這個原因，小鎮裡的人竟從心底感謝著將造紙廠搞垮那些領導。如果不是他們貪污腐敗，造紙廠仍舊會正常生產、正常排污。這才是為民辦實事、辦好事的好官。

有老同志建議上級新派來的鎮長說：「將倒閉造紙廠救活，多多少少總能再擠一些。擠乾了，任期也就到了。拍拍屁股走人。」

沒想到，新來的鎮長是見過大世面的。一句話就將提建議的人頂了回去：「搞企業？能掙多少錢？現在全國都在搞房地產，我們已經晚了。我們這個鎮子要跑步前進。不要等這一拔浪潮過了，留在沙灘上的只剩下小魚小蝦了。」

「是。是。領導英明！」

是的，無論是什麼結論，領導都是正確的。

九　父親的囑咐

造紙廠將阿彬家的房屋徵用了之後，並沒有拆除它。只是用它來做了一個堆放雜物的倉庫。現在紙廠倒閉了，這座屋子完全沒有了用處。它站在富屯溪的邊上，等著燕子們銜著濕泥來做窩。正值春天。天氣好的時候燕子們在屋前細細的電線上高高低低地站成一排。像五線譜一樣，讓心情好的人想高歌一曲。

按說這樣的氛圍，什麼樣的事情辦不成呢？

阿彬的父親拖著病弱的身子，從成行的燕子下面走過。如果從天上看下來，就像是被燕子們夾道迎接一樣。只是，事情總是出人意料，趕著路的人猛地覺得額頭上一涼，一粒鳥屎掉在了他的頭上。他從口袋裡掏出早晨上廁所時省下來的半張紙，使勁地將鳥屎擦乾淨。然後繼續上路。但心裡卻結了一個疙瘩。

在見到鎮上新來的領導時，阿彬的父親說出了自己的想法：當時政府只給了他一〇〇〇〇元錢，他可以退出來。還有，利息他也可以付。

「一切就像是造紙廠來了之前一樣，房子還是我的。」

鎮領導像盯著一個外星人一樣，看了他好半天，只問了他一句：「你自己摸著良心想想看，如果你買了一件東西，後來這東西漲價了，你會把這東西還給賣你的人麼？」

阿彬父親摸著心口想了一陣，搖搖頭。

「就是嘛。同志啊！要學會換位思考。」說著領導拍了拍他的肩膀。

「還有……還有，一個附加條件……就是入黨，我也不要了。可以退出來，只要能把房子還給我。」

鎮領導聽到這，臉色一變說：「你說這句話可是要負責任的。共產黨是無產階級的政黨，什麼是無產階級？無產階級就是兩手空空，什麼財產也沒有。你竟想用黨員換一座房子？一個黨員怎麼能跟一座房子劃上等號？你的黨性哪裡去了？」

……

「快點回家去吧。如果不是看到你病成這個樣子，一定要把裡抓到監獄裡去，關起來。」

阿彬父親猛地意識到問題的嚴重性，像逃跑一樣回到家裡——像是白撿了幾年的自由。在經過祖屋時，倉促的腳步聲將電線上的燕子驚得飛了起來。

彷彿一嗓子高音，唱破了。

於此同時，天空成了一張滿是麻子的臉龐。

進了屋子關好門，父親將阿彬叫到跟前對他說：

「河邊那座屋子可是你爺爺的爺爺傳下來的。我為了入黨，掙表現，把它讓給了政府。

唉！你不知道，當年爸爸爭取入黨就是想當官。讓你成為官二代，讓你有一個好的未來。現在想起來，我真是後悔啊！傾家蕩產。這個賭注下得太大了。入黨，只是當官的必要條件——萬里長征走完了第一步——但是第二步就再也走不下去了。當官必須要入黨，入了黨不一定能當官，沒有背景、沒有關係……只能到此為止了。哎！」

父親說：入黨就像是男人追女人，費盡千辛萬苦終於追到手，那層紙一捅破了，好奇心也就消失了。之後，不外乎三種結果：一是高攀了，於是珍惜一輩子；二是半斤八兩，於是平平淡淡過一生；三是低就了，於是分手離婚，就像我和你母親一樣。

「我入黨就是屬於第三種。為什麼是第三種呢？病倒的這些時間裡，我一直在思考，最後得出的結論只有四個字：得不償失。」

十　逆流而上，河水清清

沒過多久阿彬父親就去逝了。臨死時他說出了自己一生的遺憾：「沒有死在自己的房子裡」。阿彬知道「自己的房子」是指爺爺的爺爺傳下來的祖屋。作為一個小人物，阿彬也無能為力，他將父親的骨灰盒抱回工廠分給他們的宿舍裡，將房門關好，就出門打工去了。

這個小鎮的自然生態已經給破壞完了。空氣、水、土壤，連同與世無爭、恬淡的人性。在離開時，他只有一個目標：向河流的上方去。越向上游，富屯溪水越乾淨、清澈。

阿彬的大方向是對的，河水上游總是更原始、自然、落後並純樸、透亮、乾淨的。當河流細到無法修建水電站時，他停下腳步，彎下腰，平靜處的河水可以照見自己的影子。他蹲下身子，用雙手捧了一捧水喝了一口。清冽、甘甜。他渾身上下打了一個顫，就是這兒了。阿彬停下腳步，找了一個餐館開始打工。

在湊足了二〇〇〇元錢之後，他辭去了工作，買了一些簡單的工具，在河邊支起了一個燒烤攤。專門烤魚賣。選擇河邊設點，一是這裡環境好，遊人多；二是用過後的雜物往河水裡一丟，方便省事。還有，燒烤用的器具髒了直接就在清淨的河水裡涮洗，可以省下不少水費。

焦糊的魚香味隨著風在乾淨空氣中魚兒般游竄著，能走得更遠、更遠。吸引著眾多的食客，尋味而來。

也許是下游的環境更壞了。因犧牲環境而賺到錢，來河流上游踏青度假的人越來越多，因之阿彬生意還算是不錯。也還可以存下一點錢來。比給別人打工好多了。

每當燒烤的黑煙隨著焦油炸開的聲音一起竄起來的時候，阿彬總是在心底裡希望河流的下游污染得越厲害越好。這樣就會有更多的人，更頻繁地到河流上游來喘口氣，呼吸點新鮮空氣。他並不擔憂那些人會留在這裡，將這兒也弄壞了。因為他相信在「賺錢」與「生命」的選擇題上，人們大多會選擇前者。

十一　房子——是死人的墳墓

阿彬打算就在這兒安家了。

有一天，幾輛豪車組成的車隊逆流而上，浩浩蕩蕩而來。車隊在阿彬的燒烤攤前停下來，一群人從車裡鑽出來，伸著胳膊和腿說：「老闆，有好吃的儘管上來」。這群人吃著燒烤，呼吸著新鮮空氣、喝著沒有被污染的水，聊起了下游一座小鎮的房地產開發：

有一個開發商四〇〇萬拿下了原來造紙廠的地，建房子賣。靠河邊的地方規劃修建成別墅，二〇〇多萬一套，只要賣掉兩套，本錢就賺回來了。這一口吃下去就肥了。聽說這個開發商就是鎮長的兄弟。

一旁聽著議論，阿彬知道他們說的是自己的家鄉。

第二天阿彬破天荒地停下了手中的工作，一大早就乘車趕回了小鎮。他家的祖屋已經不見，變成了一個大工地。一座座尚未完工的小型別墅樓群。他找到售樓部，一個漂亮的售樓小姐將他引到一個樓盤模型前。阿彬指著標在他家原址上的房子模型說：「我要買這套房子。」售樓小姐說：「先生真是好眼力，這個位置可是這個樓盤最好的。背靠山、前看河。」

清空所有積蓄付了百分之十的首付。簽完一大堆的合同，向銀行貸了餘款，阿彬又匆匆地趕回去賣燒烤了。煙燻火烤中，所賺的錢一點一點地流進了房子裡——流進開發商及銀行的腰包裡。

直到兩年後交房時，阿彬才又回了小鎮一次。他將父親的骨灰盒抱進屋裡，端端正正地擺放好，點上三根香，對父親說：「爸爸，你安心在家裡住著吧！這房子最終會是我們家的」。待香火燃盡之後，鎖上房門又回河流上游去賣燒烤了。

河流的上游、清水之畔、時間之內，煙火燎繞中，阿彬的頭髮變灰了，臉變黑了，衣服變油、變硬、變滓。活脫脫一個現代版的「賣碳翁」。

十二　房子，是活人的墳墓

二〇一二年我回老家，幾個高中同學在河邊的民居聚會。這些民居是當年的釘子戶，打死也不搬遷。正是因為這些為了「小家」而不顧「大家」的刁民，使得這些上百年的老建築完整地保留了下來。如今鎮上把它們當作中國南方民居的文化遺產來開發旅遊，房子的主人坐而收錢，將日子過得紅紅火火、又懶懶散散的。彷彿伸手在風中一抓就可以扯下錢來。

這真是神仙過的日子。大家感嘆著這個時代就是老實人吃虧的社會。

我提到了阿彬的祖屋：「小學、中學的時候我幾乎天天去他家玩，門前的小河可以游泳，屋後的小山一年四季都有採不盡的野果子……」

我問：「阿彬現在怎樣？」

有同學說：兩年前阿彬回來了。因為賣燒烤吸入的油煙太多，患上了肺癌，等發現的時候已經是晚期了。醫生說最多只有半年的活頭。於是他就回來了，說：死也要死在自己的房子裡。不出半年，他就死了。是鄰居聞到屋子裡散發出來的臭味受不了了，才報警將他家的門打開，推開臥室的門，就看到一具高度腐爛的屍體，端端正正地躺在床上，雙手緊緊地握住兩邊的床梆。

「因為貸款沒有還完。還剩下一半。於是，房子就被銀行收走了。前面付的錢也就白交了。」

「在中國，房子是活人的墳墓。」我說。

同學們沉默了一會兒，總結阿彬這一生真是白活了：「可是，房子最終也沒有成為阿彬的墳墓。」

「我希望這房子最終落在了誰的手上，就會成為誰的墳墓。」當然，我明白這是一個惡毒的詛咒，但是為了給阿彬報仇，我寧願做一個惡人。

二〇一五年一月三十一日

戶口是國人的牢房

國家是監獄，戶口是牢房
明知是牢籠
還是要往裡面擠
因為只有在那裡面才能夠——「活著」
在一個引號裡面
一直狗（苟）活到死

人死了，留下了什麼？
屍體
人死了，留不下的是什麼？
戶口

不論是城鎮戶口還是農村戶口
無論是官員還是平民
只要死去

都將註銷其戶口——牢房消失

於是，平等了

一

對於小剛來說，一九八九年是他目前為止人生中最巔峰的一年。那一年六月，他提著一支半自動步槍在北京的大學校園裡執行戒嚴任務。

槍口在夏日陽光下，幽幽地閃光。他看到槍口從來沒有這麼亮過。他想了一會兒。猜測那是得益於前兩日在天安門廣場上盡情掃射的結果。子彈滑槍堂而過，摩擦、摩擦、摩擦——彈頭與槍管、彈頭與空氣。嗖、嗖、嗖……

古人說刀劍沾上了人血才會有靈性。現在他徹底的相信了。從槍口射出去的子彈真正地沾上了人血，槍才會有靈魂。

像是活著一樣。

看，現在他注視著的槍口就像是一隻發亮的眼睛。正在與他進行著一次深情的對視。彼此認同。相互交流、融合、肯定。客觀，朝著一個方向；主觀，走向同一目標。

同志。

在宇宙之下，演化著人槍合一。

這是一種境界——最高的那種。指揮官在進北京城之前的動員大會上說：「槍不是用來嚇人的，槍的最終目的是殺人。」

「槍如果不殺人，就嚇不了人。」這個楊姓揮指官吼叫著：「槍，不殺人。誰還會怕它？人真正會以為自己刀槍不入。」

「人，就是這樣一種欠揍的動物。」指揮官動員完之後，士兵們揮手高呼著：「殺、殺、殺，開槍、開槍、開槍……」小剛的眼睛紅了，像是兩隻噴射出火舌的槍口。

那一夜，部隊中一個團級幹部擔心廣場上死人太多，國際影響太壞。於是便命令小剛等十餘名戰士到北京飯店附近的正義路去埋伏起來。埋伏好後，他到廣場去對大學生說，部隊給他們劃出了一個區域，到那裡可以保證學生的安全。可是，當學生到達到後，即遭埋伏的解放軍亂槍掃射。小剛是第一個扣動扳機的人。他太想立功了，只有立功才能使他踏上成功的臺階。

子彈射進一個人的心臟，於是這個人的時間就走到盡頭了。小剛結束了多少人的時間呢？一、二、三、四、五、六……後面沒有了麼？他覺得打倒的至少是兩位數。真正死了的呢？後面有督戰隊在清點。再後面還有收屍隊統計。完畢之後用推土機將所有屍體堆到一起，澆上汽油一把火燒掉。

那一夜，廣場空曠而無遮擋。如果說有遮擋，那就是前面的人遮擋著後面的人。人像亂麻一樣擠在一起，噠、噠、噠……子彈像是鐮刀上的利齒，收割著一茬一茬的生命。

二

開槍殺人的人認為：他們是阻止了人民變為義和團的可能。

「刀槍不入？」那麼就試試看。

開槍的人讓人民認識到了現實世界中的物理部分。

對於此，他們認為自己對這個世界也是有貢獻的。

不同的角度呈現出來的視覺效果是不一樣的。
不同的位置得出的結論也是不一樣的。
這就是「世界觀」！
其實是「觀世界」。方向的不同罷了。

三

六月四日之後「高自聯」發起了空校運動，校園的學生已經走得差不多了。只剩很少的一部分沒有上街的學生留在校園裡觀望。一是怕學籍沒了，再則自己沒有參加過什麼組織，秋後的賬怎麼樣也算不到自己的頭上。不遠處一個女大學生在樹蔭下站著。她叫劉靜芝。她覺得不遠處站在陽光下，端著一支槍的士兵有些面熟。像是她中學時的一個同學——小剛。
「像是」？
僅只是像。
為了確認自己的懷疑。劉靜芝回想起了在高中時的那些日子：
記憶中沒有風。沒有雨。沒有霧。沒有閃電雷鳴。冷靜。
由此可以證實劉靜芝是一個有著極強專注度的好學生。否則如何能考上在北京的大學？高中時她所在的那個班叫著火箭班。其他的班則叫平行班。火箭班的學生下午放學後不能放學回家，還要被老師留下來續繼上晚自習。沒有被留下來的是被放棄了的，隨他們去吧；被留下來學習的學生是被寄予厚望的，未來的驕子。

因此，劉靜芝一直瞧不起那些下午一放學就可以走出校門的同學：命運是公平的，別看他們現在玩得痛快，以後他們就得辛苦了。

劉靜芝記得每天下午最後一節課下課時，有一個人都會在火箭班的門口大喊一聲：「放學嘍！回家嘍！」現在想起來，那張臉像是一張草紙，蒼黃、無聊、沒有內容。等待他的是下半生的辛苦與勞碌。

在眾多的同學中，劉靜芝是記不住他的。唯一一次讓她有映像的是，不知為什麼從學校外來了幾個社會青年，將小剛從教室裡拖出去狠狠地打了一頓。那張鼻子裡流著血、嘴角裂了一道口子的臉就此印進了她的心裡。

她在頭腦裡將那張沾著血的臉上面的污漬擦乾淨。

對比著……

再擦。

再對比……

是他，小剛。那個在上學的路上偷了路邊菜地裡的黃瓜，而被主人叫了一幫人找到學校來狠狠打了一頓的沒有資格參加晚自習的同學。

那一次，他不僅挨了打，而且還在全校被點名批評了。就此，一心讀書，兩耳不聞窗外事的劉靜芝知道了他。

「就為了一根黃瓜，太不值了。」

四

小剛的母親沒有戶口，在小縣城裡沒有戶口就意味著沒有正式工作。沒有正式工作就沒有糧票、沒有糖票、沒有肉票、沒有布票……沒有種各種樣的國家配給。想要買這些東西，只有去買高價。但是沒有正式工作，只能做臨時工，工資比正式工人又要少得多。

雪上加霜。禍不單行。落井下石。這些成語用在小剛身上都不為過。

於是，從小，小剛母親就要告訴他不能沒有戶口。而要改變沒有戶口的命運只有一條路：考上大學。小剛問：「戶口是什麼呀？」母親回答：「戶口是糖果、是衣服、是食物。是與別人一樣生活著的基本條件。」

「考上了大學，就是國家的人了。國家會把你養起來。」母親對小剛說：「給媽媽爭口氣，好好讀書。否則我打不死你。」

小剛的身上背負著整個家庭沉重的負擔。也許正是因為這樣的重負，小剛的個子一直小小的。母親總結：這是因為營養不良，歸根到底是自己沒有戶口。於是母親覺得自己對不起兒子。擔是她又沒有辦法，因為憑她一個弱女子根本就對抗不了國家的政策。唯一的辦法就是逼著兒子玩命地讀書。

她在家裡專門為兒子帖著一個標語：只要學不死、就往死裡學。

兒子的總結完全與母親的不同，他認為自己長不高完全是因為自己身上背負著整個家庭的重任：爭氣。他是一個孝順的孩子，也想為母親爭口氣，可是越想爭氣，自己就越是靜不下心來學習。滿腦子都是強硬塞進去的東西，根本就消化不了。

而父親呢，觀點與他們又不相同。他認為自己是沒有找到一個有戶口的老婆。想當年，自己沒有挑選一下，就糊裡糊塗地與這個從農村逃回城的知青，流落到這個小縣城裡打臨工，還懷著一個來歷不明的孩子的女人結婚了。導致自己從一結婚起，就輸給了雙職工的家庭。一開始，父親認為這個漂亮的女人比那些有戶口的女人都漂亮，有這就足夠了。

後來他才發現，老人們說的沒有錯：漂亮不能當飯吃。而且緊接著的是餓肚子。一家人只有他一個人有戶口，一份東西要分成三份。誰也吃不飽，誰也餓不死。

父親心裡頭鬱積著的不滿，在每次有人辦酒席時都會隨著喝下去的酒吐出來——他說、他唱、他醉態撩人地數落著自己的不幸。這讓同一酒桌的人很容易在落差中對比出自己的幸福，酒桌上的氣氛便會高漲起來。

於是，小城裡只要有人請客，都會請小剛的父親作陪。這也是小剛母親最害怕的。因為每次丈夫吃完酒席回家，都要將她暴打一頓。自己的人生輸給了別人，完全就是因為這個女人造成的。

每次，母親都要抱著兒子在牆角裡痛哭著說：兒子，沒有戶口可憐啊！一定要有戶口啊！一定不能讓你的老婆孩子沒有戶口啊。

就這樣，在小剛的學習生涯中，他什麼也沒有記著。唯獨記下的就是「戶口」兩個字。這兩個字就像是刻在石頭上一樣牢固。抹不去。

五

劉靜芝從樹影下走了出來，徑直向小剛走過去。小剛看到一個女學生模樣的人向自己走來。

誰？是誰？這麼大膽？在這個學生看見解放軍都要繞著走的時節。

「站住。不許動，舉起手來……」他拉響了槍栓，吼叫到。

她停了一下。看著那張年輕而又帶有驚恐的臉。他害怕什麼？他手上有槍。而她是一個兩手空空的弱女子。她不會給他帶去危險。在想到這裡之後，她繼續向他走去，同時叫著他：「你是小剛麼？我是一班的劉靜芝。」

他看清了。是那個他偷了一根黃瓜被主人帶人到學校打了他一頓之後，第二天偷偷送給了他一根黃瓜的火箭班的女生。為了不傷他的自尊心，她找了一個沒有人的時機遞給他。她說：「這是我父親種的，家裡吃不完。你拿去吃吧。」

他不知所措地接過黃瓜。腦袋一片空白。等到他能夠想起些什麼的時候，她已經轉身走遠了。直到看不見她，他才像是明白了過來：她這是在嘲笑我麼？肯定是。因為他從來沒有遇到一個會真心幫助一個弱者的好人。

母親常說：「這個世界，良心都被狗吃了。」按照這個道理來推論，這個世界除了狗有良心，其他的東西都不存在良心。想完了這些，小剛狠狠地將那根黃瓜摔在了地上。眼睛裡閃爍出一股凶光。士可殺、不可辱。

他確信她是在嘲笑他。現在正是報仇的好時機，不遠處的那個少女，站在初夏的樹蔭中，身上落滿了陽光的斑點，閃閃爍爍、婷婷玉立。她對他說：「不記得啦？在學校我給過你黃瓜……」不等她說完，他對著她的胸口就是一槍。一聲巨響中，劉靜芝的胸膛現出了一個大洞。血噴濺出來。

劉靜芝整個身子向上、向後一竄，劃出一個拋物線，重重地摔在地上。

澈底的安靜了。劉靜芝的時間在一聲巨響之後，停止了。

小剛對隨後趕來的戰友說：「她，她想要來奪槍……」

「找死！」

六

就在小剛開槍打死劉靜芝的前一天，指揮官在慶功大會上說：「黨中央、中央軍委對軍方這一次行動很滿意，凡是殺人多者都可以獲得獎勵。殺得越多功勞越大。」

首長要求戰士們，好好挖一挖自己的過去。有沒有犯過什麼事。偷雞摸狗賭錢都算，打架可以不算。有什麼污點，都要主動向上級彙報。如果彙報了，部隊既往不咎，如果不自己交代，以後被人揭發出來，那麼將加倍嚴懲。

小剛除了想到自己家因為窮而造成的一些「人窮志短」的性情外，實在想不出自己犯過什麼事。偷黃瓜即不屬於偷雞也不屬於摸狗。動物和植物有著本質的不同。在說服了自己之後，小剛在空白處填下了「清白」兩個字。

「首長是擔心塑造的英雄身上有污點。那麼，英雄就起不到模範的作用了。」小剛打心底理解首長的心情。

今天，小剛殺死了劉靜芝。不僅滅了一個活口。而且讓自己殺人的數量上升了一個。真是一箭雙鵰啊！

因為這一槍，因為多出了這麼一個人，由量變到質變——確定了小剛被部隊列入了表彰的行列。

「清白」就相當於是一張白紙，組織要在上面畫一幅血染的畫。指揮官講完話後，會場上響起了那支軍人都熟悉的歌：血染的風采。

七

兩封家書：

第一封。小剛的母親在五月二十四日給兒子寫了一封信。小剛於五月三十一日收到此信。

小剛我兒：

今天工廠黨委專門派人到家裡來，動員我給你寫這封信。聽說你就要接受一項光榮而特殊的任務。保衛北京、保衛黨中央，保衛中國共產黨幾千萬生命換來的政權不會落入一小撮別有用心的人手裡。一開始我不明白這是什麼意思。領導一句話就點醒了我：「你的兒子就是要上陣殺敵。」

我兒，我一直以為：軍人沒有仗打，就是軍人的悲哀。和平時期當兵，是生不逢時。但是，你除了當兵這一條路，也沒有別的路可以走。至少退伍後國家會給你分配一個工作。現在機會來了，你的對面有了敵人。我兒，面對敵人，要敢於開槍，奮勇殺敵。一定要把握這個機會，建功立業。只要立了功，領導說，戶口的問題就好解決了。

我兒，媽媽沒有文化，只能寫這麼多了。

哦，對了。我以前一直以為命運之神對你不好。常常心有責怪。現在你終於有了開槍的機會，我真是對不起他老人家。也希望他老人家保佑你多殺幾個人，建大功、立大業。

母親：某某玲

一九八九年五月二十四日

第二封。劉靜芝母親在五月二十六日給孩子寫了一封信。劉靜芝於六月一日收到此信。

靜芝：

今天接到學校來的電話，要求家長給自己在北京讀大學的孩子寫信，讓他們好好學習。不要關心政治，也不要參加動亂。

學校是對的。我記得，在你很小的時候我就教過你一句話：「兩耳不聞窗外事、一心只讀聖賢讀」。這是中國古代人的智慧啊！只要書讀好了，以後想要什麼，什麼就會來的。

女兒想想看，你已經考上大學，人生的路已經進入了一條寬敞的大道。女兒，你好好想想：畢業後你就是國家幹部，就是你們現在要反對的人。這不是搬起石頭砸自己的腳麼？何苦呢！女兒，再堅持兩年，等畢業了，走上工作崗位，成了國家幹部，你就會明白媽媽為什麼要寫這封信給你。

還有，昨天我聽人說老林家那個當兵的兒子被調去了北京平暴。部隊上專門派人來動員他的家長，要他們給兒子寫信，激勵孩子為保衛共產黨革命的果實，要敢於開槍。

女兒，現在你還小，千萬不要以為自己是國家的主人，可以改變世界。在強大的主流意識面前「順者昌、逆者亡」這才是人生走向輝煌的道路啊！

母親：某某

一九八九年五月二十六日

這兩封信都明顯地被拆開過了。由於在這種特殊的環境之下——也算是「峰火連三月、家書抵萬金」吧——他們都沒有計較這些細節，立即將信從信封中拿出來讀了起來。

小剛看著信，便興奮了起來。受到了鼓勵般，臉上充血。紅紅的。他聯想起了近幾天來，戰友們興奮地感嘆著自己總算是遇上了（打仗），否則當幾年兵的結果就是退伍回家。再變回老百姓。想當年打越南，好多人都借機當了官。想到這裡，小剛下決心，自己絕不能手下留情。

劉靜芝看到這封信後，將頭捂在被子裡哭了起來。她為自己的母親而感到羞恥。我們讀書不就是為了創造一個公平的世界麼？怎麼成了通過不平等地帶爬向特權階層的階梯？

同宿舍的同學回來後，看到靜芝在哭。問她為什麼？靜芝拿出了信給她們：「我沒有想到我媽竟會寫出這種信。」

幾個同學在看了這封信後都不說話。後來還是一個同學恍然大悟般地說：「為什麼只有你一個人收到家裡的來信？而我們都沒有收到？」

「是不是有人在檢查信件？」

……

當天吃完晚飯後，一個與劉靜芝玩得最要好的同學楊與瀾，在一個避靜的場合，悄悄地對靜芝說：「我覺得你母親說的有道理。讀書不就是為了成為人上人麼？如果沒有人下之人、何來人上之人？」說完，這個同學就向學校的圖書館走去。

她的背影漸行漸小，穩穩地嵌入了越來越黑、越來越渾沌，冰冷昏黑的夜色裡。羊就此變成了狼。

校園裡，巨大的樹蔭交集堆積著。像是幾個話多的婦人圍在一起竊竊私語。語言密布，加重了夜色的深度、濃度與神祕感……誰也不知道黑色中隱藏著什麼樣的幽暗。

八

公元一九六七年初，小剛的母親玲與十幾個同學響應黨的號召一起到農村插隊落戶。那一天她剛滿一七歲。陽光從高高山崗上的樹梢上垂掛下來，形成黑、灰、白構成的陰影，像極了美麗的蕾絲花邊，輕盈、透明、夢幻。幾年後再回想起來時，她修正了當時的想法。「不，那些深深淺淺、長長短短的黑影，凌亂地就像是一隻只伸出去的魔爪。」

到了第三年時，知青裡在流傳著一個消息：縣裡要在生產隊裡招幾個工人。就在這樣的傳言中，知青們發現原來土裡土氣的隊長突然變得自大起來。原來總是掛在嘴邊的要知青教村裡人學習的話不說了。而改口說：「我知道你們這些兔崽子都想離開這裡。那可就要看我高不高興了。嘿嘿。」

他一雙眼睛總是在女知青們日漸豐滿的胸脯上瞄來瞄去。終於他的目光定格在了玲的身上。他信心滿滿對她說：

「下工後，到我家來一趟。」像是手中握著一柄上方寶劍。

聽到這句話，玲的心一下子就激動起來。就像是被皇帝翻了牌的妃子一樣。沒想了幸運之神就這樣降臨了。天黑以後她推開生產隊長家的門，一步一步、沉重萬分地走了進去。生產隊長的桌上擺著半瓶二鍋頭和一小盤花生米，還有一張招工表格和生產隊革委會的大印。這張紙和這個印就決定了她以後的命運，她再也不想在這個窮山惡水的地方待下去了。

生產隊長連門都不用關。今天一早他就打發老婆帶著孩子回娘家了，加上這裡地大人少，一家一戶散亂的就像是一盤拼殺慘烈而損兵折馬丟炮……無法下完的象棋子。油燈閃閃爍爍地映照著他粗魯的笑，及滿口的黃牙。他一把扯開玲的衣衫，揉摸那還未完全發育成熟的胸部。她扭了一下身子，本能地想躲。

她對著晃動的燈火說：

「吹燈。」

「留著，俺要看。」

說著隊長把她推倒在充滿汗味和尿臊味的木板床上。

玲沒有喊叫，怕人聽到，只是心和下體一同疼痛。時間停止了麼？怎麼漫長得像是被攔起來的河水？許久，終於堤壩潰塌了……隨之一切都被沖毀。當她從床上站起來，滯重地穿著衣服時，生產隊長將血紅的大印蓋在了潔白的招工表上，說：「我們鄉下人別的優點不敢說。就是說話算話，你給了俺，俺也會給你的。」

隊長揚起的招工表扇出一陣風，油燈的火苗晃動著，猛地亮了起來，照著鮮紅的大印和床單上幾塊處女的血痕，分外顯眼。

第二天，玲對一起下鄉的戀人說：「我就要招工回城了……放心吧，我會等你的。」

戀人一聽到這句話就明白到底發生了什麼。他指著她的鼻尖說：「沒想到，沒想到……你，你竟是那種人。」

「我不靠這，然道還能靠什麼？家庭沒有任何背景，又拿不出錢送禮。我是不想在農村裡待一輩子啊……」玲求戀人原諒她。最後他們達成協議讓戀人先頂替她回城。

「反正你有資本，」戀人盯著她豐潤的臉頰說：「明年再有名額時，你同樣可以回城。」

玲去求生產隊長，換個人，讓戀人先走。隊長想，她留下來，豈不更好！相當於在碗裡留了一塊肉。呵、呵、呵……便爽快地答應了。

終於等到了下一次招工。可是生產隊長又盯上了另外一個女知青（也有人說，是那個女知青主動勾引隊長的）。將招工名額給了那個女知青。無奈，玲只好拖著幾個月的身孕回縣城找戀人。沒想到戀人盯著她有一點出懷的肚子說：「你變了，我也變了。可是世界卻沒有改變——還是那麼的現實、無情。你回去吧。」

於是，玲只有回到家裡。擺在家人面前的現實是：如果女兒這樣不經過組織安排而偷跑回來，就會沒有戶口，而沒有戶口就意味著她要分食他們一家原來就不夠的糧食。

父親說：「小玲呀，不是父親心恨。是你還有三個弟弟，他們正在長身體。多了你一張嘴，你的弟弟們更要餓肚子呀！」

身後的門關閉了。玲沒有地方可去，漫無目地的走著。到了一個正在修建的三層樓房前，她爬上了三樓，坐了一會。風在離地面六米的高處，更自由，更任性地吹著——冷且有力。身體轉涼，心也靜了下來。玲想，乾脆從樓上跳下去吧。死了算了。即便不死，也可能將肚子裡的孩子跳掉。沒有肚子裡的孩子，一身輕鬆，回到農村再重新開始。

她雙眼一閉，咬牙就跳了下去。

當她再一次睜開眼睛時，第一眼看到的就是一個個子矮小、奇醜無比的男人，愉悅地哼著一支小曲：「天上掉下個林妹妹……」彷彿撿到一個多大的便宜。

五個月後小剛就出生了。於是他順理成章地成了小剛的父親。這個小男人抱著小剛，咧著嘴，高興地對玲說：「不是我的種？好，好。一定會比我有出息。」

像是撿了個寶貝，他問她：「我說，他的父親肯定比我英俊吧？嗯，一定會比我英俊。有誰會比我更差勁呢？」

她點了點頭：「嗯。是。他……還是個當官的咧。」

「當官的？好！好呢！龍生龍、鳳生鳳，老鼠生的兒子會打洞。我們的兒子長大後一定能有出息——當官。」他裂著嘴，笑的像哭一樣。她知道，他這是發自內心的喜悅。

九

母親沒有戶口。自己又不是父親親生的兒子，就沒能上戶口。所以小剛一出生就低人一等——沒有戶口。這在那個時代與其他孩子相比，就算是輸在了起跑線上。

就在小剛偷黃瓜被人追到學校痛打的當天，放學回家，母親看著兒子臉上的傷痕。終於下定了決心。去找那個害了她一輩子的男人——當年下鄉插隊時的生產隊長。

去之前，她專門拉小剛去照相館照了一張相。等兩天后，相片洗出來了，她便揣著照片去當年下鄉的地方找生產隊長。

那時的生產隊長已經是現在的縣人民武裝部部長了。他望著站在對面的這個蒼老與苦楚寫在臉上的女人，心裡嫌棄的想將她迅速打發走：

「你找的人不在。」說著轉身要走。而玲卻在第一眼看到時就認出了他。還是那個樣子——土的掉渣一種堅持。當然也可以理解為「自信」。

她果斷地攔住了他的去路。從懷裡拿出了兒子的照片，問：「你認識這個人嗎？」

他看了一眼，嚇了一跳：這不是我年輕時的樣子麼？是我年少時的相片？怎麼會在她的手裡？但是他說出口來的是：「這是誰？我不認識。」

「這是你的兒子。你好好看看。」

「嗯，嗯。是長得有些像我、有那麼一丁點像。可這能說明什麼呢？」

「說明他是你親生的。」

他盯著她。想了一下：「你是？玲……？」

她點點頭，眼淚一下子就湧了出來。「別在這裡哭，影響不好。到我辦公室裡去說。」他阻止了她，讓她及時地將眼淚吞進了肚子裡。

在他的辦公室裡，他說：「當年，你一個招呼也不打，就……」

「你把招工名額給了別的女人。我有什麼辦法？除了逃走，沒有其他的路呀。」

「唉，當年，是被那女人給訛上了。她偷偷留了證據，不把招工名額給她，就要去告我強姦。唉，當年送上門的女知青還真多，到後來我都不敢接招了。她們的那些小算盤我還會不清楚？沒有回報，她們就會去告我呀。也幸好我膽小，一直沒有出亂子……嗯……現在坐到了這個位置。」

他停了一下，留出一個空白，想讓她插上一句話。但她沒有插話，只是將目光盯著辦公室書櫃裡的一本白皮書《旗幟鮮明地反對資產階級自由化》。他便接著說：「那麼，玲……你今天來找我有什麼事？」

「還不是為了你兒子。」

「他，他怎麼了？」

玲便對他講了她怎樣將肚子裡的孩子生下，然後拉扯著養大。一直講到前幾天因為偷了別人地裡一根黃瓜而被痛打。

她說：「小剛可是你的親身骨肉，你可不能看著他這樣下去。」

「二七軍正好在我們縣上徵兵，而且只招收家庭條件不好的人。乾脆這樣，我想辦法讓他到部隊上鍛鍊幾年。」

「這樣也好。」

但她又想到了一個問題：「只是……現在是和平時期。當兵……」

他馬上明白她想要表達什麼了，便安慰著她：「就算遇不到戰爭，退伍後國家還是要分配工作的。如果運氣好，碰到個什麼衝突、災難、局部戰爭。爬上去的梯子不就給他搭起來了嘛？」

「但願能遇上這些！那怕是其中的一個。」她在心裡祈望著。

十

小剛在大學校園裡開槍打死了劉靜芝，在小範圍裡引起了一場爭議。有人說：不應該開槍，不用流血，因為可以用其他手段制服不服從者，況且還是一個女性；有人說：就是要開槍，槍聲不能嘎然而止，要有計畫的、逐漸地減少，否則對手就會反彈。那麼將前功盡棄。

兩種意見到底誰占了上風呢？如果沒有機會加入進去進行爭論。那麼就跳出來，看看小剛的未來就可以得出判斷。

當時軍委給進京平暴的解放軍戰士劃了一條底線：打死一〇個（不含一〇）以上示威群眾才可以獲得「共和國衛士」參評資格。據準確統計，小剛在六四那天凌晨共打死一〇個人。還差一個人。但是，後來我在被中國人民解放軍軍委授予「共和國衛士」的名單上看到了小剛的名字。白紙黑字。由此我確定，對於小剛來說，打死同學劉靜芝是從量變到質變的轉化。他明白了為什麼人們要說「一將功成萬骨枯」。

官當得越大，手上沾的血就越多。殺一個人是殺人犯、殺一〇個人是英雄好漢、殺一百個人是將領、殺死成千上萬人則是開國元勳了。

十一

確實，小剛是有機會當官的。北京解除戒嚴後，部隊回到位於石家莊市郊區的駐防地。在熟悉的地方——隱密的大山裡——山、水、空氣、風、溫度甚至是濕度，都是熟悉的。但小剛覺得總有什麼不對勁，具體有什麼不對勁他說不上來。暴風雨前，當然是沒有暴風雨的。但是，周圍細微的變化，環境與人的關係、人與人的交流、幹部與群眾關係……這些變化還是會帶給人異常感覺的。

果然，沒有過多久，連隊的一位領導找到了小剛。他將他叫到一邊，確定左右無人。第一句話就說：小剛同志，組織上要陪養你。

「組織要陪養我？」雖然之前在心裡演練過無數次，但期望真的就站在眼前了，還是讓他有一些不敢相信：「我的條件夠麼？」

「基本條件是夠了。只是……」

「只是什麼？」

「我也不跟你繞彎子，如今就差錢了。」

「差多少？」

「當排長要三萬。考慮到你立過大功，給你打個七折。二萬一。」

小剛這是第一次明確知道在部隊裡當官也是要用錢買。以前只是耳聞，但他並不相信。解放軍多麼響亮的名字；部隊多麼神聖的地方。金錢銅臭根本就蒙混不進來。

那個人並沒有理會小剛的茫然失落，自顧自地往下說：「這一次提幹，最基本的條件就是要在去年六四的平暴中立過功。這一點你就符合。但是……也並不是只有你一個人符合這個標準，還是有競爭的。」

臨走時，他還在強調：「嗯，雖然競爭並不是很大。但還是要抓緊。機會難得啊。」

小剛給家裡打電話要錢：「就兩萬！」他的母親在電話那頭說：「孩子啊，我們倆人都沒有戶口，全憑你爸爸一個戶口。過去，買油、買米、買肉、買布……買什麼東西都要買高價，能夠將你養大已經很不容易了。哪裡有多餘的錢啊！」

就這樣，小剛錯過了一個升官（發財）的機會。

「輸在起跑線上」。

人生就這樣，一步輸，步步輸。

儘管沒能在部隊提幹，兩年以後小剛還是載譽而歸的。與「衣錦還鄉」差不多。退伍回到家當天，縣裡的領導專程到他家來看望這位「共和國衛士」。縣委書記握著玲的手說，感謝她為黨生下了一個好孩子。而後，縣委書記緊緊握著小剛的手：「共和國衛士」多麼崇高的榮譽啊！是你保衛了我們共和國的紅色江山……如果沒有你們，後果真的不堪設想。

說著就流下了熱淚。眼淚說流就流下來，看上去很難，需要極強的演技。但是如果知道書記當時心中想的是「保住了我的官位」，那麼對於他演技的佩服就會大打折扣。因為換成是任何一個人，在強大的利益面前都會流下感動的熱淚。

小剛的母校還請他給學弟學妹們做了一次報告。但是在做報告的前一天，上級緊急來了一道命令：不許提六四事件。原因很簡單，就是為了讓這件事在每一個人的肚子裡爛掉。

怎麼辦呢？箭已經搭在拉滿的弓弦上了。

比小剛更著急的是母校的校長。通知已經發下去了，上千名學生正等著小剛講他的英雄事蹟。

如果取消這次報告，即不能說為什麼要取消，又不能什麼原因也不說，讓學生們自己去瞎猜。瞎猜的後果也許會直接毀掉一個英雄。

「這個英雄變質了？

不是好人了？

成了反面人物了？

……？」

小剛很清楚取消報告會的後果是什麼。他對上級領導表態說：「我可以對六四一字不提，只說在部隊裡是如何訓練，部隊鐵的紀律如何將我陪養成一個合格的革命戰士。成為一名黨指向哪裡就戰鬥到哪裡的革命戰士。」

上級領導還是擔心小剛會說漏嘴。最後小剛不得不下了個軍令狀，如果說漏嘴就接受軍法處置。

這張軍令狀就像是給領導們吃了一顆定心丸。果然，在對學弟學妹們的報告中小剛沒有出現任何差錯。雖然沒有出現想像中那種熱血沸騰、淚流滿面的場面。但也是平安地完成了這個任務，保住了自己在學弟、學妹心目中英雄的形象。

十二

做完報告後，領導讓小剛在家好好休息。耐心等待組織安排工作。

雖然在母校的報告中他沒有提到自己在北京戒嚴的故事。但他的母親玲，卻怎麼也憋不住，還是把自己兒子的光榮事蹟滿街道宣揚。讓整個縣城的人都知道小剛在當年獲得了「共和國衛士」的稱號。如果不是他兒子相助，共產黨早就被學生給拽下馬來了。

小剛一再告誡母親不要四處宣傳，組織上有紀律，要嚴守機密。每次他的母親總是回答：

「好，好。不說，不說。」但心底卻想：這可是光宗耀祖的事，相當於古代的兵士救了聖駕。這在古代可是要編進戲曲裡，傳唱千百年的。

母親的想法和小剛的想法是一樣的。所以，每當看到母親偷偷摸摸像做賊似地講著他在北京戒嚴開槍、殺人，超過了一〇個（說著還伸出了五個手指，在聽者的眼前手心手背地翻轉了一下）的故事，他總是裝著沒有看到、沒有聽到。恨不能這些故事能插上翅膀，飛到中國的各個角落。

直到有一天，一個神祕人物，祕密地潛進他家裡。將他們一家人召集到一起說：「我是部隊上派來的，據可靠消息，有一個組織專找六四時在北京開槍殺人的解放軍報仇。你要小心點，不要透露那一年在北京幹的那些事。如果有人問你當過兵麼？在哪個部隊？叫什麼名字？千萬不能說。」臨走時還一再叮囑要管好自己的嘴。禍從口出。否則一切後果自負。

這個人走了之後，母親擔憂地問：「組織——說的是真事麼？有人，要來報仇？」

「不是真的，也可以讓它變成真的。」說到這小剛感到後背一冷，打了個寒顫，沒敢再說下去。後果很嚴重。小剛面色凝重地對母親說：「媽，以後不要再到處說我在北京立功的事了。不論被哪一方面聽到，都不會放過我的。」

從此，玲再也沒有對別人說過兒子立功的事了。心裡像揣了個石頭——腰彎了；臉上像掛了一個簾子——沒表情。

這樣沒有過多久，玲就在沉默中去世了。「這也是一種解脫吧！」對母親的死，小剛並不悲傷：「不讓她說話，活人與死人有啥區別？」

「可以說別的？說別的有什麼意義呢？在榮耀的光環裡，其他的瑣事不值一提。」

死人不會再開口說話。上級組織終於鬆了口氣。

十三

退伍後，小剛被分配到某圳市的一所監獄工作。監獄一般都遠離市區，所以表面上看起來小剛是在一個大城市工作，實際上是在一個荒僻的地方。

雖然他不是很滿意，但畢竟解決了戶口的問題。小剛的心還是平靜的。

直到談對象時他才發現忽略了一個嚴重的問題。因為監獄太偏僻了，所以姑娘們一聽到他在監獄工作，就找個藉口離開，以後就再也沒有下文了。「跟在監獄工作的人結婚，與坐牢有什麼兩樣？」

就像是自然界有著由高到低的食物鏈條一樣，婚姻關係也有著社會鏈條：男的低娶、女的高攀。根據這個規律，小剛只能娶一個生長在深山裡的姑娘。這個姑娘是監獄長介紹的，是監獄長的一個遠房親戚。她的父親是林場的工人。這也算是監獄長拉了她一把——在邊遠的大山，通過嫁人走出山溝是一條不錯的捷徑。

監獄長似乎早就看透了小剛的心理，對他說：某圳市戶口有一項規定，只要結婚滿了三年，妻子就可以獲得某圳市戶口。說著就拿出了某圳市夫妻隨遷的相關規定給小剛看：

（一）夫妻一方是本市常住戶口居民，且戶口遷入我市已滿三周年，另一方是市外戶籍居民；

（二）夫妻合法登記結婚且已滿三周年；

（三）申請人戶口性質不明或屬非農業戶口，且在法定勞動年齡段內的，須是無業人員，不屬在職幹部、職工；

（四）申請人計生情況符合本市戶籍遷入政策；

自然，小剛答應了這門婚事。一是，老婆的問題解決了；二是，攀了一個當官的親戚。領了結婚證之後，只要等三年老婆的戶口問題就解決了。「比起父母親來說，自己已經算是很爭氣了。」長江後浪推前浪。每當想到這裡，小剛就覺得自己牛屄哄哄的。腰板也直了、步子也大了、嗓門也高了。

十四

帶著這種豪邁情緒，小剛總是要到監區裡去走一轉。

第一個要去的地方當然是第四監區。那裡關押著一個與六四有關的犯人。他仔細地看過卷宗。這個人是「六四」時香港營救被通緝大學生「黃雀行動」的大陸連絡人，也是某圳市黑社會的一個響噹噹的人物。據傳柴玲和王丹就是他親自開著快艇，送到香港的。後來，某圳市公安部門給他設了一個套，於是他就由政治犯轉變成了毒販，被逮捕，判刑。

每次到了那人的面前，小剛總是先叫一聲：「反革命。」他那樣叫，並非是要顯示自己對某件事情知根知底，而是恨他解救了那些學生出去——壞壞的黑社會，做那些救人的事幹啥？這才是狗拿耗子多管閒事。

那人並不理會他，仍舊低頭做著自己的事。

「反革命，抬起頭來。」那個人抬起頭一雙狼一般的眼睛死死地盯著他。目光冷而鋒利，看得他心頭有些發毛。

剛到監獄工作的第一天，監獄長說對小剛說：「監獄裡有一個與六四有關的犯人，少去惹他。」問為什麼？監獄長回答：「問那麼多為什麼幹啥！叫你怎樣，聽著就是了。」小剛從側面打聽到，這個人是送了幾個被通緝的大學生到香港後，開著快艇回某圳市，剛上岸被人揭發才被抓住的。抓捕的時候在快艇上順便搜出了一包毒品。於是便被以「非法持有毒品罪」被判了一三年有期徒刑。每一年香港黑社會都要派人進內地來打點，給監獄長好處。於是監獄長將他當著一個財神供著。

小剛深知不能有更激烈的衝突，便只有站在十米開外對他吼道：「好好改造，反革命。」說著就背著手走了，邊走還邊嘀咕著：「好好的黑社會的路不走，革誰得命呀？共產黨？革得了麼？真是沒事找事做，幫助那些個學生逃走……否則，他們現在不就落入我的手裡了嗎？不整死他們。哼。」

嘀咕著，小剛就想起了幾年前在北京，端著衝鋒槍，掃射、點射。過癮。只是那種日子一去不復返了。於是，心裡就鬱悶了起來。

更讓他鬱悶的是，還不能與別人交流這種深埋在心底的鬱悶。不能對別人說自己曾經的輝煌。「唉，早知道是現在這樣；還不如當初就沒有。」一個人最大的痛苦就是，有了可以在人面前炫耀的東西，卻有一股強大的力量壓制著不允許他拿出來曬。

十五

帶著這種失落，小剛總是立即回到家裡將電視打開，將頻道調到中央一套。拿出一隻避孕套往身體中央一套。每次的時間正好是新聞聯播片頭曲結束：中央領導由大到小依次露面，只要出場順序不亂，就證明了國家政治穩定。政治穩定才能發展經濟。於此同時，小剛一把扯掉老婆的褲子。採用站立背入式，狗一樣抱著老婆的屁股。抽插。就像是端著一支槍。每次，他都要模仿當年首長最後的命令：「穩定壓倒一切！殺二〇萬人換二〇年穩定，我下令——開槍……」

開槍、開槍、開槍、開槍……

前一〇分鐘領導很忙、中一〇分鐘國內很和諧、後一〇分鐘國外很亂。每一次，他都堅持不到國際新聞，就射了。老婆嘲笑他說：你呀！只能對家裡面的人呈凶。你就不能堅持到播外國新聞時，再對著老外掃射呀？

這算是老婆對小剛提出的一個要求。嗯——也許是這個女人想尋求一種更大的刺激而找的藉口吧。小剛也曾經想試試——放慢節奏，在心中做做算數題、背背領袖毛主席的語錄——但是無論如何也堅持不了那麼多時間。決不能服這一口氣，有一次小剛專門花了一百元錢賣了一粒偉哥，吃了再幹，可是到了國際新聞時卻發射不出來了。直接跳過去了。一直到焦點訪談，訪問一個老紅軍時才一瀉千里（電視裡，老紅軍講到當年打國民黨，兩眼放著自豪的光芒。那應該是在他的認知裡，一生中最為輝煌的時刻）。

「幹，你們解放軍近的只會打老百姓，遠的只能打內戰。」老婆抱怨他時間拖得太久，過了興奮點，反而弄得她不舒服了。疼了。

「幹，他還可以說自己的那些事。可我呢……連張揚的權力都沒有。」比起前輩，小剛覺得自己活得太憋曲了。麻木著。

十六

對於一生中光榮的事蹟而不能拿出來張揚是很痛苦的。在老婆身上發洩，也只能是緩解一時。小剛做夢都在想自己能夠拿著一個喇叭對著全世界說：「我是共和國衛士。那一年，如果沒有我，共產黨早就下臺了。」

但即便是在夢裡，他也不敢喊出來。他知道如果喊出來，會有什麼後果。自己就會站到自己對面去——由一個管犯人的人變成為一個犯人。就像一個詞的反義詞。黨要做到這，很容易，隨便找點茬、設個套就能讓他「合法」地進去待著。

久而久之，小剛形成的口頭禪就是：「我告訴你……唉！還是不說了吧。」

從欲言又止的語言剎車痕跡中，人們看到了小剛的痛苦——像墨汁一樣黑，不見底。看得出是痛苦，卻不知因何而苦痛。即便是老婆問他：「小剛，你有什麼事瞞著我麼？」他只能安慰她說：「老婆，你一定要相信我。任何時候你都要相信我。」看著他臉上軍人般的堅毅，她選擇相信他。

一天一天

只有

鬱結著……

只能

鬱集著……

只好

鬱結著、鬱集著……

於是，小剛身體的某一個點開始痛起來。就像是針尖一樣，由點及面。具體、實在。只要天一黑，疼痛就開始了，越來越疼、越來越疼……到深夜十二點疼痛便到了頂點；過後開始緩解，疼痛一點一點減輕……一直到天上現出一線曙光，疼痛便神奇地消失了。

「由此看來人大多在黑夜裡死去是有道理的。」想到這裡，小剛害怕起來。莫非是死神之手已經伸進了他的身體？

他害怕起來。臉色陰沉。膚色暗黑。聲音啞默。

比小剛更害怕的是才跟他結婚剛滿一年的老婆。她催促他：「老公，去醫院檢查一下。」他回答：「不知道自己有病，就是沒有病。我就怕知道有病了之後，連自己欺騙自己沒有病的藉口都沒有了。」她說：「去吧！我需要一個準確的答案，是什麼病？還能活多久？」

在市人民醫院，醫生拿著一個黑白色的片子，指著中間一個黑點說：「這裡有一個陰影。就是癌。已經是晚期了。」

「醫生，告訴我，還有多少時間？」

「最多一年時間。」

「醫生，能堅持兩年麼？」小剛老婆抓住醫生的手，哭泣道：「醫生，求求你，救救我老公。讓他再多活兩年吧！兩年——兩年——只要兩年就夠了。」

連醫生也被她的淚水感動了：「多活兩年也不是不可能。只是……」

「只是什麼？要什麼我都給。醫生，什麼我都答應。」

「只是，我怕他堅持不下來。他這種病會越來越痛，癌細胞會一點一點吃掉他身上的器官。最後病人是被痛死的。我怕他熬不過來。」

「醫生，我會在精神上支持他。他一定能挺得住。」

「好吧！我給他開些藥。讓你老公先吃著。」醫生又指著另外一種藥說：「這個藥我不能給你多開。如果他實在是太痛，堅持不住了。就讓他吃點這個藥，可以緩解一點疼痛。記著，一次只能吃四分之一顆，不能吃太多了。這可是毒品，吃多了會產生依賴性。上癮。」

在從醫院回家的路上。老婆對老公說：「老公，你可要堅強地活下去啊！」

「我知道，你是為了兩年後能將戶口遷進某圳市。」

「你連這都看出來了。老公真聰明。」她撒著嬌：「為了我，老公一定要堅持下去。」

「好，放心吧。我知道沒有戶口可憐。我母親和我當年就是沒有戶口，活得、那可真委曲、憋屈。我不能讓你再過像我那樣的日子。」

「老公，你真好！」說著，她在他的臉上親了一口。小剛蒼茫的臉上有了兩片紅唇印，這使他看起來多多少少地有了點人氣。

從醫院回家後，小剛真正地把自己當成是病人了。以前他只是覺得身體的內部莫名地疼，那時他總是想：「也許過一會兒就會沒事的。」這樣一想，疼也容易熬一些。現在疼的有名有姓了，再往後面會越來越疼。熬，是沒有希望了。

每天，天剛黑下來時，小剛就覺得疼痛像是一支電鑽鑽進他的身體深處。在極其安靜時他甚至聽得到病毒嗜咬身體的「咔吱」「咔吱」聲……他的臉色慘白，額頭上、臉上的汗珠集結著，形成一個足夠滾動的水珠，滾動、碰撞、融合，彙集在一起，向下流淌。如果將小剛的頭理解為地球，那就是一條一條的河川。

如果真的是地球上的河流，就是生命的河流；而在小剛臉上匯聚成的河流則是通向死亡的。老婆將小剛身下墊著的已經被汗水浸濕的毛巾拿出來，換上一條乾的。這已經是今天的第四條毛巾了。

他受不了了，將身體倦縮成一團，對她說：「老婆，拿一把刀來，殺了我吧！這樣活著，太難了……」

「老公，再堅持一會。馬上就要到十二點了。」她知道十二點鐘之後，他的疼痛會慢慢消失。

「不行，我熬不住了。疼，疼死我啦。」

看到他這個樣子，她拿出一片藥，掰了一半，又在一半中再掰了一半。遞給他：「把這藥吃了，試試看會不會緩解。」

藥一吃下去，疼痛立即就有了緩解。像是抓到了救命稻草，小剛向老婆伸出手去：「這是什麼藥？真見效。都給我。」

「不行。醫生說不能吃多。會上癮。」

「我這將死的人，怕什麼上癮。上癮也沒有幾天了。」

「醫生說這藥按規定他不能多開。一個月只能開這一點。吃完了之後，怎麼辦？你還要堅持兩年呀！」說著她將手上的藥數給他看，只有五粒。一天吃四分之一顆，也只能吃二〇天。餘下的一〇天怎麼辦？

是的，未來日子還長！

好在十二點過了，鑽入小剛身體內的鋼鑽開始往外抽……疼痛像正織著毛衣的線團一樣，變少、變小……最後便消失了。

接著，天亮了。

紅太陽升起後，小剛像一個正常人一樣開始了新一天的工作。

十七

這一天，小剛對著因六四「黃雀行動」而坐牢的黑社會大哥說：「好好改造，反革命。」正要離開，那個人卻反常地喊住了他：「小剛管教……我想跟你談談心。」

他停了一下。只是一下。又繼續走開，他不願太深介入這個被太陽曬得黑黑的人。監獄長說過，不要惹這個人。

後面聲音接著響起，並追了過來：「我知道你為什麼恨六四的反革命。」

他停住了。側身，轉回頭去，眼睛盯著那張黝黑的臉龐。

那人說：「我知道你在『六四』時做的那些事。」

小剛的心一下就激動起來：「你知道什麼？」

「一九八九年，是你人生的巔峰。如今，卻被埋沒在這裡。」那人藏在黝黑臉上的黑眼睛閃爍著惋惜的微光。

「你是怎麼知道的？」

「道上的人都知道。」

小剛有點興奮：「我很有名麼？」

那人點點頭：「那些年，道上的人哪個不知道你？」

小剛高興起來。沒想到……沒想到，我的那些事還是有人知道的。我不怕它們被歷史淹沒了。

小剛的臉上出現了難得的血色。

「我的那些事，不是我告訴你的。是你自己知道的。對吧？」

「是的。我知道你們的組織不讓宣揚。但是，你知道被關進來的人都是壞人，我也可以對別人說，是你告訴我的。」

「你想怎樣？」憑著經驗，小剛猜測眼前的這個人有什麼目的。

「放心。我不是要揭發你。而是想幫助你。不，我們應該是互相幫助。」

「幫我？你一個失去自由的人？有什麼能力？」

對話還在繼續進行——

「我還知道你得了癌症。」

「你是怎麼知道的？」

「我不是算命的。但我知道每一個人的一生中都有他輝煌的時刻，如果這種輝煌不能拿出來顯示炫耀，而時時都要埋葬在心底，不憋出病來才怪。」

像是被人剝光了衣服，小剛低下頭來，又一次沒有搭話。

「我猜你一定需要『那』種東西鎮疼。要不要我給你搞一點？」

「違法的事我不會做。」小剛很堅決。

「就要死的人還怕違什麼法？真是被教育的傻了。最後的日子，活得開心、沒有痛苦才重要。」

「你要我為你做什麼？」

「明天我會裝病，你就帶我去醫院……」

「你要越獄？」

「不，聰明人不會幹那事。逃出去後要躲一輩子，太劃不著了。我要的是立功，然後減刑。」

「立功？」小剛不明白，眼前這個人去一趟醫院看病，如何能立得了功？

「明天，你聽我的就行了。」

果然，第二天監獄長叫來小剛，說：「有一個犯人得了急病，你帶他去醫院看病。銬子要銬好嘍，不要讓犯人逃跑了。否則我們倆吃不了兜著走。」

到了醫院，那人說：「報告管教，我要去趟廁所。」

「去、去，去吃屎呀！」

「道上有句話，叫著『走狗屎運』。意思就是遇到屎就可以走運。多謝管教吉言。」

小剛在廁所門口等他。沒有兩分鐘他就出來了，對小剛大喊道：「報告管教，我在廁所裡撿到一包東西。」聲音大得像是想讓整個醫院都聽到。

小剛將紙包打開，裡面有一疊百元鈔票，和幾小包塑料袋裝的粉沫狀的東西。那人對他使了個眼色，低聲地說：「快，白粉你收好了。鈔票我拿去交公，作為立功的本錢。」

因為拾金不昧，這個黑社會頭目被通報表揚，並減了一年半刑期。同時，監獄方面因為教育有方，使一個壞人轉變成了一個好人，上級部門也給監獄長以嘉獎。監獄長高興地拍著小剛的肩說：「這樣要不了多久我就能升上去了。跟著我好好幹，不會虧待你的。」

此後，只要白粉要吃完了，小剛就會主動說：「反革命，這些天皮怎麼不癢癢了？」「癢。怎麼不癢？癢死了。」於是，小剛就到監獄長處開一張出門條，帶著他去醫院看病。

每次，那人總會「拾」到些什麼——錢、物，甚至還救了一個要跳樓的輕生者……

一個四贏的慼人局面——監獄長升官、罪犯減刑、老婆的戶口、小剛身上的疼痛——就此展開。

十八

有了白粉，小剛的日子要好過得多了。雖然他身上的某個器官已經被癌細胞病毒吃得只剩下一半了。算起來，那個器官澈底消失的速度與戶口到來的速度是成正比的。這一場長跑，雙方正好勢均力敵，一起跑到終點、衝刺、壓線。雙雙獲勝！

在結婚就要滿三年，小剛覺得自己也應該安心地死去時，某圳市的黨報上刊出了一條關於夫妻隨遷的宣傳，徵求市民的意見：

為了有效控制某圳市人口增長過快，市政府計畫將夫妻隨遷由三年期限調整到五年。現通過媒體向廣大市民徵求意見。

小剛明白報紙上寫的徵求意見稿，一定就是一個最終決議稿。政府哪裡會聽老百姓的聲音呢？媒體在街頭採訪幾個被安排好的市民說幾句贊同、同意之類的話。過兩天報紙就會刊出新聞：某圳市市民支持「三變五」。政府順應民意，將夫妻隨遷由三年期限調整到五年。

還要我再熬兩年？還要再熬兩年！

首先是自己的身體堅持不下去；其次是那只「黃雀」在多次獲得減刑後，再過幾月就要刑滿釋放了。

小剛對老婆說：「行行好，讓我死了吧！不要再想戶口的事了。再說，現在的戶口跟以前比起來，也沒有多少用處……」

還沒等小剛說完，老婆就打斷他說：「你還不明白麼？『國家是監獄、戶口是牢房』。只是，牢房畢竟還是房子呀！可以遮點風擋些雨。孩子上幼兒園、讀書，都要戶口。否則就要回到山溝裡去讀書，就要像我們小時候那樣又輸在了起跑線上。雖然還有一條路——讀高價學校，可我們有那些錢麼？還有……我也會老的，到那時沒有戶口怎麼養老呀？」

老婆溫柔地說：「剛，你不是叫鋼麼？像鋼鐵一樣的『剛』。為了我、為了下一代，再堅持兩年好麼？政府說五年，我們有什麼辦法？除了服從，我們沒有討價還價的餘地。」

兩年——七三〇天、一七五二〇個小時、一〇五一二〇〇分鐘、六三〇七二〇〇〇秒……

怎麼熬得下去喲。操！

小剛想要去革命。

可是身體已經不允許他站起來了。

「操，這是什麼世道。」

這是我聽小剛說的最後一句話。之後，他連說話的力氣也沒有了。

二〇一五年六月四日

五毛，我是你的姐姐二毛

「來……五毛。坐下，我給你講一個二毛的故事。」
「哦，不。不是要你給我二毛。」
「不。也不是我要付給你二毛。」
「二毛不是錢。她是一個人。是你的姐姐。」

一、我與阿無

一九八三年．秋天。

我高中畢業那一年，是一九八三年。大概是九月初的樣子，一個人站在我家院子的大門口，叫著：「老江，老江……老江家裡有人麼？」

我沒有回答，直接站在了屋門口。陽光或許將我的臉照得很亮。這使輪廓的識別度很高，她不用進院子就能分辨出我就是她要找的人。我站在陽光的下面，而她站在大門的瓦簷下面。明處、暗處。我在明處、她在暗處，反差是那麼地強烈，所以我根本就看不清她的臉。但是，聽著那充滿活力的聲音我就可以猜出她是小劉阿姨，我們工廠的醫生——二〇〇五年，一次我與父親的電話通話中，父親說：「小劉阿姨前些天死了。」聽了後，我只是「噢！」了一聲，並沒有顯示出驚奇。父親接著說：「你不知道，兩年前她花了十五萬換了一個腎。高高興興地從醫院回來，指著自己的腰說：新的，年輕人的。至少還可以多活二十年。」我「哦……？」了一聲，多少顯示出了一點好奇。父親的積極性迅速被調動起來了。又說：「聽說，那個腎臟是從一個死刑犯身上取出來的。槍還沒有響，肚子就給劃開，將裡的腎臟取出來。是為了保證在放進保溫箱時，血還是流動著的。對了，聽說還不能打麻藥。因為麻藥會傷害腎臟。」「那得有多痛呀！」父親似乎意識到了一種殘酷性，沉默了一下說：「醫生與解放軍配合得很好，幾乎是同時，槍就響了。死刑犯不會感覺到疼的。」還沒等我回話，他又說：「疼了也活該，誰讓他做了要被槍斃的壞事！」——小劉阿姨隔著空蕩蕩的院子對我喊：「小汪，你們老師叫我來告訴你十四號回學校補考。」

這個信息對於我顯然很重要。我要確定一下：

「九月十四日？」

「是。九一四。」說著她就轉身走了。在走出瓦簷的陰影進入陽光裡的一瞬，我看見了她好看的身影在白色的背景中跳躍出來，珍珠般的光彩、好看。

九一四——就要死。這真不是一個好日子。我的心裡留下了一個陰影，似乎有什麼不好的事情將要發生。

二　考場．刑場

九月十四日，天不亮我就被我母親叫醒了：「建輝，起床了。今天要回學校考試。」

母親專門為我煮了兩個雞蛋。剝好蛋殼放到我的面前。我說：「我不吃。我不想考〇分。」母親早就料到了，她揭開鍋蓋，從鍋裡拿出一根油條，往雞蛋邊上一豎說：「這不，變成一〇〇分了？」

從家裡到學校有六公里路。在天剛亮起來的時候，我騎著自行車就出發了。去的時候上坡多，大概要四十分鐘——就像任何事情都有正反兩面一樣——回來的時候下坡多，只要半個小時。在一個大坡上，我使勁地踩著腳踏板，到了三分之一的地方就踩不動了。於是下車，向上推著自行車。一邊推一邊想著：回來時就好了，一順溜，就往下面衝。

在將自行車推到坡頂時，我看到了剛升起來的圓圓的太陽——是我升起來了？還是太陽升起來了？

亮，但不刺眼。紅，卻不火熱。

天就這樣，完全亮了。

上了這個大坡，後面的坡就不叫坡了。不用下來推車，直接就可以騎到學校。一些小坡——咬著牙，蹬著眼，蹬著腿——吭哧、吭哧、吭哧地就騎上去了。汗水隨之流了出來，浸濕了後背。

四十分鐘之後，到了王台中學。上了一個三十餘級的臺階，就進了學校大門。今天是週末，學校裡很靜。一棵生長在廁所旁邊的梧桐樹早早地就黃了葉子。本來以為它占了一個好的口岸，離肥料最近。會長得肥肥胖胖、高高大大的。沒想到卻因營養太多而迅速老去。

在離樹的不遠處，我最要好的同學阿無站在梧桐樹稀疏的樹葉投下的鬆散的陰影裡等著我。因此他的身上閃著光亮。

有一個多月沒有見到過他了。我對他笑了笑。然後我們就並肩穿過操場，上了二樓。在樓梯上阿無對我說：「今天上午要開一個公審大會。開完後，要槍斃幾個死刑犯。」

「槍斃人？在哪裡？」

「是的。不知道在哪裡槍斃。等開完公審大會後，我們騎自行車去追汽車。也許能追得上。」說著我們就進了教室。裡面空空的。還沒有人。我問：「我們班只有我一個人要補考？」竟然沒有人陪伴我！我在班上是墊底的？我覺得有些失落。

不一會，班主任老師就來了。將考卷發給我，對阿無說：「你出去，讓他自己考。」說著鎖上教室門，老師就走了。

大約十分鐘，我就把會做的題都做完了。剩下都是不會的。怎麼辦？這樣把考卷交上去也不及格呀。高中還是畢業不了。

我正焦急。這時阿無從窗子探進頭來問：「老輝子，做的怎麼樣了？」

「怎麼做呀！」我抱怨著：「補考，老師還是出這麼難的題。」

「快點。再晚，公審大會就看不到開始了。」

我將卷子拿到阿無眼前問：「這題怎麼做？」他比手劃腳地說了一陣。我就是聽不懂。他一急，就翻進窗子，坐下來幫我考試。

我站在旁邊說：「不用全都做完。只要六〇分，及格了就行。」

他做了二十多分鐘卷子，停下來算了一下分。說：「好。有七〇多分了。快點把卷子交了，晚了就看不到開頭了。」我們翻窗子出來，到班主任老師家，將考卷交給他。而後騎著自行車急急地向公審大會的會場上去了。

快到會場時，我看到圍觀人群的目光還沒有朝向一個地方。那些目光沒有紀律地胡亂交錯著。如果它們有顏色都能被看見的話，會像是一團解不開的亂麻。我放慢了騎行的速度，對阿無說：

「別急，大會還沒有開始。」

果然，擠進人群之後，看到昨天剛搭起來的檯子上還空空的。於是我們就左看一眼右看三眼、前望兩眼後望四眼，想找找看有沒有熟人。找是找到了幾個熟悉的面孔，但是也沒有用，人太擠，要想擠過去與之匯合，還真不容易。

放棄了吧！我們停止了東張西望。無聊的等待。

沒有過多久，人群燥動了起來。聲音混亂，但目光卻一致。人們的目光朝向一個地方。那個方向傳來了汽車的馬達聲音。等聲音停止時，看臺上出現了兩排人：一排武警、一排犯人。武警在後面、犯人在前面。武警臉上蒙著口罩、犯人背後插著一塊木牌子，上面寫著他們各自犯下的罪行。

阿無小聲地對我說：「武警臉上戴著口罩，是害怕他們的同夥認出他們來報復他們……」

我沒有聽清阿無後面說了些什麼，因為就在此時我看到一個漂亮的女犯人。她站在一排高大的男人中間——纖纖弱弱——因凹下去一截而顯得「突出」。或者……淫者見淫地讓人聯想到女性的性徵。聯想到這，我的下面奇怪的「凸」了起來，像是想要彌補那個「凹」。互補。方正。「世界就是因此平衡著！」這樣想著，我就原諒了自己的本能。

那是一個漂亮的女人，在秋日早晨的太陽下被陽光溫暖得讓看著的人身上燥熱著——而後由外而內——內心燥動。怎麼個漂亮法？那時我還不太懂女人，就是覺得她死了會讓人感到可惜。心中生出一種愛憐。

「判處死刑，立即執行」。

為了體現「立即」，押送犯人的汽車一直沒有熄火。宣判的話音還沒有落地，他們就被左右兩個武警提著迅速丟到車上。

阿無拉了我一下，就擠出正在散開而更加混亂的人群。人群分為兩種，一種慢慢悠悠的像是無所事事的樣子。另一種則完全相反，他們瘋狂地奔向停放在路邊的自行車。騎上車就迅速地朝著汽車開去的方向追著。

像是一場自行車比賽發令槍剛剛響起。公路上擠滿了左右晃動著身子，雙腳不停轉著圈子蹬自行車的人。

我與阿無就夾在人流中間。

其實除了人頭之外什麼也看不到。騎在最前頭人的可以看到什麼？我不知道。大概騎了有兩公里，車流疏鬆了下來。同時也不斷地可以看到有人將自行車緊緊地靠在路邊逆向而來。有熟悉的人大聲問：「看到了麼？」

「早沒影子了……別追了……」但由於雙方的速度都太快，所以回答的人說了些什麼？問的人完全沒有聽到，他依舊向前追著。

正追著，一輛軍用救護車拉著警報「嗚哇、嗚哇、嗚哇……」地逆向駛來。它匆匆地、堅定地向著自行車流沖過來，像是載著一個什麼使命。看著它堅定的樣子，作為弱勢的人，紛紛為它讓開了一條道路。否則救命的車將變為殺人的車。它的使命將會戲劇性的反轉。

好在人們都是怕死的。也是識時務的。

從客觀上來看，這輛倒行逆駛的救護車，阻止了猛騎自行人的速度。從客觀上來分析，自行車速減慢，使得空氣中多了一分冷清寂靜。以至更遠更尖利更細緻的聲音得以切入進來——人們聽見了「呯、呯、呯、呯」地幾聲槍響。

「媽的。還是沒有追上。」人們停了下來。我望了阿無一眼，他也望著我。我問：「回去？」他看了一下周圍，絕大多數人都轉身回去了。只有少數的幾個人在停了幾秒之後，又蹬著車向槍響的地方追去。

「再追。」說完阿無就向槍響的方向騎去。

我跟著他，再向前大概騎了六分鐘，一個大彎拐過去，出現了一條叉路。這條叉路陰陰的，像是要通向暗黑狹窄之地。我指了一下，說：「朝這條路走？」

越向裡面，越是陰森。我感到背上一陣一陣的發涼，放慢速度，說：「算了吧。」阿無沒有回答，繼續向前騎。沒有多遠，他停住了。指著路邊一片有一個籃球場大的沙石場說：「你看。」我順著他指的地方看過去，看見了幾灘血跡。血還沒有乾，濕濕的。似乎還可以流動。

「操！」阿無說：「老輝子，你看。他們是在這裡被槍斃的。」

我低著頭說：「人身上的血沒有好多嘛。就只有這麼一點？」

「或許……這是一塊碎石地。血都滲到地下了。」阿無猶豫地說。我們同時都低著頭，但是很快就被一陣陣向上湧起的血腥味沖得將頭抬了起來，並扭向了另外一個地方。

三　文章．小道消息

看殺人時我不到十八歲。二十年之後，我看到了一篇文章：

一九八三年死囚阿鍾在號子裡吃完了最後一頓早飯（一般地死囚在將要行刑前幾天都會被調到小號裡關押，避免他會影響到別人。但是一九八三年，監獄裡面關押的人太多了，再加上被批准槍斃的人也多得排成了長隊。根本就騰不出小號來）。天還沒有亮，武警就叫喊著：「起床、起床、都起床了……」接著放風場的大門一扇一扇地被打開了。

有經驗的人悄悄說：「今天要槍斃人。」

果然，鐵門打開時，管教送進來了一碗煎蛋麵：「阿鍾，把這碗麵吃了。」看到這碗麵，阿鍾明白自己的生命走到頭了。雖然之前一直在作著心理準備，但是一旦面臨了，心還是咯噔的一下就掉到了地下。

聞到煎蛋麵散發出來的香味，卻一點也沒有胃口。他端著碗呆站著。旁邊的犯人圍在他的身邊，眼巴巴地盯著這碗還在冒著熱氣的麵。管教說：「都讓開來。你們也想吃了去死呀？」可以斷定監獄裡奉行的是唯物主義──這碗麵是給將死的人吃的，但吃了這碗麵的人卻並不一定會死。他們沒有退下去，而是用一種朋友般的目光盯著阿鍾，似乎都在表演著一個主題：我們才是最要好的哥們，你看著辦吧！

阿鍾沒有吃這碗麵。他將麵往地下一放，問到：「酒呢？」

「嘿，你還挺明白。想喝酒，你的膽量都去哪兒啦？」

將死的人也是有尊嚴的，阿鍾閉嘴不說話了。他不知道就在幾十公里外的中國人民解放軍第九二野戰醫院的病床上正躺著一位鍾姓副司令員。他患的是腎功能衰竭，急需腎移植。為了保險，必須從活體上取腎。醫生還特別強調，被取腎的人之前要保證身體健康。

軍隊醫生通過高級首長轉告行刑的一位營長：取腎之前，犯人不能斷氣，不能打麻藥，不能喝酒。

到了刑場，救護車早就等在那裡。武警將阿鍾從大卡車上直接拖到救護車上，將他固定到一張特製的鐵床上。軍醫只是簡單地用酒精在他的肚子上消了一下毒，一刀就劃開了他右側的腰部。第二刀腎已經離開了阿鍾的身體，裝進了一個恒溫箱裡。

阿鍾想喊，但嘴巴被棉紗死死地堵住了。想要扭動身體，身子也被緊緊地固定著。但他的臉部卻能極度地扭曲，比魔鬼還要嚇人。

沒有人知道，槍響時打的是活人還是死人——主要是因為可以知道的人並沒有想去瞭解這些。他們的任務只是將一個活人變為死人。至於「如何變為死人？」上級並沒有想要知道的意思。同中國的大環境一樣，這是一個只要結果而不需要過程的時代。

小道消息一：

這一次行刑之後，社會上流傳著一個傳說：「南平市的流氓頭子在槍斃時一共打了五槍才被打死。」

據說他身上流著與他的父親一樣的血。他的父親在「解放前」是閩北山區一個著名的土匪頭子，後來被共產黨收編了，在閩北的大山裡專幹綁架殺人的壞事，為共產黨籌集革命資金。

我說：共產黨確實神奇，他們怎麼能說服一個野蠻人加入他們的組織，與他們一起幹革命？

「一定是給土匪畫了一個大大的餅。」

「共黨的口才太好了。」

「是呀。許諾誰不會。」

「我就不會。一說假話，我的臉就會紅。臉一紅，別人就不相信了。」

阿無說：當時的土匪可狠啦——我父親有七個兄弟。其中有五個都被土匪綁票做了人質。要交三百塊大洋才能贖回。前兩個人是贖回來了。後面的三個人，實在是沒有錢交贖金，於是便被土匪撕票了。撕票後將人頭裝在竹簍裡，丟到我家的門口，再附上一個紙條，讓我們到十里外的深山裡去背身體回來。為了保留全屍，家裡人只有冒險去山裡背。運氣不好的話，去背的人又會被抓為人質。我有兩個叔叔就是這樣又被抓去了。

「這是送貨上門呀！」

「是啊。不去又覺得對不起死去的兄弟。那時人們迷信。說如果下葬時不是全屍，就永遠不能投胎。」

「土匪是壞。不僅手毒、而且心狠。」

「解放後」共黨果然沒有食言，難得的守了信用。土匪頭子分到了一塊餅——當上了獨立二師的一個副師長，一直駐紮在茫蕩山脈的一個深黑的山谷中。

副師長的兒子當然不可能與父親一起待在大山裡，他與母親住在南平市裡。「慈母敗兒」於是，兒子自然而然地走在了流氓的金光大道上。並終於，變成了流氓。

據說，武警在開槍之前，剛拉響槍栓。流氓頭子，便回過頭來，直直地望著戴著大大口罩的軍人說：「瞄準一點，朝這裡打。十八年後，我鍾鳴放又是一條好漢。」說著用腦門重重地點了點槍口。將額頭都磕出了包。

武警的手顫抖了一下。他又說：「膽小鬼。以前我爹殺人都用刀砍，一刀下去，腦袋像皮球一樣滾出老遠……刀子快的話，頭上的嘴巴還能發出『吱、吱、吱』的聲音。」這時開槍武警整個人都開始抖了起來。流氓頭子說：「別抖了。開槍吧。」

武警「呯」地開了一槍。流氓頭子身子震了一下，後背破了一個洞。他回過頭來對開槍的人說：「笨蛋，心臟在左邊。」

「呯」槍聲又響了。

「我操你媽。心臟怎麼會長在腰上？」

「呯」。

「幹。這是肩膀。」

開槍的武警嚇的尿都流出來了，褲子濕了一大片。最後，還是營長用手槍抵著他的腦門開了兩槍，才將他打死的。

小道消息二：

那個女流氓沒有被槍斃，是被拉去陪斬的。她的名字叫素芬，是南平紡織廠的一名女工。在紡織廠的旁邊有一個軍營，軍營是一個排的建制，裡面住的多是軍官的家屬。

軍營裡男人多。紡織廠裡女人多。

好像是有意讓它們互補，兩者距離不遠。走路大概二十分鐘便到。本來軍營與紡織廠因「男女有別」的古訓，是井水不犯河水。雖互聞雞叫聲，卻一直不相互往來。直到軍營裡的那一批小屁孩長大了，軍營的桎梏便被衝破了。他們成天到紡織廠裡晃悠，見到漂亮的女孩子就吹口號、尖叫。

一開始紡織廠裡為數不多的男工人站了出來，想要阻止外人入侵。於是戰爭開始了。第一架，紡織廠的男性工人贏了，將大院子弟打了出去；第二架，軍營裡的紅二代叫來了當兵的軍人，整整幾大卡車穿綠軍裝，卻少了領章、帽徽，的小夥子從車上跳下來，一下子就將工人打趴下，從此再也硬不起來了。

美女愛英雄。英雄能打架。紡織廠的女工就這樣被這群大院子弟征服了。

一起玩兒、一起跳舞。軍愛民來、民擁軍，真正體現了軍民魚水之情。

在軍營的附近，有一個因裁軍百萬而閒置下來的軍用倉庫。不能讓它浪費了。於是紅二代們和紡織女工們便將這裡作為活動的場所。

唱歌、跳舞。青春的熱情與夏天的火熱相互作用——火。熱。高燒。身體像是要燃燒起來一般。每當這時阿鍾便會去買來一堆冰棍，壓壓身體裡的火。真爽！吃著冰棍的素芬此時便會覺得冰棍是天下最好吃的東西。而此時自己也是天底下最幸福的人。

唱著、跳著……

跳啊、唱啊……

有人很老練的下著結論：跳舞？你信不信，跳著、跳著……就會往「那」方面發展！說著眼睛裡飄出了濃濃的曖昧，從「那」眼神裡，人們彷彿看到一個個光溜溜的男女身體，從形而下的現實中，上升到形而上的意識之中，並漲滿本來就空空蕩蕩的大腦。是男？是女？這就是各取所需了。

於是在人們的眼睛裡，這群年輕人變成了一個流氓團夥。流氓就流氓吧！「我是流氓，我怕誰？」從這句名言裡我們看到了老百姓對流氓的無奈——只要官家不動手。

在一個熱氣逼人的日子（一九八三年八月二十六日），「總設計師」鄧小平喊叫了一聲：「抓流氓呀」。於是，為了「抓流氓」而抓流氓——沒有流氓就創造流氓——於是全國一下子就冒出了許多流氓。

小道消息三：

鄧小平為什麼要叫喊「抓流氓」呢？

據說一九八三年八月，趙紫陽的女兒、女婿（楊得志上將的侄子）來河南南陽遊玩，在遊覽了諸葛廬返回途中，遭幾名地頭蛇糾纏要趙女去跳舞。被拒絕後幾個地痞動手打人，擔是全部被趙女婿打趴下了。幾個地痞不甘心，叫來了南陽市公安局長的兒子，反說其鬧事，用電警棍打擊趙女婿頭部，使其當場斃命。隨後趙紫陽的女兒將證件亮給前來出警的公安，說：我丈夫是中央軍委上將楊得志的侄子。幾個地痞聽後，一哄而逃。

得知此事後，楊得志大怒說：「楊得志呀！楊得志！如果我不殺了這些流氓何以叫『得志』？」一週後，八三年嚴打的大抓捕行動展開了。結果，南陽市公安局長畏罪自殺，參與打人者全部被槍斃。

還有一種說法是，鄧小平的兒子在武漢住館賓時被一群流氓毆打。坐在輪椅上的他被連續搧了十幾個耳光，最後還被從十幾級的樓梯上推下來。本來就殘疾的他雪上加霜——又掉了兩顆門牙。鄧小平大怒，問當時的公安部長：「流氓難道什麼也不怕？」公安部長說：「不。他們不僅怕死，還怕沒有戶口」。

「那就殺一批。殺不完的，全部註銷戶口，丟到大西北的沙漠裡去。讓他們自生自滅」。

以上都是與高官有關的。另外還有一種與官員的沒有直接關係的傳說：

一九八三年春天，內蒙古有十幾個小青年，在酒後血洗了一個叫紅旗農場的農場。一口氣殺光了農場裡二十四個男男女女，並強姦了所有的女性。其中最小的年僅四歲、最大的七十六歲。這個傳說後面還贈送了一個價值判斷：這些個小夥沒有文化，沒有選對地名。血洗「紅旗農場」，這不是明目張膽地在「反紅旗」麼？事情一旦上升到政治高度，任何問題都要被放大一千倍。於是，一座大山騰空飛起來……「恐怖大王從天而降」。

四 男女·審美

在看了殺人回來的路上，我與阿無誰都不說話。一直到快要分開了，我說：那個女人長得很漂亮，殺了真是可惜了。

他說：別想那麼多。不死也輪不到我們。美女只愛兩種東西——權和錢。

我說：流氓就沒有權。

他說：流氓想幹什麼就去幹，不用怕這怕那。這也是一種權啊！

聽阿無這樣一說，我一想，這有道理呀。

「他是流氓，他怕誰？」我想起了在讀中學時，每次在街上看到流氓總是要繞著走。而流氓呢走路從來就不看路，頭仰成四十五度角，目空一切。彷彿地上的問題全解決掉了，現在剩下的難題只在天空之上。

二、素芬

一 審美·分類

用情色的眼光來看，屬於普通人的女人有兩種：一種是穿了衣服看好看而脫了衣服則不好看，另一種是脫了衣服好看而穿了衣服卻不好看。

當然，還有第三種女人：穿了衣服好看脫了衣服也好看。

當然，還有第四種女人：穿了衣服不好看脫了衣服也不好看。

第三種女人屬於有權有錢的人。

第四種女人則是屬於低層的人。

人的等級由對女性的審美而產生。由此，有人設想——「消滅了女人的美醜便消滅了階級」。如何能讓女人都成為同一類人？只有兩種辦法：一、消滅審美，讓所有的人都放棄思考；二、整頓容顏，讓所有的女人都變成一個模樣。

二 女犯．監獄長

陪斬的女人姓蔣名素芬。父母給她取名字時顯然經過一番鬥爭。可以看出素芬出生那年，審美出現了模糊的衝突：想要「芬」芳迷人，擔又當心過頭了變成狐狸精，於是使用「素」來調和一下。兩個矛盾體混合著，化成兩個字：中庸。

自從陪了斬之後，素芬小便失禁了。

這是病。

只是在這麼一個神奇的國度什麼可能都有——壞事變成好事；好事變為壞事。

壞事——褲子常濕。

好事——水多潤滑。

素芬被判了二十年刑。在轉到監獄之後，她寫了一個申訴。申訴判重了。她在申訴中說：「向小平總設計師保證，我絕對不是女流氓，將我判為女流氓是天大的冤案，因為我還是一個處女。」要證明素芬不是女流氓很簡單，就是去醫院檢查一下她的處女膜是否是完整的。

但是一九八三年嚴打錯抓的人太多了，申訴材料堆得像高山。事情總要一件一件地辦。即是一件一件地辦事，就要一個一個地排隊。

「下一個……」

「下一個……」

「下一個……」

「再下一個……」

……

總是沒有叫到素芬。

就在素芬的申訴信在排著隊時，她被監獄長看上了。監獄長在廣播裡通知道：「犯人素芬、犯人素芬，快點到監獄長的辦公室去一趟。犯人素芬、犯人素芬，快點到監獄長的辦公室去一趟……」

「終於輪到我了！」素芬興奮地奔跑到了監獄長辦公室，看到了長得一臉正氣的領導幹部。看到這張國字臉，素芬就更放心了。他絕對不會將她往邪路上帶。

「聽說你犯的是流氓罪？」

「報告教官，我是被冤枉的……人家還是一個處女呢。」

後面的半句話還沒有說出來，她上面橫著的嘴就被一隻有力的大手給堵住了。接下來，她下面豎著的「嘴」又被一根肉棒棒堵住了。

一下、二下、三下、四下……到了二十四下，監獄長將東西拿出來，看到了上面沾著濕紅的血。看到弄髒了心愛的武器，他有些不高興：「身子不乾淨，為什麼不早點說？」

「我沒有不乾淨。」

「沒有？你看這是什麼？」說著他指著武器上的血痕。

「人家、人家……這是第一次嘛。」

「你……還是處女……」監獄長遲疑了一下說：「你當女流氓的時候都幹了些什麼？」

「沒有幹什麼呀！也就是彈彈琴、跳跳舞。」

「好吧。沒事了，你回去吧。」他沒有送她。甚至連目送也沒有。他低著頭若有所思的靜默著，直到她的腳步聲走到了門口時才說：「以後有什麼困難，直接來找我。」聲音從地面上傳來，像是黑土地裡剛生長出來的一株禾苗……

聽到這句子話，素芬有些感動。她停下了腳步，將正伸出準備開門的手停在空中。監獄長繼續說：「聽說……你最喜歡吃冰棒？」

「是……幹部。」

「我身上有一根，是熱的。想吃，隨時都可以……」他走到了她的身邊，一邊掏著褲子口袋一邊說：「冷的嘛！這兩毛錢你拿著，自己去買吧。」說著他將手中拿著的兩毛錢遞了過去。

她從他的手上接過兩毛錢，開門出去了。

素芬用兩毛錢去監獄的服務部買了一根冰棍。慢慢、慢慢，地吸著——冷、甜、滑、潤——渾身輕輕地顫了一下，然後緊張的肌肉鬆弛了下來。她想儘量延長這種感受，將舌頭伸出來，用舌尖盡可能少的接觸到那涼涼的凝著的水汽。乳白色的物體。

這是一種什麼樣的東西啊。像是時間，會越來越少、越來越不夠用。可是它又不是時間，因為時間是勻速地逝去的。而手中的這個物體，則會在嘴巴的溫暖或者大面積地接觸下因水分子迅速流失而變軟、變小。

素芬吃冰棒的樣子讓有想像力的人聯想起了另外的一些事情。「人類失去了聯想也就失去了趣味」。

是的。有一個人對另一個人說：「由此可以看到素芬的未來。你信不信？她將以此為生。」另一個人肯定著說：「她是一個天才。哦，不，不是那種天才。是『天生我才』的才。」

「『天生我才』是什麼才？」

「就是隨便什麼才的才。還沒明白？是就同樣一種事情，可以做的比別人好的那種。」

「那是天材，不是天才。」說著用手指著身邊的一棵生長得還算是不錯的樹。

至此，這兩個人的觀點統一成了一個。

三　壓舌片・清白

這次之後，還沒有到一個月，法院來了兩個辦案人員，帶素芬去醫院查檢身體。他們直接就進了婦科。醫生對她說：「脫褲子。」

「就是因為脫褲子，我才成了現在的女流氓。」

「脫了可以變成為女流氓；也可以從女流氓變回清白之身。」

素芬就脫了。婦科醫生用一根用來壓舌頭的木頭片片，在她的下體撥弄了一陣子之後給出了結論：「她確實是一個女流氓。」

帶她一起來的兩個法警，臉色馬上一沉。對素芬說：「政府絕不會冤枉一個好人，這句話簡直、實在、確實……太正確了。」說完將素芬一銬，不容分辯，再次將她丟回了監獄。

——很明顯地，素芬沒能用自己的身體來證明自己的清白。

她最不開心的是：因為兩毛錢，自己失去了清白。「錢啊！你是殺人不見血的刀。」這首歌從此成了她在KTV裡必點的歌曲，成了陪伴她一生的旋律。

四　毛二·二毛

接下來，素芬肚子大了起來。一開始她對別人解釋說：「營養不好，身體變浮腫了。」再後來，瞞不住了。她必需要跟監獄方交代孩子是從哪裡來的。

深夜。監獄長緊擰著眉毛，在寬大的辦公室走來走去——從兩根眉毛連成了一個長長的「一」字來看，這個人似乎走在了一根獨木橋上——邊走邊說著：「太不小心了、太不小心了、太不小心了……」如果你這時看著素芬，就會認為這句話說的是她；如果你這時看的是監獄長，就會認定這句話說的是他。

走著走著。監獄長猛地停了下來。他緊緊地盯著她的眼睛：「你就說是毛二幹的。」

「毛二？為什麼要說是他幹的？」

「因為他活不過明天。」

「為什麼他活不過明天？」

「你的問題太多了。我叫他什麼時候死，還不是一句話。」

果然，第二天毛二在喝涼水的時候被噎死了。

「喝水噎死」。這是流傳在監獄裡的說法。對上級部門，監獄方是這樣說的：「毛二，誘姦了素芬。因為事情敗露而畏罪自殺。」

合情。合理。

毛二在這個故事裡，出場的時候就已經死了。

不久後，素芬生了一個女兒。長得像她。聽到這個消息之後，監獄長鬆下了最後一口氣。他說：「這是你的孩子，你給她取個名字吧。」

「就叫她二毛吧！二毛=冰棒，是甜的！以後叫著名字都覺得甜呢！」——彷彿是占了便宜一般——於是素芬每次叫二毛，嘴巴裡都覺得像是正含著一根冰棍。

五　招待所・服務業

「二毛、二毛……快給四〇五客房的叔叔送一瓶開水去。」

素芬喊這句話的時候已經是六年以後了。從這句話可以猜測她此時應該是在某個賓館當服務員。這一年六月將盡的一天，監獄裡一口氣就關進來三個大學生。從北京來提審大學生的檢察官就住在監獄旁邊的招待所裡。

看到眼前的這個小姑娘，檢察官皺著眉頭說：「怎麼來了一個小的？幹！我可不是禽獸。去，叫你媽媽來。」

素芬來了之後解釋說：「我以為北京來的同志，思想覺悟……更高些……」「幹。你是不是罵我不是人？」「哪裡……是人。是人。」「那我們就來做一做人做的事。」完事之後，北京來的檢察官像往常那樣斜靠在枕頭上，點起了一根「日後煙」說：「素芬，素芬……樸實。我就喜歡你這個名字。」

「俗。」素芬只說了一個字。

「俗，不怕。怕就怕叫不響。我們北京有兩個素芬可有名了。」

「她們也叫……素芬？」素芬想不通，都是一樣的名字，為什麼差距就那麼大？

「對。她們一個二個都成模範板樣了。」

在煙將要吸完的時候，北京來的檢察官轉了一個話題：「說說看，監獄長第一次幹你的時候，給你多少錢？你可別不承認啊！不好這兩口，當官還有啥意思呀？」

「二毛。」

「為什麼是二毛？」

「那時二毛錢可以買一根冰棍。」

「現在冰棍好多錢一根？」

「你們當官的真是不知柴米油鹽貴。」素芬嘆道：「漲價了。五毛。」

「好——我也給你買一根冰棍。五毛。」北京來辦案的檢察官果斷地將煙蒂按在煙灰缸裡：「成交！」

這一次，素芬中標了。懷上了孩子。十月懷胎之後，孩子出生了。「叫個什麼名字呢？」監獄長顯得有些心煩。素芬回答：「很好辦，就延續二毛的名字，叫五毛吧。」

六　承包．五毛

二十世紀八十年代末，理想被槍彈擊碎。希望破滅了之後，人們由一個極端邁向了另一個極端。中國四處彌漫著孔方兄的味道。一些國有或集體企業開始承包給個人。關押素芬的監獄也將其下屬的一個招待所承包給了一個人。

這個人是一個男人；準確點是一個年近中年的男人；再準確點是一個偏肥胖的年近中年的男人；再再準確點就是改造素芬的這個監獄的監獄長老婆的弟弟。

招待所承包給私人後，承包人做的第一件事就是到監獄裡挑選了幾個長相漂亮的女犯人到招待所工作。

剛當上老闆的小舅子對姐夫說：「姐夫，現在做服務行業。不做『那個』根本就賺不到錢。你調幾個女的給我吧！」

「你要女的作哪個？」

「做『那個』呀！你又不是不曉得。」

「我曉得啥子呀？」

「你每次出差，住賓館都要幹的呀！」

「需要什麼人，你自己去社會上招呀！總是找我幹什麼？」

「姐夫，找你要人可以不用付工錢……」小舅子對姐夫壓低聲音對說：「進賬就是純利潤。姐夫，你想想看，客人們爽了。我們可比客人還要爽呢。」

「女犯人跑了怎麼辦？」

「放心吧，姐夫！我對她們實行軍事化管理。平時關在屋裡，出工有人帶著，收工有人領著。前後門再找兩個小兄弟看著，比監獄還安全呢。」

於是，素芬被轉到招待所。算是進入了服務行業，也算是獲得了更大的一點自由。這應驗了李白「天生我才必有用」的詩句。由此有學者寫了一篇論文證明：李白不是詩人，其實他是中國古代的一個預言家。

因為素芬被監獄長用過。所以一般地不用她幹「那」事。只是負責安排其他女犯人的工作。除非有比監獄長更大的官來了，才可以「用」得到她。北京來的檢察官比監獄長大，所以素芬被「用」了。監獄長不敢、也不會有任何的不高興。

就是因為這個「用」字。五毛悲劇性地來到了這個悲慘的世界裡。細心的監獄長發現素芬二三個月都沒有來月經了。他問：「素芬，你是不是中招了？」他這一問才提醒了她。她回答到：「是呀！我都忘了這事。」

「你怎麼這麼不小心？」

「這怪不了我呀。我說要戴套子，可是他偏不戴。而我又不敢得罪他。」

「媽的。你以為被一個比我大的官幹了，就可以對我大聲說話了？操你媽個逼。」說著監獄長操起電警棍，就往素芬的肚子上捅。一陣「啪啪啪、啪啪啪……」的電流聲音響起來，素芬慘叫了一聲，捂著肚子，倒在了地上。

也許就是因為這次電擊，把肚子裡的孩子打壞了。

八個月之後，五毛出生了。素芬用手在他的眼前晃了一晃，他的眼睛一眨也不眨。而後又在他耳朵兩邊輕輕拍了幾下掌，他還是一點反應也沒有。難道這個孩子是聾啞的？她擔心地向護士問到：「這孩子……是不是耳朵和眼睛有問題？」

護士看了一下五毛說：「你看，快看、快看，他眼睛動了。」

果然，五毛的眼睛照著素芬剛才手擺動的方向與節奏轉動了幾下；之後頭也向素芬拍掌的方向轉動了兩下。於是護士總結到：「這孩子不瞎也不聾，只是反應比常人慢了好幾拍。」

三、二毛與阿無

一 上學．家長會

二毛小學一年級下學期快要結束的時候，帶回來了一張紙條。她將紙條拿給了媽媽說：「媽媽，老師說明天下午四點要家長去學校開家長會。」

開完家長會，素芬對監獄長說：「老師說二毛的成績跟不上。拖了她的後腿。」

「二毛成績不好，跟她有什麼關係？」

「怎麼會沒有關係？社會就像是一張網，那是千絲萬縷的關係。」

「說具體點。」

「學生成績不好，就要扣老師的獎金。」

「她娘的。看來每個單位都是一樣的啊。我以為只有監獄才這樣幹。」說著監獄長嘆了一口氣：「犯人是被關在牢裡的，他們沒有自由。沒想到我這個管犯人的也成了囚犯了。」

「老師說……」說到這裡，素芬壓低了聲音：「……老師說……如果成績不好，長大了以後……」

「長大以後怎麼了？」

「長大以後只能做下賤的事。」素芬有意將「下賤」這兩個字的語音加重。於是這兩個字像是石頭一樣落在了地上，發出了脆嘣脆嘣的聲響。

明顯地這兩個字砸到了站在對面的這個人。監獄長不說話了。素芬看到他沉默的樣子，知道他現在是最容易說話的，於是說：「老師說家庭教育也很重要，要家長在家裡也抓一下孩子的學習。監獄裡不是剛關進來幾個鬧事的大學生麼？找一個過來幫二毛補補課。」

「好吧。明天我去跟劉隊長打聲招呼，讓他把四大隊的那個反革命調過來。給二毛好好補補課。」

二　阿無·家教

來給二毛補課的大學生叫阿無。他第一眼看到素芬時吃了一驚。只是長期的監獄生活讓他學會了面無表情，所以素芬並沒有感覺到眼前這個大學生發生的微妙變化。

阿無清楚地記得這個漂亮的女流氓。被繩索五花大綁，卻恰好完整地體現了她成熟的乳房；被兩個武警押得深彎著腰，卻隱隱露出了一道戰壕一般隱蔽且安全的乳溝——在戰場上，那是代表著可以暫時「停下來」就像是「到家了」一樣的感覺。從此他再也無法忘記這個「女流氓」。就是這個女人讓他覺得男流氓都幸福的像是綠葉一樣——整個生命都是圍繞著鮮花的。

阿無克制住內心的激動。說：「報告。您找我有什麼事？」

「別報告——我和你都是一樣的……」素芬沒有把話挑明：「我找您來，是想請你幫二毛補補課。對了，你不是大學生麼？可別浪費了……」素芬說著，拉了一下二毛：「二毛。快，叫老師。」

「老師。」

聽到二毛的叫聲，阿無感動的想哭。自從被關進監獄以來，他除了被管教叫編號「八九七〇一四」以外，就是同改的犯人叫他「反革命」了。

一開始到監獄時，他自己下定義到——「反革命在這裡是褒義詞」。可是從監獄裡一起改造的人嘴裡叫出「反革命」的聲音裡，他聽到了一種蔑視。他覺得自己犧牲得太不值了。可是現在想回頭已經來不及了。

「算了吧！我好歹也是一個大學生。比你們強。」阿無只有靠這樣的信念讓自己在這個壞人堆裡生存下去。

現在，阿無已經有了用武之地。他愉快地接受了素芬的請求。每天吃完牢裡的晚飯之後，他總要很大聲地說：「唉！來不及了、來不及了……我還要趕去給二毛補習功課呢。」說著就一路小跑，到了監獄大門口，他「啪」地一下就站住了，對站崗的武警說：「報告，我去給二毛補習功課。」一站崗的武警一揮手讓他出門去了。

出了監獄大門，向右一拐，便到了監獄下屬的「又一春招待所」。素芬與二毛已經等在招待所門口了。

他們三人現在一起走向招待所裡的一間辦公室。路上素芬看了一眼二毛說：「老師說她的數學不好，要給她補一補。」

「哦，我學的專業是古代漢語，數學嘛……可能……可能……」阿無顯得有些為難。

「你們大學生，總比我這個初中還沒有畢業的人強吧！別謙虛了。」

阿無也不想放棄這個證明自己比別的犯人有用的機會。他在心裡想著，教小學生的數學是沒有問題，為難的是初中、高中。唉，到時候再說吧！在這個今天、明天、後天都一模一樣的監獄裡，誰還會去想明天啊。

由此，阿無在監獄裡的生活充實了許多。

三 阿無．素芬

自從那次公審，看到了被武警押在汽車上素芬的「女流氓」相。阿無對女性的審美好像就成熟了。

那種美，是眼看著被毀滅的——當時他確定她是一起被拉去槍斃的。無論頭腦多發達，都想像不到還有「陪斬」這件事。在他的知識結構裡，那種事只能發生在「舊社會」；而現在社會已經變成「新」的了。

一種美就這樣「消失」了。為了彌補損失，為了不讓美消失，阿無在腦海裡沉入了一顆重重的石頭。這塊石頭上刻著：「驚惶、柔弱、絕望、黑暗、放空的目光、忍住不敢流出的眼淚、最最澈底的無助，以及被繩索的捆綁而『雕刻』出來的女性玲瓏與凸凹。」讓這種美在他的腦子裡永久留存。

總之，那一刻素芬成為了他的女體之美的樣板。

在阿無的教導下，二毛的成績有了一些進步。有幾次，素分感激地對阿無說：「我真的不知道應該怎樣感謝你。」她停頓了一下，語氣鬆瀉了下來，顯得無力的樣子，接著說：「噢……就算是想要感謝老師你，我也拿不出什麼來。我的一切都被政府拿去了……哦，不對……我還有、還有自己身上這幾十斤肉。也就是……我唯一拿得出來的就是自己的身體……」

素芬的暗示已經很明白了。阿無聽得懂。他說：「好。我聽懂了。」

她閉上了眼睛。阿無從屋子裡找出了一根繩索，從她的雙肩穿過，交叉著在她的胸前打了一個×，而後再繞回背後，讓她的胸部顯現了出來。

他在她的身後站了一下，並沒有綁住她的雙手，而是在她的耳邊輕輕地說了一聲：「就這樣，不要動。」

她就保持著這個姿式不動。

他繞到了素芬的身前站定，看著她。認真地看著她、詳細地看著她。夾帶了情感、運用著審美。心跳加快、呼吸加速。

不一會兒，他就覺得下體「突」「突」「突」「突」……跳了幾下。就像是充足氣的氣球，紮緊的口子鬆了。一陣風走了？一場雨下過？他覺得下體一濕，整個人繃緊的情緒就鬆弛了下來。於是，更無聊的東西湧進了本來就無聊的身體之中——現在即便是死，也無所謂了。

「好了。」他說。

「這就完了？」她問。

「是。」

她自己將身上纏著的繩子鬆下來，丟到地下說：「我有很多客人也喜歡玩這種遊戲。但是他們一開始並不是這樣，而是玩多了，不願再重複，才想弄一些新鮮的花樣來玩。可你……？」

「在監獄裡，我唯一的收穫就是懂法了。我知道只要男人女人的那玩意兒不碰到一起，就不能說他們有性行為，法律就拿我們沒有辦法。況且關在監獄裡久了，那根東西就廢了。與其在現實接觸中早瀉；還不如在意識審美中滿足自己的欲望。這樣我們至少還可以保持一種彼此的神祕感。」

「神祕感？」

「是的，神祕感是延長人際交往的最有效、最持久的藥物。」他降低了聲調：「我是想讓我們交往的長久一些啊！」

「好吧。你的這套東西——嗯，精神性交——聽起來很乾淨的樣子。我也想試一試。」

阿無與素芬的關係：阿無喜歡素芬。

四　阿無・二毛

二毛的學習成績有了明顯的進步。有一天老師在課堂上表揚了二毛。二毛放學回來高興對素芬說：「媽媽，今天語文老師表揚了我。」

「是麼？二毛，等阿無老師來了以後你可要好好謝謝人家啊。」

「好的……」二毛低著頭想了一下說，「可是，媽媽，我用什麼感謝阿無老師呢？」

「努力學習呀！」

「媽媽，我長大以後可以嫁給阿無老師嗎？」

「等你長大呀？」素芬明顯地吃了一驚，吞吞吐吐著說：「等長大了再說吧。還要好久好久呢。」

「媽媽。我要快快長大。今天晚上給我多盛一碗飯。」

吃完晚飯不久，阿無來了。在翻開課本前，二毛對阿無說：「阿老師，今天語文老師表揚我了，媽媽叫我要謝謝你。」

「是麼？二毛被老師表揚了啊。」

「老師，我給你說，長大了我要跟你好……」

阿無聽到二毛這樣說，吃了一驚。他心裡想著：如果我沒有跟她母親……唉，我可不能老少通吃……我可是讀聖賢書長大的。

「阿老師，你說話呀！」

「哦。你現在還小，等長大以後再說吧……」

阿無與二毛的關係：二毛喜歡阿無。

四、大學生

一　政治犯

阿無自從那天與我一起看了槍斃犯人後，就一直等著大學錄取通知書。可是一直等到大學的招生工作結束，還是沒有等到錄取通知書。於是便重新回學校復讀了一年。

因為他要用功讀書，所以我與他的來往漸漸地少了。有一次在街上碰到他，他說：「老輝子，你乾脆也來復讀吧。明年我們再一起考大學。」我說：「我這成績……還是別浪費時間了。算了吧。」

第二年，阿無考上大學。去福州讀書了。

阿無收到錄取通知書的當天，我父親便對我說：「你看人家阿無，考上大學了。從現在起就是國家幹部了。以後國家就將他養起來了。」

我說：「共產黨的目標不是要消滅階級麼？你看看，舊的級階消滅了，新的階級又產生了——當官階級。用毛主席的思想來看，他們最終還是要被革命人民消滅的。」

「算了吧，算了吧！我不跟你說了。」父親轉過身去，念叨著：「革命？拿什麼革命？你們手上有什麼？木棍？菜刀？你們勞動人民就做夢吧。」

我沒有再說話。於是一場父子的危機就這樣渡過去了。

一九八八年盛夏，我父親又在飯桌上說：「聽阿無的父親說，他兒子考上了研究生。建輝，你知道研究生在古代是什麼職位麼？」我沒有接父親的話，只是低著頭吃飯。父親像是自問自答地說：「在古代就是榜眼。考上之後至少也要當個縣令。」

我吼了一句：「吃飯就好好吃飯。東說西說幹什麼？」

父親不說話了。

一九八九年夏天，還沒有到下班時間，我父親就急匆匆地回來了。一進家門，他就說：「聽說阿無被抓起來了。」

「為什麼？他都幹了些什麼？」

「聽說他上街遊行了，舉著一個寫著『打到李鵬』的標語。被混在人群中的便衣給偷拍下來了。」

「什麼？政府不是說不秋後算帳麼？現在夏天才剛開始，他們就開始算帳了。」

「建輝呀，幸好你當年沒有考上大學。」父親像是為我躲過了一劫而興奮：「如果你考了上大學，依你的脾氣，還不是也要上街呀。所以呀，一個人能平平安安的渡過一生就行了。不要去想什麼大富大貴、出人頭地。」

二　犯政治

政治犯其實就是犯政治。

政治這東西真的就是「肉食者謀之」。「人下興亡、匹夫有責」這只是檯面上的話，當不得真。聰明的人都知道——「政治就是一個擺在危牆上的名貴花瓶」，最好是不要去碰它，如果不幸碰著了，那就一定要小心地、提心吊膽地呵護好它，順著它。它往左倒，就要站在左邊扶；它往右倒，則要站在右邊扶。

否則，後果自負。

阿無在讀中學時，與一個江湖師傅學了幾手功夫。打個三五個人不成問題。他剛入大學時，有一次不留神露了一手，便被一個同學纏著，要他教幾手功夫。阿無拒絕了。說：「別浪費功夫。用不上。」

一直到了一九八九年春天。學生走上了街頭。那個纏著他要學功夫的同學又找到了他，說國難當頭，要學幾手應急用。

這下阿無推辭不過了。兩人便找了一個避靜的地方教授了幾天。到了六月四日那天，解放軍動手了，同學們死的死傷的傷。阿無的徒弟氣不過，在六月六日的一個夜晚，用剛學的功夫對付了一個落單的解放軍。沒有打贏，反而被解放軍拿下了。經審訊，背後的「黑手」阿無便被挖出來了。

一開始，警察認定這是一個類似「天地會」的組織。人人興奮的不得了，準備破大案、立大功、升大官。於是，阿無訊速落網，成為辦案人員嘴邊的一塊肥肉。

在狹窄濕冷的審迅室，聚光燈已經連續照著他的雙眼兩天兩夜了——

阿無辯解說：「我什麼也沒有幹。」

警察啟發說：「你教了誰功夫沒有？」

「可我絕對沒有教他去打解放軍。」

「沒有？你說的可不管用。他說的才管用。」

「他……他，怎麼，怎麼……能亂說？」

「從常理來說，徒弟不可能會陷害師傅。因此徒弟的口供就是鐵證。」

阿無無話可說了。就算他有話可說，警察也不會浪費自己寶貴的時間再聽他辯解。因為「鐵證」在手。

於是，阿無成了一名政治犯。

五、長大

一　五毛．成長、壯大

也許是因為在母親肚子裡的時候就受盡了酷刑，五毛長到五歲的時候才會叫媽、媽、媽……即便是這個「媽」、「媽」、「媽」也只能是單個單個地發出音來。而不能連慣地叫出「媽媽」來。

每次看到兒子這幅傻樣。素芬總是要抱著五毛說：「傻孩子呀，這都要怪二毛的爸爸。如果不是他用電棍捅了你幾下，你指不定向你親生爸爸一樣聰明呢！長大了當個檢察官。」

話說到這裡，她就會將二毛叫到面前。要二毛保證以後一定要對五毛好。就像是親弟弟一樣。每次二毛總是摸不著頭腦地問：「媽——五毛就是二毛的弟弟呀！」

素芬這才發現自己是畫蛇添足了。便趕忙圓著話說：「對。二毛是五毛的親姐姐，我只是為了再強調一下。」

五毛並不是一個不會進步的人。到了八歲的時候，他已經會連著說出兩個字來了，這兩個字就是：「美狗」。

看到五毛進步了，素芬心裡就甜甜的。心想：時間是就是進步的臺階。只要有了時間，你不想進步都不可能。

果然，再過兩年，五毛又學會了兩個字：「漢奸」。

再過兩年，五毛居然會說三個字了：「買國賊」。

又過了兩年，五毛的嘴裡竟然蹦出了四個字：「抵制日貨」。

還過了兩年，五毛已經可以連續說出五個字了：「共產黨萬歲」。從此時間就像是在五毛的身上停下來了一樣，他再也沒有進步過了。

算起來，五毛此時已經十八歲。是成年人了。素芬越來越緊迫地感覺到，眼前的這個獨立的個體如何才能獨立？

在一次與監獄長交合了之後，她埋怨著他：「都怪你，五毛才成了瓜娃子。現在他已經成年，我總不可能養他一輩子吧！」

「你擔啥子心喲？」監獄長一點也沒有將素芬的埋怨當回事。

「不是你身上掉下來的肉，你當然不心疼」。

「天生我才必有用。這句話是誰說的？……唉，我想不起來了……不過意思很清楚，說的就是每個人都會有每個人的用處。」

「你說，五毛能有啥子用？」

「可以當五毛呀！」

「做五毛？除了我們家五毛，還有另外的五毛？」

「當五毛，就是黨組織的網軍，到網上去灌水、罵人。每回貼罵一次，政府就給五毛錢。幹這工作，依我看呀，以五毛現在的能力足夠用了。」

聽到這裡，素芬一直為五毛操著的心放下來了：「五毛——做五毛——這就是命啊！」

果然，五毛憑著自己所掌握的幾個詞句在網上，頂貼、灌水、罵人……粗暴、簡單、直接、快速的風格，讓對方沒有還擊空間。於是，五毛所到之處，烏煙彰氣、寸草不生。

因為只會這幾個詞句，別人就無法與之溝通、講道理。會講道理的人講不成道理，結果就是——講道理的人輸定了。不久五毛就成了影響力極大的五毛界領軍人物。

生存問題就這樣輕易地解決了。因此可以說：對於五毛來說：這是一個最好的時代。

「生逢其時」，這是人生最大的幸事。

二、二毛．成長、長大

在五毛嘴裡蹦出來的字一個比一個多的同時，二毛的身體也在發生著變化。她的個子慢慢變高了、胸部也越來越大了……

懂得修辭的人說：「二毛『長大』了」。在說話的同時，聽話的人一下子就可以聽出來，這個說話的人在「長大」這兩個字上加了個引號。

於是，相對應地他們下半身的某個地方也「長大」了。

「長大」了的二毛是屬於脫了衣服好看而穿了衣服卻不好看的那種人。作為對自己的身體有著清醒認識的二毛，意識到要想使自己能夠吸引人，首要的目標就是讓人先看到自己的裸體。於是二毛的口頭禪就是：到屋裡先脫了衣服，看了不滿意你再走也可以啊——你肯定不會後悔的。

聽了這話。客人一想：自己不吃虧呀。就算是不滿意，也還白看了一個女人的裸體。於是，便跟著她去了。

確實，沒有人後悔。凡是看到二毛裸體的人，都會覺得她還算是一個美女。在辦完事，二毛穿好了衣服之後，客人也都會與她約好下一次「赤誠相見」的時間——

「你大姨什麼時間來？」

「二十號左右。正負兩天。」

客人默默地算了算：「嗯，還有一個星期。我爭取這一週再來找你一次。」每當這時，二毛就覺得自己是命運的寵兒。只有回到家裡，看到弟弟五毛時，二毛的成功感才會在弟弟呆滯的目光裡迷失。就像是駕駛著一輛豪車駛進了一個大霧彌漫的黑夜。

三　數學·算數

二毛為什麼會步她母親的後塵？追究原因，則可以怪罪到阿無的頭上——因為「二毛的數學是學中國古代文學專業的大學生教的」。

中考時她的數學只考了四十六分。連普通高中的分數線都沒有上，於是只有去了一所職高。大家都知道職高都是一些不會讀書的人在上。為什麼「不會讀書」呢？那是因為他們沒有把時間用在讀書上。大家也都知道，不管怎麼樣時間總會被用掉。這些學生都把時間用在什麼方面了呢？

「談戀愛」。

這是老師們下的結論。所以老師們總是這樣對學生說：「中學生不能談戀愛。要把時間用在學習上。等到考上大學了，就可以自由的光明正大的談戀愛了。」

可是總有人等不了，他們在中學時就開始談戀愛。時間沒有用在學習上，自然就考不上高中。

在這樣的一種前提下，職高就必定是一個談戀愛的大舞臺。

在大氛圍的帶動下，二毛上職高才三個月就懷孕了。二毛自己當然不知道自己懷孕了。是母親素芬最先發現的。頭一個月素芬沒有在意。第二個月，素芬奇怪的問：「二毛，這個月乍個沒有看到你用衛生巾？」第三個月，素芬又提起了這事：「二毛，月經還沒有來麼？」

二毛不耐煩地回答：「沒來就沒來嘛！那東西來了有什麼好？」

「來了，就證明你還是一個正常的人呀。」母親說到這裡，嚇了一跳，大聲地質問：「你是不是幹了些什麼——不該幹的事？」二毛這才知道自己闖禍了。

素芬在冷靜下來時用算數算了一筆賬：與其讓二毛被別人白幹，還不如讓二毛跟著自己接客。比如說讓人白乾一次就虧了二〇〇元錢，而如果收了這人二〇〇元錢，那麼就等於四〇〇元錢。這樣計算，賺的錢就是翻倍的。

太划算了。二毛就這樣「下海」了。

六、自由

一 自由

大學生阿無一直覺得是自己害了二毛。

在刑滿釋放時，他沒有離開這個城市。儘管素芬對他說：「無子，離開這裡吧。越遠越好。只有走得越遠才能重新開始。」

「我好像已經習慣這裡的生活了。叫幹啥就幹啥，讓做什麼就做什麼。只需要動手而不需要動腦。」

「不動腦怎麼能行？那跟『五毛』有什麼區別？別忘記了，你可是一個大學生。」

「大學生？就是大學生這個身分害了我。如果我沒有考上大學，就不會到省會去讀書。如果一直待在我們那個小城市，怎麼會碰到這麼大的歷史事件？」提到大學，阿無就生氣起來。

「好吧，好吧。你願意去哪裡，是你的自由。如果沒有出路，再回來找我吧。」

阿無在城鄉結合部找到了一個舊廠房，他問站在工廠大門口的一個胖子：「師傅，有事情做麼？」

「你呀？能幹什麼？」

「我什麼苦都能吃。」

於是，阿無有了第一份工作：送煤氣罐。對這個工作阿無還是比較滿意，因為只要時間足夠，阿無都會拉著煤氣罐繞到監獄旁邊的那個招待所。慢慢從大門前經過，如果時機好，可以遠遠地看到素芬。當然他還能看到二毛。他覺得二毛越來越懂得穿衣服了。因為每次看到二毛，他都有一種想用一根繩索從她雙肩繞過去，在胸前交叉後打一個活結，再繞到後背去，再打一個死結的衝動。只是每當這時，他只要想一想聖賢書，就可以堵住剛萌生出來的欲望——「女兒，我所欲也；母親，亦我所欲也。不可兼得。」

當然，有一次他還看見了五毛。那天街道上突然湧出了很多人，他們嘴裡高喊著「抵制日貨」的口號在街道上聚集。他看到五毛手裡拿著一把鎖自行車的U形鎖，從監獄招待所的大門裡衝出來。看得出來五毛的情緒很激動。他的臉漲得通紅，脖子上的青筋也凸顯了出來。他高興得像個三歲的孩子一樣。

或——像個孩子一樣自由自在。

二 射精．週期

那次上街抗日遊行讓五毛的精力消耗了不少。據傳，這次抗日活動搞得非常成功。砸毀了十多輛日產汽車。燒了一個日本汽車專賣店。還有人用一把U形鎖將一個開日本車的車主打成了植物人。

「讓日本人在那個小島上發抖吧！」五毛心裡這樣叫喊著——五毛無法喊出聲音來，因為他沒有辦法說出那麼長的一句話。他一口氣最多只能說出五個字——「共產黨萬歲」。

平常五毛都是七天要射精一次，而這回，五毛竟連續半個月都沒有來煩二毛。二毛希望這樣的抗日活動以後經常會發生。隔幾天就搞一次。

抗日——「抗日」——不被強姦。每當一抗日，二毛就可以免除五毛的性搔擾。所以二毛是希望這種「愛國主義運動」隔些日子就搞一回。隔多少時間呢？那就要看五毛蓄精的生理週期了。七天？十五天？她也算不清楚。

大概是五毛「懂事」的時候，有一天他突然將上上下下裡裡外外的衣服脫得精光。在地上打著滾說：「熱、熱呀。熱呀、熱。」二毛嚇得連忙喊來了母親：「媽、媽……你快來看呀，五毛這是、這是……怎麼啦？」素芬聽了叫喊聲，過來看了一眼就說：「唉！這孩子，是長大啦！」

果然，二毛看到五毛的小丁丁猛地就「長大」了。硬硬的、腫腫的、脹脹的，像是隨時都有可能爆炸。

「媽。媽。怎麼辦呀？」

「自己想辦法。」素芬說完轉身就走，在就要出門時，她又回轉過頭來對二毛說：「別忘了，二毛你是五毛的親姐姐。」在出門時還小心地將房門關上了。

空間一旦被封閉，爆炸的環境就形成了。五毛緊緊地抱住二毛，將身上那根剛「長大」的丁丁在二毛的身上胡亂地戳著。

……

每當這時，二毛就喊著：「五毛，我是你的姐姐二毛。」只要這樣一喊，五毛就會立即停下來。身體像是蛆蟲一樣地扭動著，嘴裡發出「轟隆隆」「轟隆隆」「轟隆隆」的聲音，像是身體裡面憋著一股巨大的能量。想要找到出口噴發出來。

這時二毛就會熟練地蹲下身子，將五毛的褲子解開，用嘴巴將他的丁丁含住，像是嬰兒吸奶一樣吮吸著。直到五毛的小丁丁裡像是女人的乳房一樣湧出了乳白色的液體，他才會平靜下來，像是一個吃飽了奶的嬰兒一樣閉上眼睛。甜甜地睡去。

每次二毛幫五毛「解決了問題」之後，五毛都是會呆呆地待著。彷彿身體被掏空。目光也空得像是睜著眼睛沒有看到任何東西，放空著。

這時的五毛是最為理性的。每當這時，二毛都會委婉地啟發五毛說：「五毛，我是你姐姐呀。你應該走出去找其他的女孩子做這種事。」聽到這，五毛則會弱弱地吐出兩個字：「害怕。害怕。」。

「瓜娃子，就知道在家裡橫。到了外面，老實的就像哈趴狗一樣。」說到這裡，二毛還是不死心，想再誘導一下他：「那天，你不是還跟著人們出去砸日本車車了麼？」

「人多。」五毛頓了很久，才又說出後面兩個字：「不怕」。

七、生。死

一 聖賢書

阿無有事沒事地就從監獄旁的招待所經過——為什麼？他有什麼目的？擁有了自由卻又放棄？——每一個人都會有不同的理解。

監獄長認為：阿無怕離監獄太遠，會失去一種無形的約束力。再次走上犯罪的道路。

素芬認為：即便是柏拉圖式的愛情也懼怕產生空間上的距離。

二毛認為：阿無想要在肉體上得到我。

五毛罵到：漢奸、美狗、賣國賊、抵制日貨、共產黨萬歲。

為了讓二毛不再被五毛性搔擾，素芬想出了一個點子，請阿無教五毛讀孔子的聖賢書。素芬說：「阿無，教二毛不成功是因為用到了你的短處，沒有用到你的長處。你的短處是數學，長處是國學。現在是發揮你國學長處的時候了。你教教五毛國學吧！讓他知道什麼是廉恥、什麼是倫理！什麼是姐姐。」

開始，阿無不願意教。他想：二毛比五毛聰明多了，都沒有教好她，而五毛呢，一個瓜娃子，只會說那幾句話。怎麼教呀？

素芬看到阿無不肯教，在一次他們「完事」之後，幫她鬆繩子之時將手猛地伸進阿無的內褲，在裡面抓了一把。然後抽出沾著精液的手來，伸進自己的內褲將手指插進了自己的「那裡」。

「你幹什麼？」阿無吃了一驚。

「現在有證據了。」素芬脅迫著他：「你不教五毛學國學，我就告你強姦。讓你再回來坐牢。由一個思想政治犯變成刑事強姦犯。看你的臉往哪放！」

這真是抓住了阿無的弱處。於是阿無開始教五毛國學。

第一堂課阿無就給五毛說，親情與愛情的區別：「親情的愛是抽象的，愛情的愛是具體的。嗯……怎麼說呢？」阿無想了一下，終於找到了一個合適的表達，「親情的愛是不能做的，而愛情的愛則是可以做的。」

剛說出這「愛」和「做」兩個字，五毛的身體立刻就發生了變化。他脫光衣服，嘴裡「嗚」「嗚」「嗚」地發出一種怪叫，在地下打著滾。其中變化最大的是：小丁丁變成了大丁丁、軟丁丁變成了硬丁丁。

二毛聽到聲音趕了過來。她問站在一邊不知所措的阿無：「你給五毛說了什麼？」

「講道德呀！」

「唉！」二毛嘆了一口氣道：「你出去一下。」

阿無就出去了。在門口站了一會兒，越想越想不通：我為什麼要出去？我可是他們的老師。一日為師終身為父，孩子有什麼事情要背著父親做呢？

想到這裡，阿無就推開了門——看到二毛正跪在地下用嘴巴幫五毛「解決問題」。阿無正要衝過去阻止二毛。發現五毛的身體猛地抖動了幾下，然後就一動不動地躺著。而二毛的嘴裡也像是含著一大泡口水，還沒有來得及吐出來。

「你們、你們……不講道德。」

二毛將嘴裡含著的一大泡口水吐到一張紙巾上，喘著粗氣說：「所以，我媽才找你過來教五毛國學呀。好了，現在你可以繼續講道德了。」說完二毛就出去了。

留下阿無對癱倒在地上的五毛「嗡、嗡、嗡、嗡、嗡……」地說了半天。也不知道他聽進去了沒有。

「如果……他沒有聽進去；如果……我的學生還要做出這種見不得人的醜事——我就殺了他。」阿無在講完課時，心裡暗暗下了決心。

二　共產黨萬歲

第二次上課，出門前，阿無打開一罐液化氣的閥門，將五個紅色的氣球充滿氣。他將五個氣球拿在手上，像是舉著一束大大的花朵。這太張揚了，不夠低調。如何能讓人們看到它們，卻引不起他們的注意，或者人們注意到了卻不敢惹它們？他沉思了一下，想到了一個好辦法：用毛筆在五個氣球上分別寫上了「共」「產」「黨」「萬」「歲」五個大字。而後舉著氣球就出門了。

屋外陽光很刺眼。機耕道旁邊的菜地裡稀疏地長著一些蓮花白，菜農們很懶，地裡的雜草遠比蔬菜多。越過機耕道左拐就上了一條像時髦的故意磨出很多破洞的牛仔褲一樣的省道——越向城裡走，道路上的破洞越少，一直到破洞消失了就證明已經到了主城區。

只是，還沒有出城鄉結合部，就被一個肥胖得肚子上的肉往下流的聯防隊員給攔住了。

「站住。你這氣球上寫的是什麼？」

「共產黨萬歲」。

「寫這幹什麼？」

「我是真心的。」

「你騙不了我。我知道你們這種人打著這個招牌都是別有用心。」

「我們是哪種人？」

「老百姓。」

「當官的也要說『共產黨萬歲』呀。」

「說出這五個字的就沒有真話。當官說是為了騙老百姓；老百姓說是為了騙當官的。」說完他用手上的棍子一捅，就將氣球戳破了。

「啪」地一聲，氣球就爆炸了。一股液化氣的氣味彌散開來。這個聯防隊員像狗一樣深吸了幾口氣，警惕地問正要離開的阿無：「嗯，你等一下。這是什麼味道？」

阿無說：「不好意思。是我剛剛放了一個屁。」

「真是人窮屁也臭。」說完聯防隊員就逃跑般地走開了。

三 死・生

等看不到聯防隊員了，阿無又回到了住處。又打開一個液化氣罐的閥門，再充滿了五個氣球，出門時還順手拿了一個打火機。一路直接就到了監獄旁邊的招待所，給五毛上課。

這堂課阿無給五毛講的第一句話就是：「五毛，二毛是你的姐姐。你們不能幹哪種事情。」五毛聽到這句話，原本平靜的臉突然就扭曲起來。他嘭地一下倒在地上「噢、噢、噢……」地大叫起來，像是一隻發情的公狗。

二毛聽到聲音就趕過來了。她看了一眼阿無手上舉的幾乎要漲滿房間的紅氣球說：「你出去一下。」

阿無沒有動。她又說了一次：「出去一下。」阿無還是沒有動。他像木雕一樣高舉著紅氣球一動不動。

「……噢、噢、噢……」五毛的叫聲更慘烈了。比警察刑訊逼供時受刑的人喊叫聲還要悲慘、淒厲。窗上的玻璃也「嗡嗡嗡」地響著。二毛沒有再喊阿無出去，她默默地跪下了身子……

望著她瘦俏的背影，磕頭一般上下滑動著的腦袋，阿無從口袋裡掏出了打火機。高舉著。他的兩隻手都高舉著。左手拿著氣球，右手拿著打火機。像是投降。又像是高舉起，然後要砸將下來……

阿無右手的大拇指輕輕搓了一下。一聲巨響。一團火球中，一個小小的封閉的房間在一瞬間就完全地開放了。

屋裡的三個人從此就消失了。

二毛、五毛、阿無死後，素芬發現自己又懷孕了。

沒有死、焉能生？

素芬將孩子生了下來。為了紀念，素芬將新生兒取名為：蔣道德。

二〇一六年十二月七日

二〇二六年，自由落體

一

今天是二〇一六年一月四日，元旦節假期後第一天上班。也就是二〇一六年第一個工作日——而我要寫的故事發生於二〇二六年一月四日——沒有人天然地熱愛工作，人的本性就是「不勞而獲」，我也不能例外。有知識的人都這樣勸慰自己：「想著今年還有一二一天假期，絕望的情緒就稍微得到了緩解。」於是在一二一、一二二、一二三四……的號令聲中我開始進入了新年後的工作。從這一點上我相信「知識就是力量」是真實的。

就這樣二〇一六年一月四日，我開始了今年的第一篇小說「二〇二六年，自由落體」的寫作。

需要說明的是，我不是一個通靈者。還需要進一步說明的是，我雖不是一個通靈者，但我寫的這個十年後發生的情節確是一個真實發生的故事。不信等你十年後，再拿起這篇小說閱讀，就一定會驚呼：天哪！他猜對了，這個世界確實有「報應」的。

二

二〇二六年一月四日，郭寶還在睡夢中。敲門聲就響亮地響起了。從聲音的分貝可以斷定屋裡的人是不受屋外人尊重的。

空、空、空——敲門聲音很響。左鄰右舍、左左鄰右右舍、左左左鄰右右右舍……（後面的就要視左鄰、右舍的聽力來確定了）都可以聽得到。

郭寶一打開門，就聽到敲門的人喊著：「都幾點了，還在睡覺，你的人生態度就不能積極點麼？」開門者像是還在暈著睡，眼皮也不上挑一下，將身子一側，把門的空隙閃開，好讓他們順利地進屋。

進了門，這兩個人緊張的狀態鬆弛了下來。其中的矮個子說：「郭寶呀，你總是這樣無精打采的，可怎麼進步？」郭寶的生存狀態很消沉，消沉的就像是一個活死人。為什麼不直接去死呢？問這話的人明顯還不瞭解他。他消沉的覺得連死都是一件事情，而他是任何一件事情都不想去做的。

郭寶雖然只有五十來歲，但看起來完全像是六、七十歲的樣子。於此，我完全可以這樣寫：這個老人沒有理會眼前的這兩個人，他心裡面在想：「老子像你們這個年齡的時候可比你們威風多了。如果是十年前——哼，你們敢用這樣的口氣對老子說話——哼！」老人從鼻孔裡出了一陣氣，「老子，不把你們丟進去關幾天，整脫幾層皮。老子就不是郭寶。」

來人進門後，確定屋子裡沒有其他的人，便客氣地說：「對不住啊，郭老。幹我們這一行不能輸了氣勢。」說著瞄了一眼門外。接著更小聲地在老人耳邊說：「我們老闆請您去一趟。」

老人沒有動。

那兩個人便一唱一合地說：

「我們還不是為了您著想，讓您老找一點零花錢。」

「總是待在家裡面，會待出病來的。」

「您想啊！手上有錢了，找個小髮廊輕鬆一下。那個爽勁——你懂得……」

只有在女人的身上「讓自己肚子裡的那一點壞水噴射出來」，才值得消沉的他起身去做一些什麼。每次聽到這裡，郭寶就開始往腳上穿襪子，襪子是五指的，一個腳指頭、一個腳指頭，對好了套進去，腳指頭之間互不接觸，這讓他覺得腳指頭之間的關係就像是人與人之間的關係，太親密了，會產生「人情」，而「人情」對於他的職業來說是很危險的。穿好襪子之後再穿衣服。老人一直都保持著這種習慣：出門時一定要白襯衣、黑西裝、黑皮鞋、硬皮腰帶，再配上一條血紅色領帶——像是頭被人砍下來了，再又放回脖子上，血從咽喉中順流而下——他很喜歡這種形容，這也是他身上唯一體現出「文化」的地方。

從這些習慣來看，老人從前也是一個「有身分」的人。

如何解釋「有身分」這三個字呢？

我用「趙家人」這三個字來代替它，你一下子就能明白了。

三

十年前郭寶找小姐哪裡還需要用自己的錢？也不用去街邊的小髮廊。去的可都是高檔的地方。雖然價格貴——是街邊店十倍以上，但是小姐更年輕漂亮啊。便宜無好貨、好貨不便宜就是最好的注解。

「讓自己肚子裡的那一點壞水噴射出來」有兩個途徑：一是自己在一個名為天上人間的會所有七%的幹股。自己不需要出一分錢，只是在陽光偶爾穿透雲層將光明照下來的時候充當一下保護傘就可以了。聽起來很抽象，其實也很簡單：就是在「上面」開始「掃黃」的時候，提供一下信息，讓會所可以及時地關門歇業，就算是貢獻了。去自己控股的地方解決問題，就像是回家和妻妾同房一樣方便。二是請他通門路的人排著隊請他吃喝嫖賭。不是關係過硬的人還請不動他。那個時候他個人的「三項基本原則」是：工資基本不動、老婆基本不用、吃飯基本不著家。除了基本原則，還有一個「三講」：上午開會講正氣，下午賭博講手氣，晚上嫖娼講力氣。

這種日子就是真正的天上人間。

四

剛走出狹小的巷子，就看到有五個肩上斜披著「中國公民黨」綬帶的人整齊地在街邊站成一排。看到郭寶過來，他們遠遠地就對他鞠了一個躬，並齊聲道：「請投浦志強議員一票。謝謝！」而後遞上了一張宣傳單。傳單上的人就是他曾經的對頭，郭寶沒有表情的臉上還是微微地顯出了一點點的不自在。他僵硬地伸出手去，接下傳單。也許是因為這個動作打亂了行走的節奏，他感覺走得不那麼自然了，就像是同手同腳一樣。

好在很快就到了汽車旁。郭寶上了轎車，坐在後排。另外兩個人，一個人坐在駕駛位上、一個人坐在副駕上。汽車平穩地啟動了，駛向郊外。其實汽車駛向哪裡郭寶並不關心。他關心的是：汽車要開多少時間？時間越長，他的心情就越不好。總是急著想要回到自己那個陰暗潮濕的屋子裡。

自從民主來到中國後，他的金飯碗：國安局刑訊專家的職業便被打碎了。他將自己關在家裡並不是因為對以前所作所為感到羞恥，而是因為承受不了別人不將他放在眼裡的那種沒有重量的存在感。他深刻地體會到：「一個人最後沒有，還不如一開始就沒有。」

好在一個民間放貸款的組織不知道從哪兒得到了他的信息，將他請了出來，幫助他們刑訊不還錢的人。才使得郭寶又稍微找到了一點自己存在的價值。

風起處，一陣霾灰翻卷，堆成了一朵灰塵的磨菇。這是汽車在沙土路上急剎車才能形成的現象。到地方了。郭寶看到了一個絲瓜架子。絲瓜藤葉已經枯黃，發硬。讓人想到只要用手指輕輕一捏，就會將它們搓成粉末。墜到地上，回歸成它前世時的模樣。來於塵土、歸於塵土。世界似乎以此證明自己從未變過。

在就要走過這個絲瓜架子時，郭寶看到了一根巨大而乾老的八角絲瓜。這絲瓜裡面的瓜子如果墜落到地下，一定能長出健壯的苗來。而後開花，結出果實。

他停了下來，隨手將它摘了下來。

那兩個人停下來。有些不耐煩：「要那東西幹嘛？」

「你們不懂。等下用得著。」郭寶顯然瞧不上他們的無知，不想跟他們多解釋。等會他們看到就會明白了。言傳、身教。這就是身教了。

說著郭寶雙手用力地擰著那個乾硬的絲瓜，鋼勁力落，只幾下子就將絲瓜肉和瓜瓤裡的瓜子抖落在地上。留在手裡的就剩下了絲瓜裡絲網狀的物質了。

「呼、呼、呼」，他用力地在空氣中甩著手裡的瓜瓤。像是揮舞著皮鞭。呼、呼、呼……聽起來氣勢很足的樣子。

提勁！

有勁？

虛張聲勢？

還是看看結果吧。對於以成敗論英雄的國度，在結果還沒有出現時最好是沉默不語。

五

深空的走廊。路漫漫其修遠兮，吾將左迂且右徊。由於走廊兩邊的屋子全都空著，所以腳步聲格外的空洞。聲音在空洞的空間裡回蕩著，找不到一個可以依附的物體。於是這些聲音便像乒乓球一樣，在兩面牆上來回地碰撞著。

左拐、右拐。再右拐、再左拐。走著的人如果不是對這個地方熟悉，心裡一定會發毛而不敢再向前去了。

在這樣的走廊越向前走，人的情緒就會越低落。這幾個人均速地走著，不急、也不緩，足見他們對這裡是熟悉的。除了腳步的聲音，地面上沒有發出其他的任何聲音。最後不拐彎了，一條直直長長的走廊，像是箭射出來的一樣。盡頭，一扇由兩頁活動門板組合成的大門一頁關閉著，一頁虛掩著。

這三人直接就進了這虛掩的門。進了門，這些人的情緒就低落到了極點，於是在房間裡的人臉色都陰沉著，讓人相信即將有悲劇發生。房間很大，完全配得上兩頁門的排場。房間裡有三個人——一個大哥、一個小弟、一個被膠帶綁著的胖子。

裡面三個人加剛進去的三個人。現在一共有六個人。屋裡人數雖增加了一倍，但房間裡的空間並沒有因此縮小一倍。足見這兩者力量的不對等。

空間太大而空間裡的人太小，表面上看起來勝負已分。但在「物以稀為貴」的價值導向下，因為大，才容易被人忽略。

於是根據這個原理，故事便忽略了容納人的空間，而將注意力放在空間中這幾個人身上——屋子的正中間，捆綁著一個胖子。除了被綁者外，還有兩個人。其中一個一眼看去就是大哥。僅那種氣質，就是能看出一種果斷——決斷力。

胖子衝著那兩個人喊：「現在民主了法治了。你們有種就打我呀！打完之後我就去公安局告你們。故意傷害，一告一個准。」

胖子的氣勢很足。壓倒了對面拿著一根棒球棍的小弟。小弟將手中的棍子舉的高高的，明顯地是被他嚇住了。棍子遲遲的不敢打下去。是害怕在他的身上留下傷痕。

正僵持著，下不來台。看到另外兩個兄弟帶著郭寶進來了，他臉上露出了微笑。輕鬆，自然，像個孩子一樣。他放下手中的棒球棍，說：「用不著我動手。讓你嘗嘗生不如死的滋味。關鍵是，在你的身上還留不下一點傷痕。」

「告？告我？你拿什麼去告我？」老大嘿嘿嘿地笑了起來。

老大與站在他身邊的小弟，整齊地站成一排，像是前來參觀取經的客人。他們看著郭寶將絲瓜的內瓤塞進那個被仰天綁在一張長桌子上的胖子的嘴巴裡。

胖子掙扎著想要躲開那條韌性極大的絲瓜內瓤，就像是一個少女扭動著腰枝想要躲開一個正在強姦她的男人的陽具；

郭寶微微地笑了一下，用閒著的兩根手指——拇指和食指——輕輕地卡在胖子的下頜處，頃刻間胖子的頭就動彈不得了。郭寶順利地將絲瓜瓤塞進了胖子的食道裡。就像是那個強姦少女的人已經由「強姦未遂」成功地升級為「強姦已遂」。事件的性質由此產生了質的轉變。

胖子的尖叫聲在絲瓜瓤進入食道之時停止了，轉變為嘔吐一般的悶響。呼哧、呼哧、呼哧，胖子的身體不由自主地抖動起來，臉色通紅，像是血液隨時都會衝破臉皮。這一切彷彿都是在郭寶的意料之中，他的面部表情沒有一點變化。

郭寶停了大約有兩分鐘，之後隨手用一條毛巾蓋在胖子的臉上。胖子從嘴裡發出的音量小了許多，屋裡安靜了下來。顯然郭寶的目的並不是要讓胖子的叫聲變小，而是為了像澆灌植物一般促進事物的一種全新發展。郭寶將一根接在水龍頭上的皮管拿在手上，對正呆呆地盯著他在看的一個黑社會小弟說：「把水龍頭打開。」

……

「媽的。你這是在撒尿麼？開大點。」

「操，別害怕。開到最大。」

「對，就這樣。死不了人。」

水隨著皮管沖出來，澆在蓋在胖子臉上的毛巾上。很明顯的，胖子很痛苦，呻吟著。聲音被毛巾遮蓋著，低沉得如同來自地底的雷聲。同時，身體極力扭動著，呈現出最大的角度，像是自己想要將自己折斷了。死了算了。

這種場景連老大都看不下去了。在一邊小聲地在他耳邊提醒：「郭老師，可別把人弄死了。現在——可不比從前……」

「從前怎麼啦？從前，我讓他死就死、我叫他活就活。全憑當時的心情。可是現在只有一個答案，真他媽的憋悶。」說著郭寶的情緒就底落了下來。將皮管向地下一丟，說：「可以了，你讓他做什麼他都會答應了。」

黑社會老大以為郭寶在使性子，連忙補充說：「不用管我，你繼續、你繼續。」

「你是要我弄死他麼？」

「不，不是。不能死。死了就麻煩大了。」說著老大跟手下的小弟使了個眼色說：「愣著幹啥？還不幫郭老師搭一把手？」

小弟將蓋在胖子臉上的毛巾揭開。再將插進喉管裡的絲瓜瓤抽出來。胖子劇烈地咳了起來，一股夾帶著酸餿之氣的胃液與剛灌進肚子裡的水噴出來。有些像噴泉一樣，噴濺到了屋頂上。屋子裡彌漫著一陣難聞的餿臭氣味。在這股氣味中，胖子艱難而又含含糊糊地說：「我給錢。我給錢……」

這件事就這樣完結了。郭寶獲得了百分之三的提成，三二〇〇〇元。

六

老大在將錢數給郭寶時，訓斥著手下說：「你們這些笨蛋，把眼睛放尖點。跟著郭老師好好學。不要一點點小事，也要請郭老師親自跑一趟。」

郭寶根本就瞧不上眼前的這幾個連人都沒有殺過的小屁孩。他淡淡地說：「沒有幾十年行刑的功夫，手上沒有玩死幾條人命，想練出來。門都沒有。」

在開車送郭寶回家的路上。其中的一個小弟好奇地問：

「郭老，如果沒有在路上遇到那根老絲瓜——行麼？」

「你們哪裡知道。任何東西都可以成為刑具。關鍵是想像力，還有要對人體的結構了如指掌。哪個部位怕癢、哪個部位怕疼、哪個部位最柔軟、哪個部位最堅硬……用什麼方法對付什麼部位。硬碰硬、硬碰軟、軟對硬、軟對軟——學問大著呢！」

看到那兩個小弟一臉崇拜的樣子，郭寶得意地說起了他的過去：「想當年，有一個公知（公共知識分子），叫什麼于人傑。在國內天天寫批評文章，專門與政府作對。弄得中央領導頭疼的很，想要將他趕出國去。對，就叫眼不見心不煩。可是那小子就是不肯走，說什麼——中國大陸才是他的舞臺。他要在最黑暗的地方發光發亮。」

「這個人，我聽說過。很有名氣的。」

「就是。如果沒有名氣我們早就弄死他了。就像捏死一隻螞蟻一樣。」

「那……那麼……最後，他怎麼又出去了呢？」

「我們將他綁架到一個祕密監獄，連續折磨了一天一夜。任他有什麼樣的骨氣也會被消磨掉。」

「用的也是絲瓜瓤？」

「你太小巧我了。幹我這一行的，也是要講創造的。不僅要花樣百出，而且要因人而異。有些人，不僅要在肉體上折磨他、還要在人格上污辱他。」

「可是，剛才沒有看到郭老師污辱那個人呀？」

「這些個暴發戶、騙子們哪裡有什麼靈魂！污辱是沒有用的。只有讓他們受皮肉之苦，到承受不起，自然就垮掉了。而那些公知們，要想打垮他們，不僅要在肉體上折磨、還要在精神上進行打擊。」

「精神？看不見摸不著，怎麼打擊？」

「說難也難，說簡單也簡單。你知道公知們最好的是什麼嗎？面子。他們最要的就是面子。」

「哦！我明白了。可以引誘他們嫖娼。從名聲上搞臭他們。」

「如果這個人一直都潔身自好呢？」

「……」

「還是說于人傑吧！我們的辦法是拍裸照，並且在用刑時將他痛苦、難看、悲慘、害怕的樣子拍攝下來，放給他看，威脅要將它放到網上，流傳出去……讓全世界人都看看，這就是這個公知的慫樣。與文學和影視中描繪的英雄形象完全不符。不斷地重複播放給他看，一直播放到他對自己失去信心，承認自己當不了英雄。你們不知道，一九八九年以前學校的學生接受的都是理想主義教育。人人都想要成為英雄，而英雄有個固定的模式——不怕苦、不怕痛、不怕犧牲。關鍵的是，我們還要放英雄受刑的電影給他看，讓他知難而退。最後，你不趕他走，他自己也會想辦法跑到國外去的。」

「他……他不會閉上眼睛麼？」有一個小弟提出了疑問。

「這個太容易了，找東西將他的眼睛撐開。讓他到死也睜著眼睛都不是難題。」

「高！高！實在是高！」

在那兩個小弟的讚嘆聲中，郭寶像是回到了十多年前，將頭仰得高高的，呈四十五度角仰望星空般。像一隻正在打鳴的公雞。

七

汽車快到主城區了。不遠處，有拆房公司正在拆嶄新的還沒有住過人的房子。在共產黨執政的時代，政府為了賣地賺錢修建了大量的住房。每個中國人住十五套都還多餘。現在的政府一項重要的工作就是將那些多餘的房子拆掉，把鋼筋水泥的森林還給有真正生命的綠色森林。

挖掘機的手高高伸出去，再收回來，一整片牆便嘩啦啦地倒下了。看了就讓人覺得很爽。郭寶想自己除了會整人外，再沒有別的特長了。否則他真的想去開挖掘機。毀壞。毀壞。毀壞。他的一生好像就是離不開這兩個字。但是，自己雖然做不了，站在旁邊看看也還是挺過癮的。

郭寶對那兩個接他出門又送他回來的小弟說：「就這裡停車吧！我下去走走。」

下車後，他一個人向巨大的廢墟裡走進去。那種樣子有些讓人擔心。害怕他想不開，尋短見。果然，一個長得與他剛才灌水的胖子一樣的人擋在了他的面前。

「裡面危險，不能進去。」胖子像一堵牆一樣。

郭寶停了下來。望了一眼正在被拆除的房子悠悠地說：「現在，它們都成了多餘的了。可是在以前可受寵了。人們用一輩子的時間與財富來購買它，到真正擁有時已經大半個身子入土了。」說著，郭寶就想起了自己。感同身受。所以他的語調特別有感染力。

胖子只被郭寶影響了一秒鐘。只一瞬間的低落，臉部的陰影便被陽光掃蕩一空。他開心地說：「說起來我還要感謝共產黨呢！如果不是他們修那麼多的房子，我哪裡有這拆房子的事幹呢？你知道拆一間房子多少錢嗎？」他伸出右手比了一個六字：「是這個數。古人有一句話『前人栽樹、後人乘涼』，到了我這就是『前人建房賣錢、後人拆房賺錢』。呵呵、呵呵……」說著那個胖子就笑個不停，身上的肥肉抖動著。像是裝滿水的氣球，隨時都有可能會破掉，迸濺出水花。

本來郭寶以為眼前這個胖子是支持共產黨的，現在聽完了他的這番話，才知道他誇讚共產黨也只是為了眼前的利益。就像自己曾經那樣——跟著共產黨走，只是為了撿黨丟在地下的幾根帶肉的骨頭。

失望的他正準備離開，胖子及時地叫住了他：「老師傅，到這裡是不是找耍的地方？」

八

聽到「耍」這個字，郭寶就想起了他人生巔峰的時候。他是一家娛樂會所的股東。只要肚子裡面有一點點「壞水」——就是那種沾滑液體狀的東西——他就會由「下面的小頭指揮上面的大頭」，不由自主地去那個掛著「天上人間」霓虹燈牌子的夜總會。

剛到門口，就會有一個小弟衝著他喊：「哥，來耍哇！」他只是微微點一下頭，便進了裝潢豪華而厚實的大門裡。小弟則跟在後面討好地說：「哥您慢走，您耍好。」

拐彎、再拐彎，再拐彎。最後進了一間燈光曖昧的屋子。一個年齡稍大但風韻猶存的女人笑著說：「郭哥又來了！身體很好嘛。」

「唉，我們這種人……」他捏了一把她的腰枝，試試她又長胖了沒有，如果胖了就會提醒她少吃點。接著說：「……平時吃得太好了。又沒有時間鍛鍊，只有靠幹這種事來代替運動。否則身體會更糟糕。」

「郭哥真是好命，有美女陪煉。」說著她笑開了花：「還是點八八號？」

郭寶點點頭。

「好呢。您稍等，八八號一會兒就到。」說著這個風韻猶存的女人彎了一下腰就走了。

那些時間，郭寶總是點八八號小姐。主要是因為她剛來不久，還很嫩。還有就是她有一雙幽怨的眼睛，不像其他的小姐總是開開心心，沒有一點煩惱的樣子。這與文學作品中描述的風塵女的眼神相符——被迫、抵抗、不甘、野性，但又不得不接受現實的忍受。這是一雙有故事的眼睛。可以憑藉想像往裡面填充進故事內容。當然，這是小說家做的事。郭寶不是小說家，沒有辦法向那雙眼睛裡填進內容。只能聽八八號對他講述自己的經歷。

八八號小姐姓孔名丘丘。她對他說：「你就叫我丘丘吧」。他當然不相信這名字是真的。「小姐的話連標點符號也不能相信。」他將這句人們運用在共產黨身上的句子改換了個主語，在心裡複述了一遍，覺得挺貼切、順口。於是便自己說服了自己，不喊她名字，只叫她八八號。至少這個八八號，在這裡、在此時是真實的。

他說：「嗯，八八號。說說看，你是怎麼到這裡的？」

她說：「我在微信裡認識了一個男人。會哄人。說的話我也愛聽。我們耍了朋友。他帶我到處耍，最後沒錢了，他便讓我來這兒上班。說是來錢快。賺了錢之後我們再出去耍。」

「就是因為這？」郭寶有些不敢相信自己聽到的話。

「那還為了什麼呀？跟他在一起耍，可開心了。」聽到她這樣說之後，他的由幼年時培養起來的文學世界觀就這樣崩塌了——

「眼睛是心靈的窗戶」？

不，眼睛是眼睛，心靈是心靈。眼睛與心靈半毛錢的關係也沒有。

「狗日的！」郭寶在心裡罵：「日免費的B。天底下真有如此的好事。」

「是你在養他麼？」

「是啊。我每天晚上下班了，他都會來接我。」

「媽的！你真她媽是一個傻B。你每天都被人幹得跟螃蟹似的，回家後還要被這個吃軟飯的人幹，你有感覺嗎？」

「沒有。」

「那你還養著他幹什麼？如果他纏著你，甩不掉。給我說一聲，我叫他立馬消失。」

「沒有肉體上的感覺，但是與他在一起有家的感覺。這是你們不能給我的。」

聽說完這句話之後，郭寶竟有些感動了。他決定要救她一次。就像作家那樣創作一個故事，不同的是作家寫在紙上，而他實實在在的是寫在生活中。

郭寶為自己尚存的一點良心而感動。他感動自己竟然在以害人為主導的工作環境之中產生了要救人欲念。

「心動就要行動。」

這對有行動能力的人來說就是「無所不能」。他找到了與自己有工作關係的同行龔岸：「老龔啊，晚上有沒有什麼安排？」

「怎麼？你想安排些什麼啊。是不是想請我去你的天上人間瀟灑走一回？」說著呵呵呵呵地壞笑起來。

「好。就請你去天上人間。」

到了天上人間，郭寶指著龔岸對那個風韻猶存的女領班交代說：「這是我的朋友岸哥，好好招待。沒有弄好他，把你們弄進去關幾天。讓女犯們輪奸，看不整得你掉幾層皮。」

「放心吧郭哥。您的朋友，我們哪敢怠慢呀。您說點幾號吧！這裡您最熟悉呀。」

「嗯。就八八號吧。」

「郭哥果然義氣。這是在割愛啊！」女領班從心底裡覺著了郭寶的無私，同時也意識到眼前這個客人龔岸的重要性。

完事之後，郭寶問：「老龔啊，感覺如何？」

「不錯、不錯。」龔岸呵呵一笑，便轉了話風：「老郭啊，有什麼要幫忙的儘管說。」

「先別說幫忙。你覺得八八號怎麼樣？」

「女人嘛。搞多了在眼裡都是那三個點。除了實用，早就沒有審美了。」

「老龔啊，那是因為你只是注重表皮而沒有關注靈魂。你沒看到八八號的眼睛充滿著憂傷嗎？」說著郭寶就給龔岸講了八八號與一個吃軟飯男人的故事：「她給我說，他能夠給她家一般的感覺。」

「哪個男人有這樣的吸引力？讓一個女人賣身養他，我倒很想見識見識。」

「老龔，我想做一件好事。你能不能幫幫我？」

「別說是好事。就算是壞事我也會幫你這個忙的。」

「好。夠義氣。」郭寶重重地拍了拍龔岸的肩膀：「等她下班了，我帶你到會所的大門口，你就可以看到那個吃軟飯的男人了。」

「他每天都要來接她？」

「也不是每天。做小姐的是每週結一次薪水。只要是結薪當日，他一定會來接她。拿了錢，他又可以瀟灑一下了。今天，正好就是結薪的日子。」

「呵呵，你很用心嘛！觀察的很細緻啊。」

等到深夜一點鐘，看到了那個來接八八號的男人，龔岸也覺得想不通，說：「很一般嘛，除了個子高點、瘦點，沒有什麼特別的。」

「現在的女孩子的審美。唉，真是亂套了。」

「我的那個女兒也是，還不到五歲，居然與她媽媽一起追起了李宇春。我也正在擔心她長大以後，是不是分不出美醜了。」

「唉，扯遠了。還是說正事吧。我想把八八號解救出來。」

龔岸一時沒反應過來，直直地盯著郭寶看。

「你別這樣盯著我看。我是想把這個吃軟飯的男人弄到監獄去關起來，八八號不就自由了麼？」

「你是想獨佔八八號吧？」

「絕沒有這個意思。我不會在同一棵樹上吊死的。」

「是壞事做多了，想做一件好事感動自己？還是想為自己積一點陰德？說實在話，有時候我還真的很害怕有地獄……」龔岸說著，「唉」地嘆了一口氣，接著說：「說著說著，我也想要做件好事了。」

兩個人的意見就此達到了一至。「你們局裡有什麼懸案還沒有破？越懸的越好。永遠也破不了的那種，安到他身上就行了。」

「懸案？多著呢。我們真正的破案率能夠達到百分之二十就不錯了。」

「好！老龔，你回去找幾個沒有破的案子來。我們研究研究，想辦法製造證據把矛頭指向他。如果成功了，我即做了一件好事，你又可以記上一功。」

「這真是一舉兩得！劃得著。」

九

郭寶跟著胖子往廢墟深處走。為了躲過樓樁樁，左拐右繞，郭寶有些猶豫，放慢了腳步。胖子也察覺到了郭寶的遲疑，解釋說：「馬上就到了。就在那堆礫石的後面，原來規劃的是小區的一個書吧。我留著了暫時沒有拆，租給這些做皮肉生意的，能賺一點就是一點。況且俗話不是說嗎——女人是一本書。這也是物盡其用了。」

果然轉過一個斷牆就看到了一個平房。結構簡捷，但處處又透露出設計師的用心。

進了屋子，一個肥胖的女子迎過來招呼：「胖哥，又介紹朋友來耍啊！請進、請進。」說著就將他們往這間不大的屋子深處引。這間房子不大，被用薄木板隔成了很多個小長方形的格子。就像是棺材一樣。應該比棺材要大些。大概有兩三個棺材那麼大吧。

郭國有些擔心，小聲地問：「小姐不會是那個胖女人吧？」

「她是老闆。不做。當然，除非是顧客有重口味，偶爾也可以客串一下。怎麼，你是對她有興趣？」

「不。我口味正常。」

到了地方，那個肥胖的女人說：「你們先等一會兒，小姐馬上就到。」說著就出去了。

「我們先等一會？」郭寶聽了這句話，感到不解，望著胖子。胖子這時就只有攤牌了：「老哥。是這樣，你的嫖資我出。但有個條件，就是我要在旁邊觀看。噢，你別擔心，就只是看，不參與。」看著郭寶一臉不解的樣子，胖子說：「我現在不是有錢人了嘛？當然要珍惜自己的生命了。我是害怕得病，所以就想出了這麼個辦法。」

「我就不怕死麼？」

「大哥，不是這麼個比法。我是心理有問題。搞小姐，哪裡這麼容易得病？」

「我……還是有點拉不下面子……」郭寶還是有些猶豫。

「人都老了。還要臉幹什麼？及時行樂才是正解。」

這一刻小姐已經推門進來了。郭寶看了一下，長得還行，便沒有再說話了。

「你們耍著，就當我不存在，是空氣。」

小姐應該是很習慣眼前的場景，很自然地引導著郭寶進入程序。胖子在床邊很認真地觀察著，將手伸進褲子裡面，並很準確地在他們完事之時，也解決了自己的問題。

「賬我已經結了。老人家，我先走了。」胖子正準備走，郭寶叫住了他：「老闆，我……我……下次又來？」

「大哥，我是個正常人，也會喜新厭舊。您老下次來，我就不參與了。」接著胖子像是炫耀自己的愛好：「人們都說每一個女人不一樣。其實，每一個男人也是不同的。比如有的人剛放進去就射了，有的人堅持個十幾二十分鐘都是小意思，有些喝了酒的人怎麼樣弄也射不出來。要跟他們保持同一個節奏，就必須要進入他們的情緒，通過他們臉上的表情，身體的語言判斷，來調整自己與他們的狀態保持一致……呵呵，每一次對自己都是挑戰。」

「老人家，看得出來，你年輕的時候也是耍家子。沒有少玩過……」說著胖子哈哈哈大笑起來，身體上的肥肉抖動著——

空氣中好像起了一陣風。

十

出了那間房子，西下的太陽正在努力讓光線緩緩地站立起來。太陽的努力必定會白費，因為離直立越近，陽光就會越加渙散——最後到找不到光的影子。

天就要黑了。

就在這樣的氛圍中，郭寶看到了龔岸。他站在一坯斷牆邊，正在向著這個由鋼槽架玻璃牆建成的低矮房子看。

昏暗的光線不足以阻礙他們相互看見。

「老龔？」

「老郭！。」

「你怎麼會在這裡？」他們同時問對方。

「我剛整了一些錢，出來玩玩。」

「噢，我來接女兒回家。」龔岸剛說到「女兒」這兩字時，郭寶剛沾過的小姐就走了出來，清清楚楚地站在凌亂的空白之處。龔岸對她說：「你先到公交車站等我一會兒。我與你郭叔叔說幾句話。」

原來，小姐是龔岸女兒。自從民主了之後，以前被龔岸以「尋性滋事」罪名抓起來的人都放了出來，其中有兩個人的孩子就是女兒的同學。

「你說，天底下哪有那麼巧的事？我那麼隨意的一抓捕，就是我女兒同學的家人。還是同班同學啊！還是兩個！」

同學知道我的過去後，都疏遠我的女兒。不跟她一起玩。女兒因此變得孤僻而害羞。成天宅在家裡不出門。如果我不在家裡，她吃飯就叫外賣。久而久之就與一個送外賣的小夥子好上了。那送外賣的來了，免費幹一次，走了還要拿上外賣錢！你說這叫什麼事？

我罵女兒說：你這樣被人免費幹，太沒有出息了。比小姐都不如。

也許是這句話點醒了女兒。她與那個送外賣的小夥子一商量，真的就決定去做小姐了。打算賺一點錢，兩人一起做個小生意。

我攔不住她，只有一個要求：天黑之前必需回家。

「我知道，你是怕過去的仇人報復。」郭寶看了一眼龔岸女兒遠遠的背影說：「老龔，你記得麼？當年我給你說過，不要要孩子。別人罵幹我們這一行的人『斷子絕孫』。就是在提醒我們別生養子女。可是你不信。生了、養了。你看現在孩子就成了你的煩惱之源。」

「別把問題都推在孩子身上。如果不是你們國保的指使，我絕不會作那麼多的惡。」龔岸有些激動起來：「其實他們真正的仇人應該是你們。你們國保在後面出壞點子，出面抓人的卻是我們警察。我們為你們背了多少的黑鍋呀！」龔岸越說越憤怒，臉頰漲得通紅。

郭寶說：「老龔，你也別生氣。我明天帶你去一個地方，保管你什麼氣也消了。」

「什麼地方？不會也是像這裡一樣吧？」龔岸說著指了指郭寶剛才出來的地方。

「老龔，你是怎麼想的！怎麼會是這種世俗的場所呢？那裡可是非常乾淨的地方，就像是天堂一樣……」

「天堂？人間天堂？天上人間？」

「你別亂想了。那裡可是上帝住的地方，是教堂。」

龔岸不說話，低著頭讓人看不清他的臉色。猜不出他此時在想些什麼。

在即將分別時，郭寶問龔岸：「老龔，你現在住在哪裡？我明天去找你。」

十一

第二天，天亮後不久，郭寶就來敲龔岸家的門。龔岸沒有讓郭寶進家門，他隔著鐵門對他喊：「等我一下，我馬上就出來。」說著他從裡屋的抽屜裡拿出一把手槍，揣進懷裡。再到鏡子前左右前後照了一下，看不出有什麼異樣，便放心地開門出去了。

他們兩個人在街道上一前一後地走著，像是兩個陌生的人。

因為是週末，街道上的人不多。既便有幾個行人也是慢慢悠悠的，沒有一點趕時間的樣子。既便行道樹上落下了幾片枯葉，也是靜靜地躺在地面上，不像平日裡，瞬間便會被滾滾的人流（或車流）碾碎。

城市在禮拜日的清晨靜謐著。陽光還沒有將街道中間的空氣烤熱，也沒有穿透厚厚的窗簾，將忙碌了一週的還賴在床上不起的人們喚醒。

「第七日，上帝休息了。於是他老人家有時間聽人間傳來的禱告聲。」

「父啊，饒恕了他們吧！他們所做的，他們不曉得。」

在進教堂時，郭寶停下來等龔岸走上來。他說：「我每次一進去，心就會平靜下來。就像罪被洗淨了一樣。」

「我怕我做不到。」

「只要信，就沒有做不到的。」

「唉！被共產黨教育了這麼多年，我……我的唯物主義傾向已經不可逆轉了。」

「你真是死心眼。想當初，我們跟著共產黨幹，哪裡相信過共產主義？相信過為人民服務？還不是逢場作戲，隨機應變……」

說到這裡時，他們已經進入了教堂。裡面除了牧師的佈道聲，其他的聲音會在牧師聲音的縫隙裡猛地跳出來。顯得格外突出。

於是，郭寶及時地閉上了嘴巴。將自己投入到集體的情緒之中。

龔岸也學著郭寶的樣子想讓自己的心平靜下來。可是越想平靜，心跳卻更加加速地跳了起來。他側臉看了一下站在右手邊的郭寶，看到他已經完全地投入到了上帝的懷抱——像孩子一樣無辜與單純。

「上帝難道善惡不分麼？佛說過：善有善報、惡有惡報，不是不報、時候未到。報，還是不報？可時才報？」龔岸一個人走出了教堂，想讓清涼的空氣幫助自己靜靜。他仰著頭深深地吸了一口氣。將手插入內衣口袋，握住已經被捂的與體溫一樣溫熱的槍柄——槍與人已經形成了一體。自昨天那間玻璃房子外面，看到郭寶幹了自己的女兒之後那種肉體舒服的樣子，他就想要幹掉他。

想起女兒剛出生時，郭寶還給她包了一個大紅包，並聲稱要當女兒的乾爹。由於對「乾爹」本能的反感，龔岸沒有接下郭寶的這句話。於是「乾爹」就與「乾女兒」錯過了。

現在，看到郭寶在上帝的懷抱裡面精神上平靜安逸的樣子，更加堅定了要殺死他的決心。龔岸手緊緊地握槍柄快步地走回教堂，在離郭寶還有一米遠的時候，他拔出手槍對著他的腰間就是一槍。

郭寶的身體猛地一震。彎下腰，回過頭看到龔岸手中的還在冒著硝煙的槍口說：「怎麼……怎麼？這是為什麼？」

「為什麼？為什麼……因為你太安逸了。專制時你有鮮奶喝、民主時你還要吃酸奶，天底下哪裡有那麼便宜的事？」

「老龔，你哪裡知道，在你的面前我是裝的。一個人由高處跌下去怎能不受傷呢？正所謂爬得高摔得慘。」說到這裡，郭寶指著人群說：「別人自由時，我們就成了落體」。

「你不應該裝呀！老郭。看到你心安理得的樣子，我心裡面不平衡呀！」

此時，郭寶已經說不出話來，倒在地上。臉色因失血的速度而越來越蒼白。信徒們在驚得散開之後又緩緩聚集過來。有膽大的人念到：「上帝啊，饒恕了他們吧，他們所做的他們不懂得。」

龔岸被圍的透不過氣來，與郭寶蒼白的臉色相反，臉色通紅。他叫喊著：「我懂得、我全都懂得！上帝啊，你想做而又因身分的原因不能做的事，我幫助你做了。就讓我當罪人吧！就讓我下地獄吧！」

說完，他掉轉槍口對著自己的胸口，最後說到：

「我深信有些事情是無法讓人原諒的，因此做這些事情的人也是不能被原諒的。」

十二

龔岸在最後斷氣前將槍膛裡剩餘的子彈盡數射向天空。教堂穹頂上的彩繪碎片，連同子彈成自由落體垂直墜落，雨點般砸在他們的身上……像是要將這兩個人埋沒。

這是二〇一六年二月十八日完稿，發生於二〇二六年的故事。那時候這些情節將變成為事實。立此存證。

二〇一六年二月十八日

一九六六拆那

（之・書）——文學是害人的

引子：二〇一一年七月，六十歲的黑娃從重慶萬州戒毒所（原重慶勞教所）退休，回到離開四〇多年的成都。見到了曾經一起玩的小夥伴們——我和大毛。

我們三人一起回憶起了文化大革命開始後不久（一九六六年）一起偷書的日子。正是那一次偷書，改變了我們的命運：此時我是一個中共退休幹部，大毛是一個民企醫院的老闆，黑娃則是一個剛從監獄裡出來的糟老頭。

對於三個極端不同的命運，我們感嘆不已。

最後黑娃得出一個結論：「通過我可以證明文學是害人的。」

一　我在廁所裡見到了毛主席

一九六六年的某一天，我突然覺得小腹深處一脹，一陣屎意湧進肛門的擴約肌，想要將它撐開。於是，我隨手從家裡的桌子上抓起一張報紙就向廁所衝去。

一路小跑。廁所空著，我到了最裡的一格。只要那一格空著，且在蹲坑沿上沒有遺留前人留下的屎粑粑痕跡，我都會選擇這個位置。在最裡面的角落裡的好處是，可以盡可能少地暴露在別人的目光裡。

我承認，那個時候我還是一個害羞而青澀的小小少年。

確實，我並沒有不顧髒不顧臭的將頭伸進蹲坑的下面，去偷看隔壁女廁所女人們上廁所屙屎（撲通、撲通、撲通）屙尿（嘩、嘩、嘩）的樣子，並通過這些媒質向上想像排泄出它們的器官的樣子。而是展開剛從家裡拿來的，準備用來揩屁股的《人民日報》，細細讀了起來。

讀著、讀著，我的眉毛漸漸擰了起來。目光深刻而憂傷，繼而恐懼彌漫……

是什麼使一個少年如此老沉？

順著我的目光，讀者們可以看到報紙上刊載的一則新聞——毛主席在天安門廣場上接見了紅衛兵。並配發了一張照片：毛主席戴著一條紅領巾，微笑著，在他老人家的身邊圍著一群幸福的孩子。有圖有真相。毛主席像太陽，那些圍著的孩子就是向日葵。

那些幸福的孩子，看起來應該比我大三、四歲。我有些恨我的父母為什麼不早生我幾年，使我錯過了見到活著的毛主席的機會。

我是如此熱愛毛主席。我意識到了錯誤的嚴重性。

我立即展開了嚴厲的批評與自我批評。我錯了。錯誤之一是在廁所裡遇到了毛主席，我該對他老人家說些什麼呢？如果頭腦不夠冷靜，一定會說：「毛主席，您、您、您老人家……親自來屙屎屙尿啊！」錯誤之二是我竟然是要用毛主席來揩屁股。

這可是死罪呀。

我嚇得趕緊將這張《人民日報》合了起來。看看周圍沒有任何人。對折、再對折——疊好。就這樣將毛主席藏隱了起來。我放心了，就算是現在有人上廁所，也看不到我手上拿著的報紙內容是什麼。

對毛主席的愛與高度的政治覺悟，使我第一次在屙完屎之後沒有擦屁股。使勁地收腹提肛，夾緊屁股，將殘留在大腸盡頭的屎夾斷、擠出……

盡力了之後，我提起褲子，繫好腰帶出了廁所。

走到大街上，屁股裡還是感覺有些異樣。濕濕的、粘粘的，像是夾著一團異物，不自然。如果此時我是一個女人，看到我走路的樣子，別人一定會以為我是剛被破了處女之身。

二　黑娃叫我跟他去川大圖書館偷書

走了不遠，就碰到了黑娃。他將我拉到路邊，我甩掉黑娃的手說：「有話就說，有屁就放」。一說完這句話我就後悔了。果然，黑娃一把抱住我，用鼻子埋在我的衣服裡深吸了兩口氣，說：「真的，有一股臭味。是你放屁了吧？」

「才沒有。」

黑娃更緊地抱住了我，將鼻子貼在我的衣服上，再一次深吸了一口氣。留在內褲上的屎味，順著布料直直地爬上來，一點也不浪費地鑽進了黑娃的鼻子裡。

黑娃像是被子彈擊中一樣彈開。足足有兩米遠。他吃驚道：「你屙屎在褲子上了？」

就像是證據已經被他掌握了。在證據面前，我只好招供：「我剛上廁所，隨手抓了一張報紙，準備揩屁股。沒想到手氣這麼好……」說著我揚了一下手中的報紙，展示證據。讓他看報紙上毛主席的照片。證明不是我髒，而是遇到了不可抗拒的力量。

「我也遇到過這種事情。只要是報紙的頭版，不遇到他老人家都難。」

「你怎麼解決的？」

「你想聽真話還是假話？」

「真話。」

「跟你一樣。沒擦屁股。」

「我不信。你會像我這麼傻！又不會有人知道。」

「沒有人知道？你為什麼不擦呢？」

「因為我瓜呀。你又不瓜。你爸爸媽媽又不是近親結婚。」

「好、好、好，我承認，我擦了屁股。行了吧！」黑娃說完，又走近我，貼著我的耳朵對我說：「今天晚上，我們去川大（四川大學）圖書館偷書。去不去？」

「偷書？書有什麼用？沒用。不去。」

「可以用來擦屁股呀。我聽說川大圖書館裡很多書都是大毒草，用它們來揩屁股絕對不會有問題。」

看到我有些動搖，黑娃接著說：「你只要在門外望風就行了。我進去偷書，出來後我將我要看的書選走，剩下的，你就拿回家去揩屁股好了。用書來揩屁股，再也不會出現象今天這種情況了。」

有道理。

就這樣，我這麼一個瓜娃子與書發生了關係。

三　我為什麼是一個瓜娃子?

先說明一下：我並不瓜。說我是瓜娃子的，最後都不如我混得好。

為什麼我是一個瓜娃子?

原因很簡單：我媽媽嫁給了她媽媽姐姐的兒子。

為什麼她要嫁給親表兄?這個原因就複雜了。事情得由共產黨奪得了天下之後說起：從一九五〇年開始中共派了大量幹部到農村，搞土地改革。很不幸，派到我母親那個村莊的是一個完整體現了「禍不單行」這種悲慘命運的一個轉業軍人。這人不僅瘸了一條腿、還瞎了一隻眼。從他的身上，人們看到了戰爭的殘酷性。

這個土改幹部雖然瞎了一隻眼瘸了一條腿，但這並不能阻止他對美的嚮往與追求。是的，他看中了長相方圓百裡挑一的我的母親。他對我母親的母親說：「我為了人民失去了那麼多（一個眼睛和一截腿），而你們為了我失去一個女兒又算得了什麼?」

土改幹部的理由不容駁斥，否則就太沒有良心了。

我母親的母親是一個講道理的人。她要擺一個事實在土改幹部的面前，讓他澈底死了這條心。於是，她想來思去，遠的太遠了，解不了近渴。近的只有一個人選：就是她同胞姐姐的兒子。她跪在姐姐的面前，要姐姐的兒子救救自己的女兒。

妹妹說：「我不忍心讓自己的女兒跟一個又瘸又瞎的人過一輩子。」

姐姐說：「妹妹，你起來……快起來……嗨——我答應你還不行麼!」

我的父親和母親就這樣結合在了一起。這就是我的先天缺陷——近親產子。

就這樣我失去了作為一個官二代的機會。就這樣我因為父母近親結婚，而成了一個命中註定的瓜娃子——雖然是一個人，但總讓人覺得有哪裡不對頭。

在知道這個故事之後，我一直在心底埋怨著母親太自私了。唉，真是小農意識，沒有遠見——她不明白「犧牲我一個、幸福下一代」的道理。

四　黑娃大毛與我一起去川大圖書館偷書

我真的是很瓜。黑娃最後只是挪動了一下孔乙己說的話，將它從書上搬到現實中：「讀書人的事，不是偷、是竊」，剛鑽進我的耳朵裡，我就跟他去了。當時我確實不知道「竊」與「偷」是同一個意思。是呀！既然有偷、何用有竊？既然是同一個意思，為什麼還要造出兩個字？浪費了。這不是自己給自己找麻煩嗎？我一直到現在都沒有想通是為什麼。

「也許是古代人時間太多，而要學的東西又太少。於是便多給自己製造一些麻煩，弄些長得不一樣，但意思又是一樣的字。」我的思想只能走到這裡，便停滯不前了。

與黑娃一起去偷書的還有一個人：大毛。

我不知道黑娃是如何說服大毛的，是不是用了與說服我的同一句話？事後我沒有與大毛溝通過。這足以證明我的好奇心並不是很強。頭腦不夠用，就少用一點。

我們三個人分工是這樣：大毛在外面望風，黑娃與我進屋去偷書。本來是我在門外望風的，但大毛走到門口時就怎麼樣也走不動了。他蹲下身子說：「我的腳好像抽筋了。」說著就不再站起來了。

沒辦法只有我上了。

我緊跟在黑娃身後。繞過一個長滿荷花的水池，翻過早就被敲碎了玻璃的窗戶，進了圖書館。

在黑暗中摸到書之後，黑娃的呼吸像公狗見到母狗一樣變粗了，由此我確定他是愛書的。他在黑暗中說：「白天我來偵查過，這一排都是文學類的。你不喜歡文學就到別的地方去拿。」說著他就丟下我不管了。直到我抱著一疊書摧促他快點離開，他才脫下衣服包著一堆書翻窗離開了圖書館。

到了大門外面，大毛早就不見了。而黑娃似乎早就猜到了這些，他低聲地罵了一句：「操他媽的！跑了，人精一個。」

我其實並不瓜。但是這個世界一切都是相對的。「人比人、氣死人」，相互對比起來，大毛是人精而我就是瓜娃子。雖然大毛只有十四、五歲，但卻少年老成，晃眼看上去足足有二十四、五歲。

我跟黑娃去偷書，完全是因為沒有人願意跟我一起玩，這次黑娃叫上了我，我不能放棄這個機會。他們說我是瓜娃子：一臉瓜相、心中燎亮。也就是說外表與內心一樣。而黑娃並不認可別人對我的評價，他說文學作品上描寫的都是越是長得醜的人，心腸越是好。比如說《簡愛》裡的簡愛，《巴黎聖母院》裡的加西莫多……而在文學裡，長得越漂亮的人，心腸往往是最壞的，比如說《紅與黑》中的于連。簡單的公式就是：好看的人與難看的人，外表與內心相加除以二，得出的數值都是一樣的。進而可以得出結論——在文學作品的邏輯中上帝是絕對公平的。黑娃觀察世界的所有方法都來自於文學作品。

五　為了堵住大毛的嘴，我分了一本書給大毛

黑娃罵大毛的聲音剛落，猛地槍聲響成了一片。槍聲似乎是以「操他媽」為號，一環路以內的成都工人造反兵團和踞守在四川大學裡的川大八二六戰鬥團打了起來。子彈在夜空中劃來劃去，像是在編織一個光線的大網。

我和黑娃正好在網的下面。我嚇得面色慘白。此時如果黑娃看到我的臉，一定會像是看到了一輪圓月。黑娃沒有看我，他一直抬頭望著天空中的子彈痕跡，說：「嘿，快看。真好看，像是焰火一樣。」我可沒有那種心情，嚇得轉頭就跑。

看到我一跑，黑娃也意識到了處境的危險，也跟著跑起來。他從後面追上了我。一直到了華西壩，我們才停了下來。

黑娃似乎沒有欣賞夠焰火，責怪我說：「跑啥子？子彈是向天上放的。」

我說：「朝天上放的？但最終彈頭還是要落下來的。」

黑娃沒有說話了。我們默默地站了一會，待喘息平穩下來，他問：「你拿了幾本書？」

「有五、六本吧。」

「拿一本給大毛吧。」

槍聲響了一陣之後停了。四周更加黑暗起來。也愈加靜了。

等了一會，看到我沒有回答，黑娃又說：「反正你是用來揩屁股的。也沒有太大用處，分一本給大毛吧，把他拉上同一條船，免得他去告狀。」

「課本上不是說：讀書人的事，不是偷、是竊嘛？」我開始懷疑黑娃此前說過的話。

「竊雖然不是偷，但也不是好事。儘量不要讓別人知道，對不對？」

我聽從了他的意見，將書拿回去後，選了兩冊《本草綱目》給他。之所以選這本書給他，是因為書上的字是繁體字，我幾乎都看不懂。而且紙張發黃、變脆，用來揩屁股很容易擦破，將屎粑粑弄在手上。

我留下的書是：劉少奇的《論共產黨員的修養》、林彪的《人民戰爭勝利萬歲》、周恩來的《抗戰政治工作綱領》等等。

我將書給大毛時，他的臉紅了一陣。似乎對自己那天半途溜走感到不好意思。他推辭著：「不。無功不受祿。我不能要。」

聽他這樣一說，更加堅定了要將書給他的決心。我真害怕他將這件事說出去。我有意嚇唬他說：「你不要就算了，反正你與我們一起去了。如果被知道了，你也跑不了。」聽到我這樣說，大毛一把就將書搶過去：「拿來、拿來。不要白不要。」

我懸著的心放了下來。從證據上來說，我們已經是同夥了。

六　黑娃讀了偷來的書之後，開始寫詩了

偷書之後，我足足有一個星期沒有看到黑娃。他去哪兒了呢？是不是因為偷書的事被人發現了，而被抓起來了？

我越想越害怕。心一直懸著，隨時都有可能掉下去摔成兩半。那樣，我的命也許就去了半條。不能再這樣下去。我想清楚了，只有兩條路可以走：一是去黑娃的家，看看他到底在不在家裡；二是去公安局自首，承認自己偷了書。

黑娃的家住在跳傘塔附近。為什麼叫跳傘塔呢？據說是抗日戰爭時期，美國的飛虎隊在這裡表演過跳傘。於是，這裡就叫著了跳傘塔。但是，塔呢？小道消息說是一九四九以後，共產黨為了證明日本人是自己打跑的，便拆掉了所有與別人有關與自己無關的抗戰痕跡。

黑娃家在跳傘塔的西北面。我鑽進一條小巷，走到底就到了他家。一個紅磚單牆圍成的小院子，圍牆開口處沒有門。進出隨便。讓人聯想起了「路不拾遺、夜不閉戶」的古代。其實是這裡面沒有什麼東西可偷。

我直接到黑娃家的門前。敲門並呼叫：「黑娃。黑娃。」

黑娃將門打開，說：「你怎麼來了？我正準備去找你。」

「找我？我還以為你遭（有麻煩）了。」

「不可能。拿幾本文學書算什麼事？現在最沒有用的東西就是文學書了，有些人丟還來不及呢！」黑娃說到這裡，盯著我的眼睛說：「你拿的書用完了麼？我們再去偷？好麼？」

「我不去。要拿你自己去。這幾天我心一直慌得很。」就這樣我拒絕了黑娃。說完我轉身就要走，黑娃一把拉住了我，讓我聽他朗讀這些天他把自己關在家裡寫的詩歌：

《一種恐懼積澱的結果》

她站在那兒很久，開始用長長的釘子釘入一棵樹的樹幹
我在釘子之間緊緊地拉上一根繩子
眼睛逐漸出現一種形狀。一張網的象形

進入這種幻象，我中年的妻子俯身吻我
我開始憎恨並厭惡每一隻穿過濕泥的老鼠
我不敢把手放在它的背上
昏黃的歲月裡我的手指向一個角落，一個洞穴
她感覺一隻老鼠在背上爬行
她的青春也在背上爬行，爾後棄她而去
她開始厭惡並憎恨我指向洞穴的手指

因為我不敢把手放在它們的背上（就像五指山壓住孫猴子）
因為她每回都有忍不住要大哭一場衝動
而她每回又總是要忍著……

很久以後，我們又想起了那棵半倒並半死的樹
看著釘子上縱橫的繩索繃得很緊張
她的心地很好很善良。她說
「繩索總是要斷的，危機潛伏在每一天……」

朗讀完後，黑娃熱切地盯著我的眼睛。我知道他在等我的評語。我說：「我不懂。」
「很清楚啊。樹在長大，繩子越繃越緊。繩索總是要斷的，危機潛伏在每一天……」
「我不懂。寫這些有什麼用？」
「你是不懂這首詩？還是不懂詩有什麼用？」
「都不懂。」我回答的很乾脆。
「你知道麼？詩歌不是拿來用的。是用來洗滌人的靈魂的，從而讓人變得崇高起來。」
「崇高？可是，毛主席教導我們說：知識越多越反動。」說著我就走了。
這次同黑娃的交談顯然是不愉快的，我聽到他在我的身後罵了一句：「瓜娃子。老子不跟你說了……」後面的話我就沒有聽到了。

七　黑娃差一點餓死，葉子老師救了他

黑娃的父親是國民黨的一名軍官。這是他偷偷告訴我的。對我說了之後，他還叮囑我說：「不要對別人說啊！任何人也不可以。包括你的家人。」

我回答說：「好的。」

他還是不放心，要我發誓。我問：「你為什麼要告訴我這事？」

他說：「我是想讓人知道，我的父親也是一個當官的。手下管著好多人。」從這一點來看人人都有著想要炫耀自己弱點。

其實，我們都知道黑娃的成份。我的母親就一再告誡我，讓我不要跟黑娃玩。說黑娃的成份不好，免得受牽連。我之所以一直跟黑娃在一起玩，一是沒有人跟我玩，二是我隱隱地覺得只要是祕密，總有一天會有價值。想到這，我覺得我並不瓜。而是大智若愚。

黑娃的母親因為她老公的原因，於一九五八年被分配到大邑的一個煤礦去挖煤。她每個月回成都一趟，留下幾元錢作為兒子一個月的生活費，便又上山挖煤去了。於是，黑娃就要靠這些錢過一個月。

有一次，在食堂裡，黑娃拿著飯盒在紮堆的人群裡擠到了前面，左手伸出了飯盒，右手伸進了褲子屁股後面的口袋摸飯票，才發現口袋裡空空的，飯票不知道什麼時候掉在了什麼地方。

食堂裡的師傅，瞪著眼睛對他說：「飯票。飯票。快點，飯票。愣著幹啥？」

……

「沒有飯票？站一邊去。下一個……」

黑娃昏昏沉沉地被從人群裡擠出來，感覺自己就像是被從一個身體裡屙出來的一坨屎，成了被遺棄的廢物。下午上課的時候，黑娃頭暈乎乎的，他不知道怎麼放的學，不知道自己怎麼樣走出了學校。晚上睡覺的時候肚子咕咕地直叫，像是多嘴多舌的女人，躲在肚子裡一直不停地說話。吵得他睡不著覺。

此時他才明白為什麼人們說，餓著肚子睡不著覺。原來是肚子空了，騰出了空間，便跑進去了幾個精靈在裡面折騰。只有將食物填進肚子裡，才能將她們排擠出來。跟著，咕咕、咕咕的聲音就沒有了。

第二天黑娃在家裡躺了一天。

第三天，肚子裡面咕咕的聲音已經聽不見了，他想也許是裡面的精靈已經被餓死掉了。她們的靈魂在距離地面一米高的地方飄著，像水一樣哪裡低就流向哪裡。「我也不能再留在這裡了」，他頂著熾熱的太陽出了門。四周很安靜，順著由房子和圍牆夾成的小街，向前。路很窄、狹小、單一，沒有別的岔路。只能就這樣走下去。在一個有著兩面高牆夾著的拐彎處，黑娃倒了下來。他看見前面有一座窄窄的橋。橋上沒有人行走，也沒有人看守，空曠得像是沒有被人記錄下來的歷史。從位置上來判斷，那是老南門大橋。可是今天為什麼這座橋變長了呢？就像是做拉麵，麵的質量還是那麼多，可是隨著手工的程序，麵條變細變長了。為什麼在前面要加個「老」字呢？因為在它旁邊的不遠處修了一座新的大橋——新南門大橋。有了後來者，它就老了。這就是自然世界的生老病死？

那是一座只能「過去」不能「過來」的橋！他想站起來——走吧——過了那座橋，就解脫了。他好像看到「自己」離開自己越走越遠……

後來，是黑娃的語文老師葉子喊醒了他。老師給他帶來了半個饅頭，兌著半杯水給黑娃吃了下去，將他從鬼門關裡拉了回來。

後來，在與人講起這件事時，黑娃說：「當時葉子老師興好只帶了半個饅頭，如果帶的是五個、十個，我一定會被撐死掉。」

黑娃像是搶一樣，將葉子老師放在他嘴邊的饅頭一口氣就吃了個精光。如果不是老師從他的嘴邊搶回來一口，也許黑娃當時就噎住了。漸漸地黑娃緩過勁來，老師將他扶起來，說：「走，我送你回家。」

到了黑娃的家，葉子老師看著他桌上的一本詩集《新月集》，吃了一驚。他從桌子上拿起書，一邊讀一邊問：「這本書，你是從哪裡來的？」

「路邊垃圾堆裡撿的。」

「黑娃，不論怎樣也不能騙人。這是做人的最基本標準。」葉子老師嚴厲地說。

「葉老師……我從川大圖書館裡拿回來的。」黑娃停頓了一下，看到老師並不是很凶的樣子，便接著說：「這些書反正都會被紅衛兵大哥哥們燒掉。這就算是沒有人要的東西吧？應該不算是偷，算是撿的吧？」

也許是說服了葉子老師，他沒有再追究書的來歷。而是轉了一個話題：「你怎麼餓成了這樣？也不去上課？」

「老師，我的飯票掉了。沒錢吃飯。」

「你家大人呢？」

「爸爸不在了，媽媽被派到大邑的山裡挖煤了。她每個月只有兩天假期，回來給我送點錢來，第二天又要上山……」

葉子老師嘆了一口氣：「你把這本書賣給我，吃飯的問題不就解決了。你看，行不行？」

「不行，書比我的命更重要。」

「沒有命，書拿來有啥用？」

「沒有書，命有什麼價值？」

「你呀，就是一個書呆子。我怎麼教出了這麼一個學生。」葉子老師在說出這句話時，語氣裡竟帶著一絲欣慰。

……

葉子老師看說服不了黑娃，只好換了一個方式：「要不這樣，你把書租給我看。一天兩分錢，看完後一定還給你。」

故事講到這裡，文學書竟然還救了黑娃一命。

八　紅衛兵批鬥葉子老師

借書就必定要還書。就像是偷了東西，再又還回去一樣，風險自然就增加了一倍。

這一天葉子老師算好了黑娃吃飯的錢正好用完了，於是便帶著書去他家還書。剛開門就看到幾個紅衛兵堵在門口，像是一張網，等著魚兒上鉤。

葉子老師猛地將書撕爛。一邊撕還一邊在嘴裡喊叫著：「我這是在『破四舊』，把這害人的書撕爛、撕碎。再踏上一隻腳。」說著還將雙腳在撕破的書上狠狠地踩著。

看得紅衛兵小將們都驚呆了。本來是來革老師的命的，沒想到卻被老師先革了。

還是這幫紅衛兵的小頭目先反應了過來，一腳將葉子老師踹開：「你這個臭老九，惡人先告狀，你竟然想毀滅證據？」說著就將被撕破的書撿起來，看了一下封面，說：「什麼？《悲慘世界》，竟然敢說我們偉大的社會主義是悲慘的世界？」

「不，這本書寫的不是社會主義，而是資本主義。」

「這本書寫的是資本主義是悲慘的世界？有沒有寫社會主義是歡樂的世界？」

「這個……這個……這本書裡沒有寫。」

「沒有。為什麼不寫社會主義好、就是好呀就是好？」

「是作者的覺悟還不夠高吧？」葉子老師越說越怕。他覺得自己陷入了辯證唯物主義的辯證法圈套裡去了。

「這就證明了這是一本有問題的書。」紅衛兵小頭目一把揪住葉子老師說：「看起來，你是想逃避打擊。但是，人民群眾的眼睛是雪亮的，絕不會放過一個壞人。」話剛說完，這群紅衛兵小將們就一擁而上，將葉子老師揪去批鬥了。

九　批鬥的方法

紅衛兵整人的方式有很多。

比如：坐飛機。戴高帽。跪碎玻璃渣。等等。

坐飛機有坐土飛機和坐噴汽式飛機的區別。土飛機就是兩個壯漢將「坐飛機」者的兩個胳膊夾住，讓飛機的尾部（雙腳及膝蓋）在地面上拖行，用不了多久，雙腿就會被磨破、磨爛，身後留下兩行血跡，就像是飛機在天上飛行時噴出的兩行氣體。噴汽式飛機則是兩壯漢將飛機（被批鬥者）的機頭按低，做俯衝狀。頭低，屁股高、雙腳離地，疼痛難忍。時間一久雙臂就會脫臼，嚴重的則會終生殘廢。

戴高帽。指的是一種特製的高帽，用鋼筋做骨架，高達一米以上。在這一項目上，他們一點也不吝嗇鋼材，即使在當時，鋼材是國家的稀缺品。一頂帽子做好後，重達數十斤，只要戴上幾分鐘，就會覺得脖子像斷掉一樣。

跪碎玻璃渣。與跪搓衣板相同，只是跪的材質不同。一個是搓衣板，一個是碎玻璃渣。碎玻璃渣往皮肉裡鑽，跪著痛疼難忍。但還不敢動，越動，碎玻璃渣越往皮肉裡鑽。

……

要擺脫批鬥的辦法很簡單，就是被批鬥的人再揭發一個人出來，讓這幫紅衛兵們可以繼續革命、鬥爭下去。

只要是正常的人，誰也忍受不了這種無休無止的批鬥。葉子老師在進入第三個回合時就供出了黑娃。葉子老師以此證明了自己是一個正常的人。

十　黑娃供出了我，我反過來又揭發了黑娃

黑娃證明了他是最最正常的人。他在批鬥會大幕拉開，紅衛兵小將們讓他「坐著土飛機」飛上高臺，剛落地時就供出了我。他高聲叫著：「我招、我招。那個……那個……瓜娃子也去偷書了。」在批鬥現場，紅衛兵小將們丟下黑娃，就直奔我家而來。

我真的不是瓜娃子。紅衛兵剛找到我，宣布了我偷書的罪狀，要將我抓去批鬥，我就倒打了一耙，揭發黑娃不僅讀黑書，還寫了黑書。

「寫黑書？」

「對，我知道黑娃寫詩。他還親口念給我聽。」

才積累起來的鬥爭經驗告訴這些年輕的紅衛兵：一條大魚浮出水面了。

「走，我們再去把黑娃抓起來。」一大群穿著綠色軍裝的紅衛兵小將們簇擁著我向黑娃家而去。想想這種場景：在一大堆的綠色中，我雖然沒有穿紅色的衣服，不是紅色的花，但至少也可以算是一朵含苞待放的花蕾吧！

我意識到自己未來前程的美好與壯闊。

黑娃家裡沒有人，他還沒有回來。「媽的，他是不是跑了？」一條大魚就這樣脫鉤了？真掃興。我說：「我知道詩藏在哪裡。」在他家門口淤集滿黃沙的排水溝裡，我準確地挖出了用塑料布一層一層包好的幾本筆記本。筆記本上用鋼筆寫滿了詩。

白紙黑字。顯示著昭彰罪證。

有了證據，紅衛兵小將們正準備分頭去找黑娃。卻看見黑娃正慢悠悠地往回走，此時正站在院子門口對面的街上。黑娃就這樣才出虎口又入虎口。

十一　傻人有傻福

一開始，我就承認自己是瓜娃子。為什麼要這樣呢？

就是為了驗證這句話古話：「傻人有傻福」。真的是這樣，每一次上廁所都要撕三頁書，一邊屙屎一邊看。以打發屙屎這段空白的時間。

我們應該把自己看作是需要而且可能改造的。不要把自己看作是不變的、完美的、神聖的，不需要改造的、不可能改造的。我們提出在社會鬥爭中改造自己的任務，這不是侮辱自己，而是社會發展的客觀規律的要求。如果不這樣做，我們就不能進步，就不能實現改造社會的任務。

……

比如說吧，幾個共產黨員一起去參加某種群眾的革命鬥爭，在大體一樣的環境和條件下去參加革命實踐，這種革命鬥爭對於這些黨員所起的影響，可能完全不是一樣的。有的黨員進步得很快，甚至原來較落後的趕在前面去了；有的黨員進步得很慢；有的黨員甚至在鬥爭中動搖起來，革命的實踐對於他沒有起到前進的影響，他在革命的實踐中落後了。這是什麼原因呢？

讀著、讀著，我就理解進去了：共產主義表面上是講究平均主義，其實本質是追求個人進步（與別人的不平等）——有的人原來在前面，卻被人追趕上並超過了。進步有兩種方法：一是比別人跑得快、一是將別人壓下去，後者運用起來顯然更有效些。成功從來就是踩在別人的頭上或站在別人的屍體上體現出來的。

當時我正好在上廁所解完大手，擦好屁股提上褲子。天不怕地不怕的紅衛兵小將們就不怕髒不怕臭不怕難地衝進來抓住了我。

「把書交出來。」

聽到這句話我就放心了。我指了指剛丟進糞坑裡，還漂在屎尿上面的擦屁股的紙說：「在那呢！」

「把它撿起來。」

我蹲下身子，探下手將那沾著屎的《論共產黨員的修養》書的紙張撿起來。交給這幫紅衛兵的頭頭，說：「這是剛擦了屁股的。還剩下一半在屋子裡。我去拿給你們。」說著我就向屋裡走去。

紅衛兵們跟在我的身後。

我在屋裡的灶台邊，拿起被煙火燻得發黑，尚餘二分之一的《論共產黨員的修養》說：「我知道不僅是要在意識形態上把壞份子批臭，還應該在物理的層面上把它搞臭。」

聽到我這樣說，紅衛兵們簡直就傻眼了。他們沒有想到眼前這個比他們還要小三、四歲的人，竟比他們走得更遠、做得更極端。

緊接著我就揭發了黑娃「寫詩」的事情，並帶他們去找寫詩的日記本。這應該是給這群紅衛兵們搭了一個下臺的臺階，於是出現了前面紅衛兵簇擁著我，向黑娃家而去的場面。否則這些生命不息戰鬥不止的紅衛兵，真不知道在接下來的時間裡能「鬥爭」些什麼。

十二　分析黑娃日記本上的詩

將包裹著的塑料布一層、一層、一層打開，裡面有三本日記本。一股霉味淡淡地飄蕩著。從顏色來看有七成新，但是如果再在地下埋上幾個月，也許就會徹底腐爛。拿起其中的一本，隨手一翻，就讀到了這首詩：

《我・自析》

我

我猶豫地懷疑是人類覺醒的前兆
沉默突然降臨
使寧靜像一滴荷葉上圓潤的露珠
「啊，我的朋友

假如你愛我，請給我一池沒有情感的淨水
在現實中
在虛構中
在透明中辨別是非、真偽」

自我

物質在時空中按規律消亡
一顆心早已灰死
在那個無雨的夜晚、所有的水流都已沉寂

我想像著一個精神世界
自我把持著大門
開——
或
——關
偶爾有詩句闖進來
在碰到心時我都要慘叫一聲

我與自我

我們面對面坐在水邊很久，直到黎明

你撫著我的肩臂
「看著我吧兄弟！我們是對方的鏡子」
（察己則可察人——察人則可察己）
你不對我說什麼，而我什麼也不說
直到死
直到一隻手從地下伸出扯住我們的衣角：
「你，來吧」
哦，兄弟，我的兄弟
我們誰去死？我們誰去死？

我與人們

領袖、政府、社會、學校、學生——教師以上級指令塑造生命
個人統治集體
以至人一樣地思想、說話、行動。成為人民

一個孤獨的人
一個獨立的人
一個無法融入群眾的人
人們就遠離了他
人們便拋棄了他

人們並遺忘了他

一九三六年七月四日

紅衛兵像是發現了重大的證據，指著這首詩問黑娃：「這是你寫得？」

「不是。是我抄的。」

「抄的。」警惕的紅衛兵不相信。

黑娃指著那首詩最後面的日期，說：「你看這裡，落款是一九三六年寫的。那時候我還沒有出生呢。」

「你為什麼不抄革命詩歌，而要抄這種詩呢？」

「這因為這些詩看不太明白，我才抄下來，留著慢慢讀。如果看得懂，就沒有抄的必要。」這一次，黑娃就這樣應對過去了。

紅衛兵將日記本連同黑娃一齊交到了駐紮在學校裡的工人宣傳隊手裡。望著眼前的這本日記，工宣隊隊長緊繃著階級鬥爭的弦「嗡、嗡、嗡、嗡……」地鳴響了起來。他要在詩中找出一點毛病。在認真地讀了二十七遍之後，這位工人老師傅似乎找到了破綻，他問黑娃：「自析？自析？你說自析是什麼意思？」

「就是毛主席說的批評與自我批評中的自我批評。是毛主席提倡的。」

「是毛席提倡的？」

「是。」

既然毛主席都說，要自我批評，工人階級就沒有再說什麼了。他們將黑娃和他的詩交給了更上一級領導處理。官越大，政策及理論水平就越高。

十三 詩後落款的日期救了黑娃的命

每一次黑娃坐在桌子前面寫詩時，都覺得背後有一隻眼睛在偷偷地盯著看。每次，他都像是做賊一樣。寫幾句，就要回頭看一下。正因為這樣的現實，他覺得寫的文字有一些不連貫。好在黑娃寫得是詩歌，相對其他文體來說，可以跳躍些。

他害怕有一天這些詩會被政治覺悟高的人看到。從而舉報他在寫不是歌頌毛主席的詩。他想控制自己不要寫詩，但是又控制不住自己。腦袋裡有文思湧出，如果不拿筆寫下來，就會像水井一樣，長久不打水上來，泉眼很快就會乾涸。黑娃即害怕自己會變傻了，又害怕被當作反革命被抓進牢房。糾結中他終於想出了一個辦法：將寫詩的日期全部向前推三十年。比如說詩歌日期署的是一九三六年七月四日，實際就是一九六六年七月四日。這樣即使寫的詩被別人發現了，他也有藉口推說是解放前的詩人寫的。他只是照抄而已。

黑娃的擔憂果然在這次抄家中救了他。

對每一輪來審訊他的人他都說：

「我向毛主席保證，這些詩不是我寫的。」

「不是你寫的又是誰寫的？」

「是解放前的人寫的。」

「解放前的誰？」

「不認識。」

……

黑娃雖然辯解說詩不是自己寫得。但是抄了讓人看不懂、且不是革命詩歌的詩也證明了他思想有問題。需要進行勞動教育。在勞動中教育群眾、在勞動中改造群眾。上級領導一紙令下，黑娃就被送進了位於重慶萬州的勞教所進行勞動教養。這證明了黨和國家沒有拋棄黑娃，而是在不遺餘力地在挽救他。

十四　大毛在黑娃第一次被批鬥時就逃出了成都

在黑娃被紅衛兵以坐土飛機的方法帶走的路上，大毛的母親看到了歪著頭，閉著眼，臉部因痛苦而皺得像是一個核桃的大毛的小夥伴，心臟突然跳得加速起來。她條件反射般地意識到大毛或許也會有事。於是顧不上去小賣部打醬油，轉身一路小跑地往回走。

幸好大毛還在家裡。母親一把抓住大毛，壓低嗓音問：「你最近有沒有跟黑娃去幹什麼事？」母親怕沒說清楚，又加了一句：「不管是好事還是壞事。」

「沒有。絕對沒有。」大毛被母親奇怪的樣子嚇著了。出於自保，他否認了。

「有就快點說。我剛才看到黑娃被紅衛兵抓走了。」

聽到這大毛的臉都變白了，看到這母親已經明白了一半，她說：「我是你母親，有就老實對我說。」

於是大毛就將他們一起去偷書的事情說了出來。講完後，大毛說：「黑娃說圖書館裡的書反正也要被燒掉，別人不要的東西，我們拿幾本出來，應該不算偷。黑娃要我幫他望風。其實……我並沒有幫他們望風。他們剛進圖書館，我就跑了。」

「你什麼都沒有得到？」

「後來，他們給我分了一本書。就是這本書。我閒著沒事，讀了一些。講的是治病救人，不反動啊！」說著大毛從床墊下面拿出了那兩冊發黃的線裝書《本草綱目》。

「唉，傻孩子。你這就是物證啊。這是標準的『四舊』。你趕緊逃吧。去避一避，過了這個風頭或許就沒有事了。」

說著母親就給大毛準備包裹。最後還將《本草綱目》裝了進去。大毛不明白為什麼母親還要將這本給他帶來災禍的書裝進包裹。

「這本書──不是罪證麼？」

大毛母親小時候讀過幾年書，後來解放了，老師被抓起來槍斃了，她也就沒有上學了。所以還是懂一點文化的。她說：「你把這本書帶上，不要到太偏避的地方，也不要到大城市。找一些小鎮、小集市，照這本書上說得方子給人看看病，沒准可以賺錢養活自己。」

母親將家裡存的三十多元錢盡數交給大毛。在臨別時一再叮囑他：「如果能活下去，就晚些回來，那時候也許風頭就過去了。如果活不下去，就立即回來──就算是坐牢，總能夠保住一條命吧！」

大毛沒敢走正門，而是從後門悄悄地溜了出去。一路上他將頭頂上的草帽壓得低低的，眼睛都無法平視，只能夠看見腳尖前二、三米的地方。幸好當時街上並沒有什麼人，否則他的這種樣子，早就會被眼睛雪亮的人民群眾給揪出來。

從時間上來判斷，大毛出逃的時候，高覺悟的人民群眾正將注意力集中在我和黑娃的身上。就在這個間隙大毛從成都的南門向更南的方向溜了出去。過華陽時，天已經黑了。他隨便找了一個沒有人煙的空房子住了一晚。第二天醒來，開門出去，發現昨天空蕩蕩的街道變為了一個小型集市。

集市上三三兩兩地聚著一些人，在交換著各自手中的東西。這些人緊張而神祕，一邊討價還價，一邊警惕地四處張望。看到大毛從屋裡出來，立即四散而去，好像彼此都是路人，互不認識。其實大毛看到他們也嚇了一跳，準備逃跑，看到他們先跑了，便硬著頭皮向前走。越向前，路的兩邊越荒涼，那些綠的草、嫩的葉都被農民們作為食物採摘回家了。

有些樹的樹皮也被剝去，留下像白骨一樣的軀幹。就在這樣一棵被剝了樹皮而死去的樹下，大毛看到一個老人靠著樹幹坐著，臉色蒼白。他認出了老人就是剛才在集市上看到的其中一個老人。他的頭髮全白了，在白天顯得更加耀眼，像是指路的星星。

看見大毛走近自己，老人喘著氣說：「反正什麼吃得東西都沒有了，小同志把我抓起來吧。至少……監獄裡面有東西填肚子。」

「大爺，我不是來抓你的。」

「你？你……你不是成都省裡下來割（資本主義）尾巴的紅衛兵小將？」

「不是。我是來走親戚的。」說著就蹲下身子：「大爺，我懂一點中醫，給你看看好麼？」

「我都快要死的人了，還怕啥子？死馬當作活馬醫吧！」

「好的。大爺，你忍著點痛啊！」

說著大毛一隻手掐著大爺的仁中，一隻手隨手扯了一根又老、又硬、又細的樹枝，向老人的耳朵根紮了下去。在擠出了幾滴血後，大毛問：「腦袋清醒些了麼？老人家，你這是餓的，血流不夠，血管便粘結起來了。把它打通就好了。我剛給你放了血，回去你再用車前草、折耳根和天麻葉子熬水喝，便會好的。」

「唉！」大爺轉動著腦袋，感覺了一下，說：「你別說。還真的，頭不怎麼暈了。剛才腦袋裡就像被什麼堵住了一樣。現在……是通了……」

大爺從身邊的草叢裡掏出了剛才藏進去的五個雞蛋給大毛：「小夥子，這幾個雞蛋你拿去。現在是三伏天，路上餓了，把雞蛋放在馬路的沙子上曬一個時辰就會熟的。」

大毛拿著雞蛋剛要離開。老人從後面喊住了他：「小夥子，我給你介紹幾個病人。我們村有好幾個人得了跟我一樣的病。也給他們看看？行善積德呀！」

在跟著老人回村的路上，老人感嘆著說：「俗話說得好：再亂的世道，也餓不死手藝人。你有這本事，到哪裡找不到飯吃啊？」

到了村裡，大毛的第一個病人就是因為幾年前吃了觀音土，而一直拉不出屎來的已過中年婦女。她痛苦地對大毛說：小神仙，幫幫我吧！我每次屙屎都要用手指頭伸進屁眼裡往外扣，真是生不如死呀。

「這麼多年來，我解大手都不用手紙，而只能用手指……」說著還伸出那根因為長年扣屎而顯得發黃的食指給大毛看。以證明所言非虛。「一直到現在，村裡的人都躲著我。甚至連自己的孩子都不願與我在一張桌子上吃飯。醫生，你一定要救救我呀。」

聽到這，大毛猛然間覺得自己「有用」了起來。他認真地翻閱著那本發黃的書，讓她用番瀉葉、大黃、硭硝、巴豆、蘆薈熬湯喝。喝到第三副，積留在大腸裡的屎就像是決堤的洪水一樣瀉了出來。

還有一個人得了怪病，冷。大熱天也要穿著破棉襖。是因為她在月經初潮時沒有注意保暖，失血過多而又沾了過量的冷水，身上的寒氣一直淤積在身體裡。大毛給她開了幅溫熱補氣的藥：附子、肉桂、桂枝、丁香、山奈、蓽澄茄、乾薑、生薑、蜀椒，一起熬湯，喝了三副藥之後，女孩身上的棉衣竟然脫下來了。

不久之後鄉場上流傳著一個江湖郎中的故事：一個叫大毛的遊醫，不管什麼病，只要三副中藥，就可藥到病除。於是大家送了他一個外號——毛三副。

後記：黑娃勞教快期滿時，才知道母親在回成都給他送生活費時，得知了兒子因詩歌而被勞教的事，在乘車趕往監獄探視他的路上出車禍死了。唉！沒有家可以回去了。勞教所考慮到黑娃手巧，掌握了勞教所裡所有機器維修的技術，便留他在勞教所就業。從此成為了一名不是勞改犯的服刑人員。

葉子老師被送到了甘肅省的夾邊溝勞動改造，從此再無消息。從楊顯惠所著《夾邊溝紀事》來分析，多半是餓死在了貧瘠乾燥的荒原之上。

通過那次揭發黑娃，我與造反派混到了一起。我成天跟在他們後面，為他們跑腿辦事。因為年紀小、再加上一臉瓜相，沒有人提防我。一步、一步、一步……我竟然爬了上去。走上了仕途。

大毛在文化大革命結束之後，回到了成都。先是在青石橋菜市場邊上擺攤，為人把脈看病。數年之後有了一個自己的小診所。再後來成為了一個資產上千萬的民營醫院老闆。

（之．瓷器）——完整的瓷器害人，砸碎就不害人了

引子：每年春節大年初三，我們一大家子人都要聚在一起吃一頓團年飯。每一回吃飯都會談起一對祖傳了六百餘年的元青花瓷瓶。它們在「文化大革命」時期被砸碎了。每回，晚一輩的人都要怪罪上一輩的人沒有保護好這對瓶子。否則現在至少也值幾千萬元人民幣，而我們也就是傳說中的富二代了。

每當一大家子人在討論如果這個瓶子如果留到了今天，我們的生活會是什麼樣？我母親的母親總是一句話也不說。她默默地承擔著晚輩們對她的責備。彷彿她就是一個「敗家婆」。

而從她隱忍的表情，我猜測這背後一定有什麼故事。

一　CHINA＝瓷器

CHINA

用英文單詞做開頭，是想挑明這個故事是說給有文化的人聽的。

否則不一定能看得明白。

二　一九四八年瓷器值一〇〇〇塊大洋

我母親的家在一九四九年以前算是個大戶人家。怎麼樣才算是大戶人家呢？我想，必需具備一點：不差錢。怎樣才能證明不差錢呢？舉個例子吧！我母親的母親家裡有一對元朝官窯燒制的青花瓷瓶。是母親家祖傳下來的，從元朝一直到一九六六年——六百多年歷史。這東西有多貴重呢？

據我母親的母親說，一九四八年，有一個愛好者，聽說她家中有一對祖傳青花瓷瓶，專程尋訪到她家，出價一〇〇〇塊大洋想買下來，被我母親的母親的丈夫一口回絕了。

拒絕的原因很簡單——不缺這一〇〇〇塊銀元用。

於是，這個瓷器在母親的母親家保留了下來——元朝是她們家的；明朝是她們家的；清朝是她們家的；民國是她們家的——偏偏到了「新中國」成立，一九六六年，這只瓷瓶不能是她家的了。它被劃入了「四舊」的行列，被紅衛兵小將們砸碎了。

三　瓷器差一點毀於清兵之手

關於這個瓷器的歷史有必要簡單的講述一下：

我們家是清朝順治年間湖廣填四川時，被填進四川的。據說當年農民造反軍的領袖張獻忠的軍隊幾乎將四川人都殺光了。就拿成都為例吧，當時成都整座城市不見人影，在街上遊蕩是多是老虎豹子等猛獸。

於是在清政府平定了亂軍之後，強行從湖廣遷移了大量的人口至四川。俗稱：湖廣填四川。

我母親的家中有一本發黃的家譜。家譜從一棵老槐樹下開始。家譜中是這樣描寫那棵老槐樹的：老槐樹枝繁葉茂、遮天蔽日，日曬不進、雨打不入。如撐著一柄巨大的綠傘。所有填四川的人口被集中到這棵槐樹下，而後再以一根麻繩栓住左手臂連成一串，一起押解往四川。從此，資格的四川人左手臂上都留有一道繩索捆綁的印痕。

途中若要解決內急，則要大聲向押解的清兵報告，請求將手臂上的麻繩解開，好去一僻偏之處解決個人問題。於是，就有了上廁所大小便叫「解手」的說法。

據家譜記載，一起隨祖先填入四川的還有一對青花瓷瓶子。泛黃的紙上清晰可見：「男七口、女五口……蒜頭口元青花瓷瓶一對。」可見這對瓶子在我母親家族中的重要性。

據母親的母親祖上傳下來的故事說：在前往成都的路途中，有押解的官兵嫌這對瓶子累贅，不敢有太大的顛簸，影響了進行的速度，欲砸碎於入川途中。在祖先的懇求下，講述青花瓷之美麗，背後的純青火焰、精巧手工，匠人的高超技藝。加之青花瓷青碧的釉色在那個時代的天空中泛出清淚一樣的光澤，似驟雨剛過後的晴天，純潔、淨透、寥遠，像是前世情人的眼睛。清兵在看了高舉在手中的青花瓷瓶半個時辰之後，宛如自己某根神筋被撥響了……終於緩緩地將瓶子放下。於是這對瓶子逃過了一劫，安全地隨著祖輩來到了四川。

我沒有看到過那對青花瓷瓶子，但通過老人們的講述，還是可以想像出「美」到了一定境界，會煥發出一種靈性。這種靈性對小惡、小壞、小恨有一定的化解功能。

每次想到這，我對自己沒有機緣看見那一對青花瓷器而深感遺憾。如果我有幸能看上她們一眼，或許能讓我貧瘠的靈魂荒漠中開出兩朵黃白相間的雛菊——就像是縮水版的向日葵，個頭雖小，但也不放棄對太陽的遙望——伸展著花瓣沐浴到更多陽光。

更多的陽光！是否能照亮我人性之中更多的優雅與愛戀？

四　父親將瓷器當成了擊鼓傳花中手裡拿著的東西

我的母親只有一個大她兩歲的姐姐，沒有兄弟。上個世紀六十年代初姐妹倆先後出嫁。在那個餓死了數千萬老百姓的年代，歷史的河流中夾雜著淡淡的屍水味。像是做愛後從來不清洗的作案器物處於一個封閉陰濕的空間裡發酵。姐妹倆的父親嗅到了這股味道。暴風雨前，空氣濕瘟、蚊蟲沉重，無形的桎梏向下壓著，所有的東西做著低矮之姿態。

據我母親講，她的父親一直有讀報的習慣。一張報紙他總是一個字一個字地讀，生怕漏掉什麼。加上高度近視，他的臉埋在報紙裡，就像是要嗅出什麼味道——

「必須組織和發展無產階級左派隊伍。」

「文化革命是觸及人們靈魂的革命。」

「在『歡呼北大的一張大字報』中加寫的批註。」

「在章士釗反映被抄家情況來信上的批語。」

「抄家？」我母親的父親看到毛主席說的這兩個字，大吃了一驚。「抄家」這說明在共產主義之下，連「家」這個社會中最小的單位也不是私人自己的。別人隨時可以不請自來！

他意識到某種陰濕骯髒的霉毒要佔領並統治這個世界了。

為了不讓祖傳的青花瓷瓶斷送的自己的手上，他在看到了毛主席提到「抄家」這兩個字的當晚，將祖傳的那一對元代清花瓷瓶分送給了兩個女兒。說這是姐妹倆應得的嫁妝。瓶子傳下去了，似乎就與自己無關了。

我母親的父親這種作法表面上看起來是將祖傳的寶物傳予了後代，實則是不願意承擔責任的行為。就像是在做擊鼓傳花的遊戲，手上炸彈的導火索越來越短……眼看就要爆炸了……於是以最快的速度將手上的東西傳於下一家……

成都的雨多是在夜裡下的！這個文化底韻厚實的城市，雨總是躲著下，怕這個城市的人生出許多愁悵感傷。因此，從概率上來說我母親的父親是在一個雨夜，身著一件寬大的雨衣，在黑夜裡踏著泥濘的小街懷抱著一個不大也不小的青花瓷瓶，像一個賊一樣敲響了大女兒的家門：

「大妹兒，快點兒開門。」父親把聲音壓得很低。像是一堆棉花，注進了淨水。聲音沉重但又柔軟。

大女兒開了門，驚呼了一聲：「爸。這麼晚了你還來啊？」

「大妹啊！我想了又想，還是把這個瓶子傳給你吧。」

「爸，這不是你最愛的寶貝麼？平時給我們看一眼都捨不得。」

大女婿也在一旁附和著：「爸，這瓶子你還是留在身邊吧。你們祖上傳下來，六、七百年了，多有靈性的。放在室子裡，養家、養人、養心。」大女婿是一個中學老師，懂得實物在文化傳承中的實證價值，越往後越值錢。他說：「說句難聽的話，等您百年之後，再傳給我們也不遲。」

我母親的父親臉瞬間就紅了，像是被人發現了自己栽贓給別人，話都不會說了，語氣也不連慣了：「別，你們也別客氣。別，別……你們就先拿著吧。」說著坐也不坐一下，開門就出去了。在出門之前還丟下了一句：「另外還有一個，我改天給你妹妹拿去。」

「爸爸今天是怎麼了？」大女兒有些不解。

「這東西可是國寶，價值連城，把它好好收起來。不要給別人看到了。」丈夫摸著光滑的青花胎釉說。

五　作為精神糧食的書

我母親姐姐的丈夫叫葉子，是一位語文老師。最喜歡一個叫黑娃的學生，總是說他有才氣，可惜沒有在正確的時間生在正確的地方，否則一定會成為一個大文豪。有一天他回家一臉興奮地對老婆說：「老婆，我一個學生吃不起飯了，你給我五塊錢。我拿給他吃飯。」

「給他五塊錢吃飯？那我們吃什麼？」

葉子老師像變魔術一樣從黃挎包裡掏出了一本書：「我們有精神食糧呀。」

看到丈夫手中的《悲慘世界》，妻子一把就奪了過去：「快，別炫耀，藏起來偷偷看。」說著還看了一眼窗外。空空的陽光下，潔淨的光線空蕩蕩的，沒有一絲陰影。在確認隔牆無耳後，她接著說：「讓我先看！」

「好。好。好。」丈夫一連說了三個好字。

「唉。你老實交代，這本書你怎麼來的？」

葉子老師給妻子說了他的學生黑娃偷書、丟飯票的事。講完之後問妻子：「你說，我們應不應該幫幫這個孩子？」

妻子沒有回答，而是拿著書，搬了一張小板凳，找一個偏狹且透進一線陽光的角落看了起來。

六 「砸？還是不砸？」

遍種成都的芙蓉花因五八年大躍進煉鋼鐵而被大面積砍伐，從有到無，化成了熊熊的爐火，它們這也算是為社會主義添了把柴吧。

一九六六年春天，逃過一劫芙蓉花在街道的角落裡，靜靜悄悄地開放著。盡可能地使花朵小巧、顏色淡泊。她們是怕太張揚而引起了人們的注意，從而又遭到什麼噩運。

成都的這些所剩為數不多的芙蓉樹，有一棵就長在我母親的母親家門口的自來水管邊。一個陽光明媚的日子，也是洗曬衣服的好日子。我母親的母親在自來水龍頭下清洗著衣物，抬頭看見了粉紅相間的芙蓉花。好美好美啊！她想起了那個祖傳的青花瓷瓶；那些在青花瓷瓶上栩栩如生的花紋。正在神遊之際，門外一隊紅衛兵呼喊著革命口號：「破除迷信、破除四舊、打倒封資修……」由遠而近、再由近而遠……

她顫抖了一下，將手上沾著的水珠在衣襟上擦乾淨，丟下洗了一半的衣服就進了屋子。她要去看一看藏在家中的那對青花瓷瓶。她要將它們砸碎，免得在這個時代禍害了家人。

她從床頂上面拿到一個盒子時就覺得不對，怎麼這麼輕？裡面空了？等到打開盒子時才確定，真的是空了。裡面的瓷器呢？是丈夫聰明，在我之前將它們處理掉了麼？

我母親的母親一直提心吊膽地等到丈夫下班回家。她問丈夫：「哪兩個瓶子呢？」丈夫說：「送給兩個女兒了……反正我們死了之後也都是要傳給她們的。」

她死死地盯著丈夫說：「你、你……你這成心是要害死她們呀。」

「我不能讓家傳的寶貝斷送在我的手上。那可是皇上御賜的啊！」

「現在都什麼時代了？你還抱著祖宗不放。祖宗能從地下爬出來救你麼？」

「這是我們家的祖傳之物，又不是你們家的。你當然捨得……砸了……」

「你說是看不見摸不著的祖宗重要，還是活著的人命重要？」

……

「聽說寬巷子有家人被紅衛兵抄出了一個皇帝御賜的匾牌，被強迫在匾牌上跪了一個下午。我們這個青花瓷瓶如果被抄出來，還不得砸碎了，讓人跪在碎瓷片上啊？」

「快，你去大女兒家；我去小女兒家。把瓶子砸了。自己砸了總比紅衛兵們來砸要主動些。」

說著推著丈夫，晚飯也不吃就出了門。

在跨出大院大門時，她又停下了。她拽了他一把，讓他也停下來：「砸瓶子，那麼大的響動，驚動了鄰居乍辦？」

「那就……不砸了？」

「這樣，屋門要開著，如果有鄰過來問是什麼聲音，就說是不小心打碎了一摞碗。」

說著這老兩口就在大門口分手，一左一右，走進了漸濃的暮色之中了。他們要去斷絕一樁或有或無的災禍。

七　母親砸了，父親沒有下得去手

母親向左。

我母親的母親到了正府街小女兒家，看到小女兒正在過道上搭著的爐子前做飯。過道被油煙燻得黑黑的。好在女兒的臉洗得乾乾淨的，還是那麼的漂亮。母親的心裡升起了一絲絲母愛。對，一定要將那個青花瓷瓶砸了。有什麼比眼前這個美麗動人的女兒更寶貝？

「媽，你怎麼來啦？還沒吃飯吧？」

「別急著做飯，跟媽進來一下。」

說著母女倆就進了屋子。女兒隨手要關門，母親阻止了她。壓低聲音問：「你父親前些天給你的那個瓶子呢？」

「在床下收著呢。怎麼了？」女兒還以為是母親捨不得，想要討要回去。

「把它拿給我。」

女兒弓身鑽進床下將青花瓷瓶拿出來，交到母親手上。母親將頭偏向一邊，看也不看一眼。她是怕看一眼之後就不忍心下手了。

母親將頭偏向一邊，接過瓶子之後，就將這個青花瓷瓶砸在了地上。「咣當」一聲之後，這個祖傳了六百多年的青花瓷瓶瞬間就碎成了瓦礫。

「媽，你這是幹嘛？這是我們袁家祖傳的寶物呀！」

「這可是個禍根。砸了，我們才能睡個安穩覺。把它們打掃一下，快點拿出去丟了。」母親指著地上的瓷片對女兒說：「如果有人問，就說打碎了一摞碗。」

父親向右。

我母親的父親穿過漸濃暮色、穿過已經沒有了廟的小關廟街到曹家巷大女兒家時，天剛剛擦黑。大女兒家比小女兒要遠一些。大女兒一家人正在吃飯。看到父親進來大女兒問：「爸，你怎麼來了？還沒吃飯吧？」

大女婿葉子站起來給岳父盛了一碗飯：「爸，一起吃一點吧。」

父親坐下來，拿起女兒遞過來的筷子，一下一下地從碗裡向嘴裡刨飯。

「爸，你怎麼也不吃菜？」大女兒往父親的碗裡夾了一筷子菜。父親就著菜，一筷子一筷子一筷子地吃著，均勻、平穩。

「爸，你怎麼了？」大女婿葉子問。父親像是沒有聽到一樣。一點一點地將碗裡的飯吃完之後，便站起身來說：「我回去了。」

「爸，看著點腳下啊！」

等父親出門後，大女兒對正埋頭在燈下看著小說《悲慘世界》的丈夫說：「老葉，你跟在父親身後，看著他進了家門再轉身回來啊。爸爸今天不知道怎麼了，失神似的。」

我母親的父親回到家後，我母親的母親已經到家了。

她問：「砸碎了麼？」

他答：「嗯。砸了。」

「大女婿是老師，最危險了。你知道不，紅衛兵抄家首先抄的就是自己的老師。」她自言自語著，以此來安慰丈夫失去心愛的青花瓷瓶的心靈。

他的身體打了一個顫，臉突然蒼白起來。望望窗外，天黑得與他的臉相比就像是黑白無常。黑得像墨、白得像紙，黑眾、白寡，墨潑到紙上，全黑了，紙就再也寫不上文字了。

窗外好像傳來了落雨聲。成都的雨總是在夜深時才落下來，像是好面子的人不願當著眾人的面流淚。

八　書與瓷器都成了罪證

第二天一大早，我母親的父親就到單位跟領導請半天假。領導同意了之後說：「老袁，先別急著走，先學習。學習毛主席語錄完了再走。」

我母親的父親從來沒有感覺到時間會過得如此慢。三十分鐘就像是三個小時。終於學習結束了，他便匆匆地向大女兒家趕。一路上他都在想，應該不會來不及吧！紅衛兵們也許明天、後天，最快也是今天下午去抄老師的家吧！不會在我的前面、一定不會在我的前面。過了小關廟，快要到大女兒家時，他看到前面一大群身著綠軍裝，袖子戴紅袖標的十六、七、八歲的孩子在前面走著，一邊走一邊喊：「打倒臭老九、打倒走資派、堅決掃除牛鬼蛇神，將他們打倒在地，再踏上一隻腳。讓他們永世不能翻身」。統一的聲音和混亂的人群將整個道路都堵死了。

紅衛兵們是向著大女兒家裡去的。他們在院子大門口就擋住了葉子老師。葉子老師手上拿著一本書《悲慘世界》，像是正要出門。這是否預示著他自己今後的命運？

我母親的父親遠遠地看到葉子老師將手中的書撕碎，丟到地上並用腳踩踩著。

紅衛兵小將們遲疑了一下，接著將葉子老師揪往，向他家裡湧去。

不久他們又將葉子老師押了出來，其間還有一個紅衛兵手中高舉著一個青花瓷瓶，高聲叫著：「破四舊，這就是四舊。這就是封、資、修——資本主義的尾巴。我們要砸爛它。砸爛一個舊世界、創造一個新世界。」這天的成都難得的陽光明媚，青花瓷瓶在透明的空氣裡泛著青碧。就像是一個美麗少女眼眶裡苞含著的一汪清淚。又或者這淚流出來了，就懸掛在眼瞼下，聚成一顆明珠，由此定格。美得讓人不忍心觸碰。

紅衛兵們分為兩隊，一隊將葉子老師押往人民南路老皇城壩。另一隊去抓正在上班的葉子老師老婆。老皇城壩正中早就搭好了一個高臺，專供宣傳先進、批鬥落後。

待葉子老師老婆被抓來之後，紅衛兵們將手上的青花瓷瓶在高臺上砸碎，讓他們跪在碎瓷礫上。血從四個膝蓋上流出來，瞬間就將青花瓷碎片包裹住了。將青花瓷的光澤澈底掩蓋住了。

九　跪在碎瓷片上的雙腿再也站不起來了

葉子老師供出了《悲慘世界》是從他的學生黑娃處借來的。我母親的姐姐供出了這個青花瓷瓶有一對，還有一個在她妹妹家裡。

「你妹妹家住在哪裡？快說。」

「正府街……」

「就在人民北路附近。走，我們去把它砸了。」

「那個青花瓷瓶呢？」

紅衛兵如洪水一般湧進了我母親家裡。每一個角落都翻遍了，沒有找到另外一個青花瓷瓶。

「砸了。」

「砸了？」

「怎麼？破四舊只允許你們學生破？就不允許我們工人階級破嗎？告訴你們，我們工人階級的覺悟可是最高的。」我父親剛好中午下班回家吃飯，看到家中亂成一團，氣極了，對著眼前的這夥才冒出鬍鬚的半大小孩吼叫著。

那個時候工人階級的地位很高，「工人階級領導一切。」加上我母親的丈夫穿著一身帆布工作服，衣服上到處都是油漬。在一九六六年，這種妝扮就是一尊神。

於是這群紅衛兵，空手而回。

因為在我母親家裡丟了面子，紅衛兵回去後又把我母親的姐姐押著跪了一次碎瓷片，原因是她提供了假情報。

我母親的姐姐因跪在碎瓷片上雙膝失血過多，從此再也沒能站起來。

十　為女兒報仇妻子舉報丈夫

我母親的姐姐是被我母親和我母親的母親背回家的，三個女人一路流著淚艱難地往家的方向移動。一路上人們都躲著她們，生怕沾上了關係，惹火上身。而她的丈夫葉子老師直接就被送進了位於寧夏街的成都四大監，等湊齊了人再整批地送去勞動改造。

到了家裡，我母親的姐姐說：「媽，我的腿好像不行了。都感覺不到它們在哪了。」

「也許過些天就會好的。你在床上好好躺著，我和你妹妹會輪流來照顧你。」

我母親也安慰著：「姐，別想太多。紅衛兵整那麼多人下跪，也沒有見誰雙腿癱瘓了。」

我母親的母親回到家裡，對著丈夫吼著：「你不是說砸了麼？你不是說砸了麼？看你把我女兒害的……」

「我……我……我怎麼下得去手嘛！」說著他哭了起來：「都六百年了，我怎能讓它毀在我的手上？我怎麼跟老祖宗交代啊？」

「祖宗，祖宗在哪裡？你摸得到麼？你看得到麼？但是，現在你去看看，你的女兒就毀在你的手上了……如果她有什麼三長兩短，你也別想有好日子過。」我母親的母親發誓要讓丈夫品嘗他親手種下的惡果。

當晚她就寫了一封揭發材料告發自己的丈夫，將砸瓷器的過程完整地描述了一遍。她寫到：「如果我丈夫勇於加入文化大革命的洪流之中，堅決果斷地砸爛舊的世界……那麼這件事完全可以避免。因此在這事件中，我丈夫應該承擔主要的責任。懇請組織上對他進行教育改造；毛主席說『要挽救一切可以挽救的力量』，懇請組織不要拋棄他！要給他洗洗澡、治治病……照照鏡子。」

果然組織並沒有拋棄我母親的母親的丈夫。組織對其採取了挽救措施。他與黑娃母親一樣，被送到大邑挖煤。之後與我們一家人失去聯繫，生死不明。

後記：我母親的母親在「文革」結束「宗教政策放開」了之後，信了佛教。她常常對我說：我死的時候，我自己會知道。到時我會對你說的。我不會把青花瓷故事帶到墳墓裡去的。

不久前，我母親的母親給我打電話叫我去看她一下。我想，是離她「去」的日子不遠了。在去看她的路上我買了幾斤香蕉。進了屋子，我剝了一根香蕉給她。她一邊用沒有一顆牙齒的嘴巴唆著香蕉，一邊說那一對我們一直惋惜著的青花瓷瓶在「文革」中的遭遇。

聽完後，我明白了：「如果不砸碎它，我們也許都不會有。」

她用最後的一絲氣力說：「瓷器是害人的。砸碎，就不會了。」

(之・生命)——唯有如此，毛主席才能「萬歲」

引子：二〇〇六年我與母親坐火車出遠門，在車站的候車室等車。時間都過了兩個多小時，火車卻還沒有影子。問車站的工作人員。回答說：「不知道。」說著便將臉側向一邊，做出一副不再搭理我們的樣子。

我抱怨地對母親說：「中國人沒有時間觀念，火車與人也是一樣的。」母親則說：「別人可以抱怨火車晚點，你卻不可以。」我問為什麼？母親說：「我懷著你的那一年（一九六六年），本想坐火車到成都醫院將你打掉。可是每次到火車站乘車，火車都晚點四、五個小時以上。如此，即便去了醫院，醫生也下班了。」

我問：「沒有一次火車準點？」

「就是。」接著母親又說：「其實火車即使不晚點，我或許也擠不上火車。車箱裡擠得滿滿的都是紅衛兵，連行李架上都爬滿了。」

那時候紅衛兵們鬧革命第一選擇是北京、第二選擇是省會城市。沒有第三種選擇。

一　等火車的母親與趕路的男女

年輕的母親對著年輕的父親說：「我去火車站了。到成都把孩子打了吧！」說著她指了一下他懷中抱著的奶娃：「老大還在吃奶，再來一個小的……唉！太難了。」

一九六六年春天，在離成都三個多小時車程的小站站台上矗立著一個年輕的母親。陽光呈三十度角斜斜地照在大地上。投射出地表上的影子，恰到好處的美麗。影子與實體的比例正處於黃金分割線之間。

然而，世界上的一切並非完全盡如人意。離鐵路近些的花花草草，因火車的震動、噴出熾熱的蒸汽，加之從列車上排出的糞便濺染，這些花草骯髒得就像是花草中的乞兒。

年輕的母親是在太陽剛升起時，就來到了火車站。按列車時刻表，在不久之後將會有一趟客車停靠在車站。母親會順理成章地上坐上火車，到成都的醫院將懷有兩個月的胎兒做掉。大孩子還不到一歲，她想等兩年再生第二個。

可是太陽從地平線爬到三十度角的位置，火車還沒有進站。有些等得不耐煩的人跳下站台，將耳朵緊緊地貼在鐵軌上，聽了一陣之後，站直身體說：「一點動靜都沒有。火車連影兒也沒有。」

從陽光與地面呈三十度角，一直等到了四十五度角。地面的影子與地上的實體剛好等長——呈等腰三角形。年輕的母親抬頭看了一陣天，陽光有些炫目。她大概算了一下，火車再晚下去，就來不及了。今天就算了吧，改天再去成都看醫生吧。

她正準備回家，這時在鐵道上將耳朵貼在鐵軌上的人猛地跳了起來，喊叫著：「火車來啦！火車來啦！火車來啦……」隨之逃離鐵軌。

年輕的母親心裡頭愁了起來。這趟列車早不來、晚不來，偏偏這個時間來。這個時間趕到成都看醫生，時間好像夠、好像又不夠。

「去？還是不去呢？」

這真是一個問題。

正猶豫著，火車吭哧、吭哧、吭哧地進站了。像是一隻年歲極高的老牛，或者是一隻牛拉了極重的東西。原因應該是後者。因為客車的車箱裡擠滿了人，有些人甚至爬在了車頂上。年輕的母親憂愁的心明朗了起來。她給自己找到了不去理由：火車上的人太多了，根本就擠不上去。

是的，不要說擠上車去，就是從車上擠下來也不容易。因為車箱門被車裡面的人擠得打都打不開。站台上的工作人員幫忙著用力向裡面推車門，在火車就要開之前十秒鐘將車門打開了。就像是一個便秘的人憋足了勁從肛門裡硬擠出了一坨屎，從火車上擠下來了一個四十歲左右的漢子。這個人腳剛剛著地，就被一輛從成都方向開出來的客車給擋住了。於是便看不見這個人了。

從成都開出來的火車，同樣艱難地打開了車門。從車門裡擠出了幾個人，下了車還沒有站穩，便扯著嗓子對隔著一列火車的向成都方向開的列車喊：「紅衛兵小將們，你們別去成都啦。別去送死啦，那裡的保皇派手中有槍，還是跟我們上山打游擊吧。將毛主席的思想活學沽用，再搞一個農村包圍城市。」

人群中有人議論說：前面的一批到成都的紅衛兵，剛下火車就被保皇派堵在火車北站出站口，一排子彈射過來便倒了一片。

「真可惜啊，都是些十七、八歲的孩子。」

年輕的母親聽了之後覺得心裡空了一下，好像自己掉進了一個坑洞。但是身體卻還是在原來的空間。這或許是她的身體裡出現了一個坑洞，心在身體內部掉下去了。只不過外人看不到而已。

「這位大姐，打聽一下。往太陽山怎麼走？」這個聲音將母親下墜的心托住了。她尋著聲音望過去，看清了眼前站著一對男女。

這是一對還未成年的半熟男女。男的穿一身綠軍裝，女的穿一件素花衣服一條藍色褲子。年輕的母親因為那個女孩長得漂亮而牢牢地記住了她。

「太陽山啊？就是前面的那座山……。對，山頂發白的那個。因為白得像是陽光照射著一樣，所以人們叫它太陽山。其實，那是積雪。」

「你是在暗喻毛主席不是太陽，是千年積雪？」那個男青年緊繃著的階級鬥爭的弦立刻嗡嗡嗡地鳴響了起來。他想如果是在成都，一定會把她揪出來批鬥教育一番，再打成「現行反革命」。通過對一個人錯誤的揭露，忖托自己的正確。然後在正確的道路上一步一步地向上爬。

「我們小地方人，書讀得少。哪裡懂得什麼暗喻、明喻、隱喻啊。」年輕的母親意識到自己說錯話了，匆匆地轉頭就走。

男青年正準備去追，身邊的少女拉住了他：「別追啦，我們還要趕時間去太陽山呢。」

二　四場有主題的對話

少女名叫毛毛，幾天前在成都的家中與父親有過一番對話——

少女問：「共產主義是什麼？」

父親答：「所有的東西都放在廣場，想吃什麼吃什麼、要用什麼拿什麼。」

「想吃什麼就吃什麼！」少女有些不敢相信，世界上哪有那麼多東西？在她的意識裡，地球上吃的東西從來都不夠。歷史上從來都是只有一小部分人才能吃得飽，而絕大多數人只有餓著肚子。

「共產主義。顧名思義，就是共產。嗯……就是你的是我的、我的是你的、你的是他的、他的又是我的。」

「多麼好的社會呀！我們什麼時候才能進入共產主義社會呢？」少女感嘆著，但是猛地她又想到一個問題：「這麼多東西，數都數不過來，怎麼能分得公平呢？」

「只要毛主席在，什麼問題都不是問題。」

父女兩對話到這裡，父親想起了一個事。共產主義實現還早得很，現在的社會主義是共產主義的初級階段，還有中級階段、高級階段……父親計算了一下，至少要兩三百年。如果沒有了毛主席？如果毛主席死了？父親的臉猛然間變得嚴肅了起來。他不敢想像中國如果沒有了毛主席會變成什麼樣子。

正憂慮著，門外傳來了遊行隊伍高喊著口號的聲音：「毛主席萬歲！毛主席萬歲！！毛主席萬萬歲！！！」父親像是受到了啟發，他的眼睛像星星一樣閃爍了一下。

他想起了父親給他留下來的《彭祖內經》。那是彭祖以他的親身經驗寫下的一本養身之書。書中有一個章節專門講男女行房之事。彭祖就是照著書中的方式，與處女交合、採陰補陽，最後活到了八百歲才去世。

毛毛父親的父親一九四九年前是一個江湖術士。在解放軍進入成都時，一位解放軍的首長來找過父親的父親給他算卦：「師傅，你給我算一下，未來還有上升的空間麼……」

老人伸手指了一下首長腰間別著的槍，示意拿給他看一看。首長將槍給了他。老人接過槍之後，揮手趕走了一隻停在屋外牆頭上的飛鳥，待看不見飛鳥之後，將手中的槍往地上一丟便不再說話了。顯然首長沒有明白老人「鳥盡弓藏」的意思，他拾起槍，一甩手就將老人給槍斃了。

後來這位解放軍的首長死於一九六九年。臨死前他對守在身邊的妻子說：「那個算命的看得比我們遠。唉，我們這些唯物主義者，目光太短淺了。」

不久後，父親與母親有一番對話——

「我在彭山大山裡的兄弟，打算將他的女兒獻給毛主席，供他採陽補陽。你說，他是怎麼想的呢？」

「他能做什麼好事？我看呀，他是想當國父呢！」

「對呀，我怎麼沒想到哇。我還以為他真的是為了最終能實現共產主義，為了中國這個大家。寧可犧牲自己的小家，讓毛主席在女兒的身上採陰補陽，長生不老。」

「他是想跟毛主席攀上親戚。你那堂兄弟，他一撅屁股，我就知道要屙什麼屎。」

「他們都不是真正的熱愛毛主席。那些將『毛主席萬歲』掛在嘴邊的人，都不是真正的熱愛毛主席。他們心口不一。只有我是心口合一的。」說著父親語氣變得堅定起來：「我堂兄只有一個女兒，遠遠不夠毛主席採用，我想……把我們的女兒也送到北京……獻給偉大的領袖毛主席！」

「好啊！好啊！說不準我們毛毛的肚子爭氣些，先生了一個大胖小子……」母親已經沉浸在了當國母的幻想之中了。

當晚，母親與女兒有一番對話——

「女兒呀！你的堂姐就要發達了。」

「她發達了好呀！我們也可以跟著沾光。」

「她發達了，就會忘了我們。誰還會記得貧賤的親戚？一切都要靠我們自己。」母親啟發到：「國際歌裡不是有這一句話『沒有什麼救世主，一切全靠我們自己』。」

「我們自己？我們自己怎樣做才能發達起來？」

「你只要能搶在你堂姐前面……」母親欲言又止。

「快說嘛！吞吞吐吐，急死人了。」

「我是怕你不同意。」

「你不說出來，怎麼就知道我不同意呢？」

「好吧，我說。我是想讓你去北京伺候毛主席，就是怕你不願意。」

「媽，你這樣就可是要犯錯誤的呢！能夠伺候毛主席可是我的光榮。乍會不願意呢？」

「女兒，這可不是一般的伺候。是要讓毛主席採陰補陽。」

「什麼是採陰補陽呀？」

「就是跟毛主席睡覺哩。」

女兒的臉一下子就紅了。她說：「毛主席是神仙，可不會幹那種事情呢。」

「毛毛呀，你恰恰說反了。毛主席就是要多幹那種事，而且是要跟處女做，才會變成神仙。長生不老。只有毛主席長生不老了，才能將中國帶入共產主義。」母親說著望了女兒一眼，看到她似乎有些動搖了，又補充道：「你不是也覺得共產主義很好麼？想吃什麼就吃什麼。就像人間的天堂。你不想到天堂裡去麼？」

女兒沒有再說話了。她低著頭，臉蛋一直紅通通的。一想到要幹那種事情，她就害羞的抬不起頭來。母親以為是女兒同意了，說：「我明天到街道革命委員會開一個去北京的介紹信。後天我們就出發，去北京。」

第二天，毛毛與她的一個男同學有一番對話——

「你再也看不到我了。我要去北京……嗯、去北京……跟毛主席幹那種事情。」

「哪種事情？」

「就是……就是……跟毛主席睡覺。」

「打胡亂說！毛主席那麼偉大，怎麼會幹那種事情？男女之事都是普通人幹得呀。」

「我母親說了。幹那種事情才會變得偉大。《彭祖內經》上說了，與處女幹那種事、採陰補陽，只要數量足夠多，就會由量變產生質變——由人變成神仙。」

「不可能。我聽我的哥哥說，古代皇帝之所以都不長壽，就是因為老婆太多了，瀉多了元氣，於是正值壯年時就去世了。」

「我懂了。幹這種事情不但不會讓毛主席長生不老，而且還會傷害毛主席的身體。這才是天大的陽謀。」

「前些天我看了大科學家錢學森寫的一篇文章，只要曬足夠的太陽，產生光合作用，稻子畝產可以上萬斤。換一個角度來看，只要曬足了太陽，毛主席活到一萬歲不成問題。」

「毛主席哪裡用得著曬太陽呀！他老人家自己就是太陽。由內而外的照耀，一定能活一萬歲。」

「我們要阻止你大伯把女兒送給毛主席採陰補陽。」

「對。我們要救毛主席的命，不能讓他老人家被舊社會的糟粕給害死了。」

「我們馬上就去你堂姐的家，把她擋下來。」

於是，毛毛與她的男同學，帶著救毛主席生命的使命就出發了。

三　家裡來了個農村親戚

毛毛堂姐家住在大山深處。很遠、很高、很幽、很冷，到那個地方要走啊走、走啊走、走啊走……一直走到雲上面。直到把群山踩在腳下。

一九五九年，那一年毛毛剛讀小學。一天上午，父親的大哥從鄉下到她家來走親戚。父親喊她：「毛毛，快過來喊伯父。」毛毛感覺伯父並沒有在意她叫的那一聲伯父。而是注意到了她的身體。他說：「哦，毛毛都這麼高了啊，比她的姐姐都要高出一個手掌。」他用手從地下再到地面上比了一下，之後就很順利地就轉了一個話題：「兄弟呀！毛毛有穿過、穿不下的衣服麼？我拿回去給你的姪女穿。唉！農村人可憐，沒東西吃，怎麼能長個子嘛。」

毛毛的母親馬上就明白了眼前的這個親戚是來討要東西的。她馬上說：「大哥啊！我們城裡也不見得比你們那兒好。你們隨便在地裡面刨一刨都能刨出點吃的來，我們城裡面啊，想到地裡刨點東西都不行，被人看見了，告發上去那可就完了。」

「弟妹，你別說，我們農村人也不敢隨便刨地。你刨了地，出了力、流了汗，還費了種子。被發現了，還是要被割資本主義尾巴。割掉的尾巴被送到你們城來，讓你們好好的活著。反正我們死了，沒有人看得到。現在呀，我們那兒，人們是寧願吃自己的孩子，也不願下地幹活。」

丈夫在一旁瞪了妻子一眼。母親也許自覺理虧，沒有再說話了。

毛毛記得當天下午伯父就回山裡去了。他說：「我不能久留。我是抄小路偷跑出來的，村裡隔幾天就要點一次名。其實，是為了看看有沒有人死了。如果有人死了就會被隊上弄來吃了，因此我們那裡餓死的人還不算太多。」

「如果，隊上發現我不在了，活不見人、死不見屍，會被懷疑自己家裡偷吃？……也許家裡人會被大家抓起來殺了、吃了。」伯父說到這裡，聲音都顫抖了起來。「出村的路都被民兵把守著，不讓農民出來，怕他們死在城裡面讓外國人看到，國際影響不好。家醜不能外揚啊。這個道理我們都懂，所以我們理解政府……唉，唉。不多說了，我要趕回去了。」

為了國家，農村人都做出了犧牲，城裡人總不能什麼也不付出吧！毛毛的父親說：「哥！你別說了，看上什麼，你就拿什麼吧。」

毛毛記得，伯父走了之後，家裡一下子就空了許多。而她的肚子裡的空間也像家裡的空間一樣——空了。

四　姐姐與弟弟告別

毛毛的男同學叫軍軍。在出發前，他問她：「你堂姐的家住在哪兒？」

「聽到父親說過大伯家的地名。是一個很牛氣的名字：太陽山。」那個地方從來不下雨，只颳風。那個地方從太陽升起到太陽落下都能看到太陽。那個地方流行著一句話：曬黑的是皮膚，曬不黑的是血液。

「什麼屁話那麼多？這些都是反動文人的說辭。不就是住在高山上麼？幾個字就說清楚了，卻要繞來繞去。」

「這證明太陽山的人就是向日葵人。他們天然的向太陽。他們真的願意為太陽犧牲一切，哪怕是自己的生命。只是地球上流傳著一句話：事與願違。」

「願望是好的，事情的後果卻不好。」

軍軍有些緊張起來。拉著毛毛說：「我們走吧。趕在你大伯出發之前。」

毛毛看了一下火車票說：「還有兩個多小時才開車，我回去一下跟我弟弟道個別。」剛進家門就看到弟弟大毛正在看一本線裝書：《本草綱目》。她有些生氣：「給你說過，這是大毒草。你還在看，不要命啦？」

大毛頭也不抬地回答：「我覺得這本書不是要人命的，而是救人命的。」

「唉，我不管你那麼多了。只要不被別人發現就行了。」

「不會的，我只在家裡看。只要你不說，沒有人會知道。」

「大毛，給你說個事，我要出去幾天。如果爸媽問我去哪兒了？你就說我到北京天安門接受毛主席的檢閱去了。」

毛主席的生命，似乎就掌握在她的手上。

「我不是去北京。是去幹比去北京更重要的事。」說到這，毛毛更覺得身上的使命沉甸甸的。

「姐，你真的要去北京啊？也帶我去吧。」

走出家門，太陽有些晃眼。她眨了一下眼睛，看到屋外院子中母親種在破臉盆裡的圓圓尖尖的小蔥綠得像是要與陽光爭輝。她停下了，像是在欣賞它的美麗。可是出乎意料的是，她猛地下手，只兩三下就將它們拔光了。之後她對著屋子裡喊：「大毛，給媽媽說一下，小蔥是我拔掉的。免得她以為是別人幹的，又和鄰居吵架。」

聲音飄進屋裡時，毛毛已經出了院子。

軍軍在大門外焦躁地等著毛毛，神情嚴肅。本來就平坦地，不顯五官的臉繃得就像是門板一樣木訥。看到毛毛從四合院大門裡出來，他笑了。就像是門板經雨淋日曬，猛然就裂開了一道口子。

五　她就像是象棋中過河的卒子

毛毛和軍軍離開年輕的母親之後，順著她手指的方向，向太陽山而去。

天闊空。路渺遠。

山起伏。道梗阻。

客觀的環境使軍軍常常有機會伸手拉一把毛毛。在拉到她的手時，他總是說：「早一分鐘到，毛主席就少一分危險。不能讓毛主席把精力都用在女人的身上。中國有更重要的事情在等著毛主席來解決哩。」

為了能拉到毛毛的手。為了能拉住毛毛的手就不放下來，軍軍領著毛毛專走難走的路。他對她說：「這是近道，能節省下許多時間。」

這一路上，遇到了一隻瘦猴子。這只猴子站在路的中間，用憂傷的眼睛盯著她看。他們停下了。它與他們就這樣對峙著。許久，毛毛感覺到它沒有太多的惡意。便將屏著的呼吸打開，問他：「它想幹什麼？」

「是要討東西吧？聽說只要給東西，它就會讓你過去。」

「那不是土匪麼？」

「你身上有帶吃的東西麼？」

「沒有。你喊一聲，把它嚇走吧！」

「還是等著吧，猴子最缺的就是耐心。語文書上不是說猴子坐不住麼？」

人們常比喻瘦為——「瘦得像是猴子一樣」。這只猴子真的是一隻瘦猴子，站了不足十分鐘，它晃動了一下、很快又晃動了一下。然後趁著還有一絲力氣，向路邊一躍，鑽進了雜草與灌木叢生的森林裡去了。如果它倒下了，被逮著就成為了人的食物。

這一路上，遇到了一個農民。他看到這兩個穿著綠軍裝的中學生，驚慌地掉頭就跑。搖搖晃晃地，隨時像要撲倒在地，但又總能在最為關鍵的時刻用邁開的腳步保持住平衡。就這樣，在撲倒與平衡的保持之中他遠離了他們。

他跑回了村裡，告訴家人「紅衛兵進村了」，快些把露在外面的「資本主義尾巴」藏起來。聽到消息後，他家裡的人一起出動，將種在屋後的剛冒出綠芽的菜苗連根拔除了。

時間在這一刻、這個地方——倒流了……不需要科學理論、不需要超光速的機器。只需要一場文化大革命。

她問他：「看到我們，他為什麼跑了？」

他回答：「他是跑回去給你姐通風報信吧。」

說著，他又拉起了她的手：「快，我們抄近路趕在他的前面到你姐家。如果你本家姐姐出發了，到北京見到毛主席……那、那、那、那就叫『生米煮成了熟飯』來不及了。」話音與他們一起消失在更荒僻淒清的山野之中了。

一直到了一個「進又進不得、退又退不得」的懸崖峭壁。他們才不得不停了下來。這裡空氣雖稀薄，但風卻一點也不吝嗇，刮得呼呼直響。她盡可能將身體貼在地上，避免在風中飄揚起來。在呼嘯著的山風裡，他大聲地對她說：「毛毛，你放一百個心，我不會丟下你不管的。」

六 晚點的火車留住了一個生命

年輕的母親給那兩位青年指了路之後回到家裡。對丈夫說：「火車又晚點了。」她顯得有些焦慮：「肚子裡的孩子再大一點就不容易拿掉了。」

丈夫說：「就留下來吧！看來老天也要留他。」

「大女兒還不到九個月，我是怕兩個都是奶娃，帶不過來。」

「總會有辦法的。」

生活之上方，陽光穿過洞開了一道口子的雲層，再越過一朵剛開放還帶著充足濕潮的花朵，將熱能和香氛送到年輕的母親身上。

「我去做晚飯了」說完年輕的母親進了廚房。留下年輕的丈夫在乍開的陽光中，亮亮地想著生存的艱辛。

七 兩個人的世界因一個影子的存在而構成了三個人的世界

在學校的時候軍軍就一直暗戀著毛毛。只是家庭成份上，毛毛的父親是工人階級，而軍軍的父親是中學校長臭老九，這之間隔著一條寬寬的河。於是，軍軍只有將他心中的愛戀深藏在心底。

每天早晨上學，他總是要提前二十分鐘到學校。在將書包放好之後，他就站到走廊上，假裝與別的同學聊天。其實他的目光一直注視著校外，看著毛毛走進大鐵門，而後一步一步走上樓梯。那一步一步的跳動，像是柔指撥動著琴弦，流淌出令人心醉的音樂。直到她上了樓梯，一個一八〇度的拐彎，便直接對著他了。每當這時，他都要裝著不經意般地抬起頭，呈四十五度角地仰望著天空。做出一副胸懷大志的樣子。對，這就是他想要表現給她的樣子，覺得他的未來是大有希望的。

由於此時他沒有看到她的目光，所以他一直無法判斷她是用怎麼樣的目光來看他的。

直到那一天，毛毛突然出現在他的面前說：

「軍軍，你再也不能這樣每天看著我了。」

他嚇了一大跳，以為她看出了他心中的想法，想要來找他麻煩。將他骯髒的心靈打開來，讓別人看見裡面藏著的不可告人的祕密。

不一會兒他就明白了她對他說的是：她的家人要將她送給毛主席。跟毛主席睡覺，目的是讓毛主席採陰補陽，延年益壽。

好在他們都是有文化有知識的人。他們明白做那種事情多了，不僅不會長壽，而且會傷身體。

「這就是封建迷信，正是我們現在要破除的舊社會之糟粕」。

「我爸爸說，我大伯也要將他的女兒送到北京去……給毛主席……」毛毛說出了一個更可怕的事實。

這不是一個好機會麼？有一個與她單獨在一起的機會。軍軍靈機一動：「我們一定要阻止你堂姐進京。」

時間就是生命？是的，時間就是生命！

他們上路了。

一路上，軍軍的思路明晰起來：人們常說「上山容易、下山難」，我要找一個上得去下不來的地方。這樣我與她就可以永遠在一起了。

就像是拐賣婦女到大山裡去。不同的是他沒有賣掉她，而是自己也留了下來。「他與她幸福地生活在了一起」。

山太陡了，只有他小心地手腳並用地才能下山。他從山下帶回來食物與日用品。也帶回來山下的消息：

一、成功地阻止了她堂姐進京的企圖。

二、農村人太迷信了，還有很多人想要將剛成年的女兒送到北京去。他必須要留下來，阻止她們，不能讓農民的好心辦成了壞事。

三、毛主席發動了轟轟烈烈的上山下鄉運動，所有城市裡的知識青年都要到農村接受貧下中農的再教育。為了證明自己說的是真的，他還拿出了一份《人民日報》，上面寫到毛主席說：知識青年到農村去，在廣闊天地中大有作為。

四、文化大革命正在更深入更持久地進行、毛主席身體健康，正神采奕奕地帶領全國人民奔向共產主義呢。

五、林彪想要坐飛機叛逃到蘇聯去，毛主席隨手從地下撿起了一顆小石頭丟上天去，便將飛機打了下來。
六、毛主席一舉粉碎了王、張、江、姚「四人幫」反革命集團。他對她說：毛主席將他的老婆也抓起來了，這說明了什麼？說明了我們的行為是對的。毛主席是神，乍能有七情六欲呢！乍能幹是人才能幹的「那種」事情呢！
七、毛主席打倒了胡耀邦，毛主席打倒了趙紫陽。有一小撮人躲在南方準備復辟資本主義，毛主席去南方轉了一個圈就將他們的陰謀給粉碎了。
八、中國的GDP已經成了全世界第二，這就證明了我們已經超過了英國，離趕上美國也就不遠了。毛主席說了，等共產主義實現了，會派直升飛機來山上接她下山。她高興地像是一個孩子般笑了起來，將頭四十五度角仰望著天空：「共產主義，什麼時候能實現呀？」他低下頭回答：「共產主義一定會實現！共產主義一定能夠實現！」她笑得更燦爛了。
九、毛主席又提出了偉大的「中國夢」口號。她有些擔心地問：「是因為共產主義在現實中實現不了麼？只有在夢裡才能完成？」他回答：「先有夢，夢醒後才是現實。」
十、他還常常從山下給她帶回來一面又一面獎狀、錦旗——上書「學習毛選積極分子」「大山的守護人」「毛主席的好女兒」「向毛毛同志學習」「犧牲你一個、幸福全中國」等等。
……

八　大毛的藥失效了。就讓這個「不怕活」的生命來到這個世界吧

一九六六年夏天，太陽遲遲沒有落到那座終年積雪並散發出像太陽一樣光芒的太陽山的後面去。天上一個太陽、地下一個太陽，它們正在慢慢靠近……後果並非不堪設想。就在這樣的明媚

中，年輕的丈夫披著一身的陽光下班回家了。一進門，他就對正在灶台邊左手抱著剛滿九個月的孩子右手拿著鍋鏟正在炒菜的妻子說：「聽人說場子上有一個神醫，不管什麼病，三副藥保證藥到病除，人稱毛三副。看看能不能請他開副藥把肚子裡的孩子打掉？」

年輕的母親挺了一下已經微微凸起的肚子說：「孩子都大了，怕是不容易打下來吧。」

「試一試吧。聽說，毛醫生在一個偶然的機會中得到了一本古書——《本草綱目》。這本書裡沒有治不了的病。」說著，他伸手將她手中的孩子接過來，心疼地說：「把孩子打下來了，你也不用這麼辛苦了。」

「好吧。試一下吧。」

第二天，年輕的丈夫就走了十餘里山路將大毛請了回來。大毛開了一副藥：

藜蘆、蓖麻子、蘆薈、番瀉葉、甘遂、芫花、大戟、商陸、皂莢、川烏、附子、天南星、三棱、莪術、阿魏、馬錢子、狼毒、麝香。

大毛將藥方拿給了年輕的丈夫說：「這些草藥都具有辛烈之性，可以活血祛瘀，最容易導致流產。你到藥店去各抓兩錢。都有就盡數賣回來。沒有的，缺幾樣也沒有關係。藥抓回來後放到瓦罐裡熬，四碗水熬成一碗水，之後口服。保准藥到病除。」

年輕的丈夫按照藥方將市面上能買到的草藥都買了回來，依醫囑熬好給年輕的妻子服下。肚子在疼了一個晚上之後，孩子竟然還是牢牢地扒在肚子裡沒有掉下來。這對年輕的夫妻終於死心了。

「就讓這個不怕活著的生命來到人世間吧！」

九　一個生命走了，一個生命來了。這個世界量變都沒有發生

到了蘋果掛滿枝頭的季節，可是樹上卻空空蕩蕩的。本該成熟的蘋果早就在果子剛掛枝之時就被紅衛兵小將們作為資本主義尾巴給割除了。

樹上沒有果實。葉子也在夏季時被株連，隨著果子被打掉了。天空比往常透亮了許多。年輕的母親接到了一封從成都家裡發來的電報：「父病危速回」。

匆匆趕回家裡，才知道父親在一次上廁所看到了寫在廁所牆壁上的一句話：「人怎麼可能活到一萬歲？毛主席萬歲！這句話就是封建思想的瘤毒。」

本來看到了就看到了，可偏偏他從廁所裡出來時遇到了一隊紅衛兵巡察過來。如果他們看到了廁所裡的題字，而他又剛從廁所裡出來……後果不堪設想。為了撇清關係，他主動上前去彙報：「報告紅衛兵小將，廁所裡有人寫反動標語。」

「什麼反動標語？」

「毛主席不可能活到一萬歲。」

「你說什麼？這句話怎麼能說出來？你詛咒我們偉大的領袖毛主席。這就是現行反革命，拉去批鬥。」

坐飛機、戴高帽、下跪、胸前數十斤重的鐵牌用一根極細的鋼絲穿著掛在脖子上……一整套下來，在身體上一條命就去了半條。

另外，對父親的批鬥，由於說出原因來就會對毛主席不敬，於是整個鬥爭都是在沉默中進行。知道的還好，不知道的人還以為父親真正的犯了多大的錯誤。調戲婦女？投機倒耙？國民黨特務？

反革命分子？地主資本家？父親又不能向別人解釋。解釋只能讓自己在錯誤的道路上越走越遠。這樣在心理上一條命又去了半條。

這樣來計算、相加——半條命加半條命等於一條命——父親就必定要死了。一直熬到了女兒回來，他還是不能對女兒說清楚自己犯了什麼錯。他絕望地對女兒說了四個字：「禍從口出」。就永遠地閉上了眼睛。

女兒還沒來得及哭泣，肚子就一陣陣痛疼、收縮。隨後下身沖出了一股水流。水流中，漂來一個嬰兒。

年輕的母親給年輕的父親發了一封電報：「生產速來」。

年輕的父親趕到了成都，面對著一個到來、一個離去的生命，不知應該如何表達自己感情。但對於父親的死，她是心有怨氣的。她說：「你說，那種情況應該怎麼說嘛？說了就犯錯，不說就是知情不報。」

「你父親可以裝著什麼也沒有看到呀！多一事不如少一事嘛。」

「你怎麼能責怪我的父親呢？」

「好吧。不能怪你的父親。但是我們也不能埋怨紅衛兵，他們的目的是要砸爛一個舊世界、創造一個新世界。」

「這個國家被他們搞亂了。」

「砸爛再創造，這個過程中總會有得失。不能因為怕有過失而什麼也不幹。毛主席說：『革命不是請客吃飯，不是做文章，不是繪畫繡花，不能那樣雅致……那樣溫良恭讓，革命是暴動……』革命——總要有人犧牲。這樣的犧牲是值得的。」

經過運用毛主席的辯證法進行討論，這對年輕的父母選擇原諒紅衛兵，因為他們是在跟隨著毛主席建造一個輝煌的新世界啊！

年輕的父親對年輕的母親說：「這個孩子——就叫建輝吧！」

後記：二〇〇八年，四川汶川發生了一場大地震。一隊迷路的驢友在大地的顫抖中沿著狹窄陡峭的山道闖入了軍軍與毛毛居住的太陽山上。看到這一對與世隔絕的白髮蒼蒼的老人，他們驚呆了。老婆婆已經失語了，老爺爺對來者講述著四十年來他一直照顧著她的故事。聽者忘記了自己危險的處境，感動得眼淚嘩嘩而下。不久，山外流傳著一個「愛情天梯」的故事：一對戀人為了愛情躲進了人跡罕至的深山，一住就是四十餘年。他們的生活簡單而幸福。

這是四十二年來毛毛第一次看到除了軍軍之外的人類。待這一隊旅人下山後，他對她說：「毛毛，是毛主席派紅衛兵們看你來了。」

「毛主席？」

「對。毛主席派紅衛兵們看你來啦。」

「毛主席來接我啦？我要走了……」

說完她就閉上眼睛，死了。

二〇一五年十二月五日

釀小說95　PG1911

有敵人

作　　者　汪建輝
責任編輯　洪仕翰
圖文排版　莊皓云
封面設計　葉力安

出版策劃　釀出版
製作發行　秀威資訊科技股份有限公司
114 台北市內湖區瑞光路76巷65號1樓
電話：+886-2-2796-3638　傳真：+886-2-2796-1377
服務信箱：service@showwe.com.tw
http://www.showwe.com.tw
郵政劃撥　19563868　戶名：秀威資訊科技股份有限公司
展售門市　國家書店【松江門市】
104 台北市中山區松江路209號1樓
電話：+886-2-2518-0207　傳真：+886-2-2518-0778
網路訂購　秀威網路書店：http://store.showwe.tw
國家網路書店：http://www.govbooks.com.tw
法律顧問　毛國樑　律師
總 經 銷　聯合發行股份有限公司
231新北市新店區寶橋路235巷6弄6號4F
電話：+886-2-2917-8022　傳真：+886-2-2915-6275

出版日期　2017年11月　BOD一版
定　　價　500元

國家圖書館出版品預行編目

有敵人 / 汪建輝著. -- 一版. -- 臺北市 : 釀出版, 2017.11
面 ; 公分. -- (釀小說 ; 95)
BOD版
ISBN 978-986-445-228-6(平裝)

857.7 106018775

讀者回函卡

感謝您購買本書，為提升服務品質，請填妥以下資料，將讀者回函卡直接寄回或傳真本公司，收到您的寶貴意見後，我們會收藏記錄及檢討，謝謝！

如您需要了解本公司最新出版書目、購書優惠或企劃活動，歡迎您上網查詢或下載相關資料：http:// www.showwe.com.tw

您購買的書名：________________________________

出生日期：________年________月________日

學歷：□高中（含）以下　□大專　□研究所（含）以上

職業：□製造業　□金融業　□資訊業　□軍警　□傳播業　□自由業

□服務業　□公務員　□教職　□學生　□家管　□其它______

購書地點：□網路書店　□實體書店　□書展　□郵購　□贈閱　□其他

您從何得知本書的消息？

□網路書店　□實體書店　□網路搜尋　□電子報　□書訊　□雜誌

□傳播媒體　□親友推薦　□網站推薦　□部落格　□其他__________

您對本書的評價：（請填代號　1.非常滿意　2.滿意　3.尚可　4.再改進）

封面設計____　版面編排____　內容____　文／譯筆____　價格____

讀完書後您覺得：

□很有收穫　□有收穫　□收穫不多　□沒收穫

對我們的建議：________________________________

____

____

____

請貼
郵票

11466
台北市內湖區瑞光路 76 巷 65 號 1 樓
秀威資訊科技股份有限公司 收
BOD 數位出版事業部

....

（請沿線對折寄回，謝謝！）

姓　名：________________ 年齡：________ 性別：□女　□男

郵遞區號：□□□□□

地　址：____

聯絡電話：(日) ________________ (夜) ________________

E-mail：____